宋人文集の編纂と伝承

東　英寿＝編

中国書店

序文　編纂と伝承のフィールドワーク

東　英寿

本書のタイトル「宋人文集の編纂と伝承」に言う「宋人文集」とは、中国の宋（九六〇～一二七九）という時代を生きた文人達の文集という意味で、「文集」は詩文集、別集、あるいは全集と置き換えることもできる。宋代の文人達の詩、散文、書簡、雑記等が収録された文集が、当時どのように編纂されて、後世にいかに伝承していったのかを考察することが本書の目的である。

中国の近世は宋代に始まることを提唱した内藤湖南の説を承けて、宮崎市定は宋代を中国におけるルネッサンス期とみなして、その成果として儒学の復興、文体の改革（古文復興）、羅針盤・火薬等の発明にみられる科学の発達、南画・北画を代表とする芸術の大成とともに、印刷術の発展をあげる。宋代には木版印刷が画期的な発展を遂げた。すなわち、宋代の木版印刷はそれ以前の書写本とは比べものにならないほどの大量複製を可能にし、それを受容する読者層が出現し、そのため民間の書肆が販売を目的に盛んに出版を行うに至る。本書で内山は「中国は近代以前に、①〈竹帛〉から〈紙＋毛筆〉へ（三国時代の前後）、②〈写本＋巻子本〉から〈刻本＋冊子本〉へ（唐宋の間）、という二度のメディア変革を体験した」として、宋代は中国における第二次メディア変革の時期だと指摘する。写本から刻本へというメディアの変化は、当時の文人達にも大きな影響を与え、彼らは自覚的に「文集」の整理編纂に取り組むようになり、その結果として、宋代及びそれ以降に有力な文人を中心に多種多様な「文集」が、次々と「編纂」され、またそれが多種多様な形で「伝承」されていく。本書が、宋代という時代をフィールドにし、「文集」の「編纂」と「伝承」に着目した所以である。

ところで、本書におけるそれぞれの考察は、一見すると研究室や図書館、書斎等で行われる文献研究の成果であり、たとえば文化人類学、民俗学等の研究者が行うフィールドワークとは対蹠的な考察手法だと思われるかも知れない。フィールドワークでは、とにかく現地に行き、見聞きしたことをまとめ、自分なりの感性で面白いことを見つけ出し、次にそれを調査して考察し論文としてまとめるという手順を踏むのであろう。

私は本書の編集を通して、本書はもちろん文献研究であるが、それだけでなくフィールドワークとして捉えることも十分に可能ではないかと思い至った。宋代社会というフィールドに赴こうとする、過去の世界にまつわるフィールドワークと言えるのではないだろうか。我々の現在の日常とは違う、非日常の世界（それは当時の日常）を理解しようという試みである。本書の各論は、宋代の資料に触発されて、「文集」の「編纂」と「伝承」という主題のなかで、自らの感性で面白いというテーマを見つけ出してそれを解明しようとする。それは、それぞれの研究者が宋代というフィールドを中心として過去の実像に迫る試みだと言うこともできよう。

本書は、「I　総説」、「II　編纂」、「III　伝承」と大きく三つの部分で構成されている。ここで本書の構成と各論の概要に関して収録順に見ておきたい。

「I　総説」の内山精也「詩集の自編と出版から見る、唐宋時代における詩人意識の変遷」では、唐代から北宋にかけて、写本＋巻子本から刻本＋冊子本へとメディアが大きく変革しており、内山はそれを中国における第二次メディア変革の時期であると捉える。それを踏まえて、まず北宋建国以前の唐代から五代、さらに北宋末に至る詩人の自撰集の編纂状況を「メディア変革と詩集自編の普遍化──初唐から北宋末まで」として明らかにする。次に、「南宋中期の出版業隆盛がもたらした新たな展開──宋代士大夫の詩人認識とその変質」として、十二世紀後半南宋の中期に入り一部の士大夫が積極的に自らの著述を生前に刊行し始める状況に着目して、北宋期に定着し得なかった詩と印刷メディアの連繫を考察する。最後に、「南宋後期における詩人と編者、書肆——江湖小集刊行の意味すること」として、南宋中期に新たに生まれた士大夫と出版の密接な関係が、南宋後期にどのように変化したのかに焦点を当てて、そのなかから詩人の意識の変化を読み取る。このように、内山は唐から北宋、南宋にかけての約六百六十年間を対象として、中国の詩人と自撰集編纂行為を俯瞰的に考察する。そして内山は、詩人の自撰集編纂に関して、この約六百六十年間を大きく三つに区分できるという。第一期は、唐初から北宋中期までで、生前における自撰集の自編という行為が少しずつ一般化した時期。第二期は、北宋後期から南宋初期までで、メディア環境は写本独占の時代から、版本並立の時代へと変わるが、詩集の生前刊行がすぐに実現したわけではなく、蘇軾を嚆矢としてようやく実現した。ただ、この時期には当時の士大夫達は民間の出版に対して批判的姿勢で、進んで自撰集を刊行してはいない。第三期は、十二世紀の後半から宋王朝滅亡までで、士大夫が自ら率先して自撰集を生前に刊行するという現象が生まれた時期である。さらに、士大夫詩人だけでなく、布衣の詩人までもが次々に生前に自撰集を刊行していく時期でもある。本論では、本書における「総説」として唐から宋にかけての約六百六十年間をメディア環境の変革に着目しながら自撰集の自編という行為を系統的に整理し考察する。

「Ⅱ　編纂」は、次の五つの論考で構成されている。

浅見洋二「言論統制下の文学テクスト——蘇軾の創作活動に即して」においては、神宗の元豊二年（一〇七九）、詩の中に朝政誹謗があるとして御史台によって罪に問われ、逮捕投獄されるという烏台詩禍を被った蘇軾の創作活動について、当時の政治状況に注目して考察を加える。烏台詩禍の後、旧法党が政治の実権をとりもどす元祐の更化のなかで、蘇軾は中央政界に復帰するものの、まもなく旧法党が分裂して洛蜀の党議と呼ばれる派閥党争が起こる。このように不安定な情勢は相変わらず続き、蘇軾の言論・創作が弾圧される危険性は完全に除去されたわけではなく、元祐八年（一〇九三）に新法党が実権を握り、蘇軾は再び朝政誹謗の科で左遷され、元符三年（一一〇〇）に彼は許されるが、まもなく病を得て没してしまう。このように烏台詩禍以降、蘇軾はまさに言論統制の状況に置かれていると言ってよく、そのなかで詩を中心とするテクストがいかに書かれ、読まれ、伝えられ、そして文集へと編纂されていったのかについて考察する。言論統制下においての蘇軾は、「避言」につとめ、自らの作品を親しい知友との私的な圏域のなかに留め置こうとしたという実態を明らかにするが、ここで蘇軾を取り巻く文人達の私的な交遊圏域に注目したところに本論の特色があろう。私的な交遊圏域内では、本来ならば表に出ない、草稿段階の墨跡や私的な性格の強い尺牘のやりとりが行われており、それらが後世に伝わったのは文人としての蘇軾の評価が極めて高く、周囲の者が時には危険を冒して彼の草稿を記録、保存したからだと言う。今日の研究者が蘇軾の作品を読む時は、作品が伝わってきたこうした要因については常に意識しておく必要があるであろう。このように北宋中後期における言論統制下という当時のフィールドを浅見は強く意識した上で、文学テクストの制作、受容、流通のあり方を考察する。

萩原正樹「『和晏叔原小山楽府』をめぐって」では、北宋時代の晏幾道の詞に次韻した詞を集めた詞集『和晏叔原小山楽府』の実相を明らかにしようと試みる。次韻とは、他人の詩と同じ韻字を同じ順序に用いて詩を作ることで、社交的な心情や尊崇の念を表わす場合に作られ、これが歌謡文芸である詞においても重要な技法となっていた。南宋後期刊行の『景定建康志』巻三十三に、北宋の晏幾道詞に次韻した作を集めた『和晏叔原小山楽府』の記載があるが、この書籍自体は佚本で現在には伝わっていない。ただ、『景定建康志』に記載する版木数から類推すると、『和晏叔原小山楽府』には約七百首の次韻詞が収録されていた可能性があり、そこで萩原は宋代の詞を網羅的に収録した『全宋詞』のなかから、晏幾道の詞に次韻した作を見つけ出して、その特色を明らかにしようとする。その結果、『和晏叔原小山楽府』に収録されていた十九首の次韻の作を特定する。ただ、約七百首のうち十九首しか特定できなかったことに対して、萩原は最後に「時の経過と共に多くの作品が失われてしまったことが惜しまれてならない」と結ぶ。本書は、宋代社会というフィールドに視点を移し、所謂過去の世界にまつわるフィールドワークを試みるものであるけれども、やはりそこには時間という大きな壁が立ちはだかっているのも事実であり、それを越えることができない事例があるのはもどかしい限りである。

東　英寿「周必大の『歐陽文忠公集』編纂について」においては、南宋の周必大が北宋の文人・歐陽脩が没した百二十年後に、彼の全集『歐陽文忠公集』百五十三巻の編纂に取りくみ、六年の歳月をかけてそれを完成させるが、本論ではその全集の編纂過程を総合的に考察する。『歐陽文忠公集』の編纂開始前に存在していた歐陽脩に関連する諸本の状況、全集編纂のメンバーとその役割や担当箇所、また如何なる資料に依拠して全集を編纂したのかについて校勘の記述に基づいた考察等、編纂の具体的な経緯を明らかにする。また、周必大が編纂が終わった箇所から次々に原稿を刻工にまわして刊行させていたことや周必大自らが全集編纂以前に歐陽脩の作品を収集し考証していたこと等を考察する。このように周必大が『歐陽文忠公集』百五十三巻を編纂した状況を種々の角度から総合的に解明している。

東　英寿「范仲淹の神道碑銘をめぐる周必大と朱熹の論争――歐陽脩新発見書簡に着目して」も、同じく周必大の『歐陽文忠公集』編纂意識の一端を取り上げた論考である。副題に言う「歐陽脩新発見書簡」とは、東が二〇一一年に日本中国学会で報告した、これまで全く知られていなかった歐陽脩書簡九十六篇を発見したことを指す。主タイトルの「范仲淹の神道碑銘をめぐる周必大と朱熹の論争」とは、歐陽脩が范仲淹のために作成した「范公神道碑銘」(「資政殿学士戸部侍郎范公神道碑銘」)の百三字を范仲淹の息子である范純仁が勝手に削除したことをめぐる是非についての、南宋の周必大と朱熹の論争のことである。その論争で、周必大は范純仁の行為に理解を示し、朱熹はその行為に反対する立場から議論を展開するが、彼らが自らの意見を主張する際に、東が今回発見した歐陽脩の書簡に論及していることに気づく。すなわち、新発見書簡に着目することで、これまで知られていなかった新たな視点から周必大と朱熹の論争を跡づけることができるのである。さらに、これらの新発見書簡の取捨選択過程を考察すると、周必大が『歐陽文忠公集』を編纂した際の意識も新たな角度から浮かび上がってくる。宋代のフィールドに確実に存在していた歐陽脩新発見書簡は、千年近くの伝承の過程において完全に姿を消してしまうが、東は現代というフィールドでそれを探しだし、今度はその新発見書簡を千年前の宋代のフィールドに持ち込むことで、その当時の周必大と朱熹の論争の実情を浮かび上がらせ、さらに『歐陽文忠公集』編纂時の周必大の意識を探り出すことを試みている。

中本　大「『聯珠詩格』は『新選集』の典拠か――『連集良材』所収、載復古「子陵釣臺」詩を端緒に」では、室町時代に編纂された『連集良材』所収の「七里灘」表題下に掲げられた南宋・載復古の七言絶句に着目する。この七絶の引用にみられる編集意図を考察することを手がかりに、室町時代の禅僧における漢籍受容の一側面を明らかにしようとする。考察の結果、『新選集』の典拠は、『聯珠詩格』である蓋然性が高いと結論づける。中本は、中国の南宋時代の詩を手がかりとして、我が国の室町時代へと視点を移動し、室町時代というフィールドにおける禅僧の漢籍受容に迫ったと言えよう。

「Ⅲ　伝承」は、次の四本の論考で構成されている。

東　英寿「歐陽脩『近体楽府』の成立とその伝承――もう一つの『近体楽府』」では、歐陽脩の詞集である『近体楽府』について、南宋時代に百八十一首収録本と百九十四首収録本という、二種類の版本が存在していたことを指摘する。このことは従来の研究者が全く想定していないことであった。これまで『近体楽府』は、南宋の周必大が『歐陽文忠公集』百五十三巻を編纂した際に作成されたものとしてしか把握されておらず、その後に増補された版本の存在については全く議論されていなかった。宋代以降、通行本『歐陽文忠公集』に収録された百八十一首収録本が伝承し、収録数が十三首多い百九十四首本は表舞台には出ず、その姿を全く消してしまったためである。ところが、本論では唐圭璋が編纂した『全宋詞』において百九十四首本から歐陽脩詞を採録していることを明らかにして、清末から民国初期にかけて活躍した呉昌授が当時の京師図書館に伝承していた『歐陽文忠公集』の端本に依拠して『近体楽府』を収録したことがその原因であることを論証する。南宋に成立した『近体楽府』が二種類存在しており、後世に伝承する過程で百九十四首本が完全に忘却されていたが、近代に至り呉昌授がその本に依拠して採録したことにより、通行本では知られていなかった歐陽脩詞十三首が初めて知られるようになったという、『近体楽府』の伝承の過程を描き出している。

中本　大「鶴に乗る「費長房」――本邦における漢画系画題受容の一側面」では、その冒頭に「文学テキストを追跡するだけでは確証を得られなかった事実が、絵画表象を辿ることで顕在化する例がある」と書き出し、『全相二十四孝詩選』に見られる事例を指摘して「ある時代の共通概念、いわゆる常識が文字表現に先行して、絵画表現主導で確立していくおもしろさがそこに見出せる」として絵画の果たす役割りに注目する。中国後漢時代の「費長房」という仙人について、日本ではたとえば『今昔物語集』において飛行の術を体得した仙人として理解されている。中国の文献では簡単には見いだせない「飛仙」としての「費長房」は、『曽我物語』流布本系諸本に至ると乗鶴の仙人というイメージとして把握されるようになる。このイメージは漢籍には見いだせずに、本邦独自の理解だと言える。ただ、宋代の地誌『太平寰宇記』に、三国時代・蜀の費禕が登仙し、鶴に乗って黄鶴楼に遊んだ故事を、同姓の「費長房」と混同した可能性も考慮すべきではあるものの、やはりそれ以上に絵画が果たした役割が大きいとする。本邦画題集成の嚆矢、狩野一渓『後素集』においても、「費長房」の逸話に言及する際に「後、鶴ニノル」と記されており、「乗鶴の仙人」としての絵画的イメージが確立していたことを指摘する。「往事、現在の我々が考え、想像する以上に文章表現と絵画表象が交感している」として、室町時代に視点を移して、絵画が文学テキストに与えた影響を考察する。

中本　大「「十雪詩」のゆくえ」においては、中国・元代の総集『皇元風雅』に収録された「十雪題詠」に着目して考察する。「十雪題詠」は、漢代から宋代に至る「雪」に関する十人の故事を選び、それを『蒙求』に類似する四字熟語で詩題に掲げた七言律詩の連作のことである。それが室町時代禅林で受容され、五山禅林の学統に列なる近世の儒者達にも受け継がれて愛唱されていく状況を詳細に跡付け、江戸時代では特に藤原惺窩門下の儒者達に尊ばれていたことを明らかにする。中国の故事が室町時代や江戸時代に、どのように伝承して受容されていったのかについて論じている。

萩原正樹「「詞譜」の誕生と発展」においては、十五世紀末から十六世紀半ば頃にかけて登場してくる「詞譜」に焦点を当てて考察する。宋代に隆盛を極めた文学ジャンルである詞は音楽に合わせて歌われる歌辞文芸である。詞の音楽も伝承されていくならば、いつの時代でもそのメロディーに合わせて歌を作ることができよう。しかし、ＩＣレコーダー等の録音機材が存在していない当時、後世になってしまうと詞の音楽が伝承していくことは難しく、その結果どのような音調であったのかがわからなくなってしまう。そのため、過去の作例を手本にして、その字数や句読、押韻、平仄等を参考としながら詞を作成する他なくなる。その際に、大いに参考とされたのが、各詞牌の詞体に関する様々な事項を記した「詞譜」である。そのなかでも、萩原は特に清代の萬樹が康熙二十六年（一六八七）に刊行した『詞律』に注目し、その果たした役割が極めて大きいことを取り上げる。この『詞律』刊行以降に様々な「詞譜」が現れ、『詞律』の遺漏や誤りを修正してはいるものの、いずれも『詞律』に触発されて作成されたものであり、『詞律』の価値は些かも揺らぐものではなく、『詞律』はまさに本格的な「詞譜」であったと指摘する。さらに、詞は我が国にも伝わり、明治から大正にかけて活躍した漢詩人である森川竹磎は、『詞律大成』という「詞譜」を編纂しており、萩原はその特色を明らかにする。詞の「詞譜」について、萬樹の『詞律』を中心に据えて、明治から大正期に至る我が国のフィールドまで対象を広げた考察となっている。

以上、駆け足で本書の「Ⅰ　総説」、「Ⅱ　編纂」、「Ⅲ　伝承」について紹介してきた。特に、「文集」は「編纂」されて「伝承」し、さらに増補等の「編纂」が加えられた後に「伝承」することもあり、「編纂」と「伝承」の厳密な区分は難しくそれらは一連のものとして考察されることも多い。そのため、「Ⅱ　編纂」、「Ⅲ　伝承」のどちらに収録すべきか迷う論考もあるが、本書は個々の研究者がどちらに力点を置いているかという基準で分類している。

いずれの論考も前述した短い要約では到底把握しきれない豊かな論証を行っている。本書は同じ中国の宋代を中心とした資料から着想したものであるが、個々の研究者の資質によって、その強調点の置き方や志向性に偏差を持っていることも見て取れよう。それは、同じ専門分野内においても共通する方法論のみだけでなく、宋代というフィールドにおいて自分なりの感性で面白いことを見つけ出し、それに取り組んだ成果だと言える。是非とも読者自身で実際に各論を最後まで読み進めていただき、内容のみならず、文章が醸し出す魅力やニュアンスを捉えて欲しい。

宋人文集の編纂と伝承◉目次

*本文中での漢字における新・旧字体の使用方針は、各執筆者の判断に従い、各稿ごとに統一を図った。

I 総説

詩集の自編と出版から見る、唐宋時代における詩人意識の變遷

内山精也

メディア變革と詩集自編の普遍化
初唐から北宋末まで

一　はじめに

詩人であることを自ら強く意識する者にとって、詩作は何物にもかえがたく重要な自己表現手段であったに相違ない。そして、その成果としての作品も、己の價値を他者に證明するための、もっとも主要な據りどころであったはずである。よって、彼らが自作を整理し詩集として保存することに、無頓着であり得たはずはない。つまり己の分身たる作品の總體をどのように世に送り出し、どのように同時代ないしは後世に傳えてゆくか、という問題は、本來、詩人すべてに共通する、もっとも切實なテーマであったはずである。このような觀點から、本論では、詩人が生前に自撰集を自編する行爲に着目する。この行爲のなかに、詩人としての自意識がもっとも鮮明かつ尖鋭に反映される、と考えるからである。

とはいえ、詩集というのはすぐれて物理的な存在であり、――散篇の詩がともすると記憶という無形の言語情報によって人々の腦裏に刻まれ、口頭によって傳承される可能性を含みもつのとは異なり――通常ならば記錄媒體を必要不可欠とする。そのため、詩人が生きた時代のメディア環境に大きく左右されることになった。より具體的にいえば、竹帛か紙かによって、詩集の形態も流傳の實態も大きく變化したであろうし、同じく紙であっても、それが寫本か刻本かによってさらにまた大きく變質した、と考えられる。そして、このような時代的制約は、詩人の自撰集編纂に對する認識や姿勢それ自體にも、直接大きな影を落としたと考えられる。

中國は近代以前に、①〈竹帛〉から〈紙＋毛筆〉へ（三國時代の前後）、②〈寫本＋巻子本〉から〈刻本＋册子本〉へ（唐宋の間）、という二度のメディア變革を體驗したが、本論は、第二次メディア變革の前後、唐～宋約六百六十年間を對象として、その間における詩人と自撰詩集の關係について探ることを主たる目的とする。本稿では、初唐から北宋末の約五世紀、すなわち印刷時代前史から早期印刷時代に焦點を當てる。

なお、詩集の調査は、唐五代については、萬曼『唐集敍錄』（中華書局、一九八〇年十一月）に、宋代については、祝尚書『宋人別集敍錄』（中華書局、一九九九年十一月）に依據した。この兩著は現存するテキストを主たる對象として、その源流や各本の系譜を記述するものであり、すでに散佚したものは著錄されていない。とりわけ、唐代においては散佚した別集が數多く存するので、該書は唐代詩集の全貌をもれなく再現するものではないが、本稿では便宜的にこの著に基づき、あくまで全體的な趨勢と概要を示すことを主眼とする。

二　唐代詩人と詩集の編纂

前掲、萬曼の『唐集敍錄』によって、唐代における詩集（別集）編纂の樣態を、A「生前の自編」、B「生前の他者編」、C「沒後の編」（さらにCaとCbに細分。後述）の別に留意しつつ調査すれば、以下のような二つの顯著な傾向にすぐさま氣づくであろう。

第一に、――詩人の生前ないしは沒後間もない頃における――初期段階の編集過程がまったく分からないものが、半數を超えるという事實である。『唐集敍錄』には、唐人の別集一〇八種が著錄されているが、そのうち序跋等によって、その過程を推定できるものは、【別表】に掲げた四十五種しかない。そのうち、詩人が生前その編纂に直接關與していたことを確定できるもの（右のA類）は、わずかに十九種のみであり、全體の二割に滿たない[1]。

第二に、その二割未満の事例も、大暦年間（七六六～七七九）の前後以降、すなわち、中晩唐にすべてが集中し、唐の前半、初盛唐の約一五〇年間には皆無である。そして、時代が下るほど件数が増える。中唐が七件であるのに対し、晩唐は十二件とほぼ倍増している。

この二つの傾向に分析を加える前に、まず幾つかの代表例について見ておきたい。A～Cの三類のなかで、詩人の意志と意欲とがもっとも尖鋭に現れ出るのはA類であり、B類がそれに準じる、と考えられるので、本稿でも、A類を中心に考察を進めてゆくが、その前に、約半數を占め、唐代詩集のもっとも一般的な編集形態であるC類について、ここで少しく觸れておきたい。

C類は、細部に着目すると様々なバリエーションのあることが知られるが、大別すれば、Ca＝兄弟・子孫等の血縁のある者、門弟・知友等の身近な縁者が遺稿に整理を加えて集にしたものと、Cb＝作者と生前の接觸のない愛好者や信奉者が四方から蒐集採綴して新たに編集したものの、二種類に歸納できる。Caには、04王維、05李白、21韓愈、26柳宗元等の集が、Cbには、03孟浩然、09杜甫、20張籍等の集が含まれる。唐を代表する詩人の集の多くが、C類に屬することをここで確認しておく。

なお、本來Cに分類すべきものを【別表】ではAに分類した特殊な例外もある。28李賀と30杜牧の集がそれである。まず、28李賀（七九〇～八一六）のケースであるが、李賀本人による關連の言説はなく、李賀の沒後十五年に當たる大和五年（八三一）に、杜牧が記した序文（上海古籍出版社、『樊川文集』巻十、一九七八年九月）によって成書の過程がようやく分かる。その序文によれば、李賀が今際の際に、厚い親交のあった集賢學士の沈子明に自編詩集「四編、凡二百二十三首（『樊川文集』巻十では「凡千首」に作る。『文苑英華』巻七一四の記述に従う）」を託した。しかし、沈子明はその後の數年、職務に忙殺されて東奔西走し、託された詩集も紛失したものと思い込んでいたが、とある晩、酔いから醒めて寝つかれず、つれづれに書物箱を整理したところ、亡失したとばかり思っていた李賀の詩集を發見し、往事

【別表】唐人別集編纂状況

・白抜数字は生前の自編集を，四角で囲った数字は生前の他者編の集を指す。
・A＝生前自編集，B＝生前他者編，Ca＝自編集の沒後公開，Cb＝沒後の他者編
・出身地の網かけは長江以南の出身であることを示す。

詩人名	生卒年	集　名	形態	根　據	出身
01 王績	590～644	東皐子5	Ca	呂才（？～665）序	絳州龍門
02 王勃	650～676？	王子安集20	Ca	楊烱（650～693？）序	絳州龍門
03 孟浩然	689～740	孟襄陽集4	Cb	天寶四年（745）王士源編	襄陽
04 王維	701？～761	王右丞集10	Ca	弟・王縉（？～781）「進王右丞集表」	河東
05 李白	701～762	草堂集20	Ca	魏顥，李陽冰序	西域砕葉
06 儲光羲	706？～762？	儲公集70	Ca	顧況（727？～816？）序	潤州
07 蕭穎士	709～760	蕭穎士文集10	Ca	李華（715～766）序	潁州汝陰
08 顔真卿	709～784	盧陵集10ほか	A	因亮「顔魯公行状」	京兆長安
09 杜甫	712～770	小集6	Cb	樊晃序	河南鞏縣
10 李華	715～766	李華中集20ほか	A	獨孤及（725～777）序	趙州贊皇
11 岑參	715？～770	岑嘉州集8	Ca	杜確編	荊州江陵
12 皇甫冉	717～770	皇甫冉詩集3	Ca	弟・皇甫曾編，獨孤及序	潤州丹陽
13 元結	719～772	文編10	A	大暦二年（767）自序	汝州魯山
14 皎然	720？～？	杼山集10	B	貞元八年（792）于順序	湖州
15 獨孤及	725～777	毘陵集20	Ca	梁肅（753～793）編序，李舟序	洛陽
16 顧況	727？～816？	華陽集20	Ca	皇甫湜（777？～835？）序	蘇州
17 歐陽詹	759～802	歐陽詹文集10	Ca	大中六年（852）李貽孫序	泉州晉江
18 權德輿	761～818	權氏文集50	Ca	孫・權憲編，楊嗣復（783～818）序	潤州丹陽
19 李觀	766～794	李觀文集3	Cb	大順元年（890）陸希聲序	趙郡
20 張籍	766？～830？	木鐸集12	Cb	乾德三年（965）張洎編序	和州烏江
21 韓愈	768～825	昌黎先生集41	Ca	門人・李漢編	鄧州南陽
22 呂温	772～811	呂和叔文集10	Ca	劉禹錫序	河東
23 劉禹錫	772～842	劉氏集略10ほか	A	自序	洛陽
24 白居易	772～846	白氏文集75ほか	A	自序	下邽
25 李紳	772～846	追昔遊編3	A	開成三年（838）自序	無錫
26 柳宗元	773～819	河東先生集30	Ca	劉禹錫編序	河東
27 賈島	779～843	小集3	Ca	許仙，無可編	范陽
28 李賀	790～816	李賀歌詩4	A＊	自編，沈子明／杜牧，大和五年（831）序	福昌
29 許渾	791？～？	丁卯集3	A	自序	潤州丹陽
30 杜牧	803～853	樊川文集20	A＊	自編，裴延翰序	京兆萬年
31 方干	809～888？	玄英先生詩集10	Ca	楊弇・方郜編，乾寧三年（896）王贊序	睦州清溪
32 劉蛻	821？～？	文泉子10	A	自序	長沙
33 李羣玉	？～862？	李羣玉詩集3	A	大中八年（854）自序	澧州
34 孫樵	？～？	孫樵文集10	A	中和四年（884）自序	關東
35 貫休	832～912	西嶽集10	A	光化二年（899）呉融序〔前蜀〕	婺州蘭溪
36 羅隱	833～910	甲乙集10ほか	A	自序〔呉越〕	新城富陽
37 皮日休	834？～883？	文藪10	A	咸通七年（866）自序	襄陽竟陵
38 陸龜蒙	？～881？	笠澤叢書3	A	乾符六年（879）自序	蘇州呉縣
39 韋莊	836？～910	浣花集20	B	天復三年（903）弟・韋藹編序〔前蜀〕	京兆杜陵
40 司空圖	837～908	一鳴集30	A	光啓三年（887）自序	河中虞郷
41 杜荀鶴	846～904	唐風集3	B	景福元年（892）顧雲（？～894？）序	池州石埭
42 鄭谷	851？～？	雲臺編3	A	乾寧元年（894）自序〔呉〕	袁州宜春
43 崔致遠	857～928？	桂苑筆耕20	A	中和六年（886）表進序（新羅王へ進呈）	新羅
44 齊己	864～938	白蓮集10	Ca	孫光憲編　天福三年（938）〔呉・荊南〕	長沙
45 李中	？～？	碧雲集3	Ca	開寶六年（973）孟賓于序〔南唐〕	九江

を偲んで感極まって涙を流した。かくて、杜牧に序の執筆を依頼し、杜牧も再三辭退したものの、沈氏の深情に動かされて序を執筆するに至った、という。おそらく、李賀の詩集が世に送り出されたのは、杜牧の序が記された後のこととなるので、前の分類に従えば、Caとなるが、杜牧の序に記された沈子明の言によって、原本が確かに李賀の手編になるものであったことが判明するので、本稿ではA類に分類した。

30杜牧（八〇三～五二）のケースは、A～Cすべての要素を併せもつ。杜牧は大中五年（八五一）、湖州刺史で得た俸給をすべて使って、祖父杜祐傳來の別墅を治め、その翌年、舊作に嚴選を加え、全體のわずか二、三割の作品だけを遺して、大半を燒棄して自撰集を完成させ（A）、それを甥の裴延翰に託した（B）。裴延翰は杜牧の沒後、平素自ら蓄えていて、杜牧が篩い落とした作品を大幅に增補して、計四百五十首の詩文を収める『樊川文集』二十巻に編んだ（Ca）、という（裴延翰「樊川文集序」。前掲『樊川文集』巻首）。現在通行する杜牧の集はすべてこの裴延翰本に基づき、他方、杜牧が自ら嚴選を加え、彼の價値意識がもっとも尖鋭に反映されたであろう自編集はすでに傳わらない。裴延翰本ならば、Ca類となるが、本稿では、杜牧が生前、自作を篩にかけ編集していたという事實を重んじて、Aに分類した。

それでは、以下、詩人としての自意識がもっとも濃厚に反映されると思われるA類を中心に、唐代における自撰集の編纂狀況について具體的に見てゆきたい。

三 唐代最早期の自編自撰集 中唐前期

A類の別集のうち、成書がもっとも早いのは、（七頁【別表】の）10李華（七一五～六六）の『李遐叔文集』である。獨孤及（七二五～七七）の序（四庫全書文淵閣本『李遐叔文集』巻頭）によれば、「前集」十巻と「中集」二十巻からなる、というが、現存するものはわずか四巻に過ぎない。序には、「前集」が李華の監察御史着任以前の著述を、「中集」

がそれ以降、「今に迄《およ》び至る者（迄至於今者）」を収めることが記され、併せて「中集」が李華の長子李羔の編になることも明記されている。ちなみに、李華が監察御史の任に着いたのは、天寶十一載（七五二）、三十八歳のことである。序にいう「今」が具體的に何時を指すのかは不明だが、序文の末尾に、「他日　此れに繼ぎて作る者、當に後集と爲すべし（他日繼於此而作者、當爲後集）」という一節があり、「中集」の稱が、將來編まれるべき、「今」以降の所作を收める「後集」を前提にした命名であることが分かる。よって、この「前集」ならびに「中集」が、李華の生前に編まれた集であることは疑いようがない。かつ、「前集」はもとより、「中集」もおそらく次に掲げる顔眞卿の「盧陵集」に先行している。「中集」は長子の編なので、右の三分類のなかでは、身内に命じたという點で、AとBの中間的な事例と見なされるかもしれない。

李華の文集の後、すぐに編まれたものに、08顔眞卿（七〇九～八四）の集四種がある。因亮の「顔魯公行狀」（四庫全書文淵閣本『顔魯公集』附錄）によれば、永泰二年（七六六、顔氏五十八歳）より後、吉州別駕に除せられ、「盧陵集」十巻を編み、大曆三年（七六八、六十歳）、撫州刺史に移り、「臨川集」十巻を秀才左輔元に命じて編ませ、同七年（七七二、六十四歳）、湖州刺史に移り、「呉興集」十巻を編み、代宗崩御（七七九、七十一歳）の後、禮儀使に任命され、「前後　制する所の儀注」を左輔元に命じて「禮儀」十巻に整理させた、という。このうち、盧陵・臨川・呉興三集は詩文を中心とし、いずれも魯公に封じられた（廣德二年〈七六四〉）後、忠臣としての盛名が全國に知れ渡った晩年二十年間における集であり、「一官一集」の最早期の例でもある。編纂の樣態は、A（「盧陵集」「呉興集」）とB（「臨川集」「禮儀」）が混在している。

その他、13元結（七一九～七二）の文集も、大曆二年（七六七）の冬に、元結自身によって編まれている。「文編序」という自序（四庫全書文淵閣本『次公集』巻十二）があり、それによれば、まず天寶十二載（七五三）、進士に推擧された元結が、禮部の有司に「校考」の資として求められて「文編」を編んだことが自編の最初のようである。時に元結三十歳であった。そして、四十九歳、道州刺史の任にある時、「近作を次第し、舊編に合はせて、凡そ二百三首、分ちて十巻と爲し、復た命じて『文編』と曰ひ、門人弟子に示して、之れを筐篋に傳ふべきのみ（次第近作、合於舊編、凡二百三首、分爲十巻、復命曰文編、示門人弟子、可傳之筐篋耳）」と記している。この序は「大歴《ママ》三年丁未中冬」、すなわち西暦七六八年十一月に作られているので、死のおよそ四年前のことである。

以上、中唐前期に編まれた集についてその概要を記したが、本稿の主題に立ち返って、彼らの自撰集編集から垣間見られる詩人の意識について分析を加えたい。まず、李華は當時、文章が蕭穎士と並称され、後世、韓柳の先驅と見なされた名文家である。「前集」「中集」はすでに散佚して傳わらないが、獨孤及の序によれば、「中集」二十巻については、「頌・賦・詩・歌・碑・表・序・論・誌・記・讃・祭文、且一百四十四篇」が収められていた。詩は、あわせて十二種列記される文體の二つを占めるに過ぎず、もっとも主要な文體というわけではない。また、現存の四巻本においても、巻一から巻四の前半までが賦を含む文によって占められ、詩は末尾に二十八首が収録されるのみである。よって、これらの事實を總合すると、李華はまず第一に文章家であり、少なくとも自ら詩人であることをなにより強く意識していた人物ではない、と判斷される。

顔眞卿の三集も宋代にはすでに散佚し、現存の通行本『顔魯公集』十五巻本には、詩は末尾の一巻に計八首しか収められておらず（『全唐詩』巻一五二でも十首のみ）、詩はあくまでも附録的な位置づけである。とはいえ、權臣元載との政争に敗れ、廬陵・撫州・呉興三州に在った時期は、まぎれもなく彼が文の領域でもっとも集中的に活躍した數年間であった。三つの集を自ら率先して編纂したほかにも、呉興刺史時代に現地の學者十數名を動員し、積年の願いであった、大型類書『韻海鏡源』三百六十巻をついに完成させてもいる（現佚）。

しかし、如何せん、三集の原貌を窺い知るだけの史料がないため、この三集に詩集としての性格がどれほど備わっていたのか判斷するすべがない。現存の十五巻本を頼りにする限りでは、顔眞卿も李華同様、詩を第一に重視した人物と見なすことは難しい。

元結の「文編」十巻も、すでに散佚して傳わらないが、通行本『次公集』は十二巻で、「文編」と巻數が近く、ほぼ同規模の集と考えられる。少なくとも、李華や顏眞卿よりも原本の相貌をより濃く傳えているであろう。そして、『次公集』は、十二巻のうち、四巻分が詩歌で、全體の三分の一を占める。かつまた、詩を前に、文を後にという編集であり、もしも十二巻本が原本の構成を踏襲しているならば、三者のなかで、詩の比重がもっとも重い集ということができる。内容的にも、「補樂歌十首」「二風詩」等、儒家的復古思想にもとづく作例が巻頭を飾るほか、元白の新樂府に連なる「系樂府十二首」等の作例もあり、士大夫作家としての意識が前面に出ている。ただし、この傾向はひとり詩歌にのみ見られるものではなく、彼の文においても同様の傾向が認められる。歐陽脩は、「次山　開元・天寶の時に當たりて、獨り古文を作り、其の筆力は雄健にして、意氣は超拔、韓の徒に減ぜず、特立の士と謂ふべきかな（次山當開元天寶時、獨作古文、其筆力雄健、意氣超拔、不減韓之徒、可謂特立之士哉）」（中華書局、『歐陽修全集』巻一四一、『集古錄跋尾』巻八「唐元次山銘」、二〇〇一年三月）と、古文復興における元結の先驅的役割を高く評價したが、この認識は今日の文學史においても追認されている。つまり、元結の文學において、詩と文はともに重要であり、元白ならびに韓柳の先驅としての文學史的價値もけっして小さくはない。彼の眞骨頂は詩と文の雙方において先進的な創作活動を展開した、その総合性にあり、北宋以降、標準となる士大夫作家の典型に照らしても、その條件をすでに十分備えている、といってよい。よって、他の二者と比べれば、元結の詩人としての功績は間違いなく大きいが、かといって彼が己を擇一的に詩人としてより強く意識していたという結論にはただちに結びつかない。

李華、顏眞卿、元結の三者はいずれも進士及第者であるので、詩賦を含む文辭の創作能力は、當時の士大夫の平均レベルを遙かに超えて優れていた、と考えられる。しかし、詩を中心にして彼らの文學的功績を量ってみると、三者の間にも自ずと輕重の別があり、現存の諸資料を總合すると、詩作の比重は、李華よりも顏眞卿が、顏眞卿よりも元結が相對的に重い。しかしながら、より嚴密な見方をすれば、三者はいずれも純粋な詩集、もしくは詩の比重が突出して重い集を自編したわけではなかった。したがって、彼らが主體的に自撰集を編んでいたことは確認できるが、そこから彼らの詩人としての明確な自意識を抽出することは、かなり困難だといわざるを得ない。

四　中唐後期の三詩人　白居易、劉禹錫、李紳

最早期の三つの事例は、中唐前期、大暦年間前後に集中している。この後につづくのは、（七頁【別表】の）23劉禹錫（七七二～八四二）、24白居易（七七二～八四六）、25李紳（七七二～八四六）等、中唐後期の例となる。奇しくもこの三者は同年の生まれであり、ともに進士及第で親交があり、いずれも古稀を超える長壽の一生を送った。

この三者のなかで、もっとも饒舌かつ系統的に自撰集について語ったのは、24白居易である。というよりも、唐代詩人全體のなかで、彼ほど自撰集について多くを語った詩人は他に存在しない。もっとも早期の集は、元和十年（八一五）前後、四十代半ばに編んだ十五巻本である。その編集の意圖や經緯は、「與元九書」（上海古籍出版社、『白居易集箋校』巻四五、一九八八年十二月）のなかで詳細に語られている。こののち、長慶四年（八二四）、五十三歳の頃、元稹に托して、『白氏長慶集』五十巻を編んでもらい（元稹「白氏長慶集序」。前掲『白居易集箋校』附録二）、その十餘年後、大和九年（八三五）に六十巻に増補して『白氏文集』と題した（「東林寺白氏文集記」。前掲『白居易集箋校』巻七十）。さらに、開成元年（八三六）に六十五巻（「聖善寺白氏文集記」。前掲『白居易集箋校』巻七十）、開成四年（八三九）に六十七巻（「蘇州南禪院白氏文集記」。前掲『白居易集箋校』巻七十）というように、二度増補し、併せて三度、増補のたびごとに、廬山の東林寺、洛陽の聖善寺鉢塔院、そして蘇州の南禪院千佛堂の計三箇所の佛寺にそれぞれを奉納している。そして、死去の一年前、會昌五年（八四五）、七十四歳の時、「長慶集」五十巻、「後集」二十巻、「續後集」五巻の計七十五巻からなる決定版を自ら編んだ（「白氏長慶集後序」。前掲『白居易集箋校』外集巻下）。このように、白居易の自撰集編纂は、四十代半ばから始まり、計五度の増補改訂を重ねており、この主體性や熱意は、他の唐代詩人の追隨を許さない。彼の自撰集には、文も數多く收録されてはいるが、詩を文の前に配していることといい、二千七百首という唐代にあって突出して多いその作品數といい、自序のなかで語られる詩作の姿勢といい、かつまた後世の評價といい、

彼が詩人を第一に自認していたことは論を俟たない。

23劉禹錫については、「劉氏集略説」（上海古籍出版社、瞿蛻園『劉禹錫集箋證』巻二十、一九八九年十二月）という一文に、彼が娘婿の「博陵の崔生」の求めに應じて、舊稿「四十通」（「通」は「巻」に同じ）に嚴選を加えて四分の一とし、「集略」十巻を自編したことが記されている。瞿蛻園氏の考證によれば、大和七年（八三三）、劉禹錫六十二歳、蘇州刺史時代のことである。劉禹錫には「集略」のほか、白居易との間の唱和詩を「劉白唱和集」（大和三年（八二九））と「汝洛集」（開成元年（八三六））の二集に、令狐楚との唱和詩を「彭陽唱和集」（大和七年（八三三））に、李德裕との唱和を「呉楚集」（大和七年（八三三））に編んでいる。もちろん、これらは彼個人の別集ではないが、大和七年の前後四年間は、彼の編集意識が旺盛であった時期と見なされる。ちなみに、白居易も、劉禹錫のほかに、元稹と唱和した諸作を「元白因繼集」十七巻に編んでいる。

25李紳の自撰詩集に對する姿勢は、三者のなかでもっとも穩やかである。開成三年（八三八）に『追昔遊編』を自ら編み、自序（「追昔遊集序」。中華書局、『李紳集校注』、二〇〇九年十一月）を記しているが、そこにはこの詩集が何巻からなり、どのくらいの詩を収めたのかが明記されていない。現存テキストでは三巻、百餘篇の詩しか收められておらず、もしオリジナルも現行本と大差ないということであれば、明らかにこれは彼の詩業の全貌を窺うに足る量ではない。かなりの嚴選を加えた佳作選ということになるであろうか。かつまた、詩集名に明らかなように、ここに收められたのは、宦遊の折々に矚目した景物や體驗した事柄を題材とした作品がほぼすべてであり、早年、白居易や元稹とともに記した意欲作「新題樂府」二十首（散佚）も含まれていなければ、しばしば詠じたであろう詩友との贈答唱和の作もほとんど含まれない。よって、劉白に共通して認められる積極性や情熱は感じられない。とはいえ、同世代の韓愈や柳宗元が沒後にようやく門人や知友の手によって成書したのと比べれば、大きな相違があるといえるであろう。

中唐前期における三者の集はいずれも原本が失われ、集の性格を精確に特定することが難しかったのに對し、中唐後期の三者の集は原本の規模に匹敵する（白居易と李紳）か、もしくはそれを凌駕する規模の別集（劉禹錫）が今日に傳わっている。そして、三者の集における詩の比重はまぎれもなく重い。

第二節において言及した、28李賀のケースも、ここで併せて考えてみるべきであろう。杜牧の序が傳えるところでは、享年二十七の若さで死去した李賀は、死去の間際、平生の自作を編み、「四編、凡二百二十三首」の詩を友人に託していた。かりに自編の時期が最晩年のこととすると、元和十一年（八一六）のこととなり、白居易が初めて十五巻からなる自撰集を編んだ翌年に當たる。そして、李商隱の「李賀小傳」が描く、あたかも詩魔に取り憑かれたかのごとき李賀の姿こそは、われわれが思い描く中國古代詩人の一典型にほかならない。生命をすり減らして一心不亂に詩作に沒頭する李賀の形象は、晩唐五代に數多く現れた苦吟型詩人に直接繋がるものでもあった[2]。

中唐後期の自編集の特徴は、中唐前期のそれと比べ、詩集としての性格がより前面に出ていることである。詩人としての自意識も、いうまでもなく、より鮮明にそこに投影されている。

五　晩唐五代

【別表】では、29～45の十七名が對象となる。うち、七割に當たる十二名が生前に自撰集を自ら編んでいる。他者による編を併せると、作者の生前に成書した件數は十四件、實に八割を占める。このなかで、特筆すべき二つの現象を採り上げたい。一つは、33李羣玉（？～八六二？）、37皮日休（八三四？～八三？）、43崔致遠（八五七～九二八？）の三者のケースで、他の一つは、35貫休（八三二～九一二）のケースである。

前三者に共通するのは、いずれも自編の集を朝廷や官署に獻上したという點である。ただし、43崔致遠に關しては、いささか特殊といえるかもしれない。彼は新羅人で、十二歳の時、唐に渡り、十七にして科擧に及第して官途を歩み始め、二十八の時、新羅に歸國し、留唐十六年の詩文を整理して、時の新羅王、憲康王・金晸に「桂苑筆耕集」二十巻を含む計二十八巻の自編文集を獻上した（崔致遠「桂苑筆耕序」。中華書局、『桂苑筆耕』巻首、二〇〇七年八月）。その二十八巻には、「五七言今體詩共一百首一巻」も含まれていたが、今は散佚して傳わらない。33李羣玉のばあいは、時の宰相、裴休と令孤綯に推擧され、大中八年（八五四）、「歌行、古體、今體七言、今體五言四通、合三百首」（李羣玉「進詩表」、嶽麓書社、『李群玉詩集』附錄、一九八七年一月）を宣宗に獻じた。37皮日休のばあいは、咸通七年（八六六）に舊稿を整理して「凡二百篇爲十巻」を、おそらく行巻として「有司」に獻上したことが、自序（皮日休「文藪序」、上海古籍出版社、『皮子文藪』巻首、一九八一年十一月）に明記されている。この自序には、先例として、13元結と楊浚が行巻したことも記されている。楊浚については、集が現存せず、詳しいことは分からないが、元結の『文編』については、すでに前述したとおりである。このように、官になるための自薦運動の一環として自撰集を編み呈上するということが、唐代には行われていた。もっとも、13元結のばあいも、37皮日休のばあいも、行巻の主たる内容は詩ではなく、文であったようである。33李羣玉のように、もっぱら詩を推賞され、詩集のみを獻上した例は、むしろ例外に屬する、と見なされる。

後者の、35貫休のケースは、沒後ほどなく上梓されたという點が特筆に値する。ただし、【別表】で採り上げた、自編『西嶽集』十巻がそのまま上梓されたわけではない。沒後十年餘、遺稿「約一千首」を、弟子の曇域が改めて編集し直し、『禪月集』と題したテキストが上梓された。前蜀・乾德五年（九二三）の曇域の序（中華書局、『貫休歌詩繫年箋注』附錄「諸本題跋」、二〇一一年六月）によれば、貫休は常日頃、門人たちに、呉融が『西嶽集』に序を寄せ、己の詩を李白、白居易、李賀の系譜に連ね、彼らと比較したことに對して、「殊に我が意を解さず」と不滿を述べており、曇域に對しても、元稹・白居易・李賀に類すると述べてはならない、私がもし彼らと同時代に生きていたならば、彼らにまったく引けを取らない、と豪語していた、という。かくて、曇域によって、『禪月集』が上梓刊行されるに至った。オリジナルの刊本はすでに散佚して傳わらないものの、當時の資料によって上梓刊行されたことが確定できるもっとも早期の詩集である。換言するならば、寫本時代から印刷時代への轉換を示す記念碑的詩集と見なされる。[3]

晩唐五代の全體的特徴としては、第一に、本節の冒頭でも指摘したように、生前の自編の件數がもっとも多いことである。唐代十九例のうち、十二例がこの時期のもので、實に唐全體の六割を超える。第二に、中唐の後期と比較しても、詩の比重が一層高まっていることである。29許渾『丁卯集』、33李羣玉『李羣玉詩集』、35貫休『西嶽集』、36羅隱『甲乙集』、42鄭谷『雲臺編』の少なくとも五集は、純粋な詩集、もしくは詩の比重の極めて大きい集である。

前者については、次節において採り上げる。後者については、晩唐五代という時代の文學史的な特性により多く關わっているように思われる。生前の自編唐集十九例のうち、純粋な詩集は、上記の五集を除くと、のこりは25李紳『追昔遊編』と28李賀『李賀歌詩』の二種しか存在しない。そして、この二種も晩唐に近接する時代に成書したものである。この點をも考慮に入れると、作者自らが詩だけを單獨に一集に編むという營爲は、晩唐に至ってようやく知識層の間で一般化したといえるかもしれない。同時にこの點は、詩というジャンルが獨立專業化してゆく傾向を示しており、晩唐の頃、下層の士大夫詩人が急增したことと、表裏一體の現象と見なされよう。

晩唐五代の自編集は、中唐後期よりも詩集としての性格が一層純化し、その分詩人の自意識もより高まったことを示唆する實例と見なされる。

六　寫本の限界と南方の意義

第二節の冒頭に掲げた、唐人の自撰詩集編纂に見られる二つの傾向について、その原因をここで考察しておきたい。すなわち、現存唐代詩集の過半は編纂過程が不明であることと、自撰集の自編の例が中唐以降ようやく現れ、時代が下るほど一般化してゆくことについてである。

おそらくそれは、ともに寫本という形態に起因する部分がかなり大きいのではないだろうか。寫本は刻本と較べ、巷間に流通する副本の絶體數がかなり少ない。また、抄寫の過程で收錄作品の脱落や改竄が行われる可能性もけっして小さくない。それゆえ、作者の時代から遠ざかれば遠ざかるほど、原本の原貌が失われたり散佚したりする危險性が、いよいよ増大する。泰平の世であっても、この原則から免れられる集は一つとして存在しない。ましてや大規模な天災や人災がひとたび起きれば、傳本が天壤の間から忽然と消滅する恐れが一氣に高まる、といってよいであろう。

有唐三百年における書籍の最大の危機は、何といっても、安史の亂（七五五〜七六三）である。唐に入り長期統一政權が樹立されたことにより、關中と中原を中心とする北方中國の文化的求心力も高まり、その結果、全國の書籍が京師に吸い寄せられたに違いない。しかし、北方を主戰場とする大動亂が勃發したことによって、上は宮廷の祕閣から下は民間の藏書樓に至るまでが甚大な被害を受け、そのためこの時この世から消失した集も、かえって少なくなかったのではないか、と推測される。

他方、中唐以降は、日に日に印刷時代に接近しつつあり、そのことが幸いし、北宋以後、逐次刻本に姿を變え、傳存の可能性が高められたのであろう。また、安史の亂後、進士及第者の地位向上に伴い、――進士の出自を象徴する――詩文創作能力の社會的重要性も高まり、それが別集作成への關心を高める結果に繫がった可能性も指摘できよう[4]。作家個々人の自撰集編纂の意識が高まれば、序跋を附して、編集の經緯を記錄することも自ずと一般化に向かうであろう。

加えて、南方が大規模な戰亂に巻き込まれることが比較的少なく、北方の沒落に相反して、經濟力も向上したため、書籍の生産地ないしは保存地としての機能が高まったことも、要因の一つに數えられる[5]。安史の亂終息後、顏眞卿が陸續と自撰集を編集したのが、廬陵・臨川・呉興の三地であり、いずれもが長江以南であったことを想起すべきである。また、白居易が畢生の自編文集を奉納する場所として選んだのも、己の暮らす洛陽を除くと、あとは廬山と蘇州の寺院であり、いずれも長江以南であった。さらに、【別表】によって知られるように、晩唐期の詩人の多くが南方出身者、もしくは南方に活動據點を定めた詩人たちであった。長江以南の地は、唐代、とりわけ安史の亂後、書籍を次代に傳えるのにきわめて重要な役割を果たしたようである。

これに關連して附言すれば、唐代の紙生産地の多くが長江以南に集中していたこと、ならびに主として南方において新たな製紙技術の普及が始まったこと等も、中唐以降の自撰集の増加を考える上で重要な要素かもしれない。潘吉星『中國造紙史』（上海人民出版社、二〇〇九年十一月）によれば、唐代貢紙の産地は常州、杭州、越州、婺州、衢州、宣州、歙州、池州、江州、信州、衡州の十一州で、すべてが長江以南の地である（第四章第二節、一九五頁）。當時の製紙は、楮や藤等の樹皮、もしくは麻や稻麥等草本植物の纖維を主たる原材料としていたが、唐の後半頃から竹を材料とする竹紙が普及し始めた、という（前掲書第四章第一節、一九四頁）。竹は成長が速く繁殖力も旺盛なので、製紙に樹皮を用いるよりも、明らかに經濟効率がよい。この新たな製紙技術の確立によって、紙の供給量は確實に增強されたであろう。そして同時に、竹の產地である南方の重要性も一層增大したはずである。唐代の後半期、主に南方においてより多く自撰集が編纂されたことの背景に、製紙をめぐるこのような南方の優位性も關わっていた可能性をここに指摘しておく。

以上、唐代の詩集編纂に見られる特徵について、物理の法則を含め、その要因を考察した。時代が下れば下るほど、モノがより多く今日に傳わる、というのは理の當然であるが、そのような物理の一般法則を除いても、なお幾つかの特殊な要因を以上のように指摘することができる。

つづいて、もう一つ重要な特徵をここに指摘しておきたい。つまり、詩集を編む目的が何處にあったか、という問題である。結論を言えば、——行卷、つまりは官を得るための自薦行爲として編集した、元結、李羣玉、皮日休等の特殊例を除くと——強半は當該詩人の沒後の流傳を第一に意識した行爲であったと判斷できる。約半數を占めるC類のばあいは、言わずもがなであるが、詩人の生前に編まれるA・B兩類のばあいも、ほとんどが死去の直前か晩年に入った後に成書したものであり、同時代的な詩名の向上を強く期待しての營爲とはとうてい見なしがたい。自撰集の自編にもっとも高い執着を見せた白居易のばあいが、その最たる典型である。彼は死去の一年前まで自撰集の編集に餘念がなかったが、それは己の詩業を後世に正しく確實に傳えようとする意欲と動機に支えられていたと考えてほぼ間違いない。このように、唐人詩集に見られるもっとも普遍的な編纂目的は、當該詩人にとっての「今」というよりも「未來」、すなわち死後の流傳に重きを置いたものであった。

しかし、この點もやはり寫本時代というメディア環境の特性に大きく制限された發想と見なすことができる。副本の製作に膨大な時間を要し、しかも巷間に流通する絶對量がけっして多くはない寫本時代のリアリティーに基づけば、詩人が生前、己の詩集を自ら進んで編集し、それを同時代の不特定多數の讀者に發信する、という發想そのものがあまり現實的ではなかったのかもしれない。

それでは、刻本が漸次普及し始める宋代ではどうだろうか。むろん、今日のような多種多樣なマスメディアが存在する時代とは大きな隔たりがあることも確かであろうが、それでも刻本普及の度合いに應じて、作り手の意識に變化が生まれたであろうことも容易に豫測される。次節以降では、本節で整理した事柄を踏まえつつ、印刷時代に突入した宋代にあって、自撰詩集の編集の何が變わり、何が變わらなかったのかを檢討してゆきたい。

七　印刷時代の自撰集　北宋初期の實態

前掲、祝尚書『宋人別集敍錄』上・下二册、三十卷には、計五四二種の別集が收錄されている。南北兩宋の過渡期を生きた詩人については、そもそも北宋・南宋のいずれに歸屬させるかが大きな問題となるが、本稿では便宜的に、上册の十五卷分、計一六三種を北宋別集と見なして考察する。一六三種のなかから、もっぱら奏議を收めるもの等、明らかに詩を含まないものや、作者本人が關わらない詩注本等の計十三種を除く、一五〇種の編集形態を示すと、A類五十四、B類一、Ca類五十三、Cb類八となる。殘る三十四種は、編集過程未詳のものである。自編意識の高さをストレートに示すA類が、全體の三六％を占め、唐の二割未滿と比べてかなり增加している。だが、直前の晩唐五代におけるA類の高い占有率（七割）に比べれば、かなり低い。また、純粋な詩集の件數も晩唐に比べるとかなり減少し、詩文兼載が主流の編集に變わり、中唐の状況により近くなった。

とはいえ、もちろん單純な中唐への回歸というわけではなく、幾らかの進展も認められる。北宋初期の例を二つ掲げる。初期の代表的詩人、王禹偁（九五四～一〇〇一）と楊億（九七〇～一〇二〇）の例である。まず、王禹偁は咸平三年（一〇〇〇）、『小畜集』三十巻を自編したうえで、自序を記し、集名「小畜」の意圖を説明している。死の一年前のことである。

楊億は景徳四年（一〇〇七）、十年間に詠じた詩を整理して、『武夷新集』二十巻を自編し、自序を記している。宋代の史傳と書目がいずれも記録するところによれば（『隆平集』『東都事略』『宋史』等の楊億傳、陳振孫『直齋書録解題』、『宋史』藝文志等々）、楊億は、「括蒼」「武夷」「潁陰」「韓城」「退居」「汝陽」「蓬山」「冠鼇」等計八種の詩文集を遺した、という。序跋がないため、「武夷」以外の集の詳細は分からないが、集名から類推すると、官歴にほぼ卽應した「一官一集」の編集と見なされる（上海古籍出版社、李一飛『楊億年譜』、二〇〇二年八月、參照）。王禹偁と同じくA類の自編自撰集ではあるが、一定期間ごとに集を編んだ顔眞卿の系譜に連なる。ただし、顔眞卿の自撰集が晩年の一時期に偏っているのに對し、楊億の「一官一集」は生涯を通じて續けられたので、それがいっそう徹底されたものといってよい。

この兩者の事例は、いずれも唐代の延長線上にあるものだが、王禹偁は集の命名にこだわりを見せ、楊億は生涯にわたって自撰集を自編しつづける等、唐代詩人よりも主體意識が明らかに一歩進んでいる。しかし、彼らの自編集が生前に出版された可能性はかなり低いと見積もられる。王禹偁の『小畜集』は死去の一年前に成書したものであるし、現存資料によって確定できる、もっとも早い刻本は、南宋の紹興十七年（一一四七）に、黄州郡齋において刊行されたもので、沒後すでに一世紀半近くの時が流れている。楊億のばあい、前掲八種の自編集のうち、「武夷」、すなわち『武夷新集』を除いてすべて傳わらない理由を、祝尚書氏は、『武夷新集』のみが刊刻され、その他は刊刻されなかったからであろうと説明する（上册七二頁）が、その確證は何も示されていない。時代は確かに印刷時代に突入したが、現存資料による限り、北宋初期の段階では、唐および唐以前に成立した經典的書籍が校定されて刊行されるケースがほとんどであり、同時代文學の出版印刷はまだ本格的には始まっていない。よって、『武夷新集』が彼の生前に刊行された可能性もかなり低いと判斷せざるを得ない。印刷出版業と同時代文學の連攜には、なおしばらくの時間を要すると考えるべきであろう。では、詩人の自撰集が生前に刊行されたと確定できる、もっとも早期の事例はいったい何時頃のことなのだろうか。

八　宋人自撰集の生前刊行

現存資料で確定できる、生前に刊行された自撰集のもっとも早期の例は、李覯（一〇〇九～五九）の「外集」である。李覯の第一自編集『退居類稿』十二巻（慶暦三年〔一〇四三〕成書）と第二自編集『皇祐續稿』六巻（皇祐四年〔一〇五二〕成書）には、それぞれ自序があり、後者の自序に、慶暦六年（一〇四六）、『退居類稿』成書後三年間に書き溜めた百篇餘の原稿を何者かが盗み、勝手に「外集」と題して「刻印」したことが記されている（「皇祐續稿序」。中華書局、『李覯集』巻二十五、一九八一年八月）。時に李覯は三十八歳であった。李覯はこの「外集」に對し甚だ不滿であったようだが、皮肉にもそれが宋人文集が作者の生前に刊行された最早期の確かな事例となる（『退居類稿』と『皇祐續稿』が刊刻されたか否かは不明）。ただし、李覯は自他ともに認める學者であり、その本領は古文によって記された論や策にあった。少なくとも彼が詩人を自認していた形跡はない。よって、この「外集」も、今日的意味における文學作品を中心に編集されたものではなかったはずである。

しかし、いずれにせよ、李覯の「外集」刊行は、民間の出版業が同時代作家の作品集を營業對象とし始めたことを示す象徴的な事例といってよい。このように、十一世紀の半ばに至って、印刷業はようやく官民を擧げての發展期を迎え、詩人が生前に自撰集を刊行することも、いよいよ現實味を帯びるようになった。これ以後は、詩人としての自意識の指標として、生前の自編はむろんのこと、さらにそれが生前に上梓刊行されたか否かが、より重要となる。生前の刊行とA類の自編とでは、そもそも編集の目的が本質的に異なる。A類の自編は、前述のとおり、主として作者の沒後の流傳を目的とした行爲であった。それに對し、刻本のメディア的特性は、なによりも内容の均一性と傳播の速さならびに廣さにある。したがって、生前に詩集を上梓刊行することは、まず第一に作者と同時代の讀者ないし購買層を強く意識し、彼らに向けた事業であったはずである。結果的にそれが後世への流傳を助けることになったとしても、それはあくまでも副次的な効果であって、主たる目的ではおそらくない。とりわけ、出版元が民間の書肆となれば、投資した經費の速やかなる回收とより大きな利潤を求めたに相違ないから、速售多賣を第一に目指したであろう。したがって、生前の詩集出版は、同時代の人々にその詩業を廣く知らしめることを第一の目的とする、すぐれて同時代的な社會的營爲と見なしうる。

では、詩を中心とする文學的作品集が作者の生前に刊行されたもっとも早期の事例は、いったい何時のことであろうか。それは、李覯の「外集」よりさらに三十年降った、元豐元年（一〇七八）～同二年の間の、蘇軾（一〇三七～一一〇一）の詩集『元豐續添蘇子瞻學士錢塘集』三卷であろう。蘇軾には、刊期がそれより幾らか先行する可能性のある『眉山集』という集もあるが[6]、この『錢塘集』の方がより確實に刊行の時期を特定できる。この集は、すでに別稿で詳論したように[7]、當時の公文書「烏臺詩案」（懺花盦叢書本）にその名がつぶさに記録されている（「御史臺檢會送到册子」）ほか、「今　板に鏤《きざ》みて市に鬻がるる者を取りて進呈す（今獨取鏤板而鬻於市者進呈）」（「監察御史裏行何正臣札子」）とか「印行四册」（「監察御史裏行舒亶札子」）等々の文言が記されていることにより、民間の書肆による坊刻本であったことが分かる。さらに、書名に「元豐續添」の四文字が冠せられていることから、元豐元年から蘇軾が彈劾された元豐二年五月までの間に、既刊の『錢塘集』の増補版として刊行されたものであったことも分かる。また、蘇頌（一〇二〇～一一〇二）によれば、彼が知事として杭州に在任した、煕寧九年（一〇七六）四月から約一年の間に、高麗の使者が杭州の街で蘇軾の詩集を買い求めて歸國した、という（「己未九月、予赴鞫御史……」其二の自注。中華書局、『蘇魏公文集』巻十、一九八八年九月）。彼らが買い求めたのは、時期と地點を總合すると、初版の『錢塘集』であったと推測される。この蘇頌の言によって、『錢塘集』の初刻本は、どんなに遲くとも、煕寧九年までに民間で出版販賣されていたことが知られる。ちなみに、煕寧九年の年、蘇軾は四十一歳であった。

もちろん、この『錢塘集』の原本は現存しないが、この集に収められていたのは、「烏臺詩案」の供述記錄によって、蘇軾が杭州通判在任中（煕寧四年（一〇七一）十一月～同七年九月）に詠じた詩が中心となっていたことも判明する。この蘇軾の例によって、詩集の生前刊行が、李覯の「外集」の約三十年後には實現していたことを確認できる。しかも、最晩年に畢生の詩集として編纂刊行されたのではなく、作家として脂の乘った壯年期にあり、同時代の誰よりも注目を集める詩人の作品群が、生み落とされて數年しかたたぬうちに上梓されたものであり、まさにリアル・タイムの同時代文學作品集といってよい詩集であった。

蘇軾の同世代もしくは下の世代の詩人たちにとって、己の集を生前に刊行することは、けっして現實離れした夢物語ではなくなった。現實に、蘇軾以外にも、蘇轍（一〇三九～一一一二）、ならびに蘇門四學士の黄庭堅（一〇四五～一一〇五）、晁補之（一〇五三～一一〇〇）、張耒（一〇五四～一一一四）の三者、計四名の集が彼らの生前に刊行されていた事實を、當時の史料によって裏づけることができる。徽宗の崇寧二年（一一〇三）四月の勅令がそれである。その勅令は、「三蘇、黄、張、晁、秦、及び馬涓の文集……等の印板、悉く焚毀を行へ（三蘇、黄、張、晁、秦、及馬涓文集……等印板、悉行焚毀）」（『皇宋十朝綱要』巻十六、『皇朝編年綱目備要』巻二十六、『續資治通鑑長編紀事本末』巻一二一、『宋史』徽宗本紀等）というものである。一連の「元祐黨禁」に關わる勅令の一つで、三蘇と蘇門四學士等の文集の版木を廢棄することを命じた内容である。それは、裏を返せば、發令の當時、三蘇と蘇門四學士の文集が確かに刊行され流布していたことを紛れもなく證明している。崇寧二年の時點で、三蘇のうちの蘇洵と蘇軾、さらに秦觀の三者はすでに他界していたが、蘇轍、黄庭堅、張耒、晁補之の四名は存命中であった（馬涓は未詳）。よって、この勅令によって、蘇轍を始めとする四人の集の、生前刊行を確定できる。しかしながら、それらの具體的な刊期も、集の内容もまったく不明である。

九　自編と上梓の距離

以上のように、北宋の中後期、李覯から蘇軾、蘇軾から蘇門四學士というように、世代が下になるにつれ、生前刊行の件數が確實に增加していることを看取できるが、彼らが出版とどのように關わったか、という主體性・積極性に着目してみると、むしろそこには、とてもポジティブとはいい難い彼らの姿勢が、一様にあぶり出されてくる。

まず、李覯は、原稿が何者かに盜まれ、本人の與かり知らぬ間に刊行されたと述べており、己が被害者であることを強調している。蘇軾も、「烏臺詩案」の後、知人が書簡を寄こし彼の詩集を刊行したいと願い出た時、「某　方に市人の利を逐ひ、好んで某が拙文を刊するを病み、其の板を毀たんと欲す（某方病市人逐於利、好刊某拙文、欲毀其板）」（「答陳傳道五首」其二。中華書局、『蘇軾文集』巻五十三、一九八六年三月）と述べ、その申し出をきっぱり斷っている。このように、生前刊行を實現した初期の兩者は自撰集の刊行に對し、けっして前向きな姿勢を示してはいない。

李覯の時代はともかくも、蘇軾の時代になると、民間の印刷出版業は宋初と比べれば長足の發展を遂げていた。「烏臺詩案」の勃發が、ただちにそのことを證明している。「烏臺詩案」では、蘇軾の詩が「小なるは則ち板に鏤まれ、大なるは則ち石に刻まれ、中外に傳播（小則鏤板、大則刻石、傳播中外）」（「監察御史裏行舒亶札子」）したことが問題視され、疑獄の發端になったほか、民間で刊刻された前掲『錢塘集』が證據物件として朝廷に呈上されている。この事象は、民間の出版業が同時代文學を出版對象と見なすようになったこと、さらにはその出版が中央の監察機關の注意を喚起するまでの社會的影響力を持ち始めたことを示唆している。蘇軾自身も「烏臺詩案」の直前、熙寧九年（一〇七六）十一月に記した「李氏山房藏書記」（前掲『蘇軾文集』巻十一）のなかで、民間出版業の隆盛により書籍の入手が半世紀前よりも格段と容易になった、當時の書籍生産ならびに流通における急激な變化を傳えている。

蘇軾の下の世代、蘇門四學士たちは、己の集の生前刊行について何一つ語ってはいないが、彼らの集の生前刊行を可能にしたのも、民間出版業のこのような發展が大いに與っていたと考えられる。その一方で、蘇轍や蘇門四學士たちの心理を忖度すると、その状況を必ずしも手放しで歡迎できない、ある種の警戒感、もしくは防衛本能が働いたであろうことも、想像に難くない。彼らのもっとも身近なお手本であった蘇軾が、詩が原因で死地に置かれ、しかも民間で刊行された詩集が動かぬ證據として彼をますます窮地に陷れたことを、彼らはつぶさに知っているからである。「烏臺詩案」（元豐二年〔一〇七九〕）、さらには蔡確の「車蓋亭詩案」（元祐四年〔一〇八九〕）という、詩をめぐる二度の疑獄が彼らの目前で連續して發生したという現實は、生前刊行に對し、彼らを逡巡させるのに餘りある先例となったに違いない。そのことを強く暗示するかのように、北宋後期の生前刊行を確定できる詩集は、疑獄や發禁處分等、新舊黨爭の絡みで史料に記録されたものがほとんどすべてであり、今日的に見ても、とうてい好意的にとらえることのできないネガティブな事例ばかりであった。

このような流れを考慮すると、蘇轍と蘇門四學士の集の出版刊行も、彼らがそれに主體的に關わっていた可能性は甚だ低いと考えられる。

もっともそれは、北宋後期の詩人たちが自撰集の編纂に無關心であったことを同時に示すわけではない。作者が自撰集を生前に編定することそれ自體は、北宋中期以降、かなり普遍的に見られるようになっている。たとえば、歐陽脩の『居士集』は、生前自ら編定したものとされる（周必大「歐陽文忠公集跋」。中華書局、『歐陽脩全集』附録、二〇〇一年三月）。蘇轍の『欒城集』が自編集であることは、自序に明記されている（蘇轍「欒城後集引」・「欒城第三集引」。中華書局、『蘇轍集』、一九九〇年八月）。また、黄庭堅が早年の作に嚴選を加え大半を焼棄して殘りを『焦尾集』と命名し、のち『敝帚集』と改名した逸事が、兄の黄大臨の言として傳わっている（四庫全書文淵閣本、葉夢得『避暑錄話』巻上）。

秦觀（一〇四九～一一〇〇）も、進士及第の前年、元豐七年（一〇八四）に『淮海閒居集』十巻を自ら編定している（秦觀「淮海閒居集序」。上海古籍出版社、『淮海集箋注』後集巻六、一九九四年十月）。晁補之（一〇五三～一一〇〇）も、元祐九年（一〇九四）に自ら『雞肋集』を編み自序を記している（晁補之「雞肋集原序」、文淵閣四庫全書本『雞肋集』巻頭）。このように、十一世紀後半以降、北宋後期になると、作者が生前に自撰集を編定することは、もはやスタンダードになりつつあった、とさえいってよい。

自撰集編定に對する自覺的な姿勢が、ただちに生前刊行に直結しなかったのは、一つにはこれまで述べてきたように、新舊黨爭によって言論環境が惡化し、彼らが意識的に出版と距離を置いたということを想定できる。しかし、より本質的には、詩人である以前に彼らが士大夫であった、という點が大きく作用している可能性をここで指摘しておきたい。この點については、次稿において改めて考察する。

注

（1）今日に別集が傳わるのは、遡れば當該の作者が生前のどこかのタイミングで自作の整理や保存に努めたからこそである、という立場に立つことも可能であろう。しかし、本論では、その關わり方が不明のものについては、一樣に考察の対象から除外した。本論は、詩人としての自意識もしくは自覺が、メディア革命の前後でどのように變化したのかを考察することを主たる目的とし、自編詩集に着目することによってそれを系統的に探るという方法を採る。よって、編集の過程が不明なものは、そもそもそれを具體的に分析する術がない、と判斷されるからである。

（2）岡田充博「中晩唐期に見られる詩文學への沒頭的風潮について―詩人達の文學的自覺の問題を中心にして―」（『名古屋大學文學部研究論集』26、一九八〇年）參照。

（3）なお、貫休の『禪月集』に先んじて、遅くとも五代の初期に詩集が刊行されていた可能性を示唆する資料もある。孫光憲（?～九六八、五代十國の一、荊南に仕えた）の『北夢瑣言』巻七に、蜀眉州青神の人陳詠（?～?）と杜光庭（八五〇～九三三）の對話が引用されており、陳詠の詩巻を見た杜光庭が巻首の對語を見て、先輩にはもっと好い佳作があるのに、なぜこの句を冒頭に配したのかを尋ね、陳詠が以前、權貴に稱贊されたことを理由に「刻於首章」と答えた條がある（上海古籍出版社、宋元筆記叢書本、一九八一年十一月、五六頁）。李致忠氏は論文「五代版印實録與文獻記録」（國家圖書館『文獻』二〇〇七年第一期、三～一四頁）のなかで、「刻」の字を根據に、この條を陳詠が自編文集を自ら雕印したことを示す資料と見なしている。ただし、陳詠の詩は、『全唐詩』においても、わずかに『北夢瑣言』に引かれた斷句だけしか收録しておらず（卷七九五、中華書局本第二十二册八九四九頁）、詩集はおろか、一首すら完全な詩が今日に傳わらない。當時の「詩卷」がいかなる形態をしていたのかも、嚴密にいえば、もはや知る術はない。本論は萬曼『唐集敍錄』著錄の集を對象として考察を進めたので、散佚して傳わらない陳詠の集は對象外となるが、もしも李氏の推定が正しいとすれば、貫休の詩集を遡ること約半世紀の昔に自編集が刊行され、しかも生前に刊行されていたことになる。

（4）かつて拙稿でこの問題を論じたことがある。「王安石『明妃曲』考」（研文出版、『蘇軾詩研究　宋代士大夫詩人の構造』第十二章、五〇九頁）參照。

（5）安史の亂を境として、唐代における經濟・文化の中心が南遷したことについては、文化地理學關連の論著が均しく說くところである。たとえば、陳正祥『中國文化地理』（生活・讀書・新知三聯書店、一九八三年十二月）第一篇「中國文化中心的遷移」、二「逼使文化中心南遷的三次波瀾」（三頁）、曾大興『中國歷代文學家之地理分布』（湖北教育出版社、一九九五年十月）第五章「隋唐五代文學家的地理分布」、第二節（一三六頁）等參照。

（6）曾棗莊「蘇軾生前著述編刻情況考略」（巴蜀書社、曾棗莊『三蘇研究』所收、一九九九年十月）に、關連の考證がある（二二八頁）。

（7）拙稿「蘇軾の文學と印刷メディア」、ならびに「東坡烏臺詩案考」參照（研文出版、拙著『蘇軾詩研究——宋代士大夫詩人の構造』所收、第四～第六章、二〇一〇年十月）。

＊本稿は、二〇一五年度日本學術振興會科學研究費、基盤B「宋人文集の編纂と傳承に關する總合的研究」（26284050／研究代表：九州大學東英壽）による研究成果の一部である。

南宋中期の出版業隆盛がもたらした新たな展開

宋代士大夫の詩人認識とその變質

一　はじめに

前稿において、初唐から北宋末に至る約五世紀の間の變化を採り上げ論じた。その大凡の概略を記せば、中唐を境として、作者自らが自撰の詩文集を編集する事例が現れ始め、晩唐五代に至ると、詩だけを單獨に編集する事例も増加して、詩が獨立專業化してゆくかの傾向を示すようになる。ところが、北宋に入ると、自編の意識それ自體は普遍化に向かったものの、集の形態は詩文兼載がむしろ常態化し、中唐への回歸の如き様相を呈するようになった。また、民間の出版業が一定の發展を見た北宋後期以降も、作者の間で一般化した自編の意識がただちに生前の上梓刊行を促す力としては機能しなかった。北宋中後期の詩壇をリードした士大夫詩人は、自撰集の生前刊行に對して、總じてきわめて消極的かつ受動的な姿勢を示している。

前稿では、彼らが見せた消極性の原因として、二つの可能性を指摘した。第一に、北宋後期に特有の問題として、新舊兩黨の角逐によって生じた言論環境の惡化に起因する可能性である。民間出版業と同時代作家の聯繫が中國史上初めて實現した蘇軾の詩集が、疑獄の證據物件となり、蘇軾は獄に繫がれ、流刑に處せられた。この事件は、詩による諷諫が無罪放免とはならないこと、そして印刷のもつメディア的効力の大きさを、滿天下に知らしめることになった。そのため、當時の士大夫たちは詩作に對し自ずと愼重な態度を採らざるを得なくなったであろうし、自作が上梓されることに對しても、ある種の警戒感を抱かざるを得なくなったに相違ない。第二に、より根源的な要因として、彼ら士大夫の傳統的價値認識が大きく作用した可能性がある。第二の點は、北宋のみにとどまらず、南宋においても大いに關係する問題である。よって、本稿において再び採り上げ、改めて分析を加えたい。

十二世紀の後半、南宋の中期に入ると、北宋とは相異なる新たな展開が生まれた。一部の士大夫が積極的に自身の著述を生前に刊行し始めるのである。かくして、五代以來、約二百年の時を經て、印刷時代はいよいよ本格的な活況を現出するに至った。本稿では、主としてこの時期に焦點を當て、北宋期に定着し得なかった詩（同時代文學）と印刷メディアの聯繫が、どのようにして實現したのかに着目する。

なお、別集の調査は、前稿と同樣、祝尚書『宋人別集敍錄』（以下、『敍錄』と略稱。中華書局、一九九九年十一月）に依據する。

二　南宋における自編集の概況

まずは、祝氏『敍錄』によって、南宋約一世紀半における自撰集の編集狀況について、その概況を示しておきたい。『敍錄』には、計三七六種の南宋の集が著錄されているが、そのうち詩を含まないもの、作者本人が關與する餘地のない注本、選本等を除くと、殘りは三五二種となり、これが本稿の考察對象となる。まず、このデータによって氣づかされるのは、有唐三百年間の百種餘から北宋一五〇年間の一五〇種、そして南宋一五〇年間の三五〇種餘というように、編まれた別集の數が、年平均値で、ほぼ倍增している點である。――時の經過とともに、モノの殘存率は低下するという――物理の法則を考慮に入れたとしても、この著しい增加は、メディア環境の變化が直接影響した結果であろうと考えられる。

つづいて、前稿の分類に従い個別のデータを示すと、作者による生前の自編A類は八〇、作者生前の他者編B類は

十四、沒後の子孫・門人等縁者の編Ca類は一〇八、沒後の愛好家による編Cb類が八となる。殘りの一四三種は編集過程が未詳のものである。全體のなかの比率を記すと、A＝二三％（三六）、B＝四％（〇・七）、Ca＝三一％（三五）、Cb＝二％（五）となる（括弧内は北宋における比率）。A類の比率が一割以上低下しているが、未詳の件數が北宋三十四に對して、南宋は一四三と四倍以上に增加したことによると考えられる。自序や墓誌銘・行状等の關連資料がないものはすべて「未詳」に分類したが、そのうちの半數以上はおそらく作者自編の遺稿に基づいていると想定される。そう考えると、一割餘の減少はとりわけ大きな落ち込みとは見なされまい。

なお、南宋約一五〇年を、通説に從い[1]、前期＝高宗朝の約三十五年間、中期＝孝宗～寧宗の開禧年間までの約四十五年間、後期＝寧宗の嘉定年間～滅亡までの約七十年間に區分すると、この三期ごとのデータは以下のようになる（數値の下は各時期の總數に占める％。なお、ここでは祝氏『敍錄』卷一六～一九を前期、卷二〇～二三を中期、卷二四～三〇を後期として、データを整理し、「總數」には編纂過程未詳のものを加えている）。

	A	B	Ca	Cb	總數
前期	14 16.9	1 1.2	33 39.8	2 2.4	83
中期	10 12.8	2 2.6	29 37.2	2 2.6	79
後期	56 26.3	11 5.2	47 22.1	4 1.9	213

右の表から、集の總數が、南宋後期に急增した事實を確認できよう。二一三種という數は、有唐三百年はむろんのこと、北宋一代の總數を遙かに凌駕し、南宋前・中期約八十年間の總數よりも五十種多い。このなかには、陳起の陳宅書籍鋪が出版した小集の叢書が含まれる。そのことが端的に示すように、民間の出版業がいよいよ活況を呈し、それが詩文集の編集や刊行を促したことと深い關わりがあろう。陳起が刊行した江湖詩人の小集は現存するものに限っ

ても六十種餘あるが、このうちの大半はマイナー・ポエットであり、もしも陳起が彼らの小集を上梓しなかったならば、今日に傳わった可能性はかなり低いと見積もられる。よって、この事實からも、右の推測をかなりの確度で裏づけられる。

いずれにせよ、印刷時代における詩人意識の強弱を計るばあい、より重要となる指標は、自編の有無よりも、生前刊行の有無である。本稿ではとくにこの點に着目して、考察を進める。

三　南宋前期の状況

南宋前期における状況について、まず觸れておきたい。紹興十一年（一一四一）に和議が結ばれるまで、宋は金と王朝の存亡を賭け交戰していたので、北宋において順調に發展してきた官民の印刷出版業も、しばしの間、けっして小さくはない打擊を被ったであろう。しかし、周知のとおり、現存の宋版のなかには、紹興年間の刻本が一定數含まれており、南渡後すぐさま復興に向かったことを、それらの物證がわれわれにはっきり教えてくれる。たとえば、蘇軾を例に擧げれば、王狀元分類百家注二十五卷本（舊工本）の前身と目される、現存最古の詩注本『集注東坡先生詩前集』、所謂五注本・十注本の殘本（中國國家圖書館藏）が、紹興年間の刻本と比定されているし、『東坡烏臺詩案』の刻本もおそらく紹興年間の後半期に印刷出版されている。(2) しかしながら、南渡後の速やかなる復興も同時代詩集の生前刊行にはただちに結びつかなかったようである。

祝氏『敍錄』では、汪藻（一〇七九～一一五四）の『浮溪集』六十卷や呂本中（一〇八四～一一四五）の『呂居仁集』十卷等が生前に刊行されていた可能性を指摘している。しかし、根據として揭げられた諸資料を、筆者が改めて檢討してみたところ、それらはいずれも確證とはいい難い内容であった。汪藻に依頼され『浮溪集』に序を寄せた孫覿（一〇八一～一一六九）が、汪藻の墓誌銘を書いており、そこに「公之文有『浮溪集』六十卷、行於世」とあることにより、祝氏はその結論を導き出しているが、墓誌銘には上梓されたか否かの言及がないこと、さらには墓誌銘という死者の功績を顯彰するための文體に含まれる言辭であること等を考慮に入れると、「世に行はれ」たことが、ただちに上梓されたことの證左にはならないように思われる。呂本中については、晁公武の『郡齋讀書志』に著録された「十巻本」が、後の書目類にまったく見られないことを理由に、「蓋早年編刊」と祝氏は推測しているが、それを刊本と見なす根據が示されていない。ちなみに、呂本中の宋刻本は我が國内閣文庫に所藏されている。乾道二年（一一六六）の曾幾の序を冠する『東萊詩集』二十巻がそれである。曾幾の序文は、この詩集が呉郡郡齋で刊刻されるに到った經緯を詳細に記しているが、そこにも呂本中の生前刊本については、まったく言及がない。よって、現存資料の限りでは、この乾道二年曾幾序刊本が、呂本中詩集の最古の版本と考えるべきであろう。もしそうだとすると、沒後すでに約二十年の歳月が流れている。

この後、生前の刊行を確定できる事例は、さらに降って中期に到るまで出現しない。そして、中期、もっとも確實にそれを證明できる例は、陸游（一一二五〜一二一〇）と楊萬里（一一二七〜一二〇六）の自撰集刊行である。[3] まずは、陸游の例を通して、そこから抽出される問題について論じることとする。

四　陸游の『劍南詩稿』刊行

陸游の『劍南詩稿』の編纂過程については、村上哲見氏に詳細な考證がある。[4] 村上氏の考證によれば、『劍南詩稿』は計四回の編集を經ており、うち二度が上梓刊行と直結している。初回は陸游の生前、二度目が沒後の刊となる。初回の生前刊本は二十巻で、淳熙十四年（一一八七）、嚴州（浙江省建德）の刊。時に陸游は六十三歳、知事として嚴州にいた。この集は、嚴州屬縣の建德縣知事の蘇林によって刊行された。村上氏の考證によれば、蘇林は蘇轍の玄孫に當たる人物で、熱心な陸游の信奉者であった。編者であり序文を寄せた鄭師尹も、陸游の門人を自稱し、この時、陸游の屬僚であった。つまり、身近な信奉者たちによって進められた刊行と見てよい。陸游は、嚴州刊本以前に、「京口唱和」（乾道元年〔一一六五〕）と「東樓集」（乾道九年〔一一七三〕）を自編し、爾後にも「巴東集」（慶元二年〔一一九六〕）を編んでおり、それぞれ自序を記しているので、自撰集に對する意識はけっして低くはなかったと考えられる。しかしその彼が、『劍南詩稿』二十巻の刊行に際して、自らが陣頭指揮を執って最前線に立ってはいない。當時の詩壇における地位や兩者と陸游の上下の關係を考えると、編集と刊行の様々な局面で、陸游自身が彼らに具體的な指示を出していたに違いないが、少なくとも表向きは、〈鄭師尹編、蘇林刊〉という形式を採っている。

ところで、この嚴州刊本ののち、陸游七十九歳の時、長子の子虡に命じて續集を編ませ（四十巻）、さらに八十二歳の時、季子の子遹に命じて、近作を加えて續集を再編させている（四十八巻）。そして、子遹の手で、陸游の沒後十年餘たった嘉定十三年（一二二〇）に、完成版の『劍南詩稿』八十五巻が刊刻されている。このように、續集の編纂過程でも、陸游自身は表に出ず、すべて息子が前面に立っている。しかし、彼が編集作業にまったく無關心で受動的であったとは、とうてい考えられない。おそらく、陸游が健在であった時に編まれた續集二種は、彼自身によって最終的には編定されたはずである。にもかかわらず、息子の編という形を採ったのはなぜなのだろうか。

二十巻本の刊行にせよ、その續集の編纂にせよ、そこから垣間見える陸游の姿勢は、少なくとも表面的には、幾分受動的に映る。このようなポーズは、陸游に獨特なものなのであろうか。この問題を解決するため、楊萬里を除く同時代士大夫について調査を進める（楊萬里については、本稿第八節において後述する）と、實は陸游のみが突出しているわけではなく、彼は努めて傳統の枠内に踏みとどまろうとしていたことが理解されるのである。

五　朱熹と刻書

陸游と同世代の士大夫のなかで、出版業を最大限活用していた一人は朱熹（一一三〇～一二〇〇）であろう。束景南

『朱熹年譜長編』（上下二冊、華東師範大學出版社、二〇〇一年九月）を繙くと、彼の出版活動がいかに精力的であったかがすぐさま了解される。刊刻された彼の著述ならびに編著を年齢順に列記すると、以下のとおりである。

37歳　乾道二年（一一六六）　①周敦頤『通書』を編訂し、長沙にて刊刻　②『論語要義』を邵武府學にて刊刻

39歳　乾道四年（一一六八）　③『程氏遺書』を編訂し終わり、泉州にて刊刻

40歳　乾道五年（一一六九）　④周敦頤『太極通書』を再度編訂し、建安にて刊刻　⑤『程氏易傳』の校訂が終わり、呂祖謙によって婺州にて刊刻

41歳　乾道六年（一一七〇）　⑥『程氏遺書・文集・經説』を校訂し、鄭伯熊によって建寧にて刊刻

43歳　乾道八年（一一七二）　⑦『語孟精義』を建陽にて刊刻　⑧『八朝名臣言行錄』成り、建陽にて刊刻

44歳　乾道九年（一一七三）　⑨『説文解字』を校讎し、贛州にて刊刻　⑩『程氏易傳』を再度校訂し、呂祖謙によって婺州にて刊刻

45歳　淳熙元年（一一七四）　⑪『弟子職』『女誡』を編訂し、建安にて刊刻　⑫『大學・中庸』新本を編訂し、建陽にて刊刻

46歳　淳熙二年（一一七五）　⑬呂祖謙と『近思錄』を共編し、婺州にて刊刻

47歳　淳熙三年（一一七六）　⑭張栻と『四家禮範』を共編し、劉珙によって建康にて刊刻

50歳　淳熙六年（一一七九）　⑮故家傳本によって『太極通書』を校訂し、南康軍學にて刊刻⑯張載の『横渠集』を校補し、黄灝によって隆興にて刊刻

51歳　淳熙七年（一一八〇）　⑰亡父朱松の『韋齋集』を整理し、隆興にて刊刻　⑱『語孟精義』を補訂、『語孟要義』と改稱し、隆興にて刊刻

52歳　淳熙八年（一一八一）　⑲『古今家祭禮』を補定し、建安にて刊刻

53歳　淳熙九年（一一八二）⑳『急就篇』を校訂、婺州にて刊刻 ㉑『大學章句』『中庸章句』『論語集注』『孟子集注』を合編し、婺州にて刊刻

54歳　淳熙十年（一一八三）㉒羅願が朱熹校訂の『急就篇』を鄂州にて刊刻

55歳　淳熙十一年（一一八四）㉓詹儀之が『四書集注』を廣東德慶にて刊刻 ㉔『張南軒文集』を編訂し終わり、建陽にて刊刻

57歳　淳熙十三年（一一八六）㉕『四書集注』を修訂、詹儀之によって桂林にて、趙汝愚によって成都にて刊刻 ㉖『詩集傳』成り、建安にて刊刻 ㉗『龜山別錄』を福州にて刊刻

61歳　紹熙元年（一一九〇）㉘『楚辭協韻』成り、漳州にて刊刻 ㉙四經（易、詩、書、春秋左傳）を郡にて刊刻 ㉚『四書集注』を臨漳にて刊刻 ㉛『禮記解』を編み、臨漳にて刊刻 ㉜『大學章句』『近思錄』『小學』『家儀』『鄉儀』『獻壽儀』等を臨漳學宮にて刊刻

63歳　紹熙三年（一一九二）㉝『四書集注』を修訂し、曾集によって南康にて刊刻

66歳　慶元元年（一一九五）㉞『紹熙州縣釋奠儀圖』（紹熙五年）、邵囦によって長沙にて刊刻

68歳　慶元三年（一一九七）㉟『周易同契考異』の修訂成り、蔡淵によって建陽にて刊刻 ㊱『韓文考異』の修訂成り、潮州にて刊刻

70歳　慶元五年（一一九九）㊲『周易同契考異』第二次修訂成り、建陽にて刊刻

71歳　慶元六年（一二〇〇）㊳『楚辭音考』成り、古田にて刊刻

右のように、三十七歳の時に周敦頤の『通書』を編訂刊行したのを皮切りに、朱熹は沒するまでの三十五年間に、實に三十八件の出版に關與している。平均すると、毎年少なくとも一件以上の刊行を手がけたことになる。程水龍『「近思錄」版本與傳播研究』（上海古籍出版社、文史哲研究叢刊、二〇〇八年六月）によれば、朱熹が呂祖謙（一一三七～

八一）と共編した『近思錄』十四巻は、淳熙二年（一一七五）に婺州において刊刻されて以來、朱熹の生前に限っても、十回以上、版を重ね刊刻されている、という（三〇～三七頁）。當時のベストセラー『近思錄』は例外だとしても、他の著述についても、束氏年譜長編に記載されなかった、あるいは漏れた事例がかなり存在するのではないかと推察される。いずれにしても、ここまで己の編著を熱心に上梓刊行した例は、同時代にも過去にも存在しない[5]。朱熹は己の學問や學説の同時代的影響力を高めるに當たって、印刷出版をきわめて自覺的、戰略的に活用した、中國史上最初の士大夫といってよいかもしれない。

しかし、その朱熹も、己の詩詞を含む自撰文集の刊行については、同様の積極性を見せてはいない。朱熹文集の現存最古の版本は、臺灣故宮博物院所藏の『晦菴先生文集』前集十一巻・後集十八巻で、避諱字と收錄作品から、淳熙十六年（一一八九）～紹熙元年（一一九〇）前後に刊行されたものと推定されている。また、『朱文公文集』巻六十三巻末「考異補遺」、「答胡伯量」の校記に含まれる「麻沙所印先生文集」を指すであろう、と目されている[6]。その推定が正しければ、朱熹生前の刊本となるが、朱熹本人には關連の言及がない。おそらくは北宋の蘇軾や蘇門四學士に同じく、本人が直接關與していない形で出版された坊刻本と見なされる。唯一、朱熹自身が言及しているのは、慶元四年（一一九八）の冬、門人の王峴が廣南で刊行した文集についてだけである。ところが、この門人の擧に對し、朱熹はやはり門人の劉黻（字季章）に幾度か書簡を送り、「望痛爲止之」「千萬力爲止之」（「答劉季章書」其八、其十一等。四部叢刊初編『朱文公文集』巻五十三）というように、何とか刊行を思い止まらせるよう、口を極めて依頼している。むろん、ちょうど「慶元の黨禁」の時期にあたるので、災禍を招くことを恐れてのゆえであろう。しかし、根底には、自撰詩文集を刊行することに躊躇があったのではないか、と推測される。

六 洪邁と著述

陸游と同世代の例をもう一人見ていきたい。陸游が詩人として、朱熹が儒者として令名を馳せたのに対し、洪邁（一一二三～一二〇二）は博學宏詞科の出身で、史官として『四朝國史』の列傳を完成させ、翰林學士知制誥にまで昇った辭章の官のエリートである。凌郁之『洪邁年譜』（上海古籍出版社、二〇〇六年十二月）により、出版された可能性のある彼の著述を列記すると、以下のようである。

39歳　紹興三十一年（一一六一）①『夷堅甲志』二十卷、この頃成る
44歳　乾道二年（一一六六）②『夷堅乙志』二十卷成り、自序を記す（十二月十八日）
47歳　乾道五年（一一六九）③北宋・徐積『節孝語録』の手抄本一卷を長兄适の婿・許及之に提供し、許及之が臨汝郡庠にて刊刻
49歳　乾道七年（一一七一）④『夷堅丙志』二十卷成り、自序を記す（五月十八日）
50歳　乾道八年（一一七二）⑤『夷堅乙志』の會稽刻本に改訂を加え、贛州にて刊刻（五月）
54歳　淳熙三年（一一七六）⑥『夷堅丁志』二十卷、この頃成り、自序を記す
58歳　淳熙七年（一一八〇）⑦『夷堅甲・乙志』を建安にて刊刻（七月）⑧『容齋隨筆』十六卷、成る
60歳　淳熙九年（一一八二）⑨『夷堅戊志』二十卷、この頃成る
63歳　淳熙十二年（一一八五）⑩『史記法語』八卷を婺州にて刊刻
66歳　淳熙十五年（一一八八）⑪『夷堅己志』二十卷、この頃成る
67歳　淳熙十六年（一一八九）⑫『夷堅庚志』二十卷、この頃成る
68歳　紹熙元年（一一九〇）⑬『萬首唐人絶句』一百卷を會稽の蓬萊閣にて刊刻、自序を記す（十一月八日）。翌年、十一月、刻し終わる。
70歳　紹熙三年（一一九二）⑭『容齋續筆』十六卷成り、自序を記す（三月十日）

71歳 紹熙四年（一一九三）⑮『夷堅辛・壬志』各二十巻、この頃成る

72歳 紹熙五年（一一九四）⑯『夷堅癸志』二十巻、成る（夏）。『夷堅志』甲～癸志各二十巻、計二百巻 ⑰『夷堅支甲』成り、自序を記す（六月一日）

73歳 慶元元年（一一九五）⑱『夷堅支乙』成り、自序を記す（二月二十八日）⑲『夷堅支景』成り、自序を記す（十月十三日）

74歳 慶元二年（一一九六）⑳『夷堅支丁』成り、自序を記す（三月十九日）㉑『容齋三筆』十六巻成り、自序を記す（六月晦日）㉒『夷堅支戊』成り、自序を記す（七月五日）㉓『夷堅支己』成り、自序を記す（十月）㉔『夷堅支庚』成り、自序を記す（十二月八日）

75歳 慶元三年（一一九七）㉕『夷堅支癸』成り、自序を記す（五月十四日）㉖『容齋四筆』十六巻成り、自序を記す（九月二十四日）㉗～㉝『夷堅支辛』『支壬』『支癸』『三甲』『三乙』『三景』『三丁』の諸志、この年に成る。『夷堅支志』甲～癸集各十巻、計一百巻。

76歳 慶元四年（一一九八）㉞『夷堅三戊』成る ㉟『夷堅三己』成り、自序を記す（四月一日）㊱『夷堅三庚』成る ㊲『夷堅三辛』成り、自序を記す（六月八日）㊳『夷堅三壬』成り、自序を記す（九月六日）㊴『夷堅三癸』成る。『夷堅三志』甲～癸集各十巻、計一百巻。

77歳 慶元五年（一一九九）㊵、㊶『夷堅四甲』『四乙』各十巻成る ㊷『容齋五筆』十巻成る

朱熹の書籍編纂の特徴が多様性にあるとするならば、洪邁のばあいは持續性にその最大の特徴があるといえよう。志怪の書『夷堅志』を四十年に亙って編みつづけ、計三十二の集、四百二十巻という浩瀚な書物に仕立て上げた。右に掲げた四十二件のうち、約八割が『夷堅志』關連である。また、『容齋隨筆』も、同様に四十年に亙って執筆しつづけ、計五集七十四巻に作り上げている。洪邁自身が『容齋四筆』の自序のなかで、二著の關係について次のように述

べている。

始予作容齋隨筆、首尾十八年、二筆十三年、三筆五年、而四筆之成、不費一年。身益老而著書益速、蓋有其説。曩自越府歸、謝絶外事、獨弄筆紀述之習、不可掃除。故捜采異聞、但緒夷堅志、於議論雌黄、不復關抱。而稚子𢤱、毎見夷堅滿紙、輒曰、「隨筆・夷堅、皆大人素所遊戲。今隨筆不加益、不應厚於彼而薄於此也」。日日立案旁、必俟草一則乃退。重逆其意、則裒所憶而書之。……

始め予　容齋隨筆を作ること、首尾十八年なり。二筆は十三年、三筆は五年、而して四筆の成るに、一年を費やさず。身　益ます老いて著書　益ます速し、蓋し其の説有らん。曩に越府より歸り、外事を謝絶するも、獨り弄筆紀述の習ひ、掃除すべからず。故に異聞を捜采し、但だ夷堅志を緒《つ》ぐのみにして、議論雌黄に於いて、復た關抱せず。而して稚子の𢤱、夷堅の紙を滿たすを見るごとに、輒ち曰く、「隨筆・夷堅、皆な大人　素より遊戲する所なり。今隨筆　加益せざれども、應に彼に厚くして此に薄かるべからず」と。日日案旁に立ち、必ず一則を草するを俟ちて乃ち退く。重く其の意を逆ふれば、則ち憶ふ所を裒めて之れを書す。……

この序は洪邁七十五歳のものだが、老いてますます盛んな健筆ぶりが本人によって語られている。右文にいう、「自越府歸」というのは、紹熙二年（一一九一）に紹興府知事の任期が滿ちて故郷の鄱陽に帰ったことを指す。洪邁六十九歳の時である。右の年表もこの言を確かに裏づけており、七十歳以降は毎年缺かさずに著述を遺し、とくに七十四～六歳の三年間はとりわけ多くの著述を遺している。七十三歳の時に記した『夷堅支癸』の自序でも、「耳力　未だ減ぜず、心力　未だ歇きず、筆力　未だ衰へず（耳力未減、心力未歇、筆力未衰）」と記している。右文の傳えるところでは、『夷堅志』の筆が捗ったのに對し、議論や批評を旨とする『容齋隨筆』の執筆は一向に氣乘りせず滯ったままだったのを、末子に鼓舞され書くうちに、一年も經たずに一集分を書き上げたとある。また、一集の分量は、『夷堅志』が二十巻（初編十集）もしくは十巻（支志以降）、『容齋隨筆』が十六巻と、自ら事前に定めていたことも分かる。いずれにせよ、『夷堅志』と『容齋隨筆』の執筆・編集が、晩年の洪邁を支えていた、と見てよいであろう。

右に列記した四十二件すべてがすぐさま刊刻されたわけではないだろうが、これだけの集を持續的に作りつづけた情熱と執念には誰もが壓倒されよう。同時代的に見ても、異分野の朱熹を除けば、これほど精力的に己の著述を生前に公表しつづけた士大夫は存在しない。しかし、その彼も、自撰詩文集の編集と刊刻については、目立った足跡を遺してはいない。前掲、凌氏年譜によれば、『野處猥稿』という文集があったというが、散佚して傳わらない。『宋史』の傳にも彼の文集については一切記載がない。翰林學士にまでなった一時代を代表する名筆家の別集がまったく傳わらないというのは、いささか奇異に映る。その理由として考え得るのは、洪邁その人が自撰集の編輯や刊行に前向きではなかったということを除いて想定しがたい。

以上のように、南宋中興期、もっとも精力的に自著の公表ないしは出版に取り組んだと思しき、朱熹と洪邁の二人が、こと自撰集の編集と刊行については、餘り頓着していなかった點で共通していた。本稿第四節で採り上げた陸游は、この兩者とは異なり、生前に自撰詩集を刊行してはいるが、表向き己が直接關與していないかのような形式を採っている。したがって、南宋中興期を代表し、得意分野がそれぞれ異なる同世代の士大夫三人が、程度の差こそあれ、共通して自撰詩集の生前刊行に對し消極的姿勢を見せていたことになる。その理由について、次節において考察することにしたい。

七　宋代士大夫にとっての「詩人」

印刷時代に入り、自撰詩集を生前に刊行することが十分に可能になった北宋後期以降、この條件を積極的に活用して、詩人としての名聲を一氣に高めることを目論む詩人が現れてきても不思議ではなかったが、ここまで述べてきたことは、すべてその豫測を裏切る内容ばかりであった。とくに、南宋中期の實態が象徴的である。詩集以外の自著・編著の刊行にとりわけ積極的であった朱熹と洪邁の兩者が、ともに自撰詩集の刊行には禁欲的であったことである。

士大夫が、宋代詩歌の創作主體としてもっとも重要な地位を占め、もっとも優れた業績を遺した、という總括は、今日のわれわれだけが共有している認識というわけではあるまい。遡って元明清の三代にあっても、さらにいえば、宋代にあっても同様の認識であったであろう。そればかりか、ほかならぬ宋代士大夫たちが、自分たちこそが詩壇をリードしている、とはっきり認識し、そのことに自負と矜持を強く抱いていたに相違ないのである。しかし、だからといって、彼らが同時代ないし後世の人々から「詩人」と稱されることを強く欲していた、という結論にはただちに結びつかない。そこが、自撰集の生前刊行に關わる彼らの選擇にも、大きな影を落としている。

すでに別稿でも論じたように(7)、宋代士大夫は「官―學―文」三位一體型のマルチな活躍を窮極の理想とした。しかし、十一世紀中頃、北宋の中期以降、「文」、すなわち詩人としての重要度は漸次低下し、三者のなかで一番比重の軽いものと見なされるようになっている。この點は科擧（進士科）の試験科目における存廢の變遷に着目すれば、一目瞭然である。王安石の科擧改革によって、「文」の關連科目、「詩賦」は廢止され、「學」の關連科目、「帖經」「墨義」は「經義」に改められた。すなわち、儒學者としての役割の期待値は、科擧における「經義」の開設により、確實に強化されたが、「詩賦」は撤廢され、進士及第の要件ではなくなったのである。この王安石の改革は、爾後の新舊黨爭の過程で幾度か改められ、南宋の科擧では「詩賦」も復活したが、「經義」の「詩賦」に對する優位性は、宋末に至るまで變化しなかったと見てよい。

科擧における科目の存廢が象徴するように、宋代の、とくに北宋中期以降の士大夫における平均的價値觀にもとづけば、官人としての立場がもっとも優先され、學者としての立場がそれに準じ、詩人としての立場は末尾に置かれる、というのが通例であった。このような價値基準に立つと、自らを「詩人」に限定することは、極論すれば、士大夫としての無能を自ら對外的に宣言するに等しい行爲と見なされたかもしれない。このような詩人をめぐるネガティブな評價は、詩人であることを自覺する者の言動に大きな屈折をもたらすことになる。

小川環樹氏に、杜甫と陸游の二人が「詩人」であることをはっきり自覺した瞬間について論じた文がある。(8) 杜甫については、――秦州（甘肅省天水）を離れ同谷（甘肅省成縣）に向かった際に詠じた五言三十二句の詩「秦州を發す（發秦州）」（『杜詩詳注』巻八）の末尾の句――「吾が道　長《とこし》へに悠悠（吾道長悠悠）」が採り上げられ、この「道」は詩人として生きつづけることを指し、この時、杜甫は己の運命を受け入れた、と小川氏は解する。一方、陸游については、――抗金の最前線基地であった南鄭（陝西省漢中）から蜀の成都に向かう途次に詠じた七絶「劍門道中　微雨に遇ふ（劍門道中遇微雨）」（『劍南詩稿』巻三）の後半二句――「此の身　合《まさ》に是れ詩人なるべきや未《いな》や、細雨　驢に騎《の》りて劍門に入る（此身合是詩人未、細雨騎驢入劍門）」を採り上げ、詩人となるほかない「運命がしっかり彼をとらえたことを、劍門の山路において、彼ははっきり感じ、自覺した」と解しておられる。そして、「二人は詩人でありながら、詩人として生きることを望まず、しかも運命の皮肉によって、否、運命の強制によって、詩人となる以外の路をえらぶことができなかった。その自覺がはっきりと作品に示されている」と總括している。

ところで、小川氏の文章には言及がないが、陸游はこの劍門道中で、おそらく強く杜甫を意識していたと思われる。杜甫は乾元二年（七五九）の十月、「秦州を發」して同谷に向かったが、同谷も安住の地とはなり得ず、わずか一月餘の滯在で同谷を離れ、同年十二月の初め、成都に向かって旅立ち、陸游よりも約四百年早く、劍門を通って蜀に入っている。陸游が「劍門に入」ったのは、乾道八年（一一七二）の十一～十二月の間であり、はからずも杜甫と同じく年の瀬も押し迫る晩冬であった。より重要なのは、劍門を通ったのが、兩者ともに四十八歳であったという偶然である。奇しくも知命の歳まであと一年餘という同じタイミングで、兩者は劍門をくぐり成都へと向かった。陸游が杜甫を敬慕し、彼の詩を學んでいたことは、彼が早年、江西詩派の曾幾に師事した一事をもってしても、すでに十分明白な狀況證據となるが、實際に『劍南詩稿』や『渭南文集』を繙けば、隨所にある杜甫への言及によってすぐに領會されよう。

淳熙十三年（一一八五）、二十巻本『劍南詩稿』が嚴州にて刊刻される一年前、楊萬里は陸游から『劍南詩稿』を贈られ、「跋陸務觀劍南詩稿二首」（中華書局、『楊萬里集箋校』巻二十、一〇二一頁、二〇〇七年九月）という詩を詠じているが、そのなかで、楊萬里は「重ねて子美が行程の舊を尋ね（重尋子美行程舊）」（其一）とか、「少陵　生きて在《いま》せば窮なること蝨の如し、千載の詩人　蹇驢を拜す（少陵生在窮如蝨、千載詩人拜蹇驢）」（其二）という表現を用いて、陸游の蜀への旅を杜甫と結びつけて詠じている。また、「放翁の前身は少陵の老（放翁前身少陵老）」というように、陸游を杜甫の生まれ變わりと詠じた詩人さえいた（劉應時「讀放翁劍南集」[9]。四庫全書文淵閣本『頤菴居士集』巻上）。

このような、當時の自他ともに認める杜甫との強い結びつきを考慮に入れるならば、陸游が劍門に入ろうとした時、彼の脳裏に去來していたのは、やはり知命の歳を目前にして同じ關門をくぐり抜けた杜甫の姿だったのではないだろうか。そうすると、「此の身　合《まさ》に是れ詩人なるべきや未《いな》や」という問いは、自らに問いかけたものであると同時に、四百年前の杜甫に己を重ね合わせつつ、天上の杜甫に向かって發した問いであった、と解することもできるかもしれない。

本題に戻ろう。陸游が劍門において發した問いには、むろん士大夫としての理想と現實との懸隔が前提として含まれている。そして、この懸隔が生み出す憂憤や諦念が、この詩に限らず、生涯を通じて陸游の詩に通奏低音として鳴り響いている。かりに小川氏の指摘したように、劍門をくぐる時に、我が身の運命をはっきり自覺したのだとしても、陸游はけっしてその運命を一〇〇％甘受したわけではなかったであろう。それは、辭世の詩ともいうべき「示兒」[10]詩に、失地回復の夢を盛り込み、死ぬ間際まで士大夫としての氣概を表現しつづけたことによって證明される。つまり、彼は詩人として稱賛される道よりも、窮極的には、士大夫として一生を終えることの方を選擇したのである。そう考えると、彼が自撰詩集の生前刊行に際して見せたある種のポーズ、すなわち、あえて自らが前面に立たず、門人・部下や息子に自撰詩集の編集と刊行とを遂行させた理由も、容易に理解できよう。生前に詩集を刊行することは、詩人としての自己を同時代の社會に向けて最大限強調する營爲である。生前刊行が未だ一般的でない時代にそれを行えば、なおさらこの點は強調されたであろう。その突出を幾らかでも緩和しようとする意圖が、當時の陸游には存在したように思えてならない。

詩は文言の各種文體のなかで、もっとも私的な感情を表現する媒體である。公人としての立場が常に求められる士大夫からすると、そもそも微妙な距離感がもっとも要求される文體でもあった。生前の刊行は、私見では、そういう生身の自己に近い感情を同時代の不特定多數の人々に曝け出すことになると同時に、自己宣傳と受けとめられる恐れや、士大夫としての不適格性ないしは無能を滿天下に知らしめる危うさをも内包していた。しかし、それが沒後の刊行、しかも門弟や子孫の手で推し進められたならば、出版という同じ行爲が、先師や先祖の功績を顯彰する目的に變じ、儒教の「孝」の範疇に完全に納まって、誰もが受け入れやすい、きわめて安定性のある社會的營爲となるのである。おそらくこのような構造が、士大夫をして生前の刊行を忌避するポーズをとらせた、より本質的な理由なのではないかと推測される。よって、陸游が『劍南詩稿』二十卷の生前刊行において見せたポーズは、ぎりぎりのところで士大夫の枠組みのなかに踏みとどまろうとした、彼の意志の現れと解釋できるのである。

しかし、陸游と同じ時代に、彼とはまったく異なる姿勢で自撰詩集の生前刊行を推進した士大夫詩人がいた。それが、楊萬里である。次節では、楊萬里に焦點を當て、彼によって實現した士大夫と自撰詩集の新たなる關係について考察する。

八　楊萬里と自撰詩集　生前刊行の新展開

楊萬里（一一二七〜一二〇六）が生前、自編した詩集は下記の九種に上る（＊を附したものは、宋本が現存する）。三十代の半ばから、ほぼ切れ間なく、死去の三日前までの詩が、官歴に卽應する形で計九つの集に分けられて編まれている。文字通り、「一官一集」の徹底された形である。

①『江湖集』十四巻*……通行本（四部叢刊本等）『誠齋集』では、七巻。「十四巻」は淳熙刻本の巻數。紹興三十二年（一一六二）七月～淳熙四年（一一七七）三月の詩、計七三五首を収める。[11] 楊萬里36～51歳。自序あり（「誠齋江湖集序」、淳熙十五年九月晦日、前掲『楊萬里集箋校』巻八十）。

②『荊溪集』十巻*……『誠齋集』では、五巻。淳熙四年（一一七七）四月～同六年（一一七九）二月の詩、計四九一首を収める。51～53歳。自序あり（「誠齋荊溪集序」、淳熙十四年四月三日、巻八十）。

③『西歸集』四巻*……『誠齋集』では、二巻。淳熙六年（一一七九）三月～同年十二月の詩、計二〇二首を収める。53歳。自序あり（「誠齋西歸詩集序」、淳熙十四年六月十五日、巻八十）。

④『南海集』八巻*……『誠齋集』では、四巻。淳熙七年（一一八〇）一月～同九年（一一八二）六月の詩、計三九四首を収める。54～56歳。自序あり（「誠齋南海詩集序」、淳熙十三年六月十八日）。

⑤『朝天集』十一巻……『誠齋集』では、六巻。淳熙十一年（一一八四）十月～同十五年（一一八八）三月の詩、計五一八首を収める。58～62歳。自序あり（「誠齋朝天集序」、淳熙十四年六月十三日以後、巻八十）。

⑥『江西道院集』五巻*……『誠齋集』では、三巻。淳熙十五年（一一八八）四月～同十六年（一一八九）十月の詩、計二五五首を収める。62～63歳。自序あり（「誠齋江西道院集序」、淳熙十六年十月三日、巻八十一）。

⑦『朝天續集』八巻*……『誠齋集』では、四巻。淳熙十六年（一一八九）十一月～紹熙元年（一一九〇）九月の詩、計四〇三首を収める。63～64歳。自序あり（「誠齋朝天續集序」、紹熙元年四月九日、巻八十一）。

⑧『江東集』十巻……『誠齋集』では、五巻。紹熙元年（一一九〇）十二月～同三年（一一九二）八月の詩、計五一五首を収める。64～66歳。自序あり（「誠齋江東集序」、紹熙三年五月二十五日、巻八十一）。

⑨『退休集』十五巻*……『誠齋集』では、七巻。紹熙三年（一一九二）九月～開禧二年（一二〇六）五月の詩、計七二六首を収める。66～80歳。自序なし。

最後の『退休集』だけは、自序がなく、しかも末尾の詩（「端午病中止酒」。前掲『楊萬里集箋校』巻四十二）が死去（開禧二年五月八日）の三日前の作なので、おそらく楊萬里の完全なる手編詩集ではないであろう。しかし、他の八集にはすべて自序が備わっており、彼自身の編定であることがきわめてはっきりしている。しかも、⑤と⑧を除く七集の宋刻本が、現在、中國國家圖書館に所藏されており、⑨を除き、いずれも淳熙・紹熙間の刻本と推定されている。

楊萬里の自序のなかに、直接、刻本に言及したものもある。⑤「誠齋朝天集序」に、以下のようにある。

至丁未六月十三日、得故人劉伯順書、送所刻南海集來、且索近詩。於是彙而次之、得詩四百首、名曰朝天集寄之云。

丁未六月十三日に至って、故人劉伯順の書を得たり。刻する所の南海集を送り來り、且つ近詩を索む。是に於いて彙めて之れを次し、詩四百首を得て、名づけて朝天集と曰ひ之れを寄すと云ふ。

文中の「丁未」とは、淳熙十四年（一一八七）を指す。文中の「劉伯順」とは、劉渙のこと。『南海集』は、彼によって刊刻されたことが分かる。また、この序の内容から判斷すれば、『朝天集』の刊刻も彼によって進められた可能性が高い。

辛更儒氏の箋校本（前掲、中華書局本）には、宋本の序跋が附録されており、『南海集』についても、劉渙の跋文が掲載されている。淳熙十三年十二月一日に記されたその跋には、

渙幸出於先生之門、今得南海一集、總四百篇、不敢掩爲家藏、刊而傳之、以爲騷人之規範。餘四集將繼以請、則又當與學者共之。

渙　幸ひに先生の門に出で、今　南海の一集、總べて四百篇を得、敢へて掩ひて家藏と爲さず、刊して之れを傳へ、以て騷人の規範と爲す。餘の四集　將に繼いで以て請はんとすれば、則ち又た當に學者と之れを共にすべし。

とあるので、上記『南海集』と『朝天集』のみならず、①~⑤の五集すべての刊刻が劉渙によって進められたのかもしれない。それを裏づけるように、楊萬里も「誠齋南海詩集序」のなかで、

潮陽劉渙伯順爲清遠宰、時嘗爲予求所謂南海集四百首者。至再見於中都、伯順復請不懈、乃克與之。……予詩自壬午至今、凡二千一百餘首、曰江湖集、曰荊溪集、曰西歸集、曰南海集、曰朝天集。餘四集、伯順尚欲之、他日當續寄也。

潮陽の劉渙伯順　清遠（廣東省清遠縣）の宰と爲り、時に嘗て予の爲に所謂南海集四百首なる者を求む。再び中都（ここでは臨安）に見るに至りて、伯順　復た請ひて懈たらず、乃ち克く之れに與ふ。……予が詩　壬午（紹興三十二年（一一六二））より今（淳熙十三年（一一八六））に至るまで、凡そ二千一百餘首、曰く江湖集、曰く荊溪集、曰く西歸集、曰く南海集、曰く朝天集。餘の四集、伯順　尚ほ之れを欲せば、他日　當に續いで寄すべきなり。

と記しており、劉渙の跋文とも符合する。

楊萬里の自序に着目し、その製作時期の早い順に竝べ替えると、もっとも早いのが、④『南海集』の淳熙十三年六月十八日、次が②『荊溪集』の淳熙十四年四月三日、その次が③『西歸集』と⑤『朝天集』の淳熙十四年六月十五日前後となる。第一詩集の『江湖集』は五番目、淳熙十五年九月晦日にようやく記されている。①~⑤の自序の執筆時

期が、このように錯綜しているのは、淳熙十三年~同十五年の三年間に、刊刻の話が持ち上がり、それに合わせて楊萬里が序を書いたからであろう。それに對し、⑥『江西道院集』以後の諸集は、一集の編集が終わって、ほどなくして刊刻に移された、と見てよい。ちなみに、①の宋本には、淳熙十六年十一月一日の建安陳應行の序が冠せられ、辛氏箋證によれば、劉渙の刊行という。②の宋本には、淳熙十四年八月十九日の鍾將之の跋が、③の宋本には、淳熙十四年五月一日の劉渙の跋が、⑥の宋本には、紹熙元年七月十五日の趙崇古の跋が掲載されている、という。

よって、楊萬里の生前刊行が本格化するのは、淳熙十三年(一一八六)以降のことと判斷される。楊萬里六十歳以後である。ちなみに、陸游が嚴州で二十巻本『劍南詩稿』を刊行したのは翌年、淳熙十四年であった。また、楊・陸とも親交のあった朱熹が、精魂込めて作った『四書集注』を刊行し始めたのも、この數年前からであり、楊萬里は彼ら知友から大きな刺激を受けていたかもしれない。

陸游とほぼ同時期に自撰詩集の刊行を始める楊萬里であるが、彼は陸游とは異なり、生前刊行に對してまったく屈託がない。刊刻の經緯を窺い知ることのできる集については、いずれも門人の手で刊行され、この點では陸游の二十巻本『劍南詩稿』と變わりがないが、陸游と大きく異なるのは、楊萬里がすべての集に自序を寄せ、詩稿を求めに應じて進んで門人に提供し、それを自序のなかで明言して憚らなかった點である。つまり、陸游のばあいに感じられるある種の外連味が一切ない。

楊萬里は『宋史』では「儒林」傳に列せられている(巻四三三「儒林三」)。彼は易學でも自ら一家をなし、『誠齋易傳』二十巻が當時、高い評價を受けたことに鑑みてのことであろう。長子の長孺によれば、この『易傳』は淳熙十五年(一一八八)八月から書き始められ、死の二年前、嘉泰四年(一二〇四)四月にようやく脱稿し、「平生の精力、此の書に盡く(平生精力、盡於此書)」というほど、楊萬里が力を込めて書いた著作であった[12]。よって、楊萬里に儒者としての側面があったことは間違いないが、文學、とくに詩の功績が突出していると見なされていたことは、今も昔も變わらない。門人の劉渙が右に引用した跋文のなかで「騷人の規範」と評したのは、けっして門人なるがゆえの過度の賛美ではあるまい。

別稿でも論じたとおり[13]、南宋中期、もっとも精力的に詩作に取り組み、なおかつ同時代の評價も高かった士大夫詩人は、陸游と楊萬里の二人であろう。片や九千首、片や四千首を超える作品を今日に傳え、有宋三百年の一、二を爭う多作詩人であった。そして、本稿でも論じたように、兩者は自撰詩集の生前刊行を、自らが關與する形で實現したという點において、ともに空前の足跡を遺し、いずれも自撰詩集の編纂と刊行に竝々ならぬ意欲を示した士大夫であった。このように士大夫詩人として突出した二人であったが、細部にわたって注意深く彼らの言動を觀察すると、明確な差違も存在する。それは、陸游の傳統重視もしくは保守性に對し、楊萬里には傳統からの逸脱をも厭わない先進性がより多く備わっている、という點である。愛國・憂國の詩を生涯に亙って書きつづけ量産した陸游とこの題材に無頓着であった楊萬里、晩唐體を嫌惡した陸游と晩唐體を愛好し進んで學んだと明言して憚らない楊萬里。――この二つの事象からは、保守と先進、愼重と天眞の鮮明なコントラストが浮かび上がる。

そして、自撰詩集の刊行に當たって、兩者が見せた相違も、この異同と軌を一にしているといえるであろう。極論するならば、楊萬里は士大夫的傳統やその枠組みよりも、己の感性や主觀をより重視するタイプの士大夫であった。少なくとも、陸游よりも遙かにそれらを相對化し、柔軟にとらえていた士大夫と見なすことはできよう。自撰詩集の生前刊行という問題に限っていえば、淳熙年間を中心に、士大夫と出版の距離がかつてなく接近しているという状況のなかで、陸游はあくまで先例のないことにこだわり、愼重に事を進めたのに對し、楊萬里は先例の有無よりも、急速に士大夫社會の隅々にまで浸透しつつある版本の影響力增大という現實の方を正視したのかもしれない。

しかし、いずれにせよ、楊萬里が作った先例は、時代を大きく動かしてゆくことになった。士大夫の傳統意識というタブーから解き放たれた、自撰詩集の生前刊行という營爲は、楊萬里以後、一氣に普遍化し、また新たなる展開を生んでゆくのである。

注

（1）程千帆、呉新雷『兩宋文學史』（上海古籍出版社、一九九一年二月）、孫望、常國武『宋代文學史』下册（人民文學出版社、中國文學通史系列、一九九六年九月）、王水照、熊海英『南宋文學史』（人民出版社、南宋史研究叢書、二〇〇九年十二月）等の斷代文學史がいずれもこの分期によっている。

（2）拙稿「『東坡烏臺詩案』流傳考」（研文出版、拙著『蘇軾詩研究――宋代士大夫詩人の構造』所收、第七章、二〇一〇年十月）參照。

（3）陸游、楊萬里よりやや年長の士大夫、史堯弼（一一一九～？）の『蓮峰集』は、生前刊行の可能性をわずかながら遺している。四庫全書文淵閣本には、乾道二年（一一六六）の省齋（祝尚書氏によれば、廖行之を指す）の序が冠せられており、「刊出與衆共之」という文言がある。ただし、史堯弼は紹興二十七年（一一五七）に進士に及第後、官に就く前に死去しており、沒後に刊行された可能性も小さくない（祝尚書前掲書、九九六頁參照）。

（4）村上哲見「陸游『劍南詩稿』の構成とその成立過程」、ならびに「ふたたび陸游『劍南詩稿』について――附『渭南文集』雜記」（汲古書院、村上哲見『中國文人論』所收、二〇〇八～二五六頁、一九九四年三月）。

（5）ただし、學問的著述を生前に刊行した例は、朱熹以前にも存在する。王安石（一〇二一～八六）の『三經新義』は、熙寧八年（一〇七五）、國子監において上梓され、全國の學校に頒布されている。むろん、出版の背景に、王安石の強い意向が働いていたことは疑いようもない。とはいえ、總合的に見て、王安石が朱熹ほど出版活動に精力的でなかったことは自明である。

（6）祝尚書『宋人別集敍錄』卷二十「晦菴先生朱文公文集」の條（中華書局、一九九九年十一月）下册一〇〇四頁、束景南『朱熹年譜長編』卷下（華東師範大學出版社、二〇〇一年九月）一三三六頁等參照。

（7）拙稿「宋代士大夫詩人の詩歌觀―蘇黄から江湖派へ―」（研文出版、拙著『蘇軾詩研究――宋代士大夫詩人の構造』所收、第一章、二〇一〇年十月）。

（8）小川環樹「吾道長悠悠――杜甫の自覺」（筑摩書房、『小川環樹著作集』第二卷、三六二頁、一九九七年二月。初出は、『中國文學報』第十七册、一九六二年十月）と「詩人の自覺――陸游の場合」（筑摩書房、『小川環樹著作集』第三卷、四二〇頁、一九九七年三月。初出は、岩波書店、中國詩人選集二集8『陸游』附錄、一九六二年八月）。

（9）劉應時の生沒年は未詳であるが、彼の別集『頤菴居士集』二卷に、陸游と楊萬里が序を寄せており（陸游は慶元六年四月の序、楊萬里は嘉泰元年六月の序）、陸游の生前に交遊のあったことが知られる。なお、「讀放翁劍南集」詩は、冒頭「少陵先生赴奉天」の一句で始まることに象徴されるように、一篇全體が杜甫との對比のなかで陸游を詠じた詩である。

(10)『劍南詩稿』八十五巻の掉尾を飾る詩が、次の七絶「示兒」である。「死去元知萬事空、但悲不見九州同。王師北定中原日、家祭無忘告乃翁」。

(11) 楊萬里の各詩集における收錄作品數については、丁功誼「楊萬里各詩集創作時間考證」(『井岡山大學學報〔社會科學版〕』第33巻第四期、二〇一二年七月)を參照した。

(12) 楊長孺「楊承議申送易傳狀」(于北山『楊萬里年譜』〔上海古籍出版社、二〇〇六年九月〕「嘉泰四年」條の注〔八〕所引〔六四六頁〕。叢書集成本『誠齋易傳』巻首に掲載されているというが、筆者未見)。

(13) 拙稿「長淮の詩境(南宋篇)―愛國、憂國というイデオロギー―」の「四、楊萬里と淮河」(江湖派研究會、『江湖派研究』第二輯、二〇一二年三月、一六五頁以下)。

＊本稿は、二〇一五年度日本學術振興會科學研究費、基盤B「宋人文集の編纂と傳承に關する總合的研究」(26284050／研究代表者：九州大學　東英壽)による研究成果の一部である。

【附表】現存書棚本南宋江湖詩人系詩集の概容

・『南宋群賢小集』（新文豊出版公司，叢書集成三編所收，臺灣國家圖書館所藏宋刻本影印）ならびに『南宋六十家小集』（上海古書流通處影印，明毛晉汲古閣影宋鈔本『南宋六十家小集』）所收の個人詩集すべてを對象とした。
・下線を附した13・14・22・28・32・34・44の七種は『南宋群賢小集』未收，『南宋六十家小集』にのみ收録される詩集。
・網掛けを附した６・30・35・45・46・49・62の七種は書棚本の標準版式（十行十八字）ではなく，おそらく書棚本ではないが，上記二種に收録されていることから分かるように，各種江湖詩集との親和性が高いものである。そこで，今回は調査對象に含めた。羅鷺「宋刻『南宋群賢小集』版本發微」（本稿注(6)c）參照。
・詩人の活躍時期の分布を示すため，生年順の配列を試みた。また，15～20年の幅で世代ブロックを設定し，Ⅰ～Ⅳに分期した。ただし，江湖詩人の生卒年は，強半が未詳であるので，あくまで便宜的かつ暫定的な區分である。原則として各ブロックの上部に生（卒）年の分かる詩人を配し，未詳のものについては，一樣にその後に配した。
・白抜き數字は，官歴をもたない非士大夫であることを示す。

	詩人名	生卒年	詩集名	卷數	葉 數	篇 數	
參考	陸 游	1125～1210					
	范成大	1126～1193					
	楊萬里	1127～1206					
	葉 適	1150～1223					
Ⅰ	1 張良臣	？～1187	雪窗小集	1	6	34	1163進士
	2 劉 過	1154～1206	龍洲道人詩集	1	26	105	
	3 敖陶孫	1154～1227	臞翁詩集	2	11/11	22/24(46)	
	4 徐 照	？～1211	芳蘭軒集	1	21	104	補遺１卷３葉12首
	5 姜 夔	1155？～1221？	白石道人詩集	1	32	166	補遺１卷１葉３首
	6 周文璞	？～1221	方泉先生詩集	3	目7/29/28/27	80/77/95(252)	
	7 徐 璣	1162～1214	二薇亭集	1	22	104	
	8 葛天民	？～？	葛無懷小集	1	20	93	與姜夔交遊
	9 劉仙倫	？～？	招山小集	1	10	33	與劉過並稱爲「盧陵二劉」
Ⅱ	10 戴復古	1167～？	石屏續集	4	10/5/6/5	36/18/23/31(108)	
	11 趙師秀	1170～1219	清苑齋集	1	30	132	補遺１卷３葉９首
	12 高 翥	1170～1241	菊澗小集	1	11	107	
	13 趙汝鐩	1172～1246	野谷詩藁	6	11/11/13/13/13/18	28/21/38/60/67/67(281)	
	14 鄭清之	1176～1251	安晩堂詩集	7	各10	45/46/29/21/29/42/34(246)	12卷中，存卷６～12計７卷
	15 薛師石	1178～1228	瓜廬集	1	24	112	
	16 劉 翰	？～？	小山集	1	6	23	1184進士
	17 高似孫	？～？	疎寮小集	1	5	13	1187進士
	18 危 稹	？～？	巽齋小集	1	6	24	1187進士
	19 翁 卷	？～？	葦碧軒集	1	26	121	補遺１卷４葉15首
	20 杜 旃	？～？	癖齋小集	1	6	19	從呂祖謙1137～81學
	21 沈 説	？～？	庸齋小集	1	11	53	寧宗時由上庠登科

Ⅲ	22 岳　珂	1183～1234	棠湖詩集	1	16	100	
	cf 劉克莊	1187～1269	＊南嶽舊藁	1	?	101	『南嶽五藁』。2006年發現於福建福清一古宅中。共有81葉，缺第二藁。
			＊南嶽第一藁	1	?	99	
			＊南嶽第二藁	?	?	?	
			＊南嶽第三藁	1	?	96	
			＊南嶽第四藁	1	?	97	
	23 許　棐	?～1249?	梅屋詩藁	1	22	112	
			融春小綴	1	5	26	1234～39の作
			梅屋第三藁	1	3	15	1239～43の作
			梅屋第四藁	1	7	37	1244の作
	24 陳　起	?～1256	芸居乙藁	1	19	76	
			芸居遺詩	1	11	52	
	25 呉　淵	1190～1257	退菴先生遺集	2	9/11	詩16　詞2	
	26 姚　鏞	1191～?	雪蓬藁	1	7.5＋8.5	詩35＋雜著14	
	27 林希逸	1193～?	竹溪十一藁詩選	1	24	108	
	28 周　弼	1194～?	汶陽端平詩雋	4	12/ ? /14/10	28/53/53/64(198)	歌行 / 五律 / 七律 / 絶句
	29 李　龏	1194～?	梅花衲	1	33	七絶147＋五絶65	集句
			剪綃集	2	9/19	樂府28/ 七絶92	集句
	30 釋紹嵩	1194～?	亞愚江浙紀行集句詩	7	14/12/13/16/9/8/9	55/47/54/51/55/55/59(376)	集句
	31 葉紹翁	1194?～?	靖逸小集	1	10	48	與葛天民，陳起交遊
	32 羅與之	1195?～?	雪坡小藁	1	?	65	
	33 劉　翼	1198～?	心游摘藁	1	4	19	1261林希逸序
	34 宋伯仁	1199～?	雪巖吟草	1	18	100	西塍集1238～39の作
	35 葉　茵	1200?～?	順適堂吟藁甲集	1	15	70	
			乙集	1	15	70	
			丙集	1	15	70	
			丁集	1	16	70(280)	
	36 張　弋	?～?	秋江煙草	1	9	42	1218丁焴跋
	37 釋永頤	?～?	雲泉詩集	1	23	112	與周弼，趙師秀交遊
	38 鄒登龍	?～?	梅屋吟	1	9	39	與戴復古，宋自遜交遊
	39 陳鑒之	?～?	東齋小集	1	13	54	與陳起，敖陶孫交遊
	40 趙希𣏌路	?～?	抱拙小藁	1	7	32	名著於寶慶1225～27間
	41 武　衍	?～?	適安藏拙餘藁	1	8	七絶47	名著於寶慶1225～27間
			適安藏拙乙藁	1	11	53	
	42 胡仲參	?～?	竹莊小藁	1	15	75	紹定1228～33間與陳起交流
Ⅳ	43 朱繼芳	1208～?	靜佳龍尋藁	1	11	七絶100	1232進士　與張至龍同里同歳
			靜佳乙藁	1	18	86	
	44 張至龍	1208?～?	雪林刪餘	1	12	67	1255自序
	45 薛　嵎	1212～?	雲泉詩	1	58	277	1256進士
	46 王同祖	1219～?	學詩初藁	1	17	七絶100	1240自序
	47 林　同	?～1276	孝詩	1	61		劉克莊序
	48 兪　桂	?～?	漁溪詩藁	2	7/7	39/42(81)	1232進士

			漁溪乙藁	1	7	36	
	49 朱南杰	?～?	學吟	1	11	42	1238進士　1248自序
	50 利　登	?～?	骳藁	1	20	71	1241進士
	51 施　樞	?～?	芸隱横舟藁	1	15	76	1240自序
			芸隱倦游藁	1	21	101	
	52 黄大受	?～?	露香拾藁	1	10	34	1241鄭清之跋
	53 張　蘊	?～?	斗野藁支卷	1	12	62	與施樞交遊
	54 呉惟信	?～?	菊潭詩集	1	7	34	與施樞, 高似孫唱和
	55 王　琮	?～?	雅林小藁	1	6	29	嘉熙間爲江東安撫司參議
	56 徐集孫	?～?	竹所吟藁	1	26	122	與葉紹翁, 林洪交遊
	57 李　濤	?～?	蒙泉詩藁	1	6	24	與林洪交遊
	58 林尚仁	?～?	端隱吟藁	1	12	54	1251陳必復序
	59 釋斯植	?～?	采芝集	1	16	89	
			采芝續藁	1	11	53	1256自跋
	60 毛　珝	?～?	吾竹小藁	1	17	82	1258李龏序
	61 陳必復	?～?	山居存藁	1	6	28	1250進士
	62 黄文雷	?～?	看雲小集	1	13	52	1250進士　與利登, 趙崇嶓, 曾原一等爲詩友
	63 鄧　林	?～?	皇荂曲	1	11	50	1256進士　1251蕭泰來序
	64 趙崇鉘	?～?	鷗渚微吟	1	8	48	宋亡隱居
	65 陳允平	?～?	西麓詩藁	1	20	86	元初, 與周密・張炎交遊
	66 何應龍	?～?	橘潭詩藁	1	7	七絶42	與陳允平交遊
	67 呉汝弌	?～?	雲臥詩集	1	3	11	從包恢1182～1268學
	68 葛起耕	?～?	檜庭吟藁	1	7	30	與趙崇珇（1256進士）交遊
未詳	69 余觀復	?～?	北牕詩藁	1	4	12	

南宋後期における詩人と編者、書肆

江湖小集刊行の意味すること

一　はじめに

中國は、北宋以降、本格的に印刷時代に突入したが、經費の問題や傳統的價値意識の關係からか、すべての書籍がすぐさま印刷の對象となったわけではない。最初に刊刻されたのは、傳統文化の中核をなす經書の類や、大藏經、類書等で、文學關連では『楚辭』や『文選』等の規範性の高い經典的著作が主であった。しかも、官主導による官刻本が出版界をリードした。同時代人の文學作品集がその生前に印刷對象とされ、なおかつ民間の書肆によって刊行され始めるのは、宋朝成立後一世紀以上の時が經った、十一世紀の後半以降のことである。元豐二年（一〇七九）の前後に刊行された蘇軾（一〇三七～一一〇一）の『元豐續添蘇子瞻學士錢塘集』三巻がその最初期の事例となるが、この刻本が結果的に疑獄の物證となり、蘇軾を窮地に陥れた（烏臺詩案）こともあり、士大夫と民間の書肆の合作聯繫は爾後、順調には發展しなかった。その後、南宋中期に至るまで、官刻であれ、坊刻であれ、少なくとも士大夫の側から生前、積極的に自撰詩集の刊行を推し進めた事例は見當たらない。

ところが、十二世紀の後半、南宋の中期になると、風向きが大きく變わる。朱熹（一一三〇～一二〇〇）や洪邁（一一二三～一二〇二）を筆頭に、一部の士大夫が自身の編著を積極的に上梓するようになったのである。自撰詩集についても、陸游（一一二五～一二一〇）と楊萬里（一一二七～一二〇九）が生前の刊行を敢行している。とはいえ、おそらく南宋中期にあっても、自撰詩文集の生前刊行に關わる士大夫の意識に、北宋と著しい變化があったわけではない。平均的な士大夫にとって、生前に自撰詩集を刊行することには、心理的になおも大きな躊躇があったと考えられる。にもかかわらず、陸游や楊萬里のような事例が現實に誕生した背景には、南宋中期における印刷出版事業が急速に規模を擴大し、彼らの日常空間において刻本の必要性・有用性が痛切に感じられるレベルにまでに、それが成長していたからであろう。楊・陸の詩集刊行は、淳熙十四年（一一八七）の前後に始まるが、それを遡ること約二十年前から、朱熹や洪邁の編著や自著は陸續と上梓されている。そしてそれらの出版に朱熹も洪邁も主體的に關わっている。このような同時代の先例が、楊・陸、なかでも楊萬里の積極的な生前刊行を誘導した、と考えられる。

楊萬里や陸游の沒後、彼らのように詩壇を強力にリードする士大夫の大家が不在の時代へと突入した。かくて、永嘉四靈や江湖詩人、さらには禪僧等、非士大夫詩人の活躍がかつてなく目立つ時代が到來した。本稿では、南宋中期に新たに生まれた士大夫と出版との緊密な關係が、彼らの亡き後、南宋後期の七十年間にいったいどのように變化したのかに焦點を當て、そのなかから詩人意識の變化を讀み取ろうとするものである。

二 劉克莊と自撰詩集の生前刊行 士大夫詩人のばあい

嘉定年間（一二〇八～一二二四）から宋朝滅亡（一二七九）の約七十年間に活躍した士大夫のなかで、確實に自撰集を生前に刊行した者に、眞德秀（一一七八～一二三五）、劉克莊（一一八七～一二六九）、林希逸（一一九三～？）等がいる[1]。この三者のうち、眞・林の兩者は、後世、詩人というより、明らかに學者として令名を馳せた。詩人としての評價がもっとも高かったのは、いうまでもなく劉克莊である。そこで、南宋後期士大夫の代表例として劉克莊のケースを見ておきたい。なお、祝尚書氏の『宋人別集敍錄』（中華書局、一九九九年十一月）のほか、侯體健・程章燦兩氏に詳細な關連研究があり[2]、本稿でもこれらの成果に依據する。

生前に刊行された劉克莊の集は複數あり、後世もっとも傳本が多いのは、『後村居士集』五十巻で、洪天錫が記した墓誌銘（四部叢刊本『後村先生大全集』巻一九五）にいう「前集」を指す（墓誌銘には、ほかに「後集」「續集」「新集」の記載があり、四集併せて二百巻とある）。この集には、淳祐九年（一二四九）の林希逸の序がある。また、四部叢刊本『後村先生大全集』（以下、『大全集』と略稱）の巻首にも林希逸の咸淳六年（一二七〇）の序があり、「予　戊申（淳祐八年）數を備へ莆に守たりしとき、方めて前集を得、之れを郡庠に刊す（予戊申備數守莆、方得前集、刊之郡庠）」とあることによっても、「前集」すなわち『後村居士集』五十巻が、淳祐九年の前後に林希逸によって、劉克莊の故郷・莆田の郡庠において刊行されたことが確認される。ちなみに、『大全集』の方は、咸淳六年の序が冠されているので、明らかに劉克莊の没後の刊である。

よりいっそう興味深いのが、近年、福建福清の古宅において發見された「南嶽五稿」（以下、「五稿」と略稱）で、侯體健・程章燦兩氏に詳細な紹介がある[3]（二〇〇六年十一月に北京德寶拍賣公司のオークションに出品され、すでに好事家某氏の所有するところとなっている、という。書影も一般には公開されていないので、兩氏の研究に依據するほかはない）。この「五稿」は、『南嶽舊稿』、『南嶽第一稿』、『南嶽第三稿』、『南嶽第四稿』によって構成され、『第二稿』を缺く、という。牌記は印刷されてはいないが、版式は十行十八字で、杭州の書肆、陳起（?～一二五六、字宗之、號芸居）の「臨安府棚北大街睦親坊南陳宅書籍鋪」による刻本、いわゆる「書棚本」の特徴を備えている。侯・程兩氏の推定でも、陳宅書籍鋪による江湖小集叢刊の一種に間違いない、とする。また、この「五稿」所收作品の製作時期も、嘉定元年～同十四年（一二〇八～一二二一）の十五年間と兩者によって特定されている。すなわち、「五稿」は、二十二歳から三十六歳までの劉克莊早年の作を收錄した詩集ということになろう。劉克莊は進士及第者ではないが、恩蔭によって二十三歳の時に官途を歩み始めているので、紛れもなく士大夫の若手官僚時代の詩集ということになる。現存の四集は、【附表】（五二～五三頁）にも記したとおり（22の後）、すべてが一巻でほぼ百首前後の詩を收錄する、という。

【附表】を一覧すればすぐに知られるとおり、書棚本の、版式以外の顯著な特徴は、まず一巻本を基本とすること、第二に收錄作品數がほぼすべて一卷百首未滿であること、の二點である。「五稿」は、この二點とも符合するので、侯・程兩氏の推定におそらく誤りはないであろう。そして、もしこの「五稿」が書棚本ということになると、若き劉克莊は自ら進んで民間の書肆による出版を望んだ、ということになる。陸游も、楊萬里も、その生前刊行は地方の官署が出資する、いわゆる官刻本であった。しかし、劉克莊の「五稿」は、民間の書肆の出版、すなわち坊刻本ということになる。宋代の士大夫はそれまでしばしば民間の營利出版を批判し、彼らと距離を置くことが多かったが、劉克莊はその一線をも越えたのである。

もっとも、念のために附言すれば、陳宅書籍鋪は當時にあって、他とは一線を劃す民間の書肆と見なされていたかもしれない。店主の陳起は鄉試を首席合格した解元であったし、彼自身も詩を作り『芸居乙稿』という詩集を今日に傳えている。葉適（一一五三～一二二三）の編選にかかる『四靈詩選』を出版したのも陳起の書籍鋪であり、その四靈の一、趙師秀（一一七〇～一二一九）とも厚い親交があるので、彼が編み好評を博した『二妙集』と『衆妙集』を出版したのも、おそらく陳起の書籍鋪であろう。また、宰相にまで昇った鄭清之（一一七六～一二五一）の『安晩堂詩集』も彼が出版している（【附表】14）。彼が出版した『江湖集』が疑獄を引き起こし發禁處分になったのも、その詩集に曾極や劉克莊等士大夫の詩が含まれていたからにほかならない。あるいは、陳起の士大夫との幅廣い交遊關係が、當時の劉克莊に、彼が民間の書肆であることを忘れさせたのかもしれない。

なお、この「五稿」は侯・程兩氏によれば、當時の彼の所作すべてを收めた集ではなく、かなりの嚴選を加えた選本である、という。なぜ、彼の初期の詩集がいずれも選本であったか、という問題については、節を改め後に詳論する。いずれにせよ、宋朝最後の六、七十年の間において、士大夫による自撰集の生前刊行は、民間の書肆とも密接に關わりつつ、南宋中期よりもいっそう普遍化していったことを、劉克莊の「五稿」刊行の事例から窺い知ることができよう。楊萬里の開いた新しい道は、次代の士大夫によって確實に受け繼がれていた。

三　戴復古と自撰詩集の出版　江湖詩人のばあい（一）

つづいて、――南宋後期の詩歌史を特徴づける、もっとも象徴的な詩人群――江湖詩人とその自撰詩集の生前刊行について考察する。現存書棚本（および書棚本に近しい版本）に基づき調査した（五二～五四頁の）【附表】には、計六十九名の詩人の詩集を掲げたが、そのうち、約半數の三十三名が布衣、すなわち官歷を有しない純正の江湖詩人である。このなかで、10戴復古と23許棐の例を具體的に見ておきたい。

戴復古（一一六七～一二四七、字式之、黄巖の人）は、南宋中期以降の江湖詩人全體のなかでは、第一世代に屬する。中期の著名士大夫と親交のあった、劉過（一一五四～一二〇六）や姜夔（一一五五?～一二二一?）より一つ下の世代になる。江湖詩人第一世代の代表格、劉過と姜夔の二人は、沒後、その詩集が刊行されているが、戴復古は生前、數多くの自撰詩集を刊行した。陳起の書籍鋪でもその『石屏續集』四卷が刊行されてはいるが、現存の關連資料による限り、彼の詩集の多くは、陳宅書籍鋪以外で刊行され、官刻本も少なくなかったようである。

通行本の明・弘治本（一五〇四）『石屏詩集』（四部叢刊續編所收）には、戴復古自身のものも含めて、計十七篇の序跋が掲載されており、それによって彼の詩集がどのような過程を經て編纂されたのかが、かなり具體的に分かる。(4)今、十七篇を製作順に竝べると、以下のとおりである。

①樓鑰序（嘉定三年〔一二一〇〕十二月）
②鞏豐題跋（嘉定七年〔一二一四〕一月）
③楊汝明題跋（嘉定七年〔一二一四〕冬）
④眞德秀題跋（嘉定七年〔一二一四〕）

⑤戴復古「戴復古自書」（嘉定十六年〔一二二三〕二月）
⑥趙汝談題跋（嘉定十七年〔一二二四〕夏）
⑦趙汝騰「石屛詩集序」（紹定二年〔一二二九〕三月）
⑧趙蕃題跋（製作年未詳。ただし、趙蕃は紹定二年に沒しているので、それ以前）
⑨倪祖義題跋（製作年未詳。ただし、趙蕃の選本に言及し、袁甫の選本に言及しないので、⑧と⑩の間か）
⑩戴復古「又」（紹定五年〔一二三二〕六月）
⑪姚鏞題跋（紹定六年〔一二三三〕三月）
⑫趙以夫題跋（端平元年〔一二三四〕十月）
⑬王野題跋（端平元年〔一二三四〕）
⑭姚鏞題跋（端平三年〔一二三六〕五月）
⑮李賈題跋（端平三年〔一二三六〕九月）
⑯包恢序（淳祐二年〔一二四二〕四月）
⑰呉子良「石屛詩後集序」（淳祐三年〔一二四三〕五月）

彼の第一詩集が編集刊行された過程は、⑦趙汝騰の序によって分かる。すべては、戴復古が詩稿を携え、趙汝讜に自作の選別と編定を依頼したことに始まるようである。

趙汝讜は、字蹈中、懶庵と號し、餘杭（浙江省）の人、太宗八世の孫。嘉定年間に彼が湖南轉運使（『宋史』巻四一三では「湖南提擧常平」）の任に在った時、戴復古は平生の自作すべてを攜えて彼の許を訪ね、彼に自作の選別を依頼した。趙汝讜は最終的に百三十首を選び、『石屛小集』と名づけ、さらに趙汝騰（?〜一二六一）に序文の執筆を依頼している。氏名から類推できるように、趙汝騰も太宗八世の孫、汝讜と同じく宗室に連なる。字は茂實、庸齋と號した。

福州（福建省）に假寓し、こののち吏部尚書兼給事中にまで昇っている。趙汝讜は嘉定十六年（一二二三）に卒した⑥趙汝談題跋）が、兄の汝談（?～一二三七、字履常、號南塘）が戴復古の「題後」詩を見て深く感じ入り、跋文を寄せている（⑤戴復古自書、⑥および⑦）。戴復古が自作の選別を依頼した趙汝讜は、自らも詩を善くし、嚴しい批評眼を備えた人物として聞こえていた。趙汝騰も趙汝讜が「詩に於いて許可すること少《まれ》なり（於詩少許可）」といっている（⑦）。

南宋後期を代表する詩人の一人であり、戴復古の詩友でもあった、趙蕃（一一四三～一二二九、字昌父、號章泉、鄭州の人。玉山に僑居）は、この趙汝讜の選本を基礎にしてさらに精選を加えている。倪祖義は「懶庵（趙汝讜）石屛戴式之の爲に百餘篇を摘取し、衆體を兼備して精なり。章泉（趙蕃）拈出する所は則ち其の尤も精にして汰《よな》ぐ者なり（懶庵爲石屛戴式之摘取百餘篇、兼備衆體、精矣。章泉所拈出、則其尤精而汰者也）」といい、「式之の詩を愛する者、之れを讀めば足れり（愛式之詩者、讀此足矣）」と評し（⑨）、この選本に戴復古の詩のすべてのエッセンスが詰まっていると絶賛している。

趙汝讜が『石屛小集』を編んでから數年の後、戴復古は友人の勸めに從い、未整理のまま放置していた新作を整理し、四百餘篇を得た。これを第一詩集の序を記した趙汝騰と金華の王佖（字元敬）の二人に渡し編選してもらった。王佖は、王柏（一一九七～一二七四、字會之。長嘯や魯齋と號す。金華の人）に師事し、福建轉運副使の官歴をもつ。趙・王の二人はそれぞれ自分の嗜好に照らして一集ずつ編み、二人の選んだものを合わせ、原稿の半數、すなわち二百篇前後が選ばれた（⑩）。しかし、集名は不明で、おそらくは上梓刊行されなかったようである。

ほどなくして、袁甫（?～?、字廣微、號蒙齋、鄞縣の人）は、趙・王の選んだ二種の選本にもとづき、さらにそのなかからさらに百首を嚴選し、趙汝讜編選の『石屛小集』の後に附して『續集』とした。四百餘首のなかから、繰り返し選りぬかれて百篇となり、「精粹」と呼ぶに相應しい選本となった。戴復古自身もこの集に選入された自作にかなりの自信をもっていたらしく、自ら「明珠　純玉にして、萬口　好しと稱し、揀擇すべき無く、是れ至寶と爲す（明珠純玉、萬口稱好、無可揀擇、是爲至寶）」と稱している（⑩）。

明人の記載によれば、蕭泰來も戴復古のために『第三稿』を編んだ、という（弘治本巻首、明・馬金「書石屏詩集後」）。蕭泰來は、字學易、またの字を則陽、陽山といい、小山と號した。臨江（江西樟樹西南）の人。紹定二年（一二二九）の進士、知隆興府、監察御史等を歴任し、『小山集』がある。淳祐十一年（一二五一）に、【附表】63鄧林の『皇荂曲』に序を寄せている。

さらに、『第四稿』もある。李賈と姚鏞によって編集され、李賈によって刊行された。李賈は、字友山、月洲と號した。福建邵武の人で、嚴羽・嚴粲と親交があり詩社を結んでいる。姚鏞は、字希聲、敬庵・雪篷と號し、剡溪（浙江江嵊の南）の人。嘉定十年（一二一七）の進士、著に『雪篷集』が有る。姚鏞は戴復古より二、三十歳も年少であったが、戴復古と忘年の交わりを結んだ。⑪姚鏞の題跋は、おそらく、紹定年間に成った袁甫の『續集』に對するもので、戴復古の詩が盛唐の高適に「大いに似」、「晩唐の諸子　當に一頭を讓るべし（大似高三十五輩……晩唐諸子當讓一頭）」と激賞している（⑪）。この若き詩友、姚鏞が知贛州在任中、「帥臣」（安撫司長官）に逆らい衡陽（湖南省）に左遷されるという事件が起きたが、戴復古はわざわざ遠路を厭わず衡陽まで會いに出かけ、近作を手渡し、姚鏞に佳作の選別を依頼している。姚鏞は六十首の詩を選び、『第四稿下』とした。時に端平三年（一二三六）の夏、戴復古はすでに七十歳の高齢であった（⑭）。

同年の秋、戴復古は衡陽から歸還の途次、淦江（おそらく江西新喩）縣尉の官舎を訪ね、もう一人の詩友、李賈友山に會った。すぐさま姚鏞が選んだばかりの『四稿下巻』を取り出し見せたところ、李賈は詩巻を手にしていつまでも吟誦をやめず、「幷びに梓に入れ以て其の璧を全うせし（幷入梓以全其璧）」めた（⑮）。

姚鏞と李賈の言を總合すると、『第四稿下』は姚鏞の編選にかかり、『第四稿上』は李賈の編選になるものであろう。おそらく、戴復古は第四稿の前半をまず李賈に托して編集を依頼し、それを攜え姚鏞の所に向かい、第四稿の後半と一緒に姚鏞に手渡し、選定を依頼したのであろう。⑭姚鏞の題跋には「且《しば》らく李友山に效ひ奇なるを左方に摘す（且效李友山摘奇左方）」という文言があり、この間の經緯を證明している。前引⑮李賈の跋文に「全其璧」とあるのは、姚鏞の選と合刻したことを意味している。

このほか、宋人の記載には見えないが、『第五稿』上下二巻があったようである。弘治本の出版に向け奔走した戴復古の子孫、戴鏞がそのことを傳えている。――『石屛詩全集』は宋の紹定年間にすでに刊行されたが、そののちだんだんと散逸した。それでも戴鏞は、彼の父が天順年間の初め（一四五七）に抄錄した『小集』と『續集』を見ることができた。また、彼の兄は『後集第四稿』下巻と『第五稿』上下二巻の刻本を見つけ出した、ともいっている（弘治本巻尾の戴鏞題跋）。それが、誰の編選にかかり、いつ刊行されたかということは定かにできないが、『第五稿』上下二巻の刻本が確かに存在したことを明言している。また、姚鏞が選んだ『第四稿』下巻の刻本の正式名称が『後集第四稿』であったことも、この題跋の記述により確認できる。とすれば、同時に上梓されたはずの李賈の選『第四稿』上巻も、同じ書名であったはずだが、どうやら明代にはすでに散逸していたようである。

以上のように、戴復古の詩集は生前の折々に編集刊行され、「五稿」の多きに至っている。戴復古のばあい、一定期間に詠んだ作品を他人に托して選別してもらい百首前後を目途に一つの小集としていたようである。そして、それらのほぼ全てが上梓されたようである。

四　許棐と自撰詩集の出版　江湖詩人のばあい（二）

つづいてもう一人、許棐《きょひ》（?～一二四九?）の例を見ておきたい。彼は生年がまったく分からないが、おそらく戴復古よりは年少であろう。字は忱夫《しんほ》、海鹽（浙江）の人。彼が生涯、官に就かなかったことは、陳起が彼の死を悼んで詠じた詩（「挽梅屋」『芸居乙藁』）のなかに「弓旌　至らず　遺賢を歎く（弓旌不至歎遺賢）」の句があることによって知られる。その他、寶慶年間（一二二五～一二二七）の前後に、海鹽の秦溪に隱居し、屋敷の傍らに梅を數十本植え、梅屋と號したこと、居室に所狹しと數千卷の書を所藏したこと、白居易と蘇軾の肖像畫を掛け尊崇したこと等が辛うじて知ることのできる彼の個人情報である。

陳起は、彼の『梅屋詩稿』、『融春小綴』、『雜著』、『梅屋第三稿』、『梅屋第四稿』、『詩餘』計六種の著述を編纂刊行している。その『融春小綴』と『第三・第四稿』の卷頭に、それぞれ許棐の小序が掲げられ、『第四稿』の末尾に短い識語が附されている。それらによって、これら一連の集がどの樣な經緯で編集刊行されたのかを知ることができる。

① 亂書中得舊稿數紙。稿自甲午至己亥詩、不滿三十、更散失不得傳、則與日月俱棄矣。併綴數文、爲融春小編。

亂書の中より、舊稿數紙を得たり。稿は甲午より己亥に至るの詩にして、三十に滿たず。更に散失して傳ふるを得ざれば、則ち日月とともに倶に棄てられん。數文を併綴して融春小編と爲す。……(『融春小綴』小序)

② 己亥至癸卯詩、不滿二十首。甲辰一春却得四十餘篇。疑詩之多寡遲速、似有數也。天或壽予、予詩之數、固不止此。然當以貪多務速爲戒。

己亥より癸卯に至るの詩、二十首に滿たざるに、甲辰の一春、却って四十餘篇を得たり。疑ふらくは詩の多寡遲速は數《すう》有るに似たるかと。天 或ひは予を壽せば、予が詩の數 固より此に止まらざん。然れども當に多を貪り速に務むるを以て戒めと爲すべし。(『第三稿』小序)

③ 右甲辰一春詩、詩共四五十篇、錄求芸居吟友印可、棐皇恐。

右、甲辰一春の詩。詩共《あわ》せて四五十篇、錄して芸居《うんきょ》が吟友の印可を求む。棐 皇恐す。(『第四稿』卷尾識語)

この三則から推測すると、まず『梅屋詩稿』は許棐の第一詩集であり、第二詩集が端平元年(一二三四)以後の作品を收めることから判斷すれば、紹定年間(一二二八~三三)までの作品を收めたものであろう。『南宋群賢小集』(新文豐出版公司『叢書集成三編』所收、臺灣國家圖書館所藏南宋刊本影印)本では、計一〇四題一一二首の詩を收める。

第二詩集の『融春小綴』は、「甲午」＝端平元年（一二三四）から「己亥」＝嘉熙三年（一二三九）までの詩、計二十二題二十六首と、十篇の散文を併せた集で、散文の部分は、『梅屋雜著』という内題が附されている。『第三稿』と『第四稿』、すなわち第三、第四詩集は、②の小序が何れにも言及している事實を踏まえると、おそらく合刻されたものであろう。『第三稿』では、「己亥」＝嘉熙三年（一二三九）より「癸卯」＝淳祐三年（一二四三）までの詩十五首が、『第四稿』では、「甲辰」＝淳祐四年（一二四四）の春三カ月の詩三十三題三十七首が收められる。

このように、第一詩集の後、ほぼ五年ごとに第二、第三（第四）詩集が編集刊行されている。許棐は五年を目安として詩稿を整理して陳起に送り、陳起は詩稿のなかからさらに選りすぐって上梓していたようである。許棐は多作詩人ではなかったようだが、それにしても端平元年～嘉熙三年の五年間に三十首未滿、嘉熙三年～淳祐三年の五年間に至っては二十首未滿しか作っておらず、餘りに寥寥たる數である。この少なさは、②で吐露されているように、許棐がスランプに陷っていたことと關わりがあるようだが、おそらくはそればかりではあるまい。おそらく陳起の厳しい批評眼を念頭に置いて、許棐自らが自作を嚴選しつつ詩稿を整理したからに違いない。前述のとおり、陳起は解元の經歷をもち、士大夫と同等の學識を備えていた。詩歌についても確固たる批評眼を備え、自ら詩社を結んで作詩もし、『芸居乙藁』という詩集を今日に傳えている（【附表】24）。名エディターでありプロデューサーであった陳起から好評を得るために、許棐も相當の氣構えで舊作を篩にかけたのであろう。それでも、『第四稿』は、もともと「四五十篇」（前掲③）あったはずだが、現存テキストでは三十七首しか收録されていないところを見ると、のこりの十首近くはおそらく、陳起とその「吟友」の「印可」を得ることができず、選外の憂き目に遭ったのであろう。

出版プロデューサー陳起によって編集刊行された許棐の詩集のケースは、南宋後期の江湖詩人にとって、もっとも一般性の高い形であったと考えられる。南宋後期、民間の出版業はかなり発達してはいたが、とはいえ、さしたる名聲のない同時代の布衣詩人の詩集を出版することは、商業的にかなりのリスクを負うことになったであろう。そのリスクを冒してもなお陳起が成功を収めることができたのは、まず第一に、彼に時代を讀む確かな目が備わっていたことを舉げられよう。そして第二に、彼が許棐のような布衣詩人たちに對し物心兩面の心細やかな支援を缺かさず[5]、そのため彼らから絶大なる信賴を得て、彼を中心とする廣域のネットワークが自然と形成されていたことと深い關わりがあろう。むろん、彼が都大路に店鋪を構えていたことが、ネットワーク形成に大いに與ったことは疑いようもない。許棐を始め地方出身の布衣詩人は、上京の折、必ずや眞っ先に陳起の書籍鋪に立ち寄ったであろう。そして、そのうちの一部は彼の主催する詩會や詩酒の宴に誘われたことであろう。こうやって知遇を得た詩人のなかから、陳起のお眼鏡に適った者が小集という形式で自作を上梓するという僥倖に惠まれることになった、と推察される。

五　江湖詩人の詩集出版における二つの經路

戴復古と許棐の詩集出版の形には、共通點と相違點がそれぞれ一つずつある。

まず、共通點は、いずれも一定期間の所作を他人に選別してもらい、小集という形式で陸續と出版した、という事實である。陳起の書棚本が小集形式の代名詞のようにいわれることが多いが、戴復古の例によっても明らかなように、小集の刊行は陳起の書籍鋪の專賣特許ではなく、南宋後期にかなり普遍的な形式であった、と考えられる。戴復古も許棐も布衣の江湖詩人であり、何といっても全國的な知名度に乏しく、社會的信賴という點でも、士大夫にははるかに劣っている。しかし、小集という形式ならば、費用對効果のリスクを最小限に抑えられる。出版經費を抑えられれば賣價を安く抑えられるので、懷具合が豊かになった市民階層の購買意欲を高める効果ももたらしたであろう。

つづいて、兩者の相違について指摘する。許棐のばあい、出版前の編定作業に責任を負ったのは、第一詩集から最後の第四詩集に至るまで、ずっと陳起一人であった。陳起は詩壇に新風を吹き込んだ辣腕の出版プロモーターではあったが、社會的身分の點からいえば、まぎれもなく非士大夫階層に屬する商人であった。一方、戴復古のばあい、彼が自作の選別編定を依賴したのは、例外なくすべてが士大夫であった。そのなかには、樓鑰や眞德秀のように今日なおよく知られた詩人・學者が含まれるほか、趙汝談・汝讜のように當時、宗室第一と目され「一代騷人の宗」（劉克莊「趙崇安詩卷」、中華書局『劉克莊集箋校』卷一〇七）と稱された宗室詩人も含まれている。

このような異同は、おそらく兩者の年齢差による部分が大きいのではないかと推測される。もっとも、許棐の生年が不明なので、實際にどのくらいの年齢差があったのかは未詳であるが、おそらく戴復古の方が幾らかは年輩であっただろう。少なくとも、詩人としての活躍は戴復古の方が先行していたと考えられる。戴復古は、陳起の出版事業が軌道に乘る嘉定年間（一二〇八～一二二四）以前から全國行脚を始めているので、舊世代と同じ常識に從って、我が身の振り方を決めていたはずである。その常識とは、科擧を經ずに仕官するためには、一人でも多く士大夫の知遇を得て、彼らから高く評價されることが不可缺であり、彼らの推挽なくして、官職に與ることはとうてい叶わない、というものである。この點は、戴復古よりも十數年早く生を享けた江湖詩人、姜夔と劉過の足跡を見れば、きわめて分かりやすい。彼らも全國を股にかけ名士や權貴の門を叩きつづけた。

かくて、戴復古は謁客詩人と揶揄されながらも、全國行脚しては各地の名士（士大夫）と交わり、自ら積極的に仕官への道を切り拓こうとした。彼がのこした足跡は、福建、廣西、湖南、湖北、江西、兩淮……と、實に廣域に及び、長期の旅を幾度となく體驗している。當時の戴復古には、交流した士大夫たちに、得意とする平生の詩業を示して、己を高く評價してもらうという一念しか存在しなかったかに映る。

かつまた、陳起の書籍鋪が成功するまで、一介の布衣詩人が己の詩集を出版するには、士大夫の支援は不可缺な前提條件であったと思われる。戴復古の詩集に關連して出版元が具體的に推測できるのは、『第四稿』の、李賈のケースだけである。縣尉の職に在った彼が、自ら率先して上梓したことを明言している以上、『第四稿』は職位上、彼が自由にできる公的資金を用いて出版された可能性が高い。すなわち、官署が出資する官刻本としての刊行である。他の詩集のすべてが官刻本であったか否かは不明であるが、もしも官刻ならば、いうまでもなく、士大夫の強い推薦と支援なくして、實現はとうてい覺束ない。よしんば、民間の坊刻であったとしても、士大夫のお墨つきをすでに得ているか否かは、出版の決定を大きく左右したであろう。戴復古が自作の選別を詩名のある士大夫に依頼し、多くの序跋を寄せてもらった背景には、おそらくこのような當時の實情が反映されていると考えられる。陳起の出現後、考えを改めることもできたはずであるが、結局は己が信じ歩んできた道の方を、彼は選擇したのであろう。

許棐にも仕官志向があったことは、前掲、陳起の挽詩「弓旌不至歎遺賢」の句によって間接的に分かるが、彼の詩を讀む限り、その姿勢はいたって受動的である。詩題から分かる彼の足跡は、故郷と都臨安を除くと、あとは安徽の慈湖、江蘇の呉江、浙江の紹興くらいしかなく、いずれも江南一帶の、故郷ないしは臨安からそう遠くはない場所ばかりであり、戴復古とは好對照でさえあった。おそらくは、彼の人となりが、このような行動パターンを生んだ内的要因であろうが、陳起に見出され、かつまた彼の書籍鋪が新風を巻き起こす新たな出版の時代に巡り會えたことが、戴復古のような行動を取らずに濟んだ最大の外的要因であろう。

民間の作者と民間の出版者が、士大夫の介在なく、ほぼ對等の關係で直接結ばれるという現象が、陳起の出現によって初めて誕生した。江湖の詩人たちはこの時、――士大夫の知遇を得るために、長期、故郷を留守にして、全國行脚を繰り返すまでもなく、あるいはまた、士大夫から門前払いを食らったり、腰を低くして彼らのご機嫌を伺うような、屈辱的な思いをするまでもなく――己の詩作を誰に氣兼ねすることもなく上梓できる新たなルートを獲得したのである。望んで手に入れたものではなかったかもしれないが、許棐は幸運にもそのような僥倖に恵まれた。

十二世紀の後半から目立つようになる南宋の江湖詩人に着目すると、世代によって、作者と出版の關わり方に小さからぬ變化が生まれていることに氣づかされる。即時の出版というリアリティーのまだなかった第一世代が姜夔や劉過であるとすると、第二世代に屬する戴復古にはすでにその意識が明確に存在している。しかし、その彼も姜夔や劉過と同様の方法論で士大夫に接近し、彼らの支援によって自作詩集の出版を實現するという考えしかなかった。そして、おそらく第三世代に屬する許棐の時代になると、こと自作の発信という點に限れば、もはや士大夫の支援を仰がなくても、それが可能な時代に轉じているのである。もちろん、このような變化は、陳起という書商が現れ、彼が新たな出版戦略を敷いたことによって促された。しかしいずれにせよ、その結果、少なくとも——陳起の書籍鋪が存續した——晩宋の半世紀に生きた江湖の詩人たちは、舊世代の江湖詩人とは異なる、新たな夢と希望、さらには些かの自信と勇氣を抱くことが許されるようになったのである。

六　詩人・編者・書肆　陳起の存在意義

南宋の中期から後期への變化のなかで、最大かつもっとも意義深い現象は、非士大夫階層に屬する布衣詩人の一群が生前に自撰集を上梓刊行したことであろう。南宋後期は、中期の楊萬里によって開始された自撰詩集の積極的な生前刊行が士大夫階層の間でより浸透しただけでなく、それが確實に民間にまで波及していた。この新しい潮流を生み出すのに、もっとも貢獻したのが、陳起である。本稿ではこれまで、詩人の側に焦點を當て南宋後期の變化を記してきたが、この節では、視點を變えて書籍の作り手に焦點を當てる。

陳宅書籍鋪は、陳起が起業し、息子の續芸がその家業を受け繼ぎ、晩宋の半世紀餘に渉って、新たな詩風形成に多大なる影響を及ぼした。前述のとおり、嘉定年間以後、葉適の選にかかる『四靈詩選』を始め、趙師秀選の『二妙集』と『衆妙集』、そして、詩禍を惹き起こした『江湖集』を出版したほか、現在確認できるものだけでも、中・晩唐を主とする唐人詩集小集一一六種、南宋江湖詩人小集九十種前後（影宋鈔本、翻刻本を含む數）を、編纂刊行している。(6)

書棚本、すなわち陳宅書籍鋪が刊行した書籍は、内容的には、いわゆる晩唐體の詩を中心とし、それを十行十八字という統一版式で、さらには原則一巻本の小集という形式で陸續と出版したことに、最大の特徴がある。第三節においてすでに記したように、戴復古の、陳宅書籍鋪以外で出版された詩集もすべて小集の形式によっており、一巻本の小集を原則とするというスタイルは、南宋後期にあって、必ずしも陳起の專賣特許ではなかったが、とはいえこれだけの出版件數（計二百種以上）と内容的統一性（晩唐體の詩集を主とする）を同時に實現した例は他には存在せず、したがって、彼こそがこの統一規格による出版形式の最大の推進者といっても過言ではない。

前節の冒頭に記したとおり、この出版形式は、二つの點において當時の時宜によく適っていた、と考えられる。第一に、費用對効果のリスクを輕減できた點である。北宋に比べ印刷出版業がはるかに發達した當時であっても、出版に要する經費はけっして安價ではなかった。したがって、一部數十巻ないしは百巻を超える大部な書籍を、民間の一書肆が經費すべてを負擔して出版するとなると、經營をかなり壓迫することになったであろう。しかし、一巻本であれば、經費負擔をかなり抑えることができる。經費の節減によって運用資金に餘裕が生まれれば、かつてない斬新な出版の企畫を實現することも可能になろう。よって、この點は書肆の側にとって、一石二鳥の好條件であった。そしてこの條件こそが、陳宅書籍鋪をして知名度に乏しい同時代の江湖詩人の詩集をシリーズ物として陸續と刊行することを可能ならしめた、といってよい。

第二に、經費が抑えられれば、當然ながら賣價も抑えられる。しかも、一、二巻の書籍ならば、常に懷にしのばせて攜帶することも可能になる。しかも、それが近體の短詩型を中心とする晩唐體の詩集であったから、傳統文化の周縁に位置する非士大夫層の富裕な都市住民にとっても、比較的氣輕にアプローチできる内容と映ったに相違ない。少なくとも、經書や史書の重厚さと比べれば確實にそうだといえるであろう。しかもそれでいて、淺近卑俗な通俗的讀み物とも異なり、『詩經』以來の傳統に裏打ちされた雅趣を確かに備えた内容であった。加えて、遠く古の詩人ばかりではなく、同じ時代の空氣を吸う同時代作家、しかも大雅の廟堂の高みにいて接する可能性のほとんどない高級士大夫ばかりではなく、すぐ身近なところにいる布衣詩人の手になる近作に觸れられるという點も、新たな讀者層の購買意欲をおそらく高めたであろう。時まさに都市部を中心に新たな讀者層が急速に形成されつつあった頃に當たり、陳起が敷いた出版戰略は、そのような新しい時代變化に實によく適合した統一規格であった。この第二の點は、買い手の側から見たときの魅力的な好條件、すなわち利點である。

かくて、南宋後期の臨安には、晩唐詩の流行が巻き起こり、數多くの江湖詩人が吸い寄せられ、その中心に陳起とその書籍鋪が鎮座していた。客觀的に見て、彼とその書籍鋪は傳統文化の新しい潮流を造り出し、その潮流の最大の發信源になっていた、といってよいであろう。江湖詩人の一人、葉茵（一二〇〇～?）が陳起に贈った次の詩句（「贈陳芸居」、臺灣藝文印書館『南宋群賢小集』所收『順適堂吟稿丙集』）は、當時、彼らの間にあって陳起がどのような存在であったかをよく示している。

氣貌老成聞見熟　　氣貌　老成して　聞見　熟し
江湖指作定南針　　江湖　指して定南針と作す

右の詩句からは、一書商という存在をはるかに超えて、江湖の詩人たちの人望と信頼を一身に集めていた、當時の陳起の姿が浮かび上がってくる。別の江湖詩人、趙汝績（?～?）も次のような七絶を陳起に送っている（四庫全書文淵閣本『江湖後集』巻七「山臺吟稿」）。

柬陳宗之　　陳宗之に柬《かん》す
略約東風客袖寒　　略約たる東風　客袖　寒く
賣花聲裏立闌干　　賣花の聲裏　闌干に立つ
有錢不肯沽春酒　　錢《かへ》　有るも　肯へて春酒を沽《か》はず
旋買唐詩對雨看　　旋って唐詩を買ひて雨に對して看る

詩題の「柬」は「簡」に同じ。手紙の代わりに送った詩ということ。起句の「略約」は「約略」と同じく、「そよそよと」の意（中華書局『近代漢語大詞典』）。趙汝績は太宗八世の孫だが、布衣のまま終わった。字は庶可、會稽に山臺を築き、詩集の名もそれに因む。戴復古にも、「趙庶可が山臺に題す（題趙庶可山臺）」詩二首がある（北京大學古文獻研究所『全宋詩』巻二八一四、第五四册、三三四九二頁）。詩の後半、新酒を買う金で（陳起が出版した）唐人詩集を買って讀む、と彼は詠じている。客愁に打ち沈む作者の像を浮かび上がらせる前半の書きぶりは、通常なら、飲酒の場面への展開を暗示するが、この詩ではそれを翻案して一篇を結んでいる。異郷にある江湖詩人に、酒以外に忘憂物がもう一つ誕生したことを詠じているかのごとくである。陳起が創り出した流行の反映をここに見てとることができる。

以上の内容を踏まえつつ、本稿第二節で論じた、劉克莊の「五稿」についてここで改めて採り上げたい。すなわち、陳宅書籍鋪が刊行した劉克莊初期の詩集がなぜ全集ではなく、嚴選を加えた選集であったのか、という問題である。『後村先生大全集』巻一の冒頭に、「公の少作　千首に幾し。嘉定己卯、江上より祠を奉じて歸り、故篋を發きて盡く之れを焚き、儘かに百首を存するのみ。是れ『南嶽舊稿』たり（公少作幾千首、嘉定己卯自江上奉祠歸、發故篋盡焚之、儘存百首、是爲『南嶽舊稿』[7]）」という識語が附せられており、これによれば、劉克莊の第一詩集は十分の一にまで嚴選され、その他は焼棄されていた。おそらく、第一～第四稿も同樣であっただろう。侯體健氏は、『大全集』所收作品がほぼ編年編集されている事實に着目し、收錄數の經年變化を調査して、晩年の十九年間において、年平均の作品數が、それまでの三十～四十首に對して、約一六〇首というように約四倍に増加していることを指摘したうえで、劉克莊の自編意識が、青壯年期の――自ら嚴選した佳作だけを世に送り出そうとする――「求精」の姿勢から、晩年期に入り――自作詩歌による克明な自分史を構成するかのように努めてすべての作品を遺そうとする――「求全」の姿勢へと轉じたことを論じている[8]。

侯氏のこの論點はきわめて重要であり、その指摘もおそらく正しいが、少なくとも、「五稿」に限っていえば、精選した百首前後の作品を一巻に收める、というこの編集姿勢は、陳宅書籍鋪書棚本の規格とも完全に一致しており、著者劉克莊の意識のみならず、出版者であり編者でもあった陳起の認識をも考慮に入れて考察すべきであろう。【附表】によって明らかなように、陳宅書籍鋪は一部の例外を除き、一巻の小集出版を基本の營業方針としており、當然のことながら、著者に對してもそれに身合った作品數の詩稿を要求していたようである。現存の書棚本からも、その痕跡を一、二見出すことができる。

たとえば、張至龍の『雪林刪餘』（【附表】44）には自序があり、「比ごろ芸居先生を承けて、又た摘を爲し小編と爲すも、特だ十中の一に過ぎざるのみ（比承芸居先生、又爲摘爲小編、特不過十中之一耳）」という條があり、陳起の依頼を承けて、自作を十分の一に嚴選したことが語られている。許棐も、本稿第四節において言及したように、自ら嚴選した詩稿を陳起に送り、陳起はさらに篩にかけていた。よって、劉克莊の「五稿」のばあいも、もし作品の選定が彼一人の手で行われていたとしても、このような陳宅書籍鋪の規格を彼が事前に理解したうえで、自ら篩にかけていた可能性が大きい。つまり、劉克莊の「五稿」における「求精」の姿勢は、もっぱら彼の純然たる自發的要求にもとづいてなされたとは限らず、むしろ陳宅書籍鋪の統一規格が、さらには編者陳起が、それを要求したと解することもできるのである。

一つの詩集が上梓刊行されるまでには、大別すれば、三つのプロセスが存在する。まず第一は著者自身によって舊稿が整理される段階、第二は編者によってそれに編集が加えられる段階、そして第三は編集し終わった詩稿を版木に刻んで印刷し、流通のネットワークに載せる段階である。南宋の中期まで、少なくとも第一、第二の段階は、士大夫がもっぱら行っていたと考えられる。自編のばあいはいうまでもなく、他者による編のばあいも、たいていは子孫や門人、知友がその任に當たり、當該詩人の縁者、すなわち士大夫層に屬する人々の手で進められた、といってよい。第三段階に入っても、士大夫の側が出版資金を用意していれば、官刻もしくは家刻となり、實際には民間の書肆がそれを制作していたとしても、民間の書肆が編集に口を挾む餘地はほとんどなかったであろう。たとえ、完全な坊刻であったとしても、それが士大夫の著述であるならば、著者ないしは編者の發言力が自ずと大きく、書肆は下請け的役割を果たすことが多かったのではないかと推測される。

ところが、陳起の書籍鋪による出版活動を細かく見ると、この士大夫主導の安定的な三者の關係に明らかに大きな變化が生じていた。一言でいうならば、編者の比重が高まり、編者が著者に強い要求を出すようになっているのである。むろん、ここには營利という民間の書肆にとっての死活問題が絡んでいるわけであるが、結果的に――プロの編集者がよく賣れる書を制作するために著者に樣々な要求をしてゆくという――現代の出版界と同じことが、すでに陳起と彼の周邊の詩人たちの間に起きている。

もちろん、陳起がすべての詩人に對して同樣の嚴しい要求をしていたわけではない。たとえば、彼は當時の大官、鄭清之の『安晩堂詩集』十二卷（【附表】14）を出版しており、陳宅書籍鋪の大原則に照らせば、破格の分量の詩集を刊行しているが、これは江湖詩禍で罪を得た際、鄭清之が支援に回り、罪の輕減を進言したことへの恩返しという側面をもつであろう。また、江湖詩人の戴復古と周弼の四卷本詩集を刊行してもいる（【附表】10、28）。これはおそらく、兩者の詩名がすでに巷間で確立されていたために、別格扱いしたためであろう。しかし、このような少數の例外を除けば、たとえ士大夫の詩集であっても、彼は書籍鋪の原則をほぼ嚴密に適用している。よって、まだ少壯の士大夫詩人に過ぎなかった劉克莊の「五稿」が、陳起の立てた書籍鋪の原則通りに出版されたとしても、少しも不自然ではない。

もう一點、新發見の「五稿」に關連して附言しておきたい。程章燦氏は「五稿」を五十卷本『後村居士集』、ならびに二百卷本『大全集』と照合して、その異同を摘出し、數々の疑問を提示しているが、そのなかで、比較的大きな問題として、二つの疑問を呈している。すなわち第一に、「五稿」の現存四種すべての卷首に「詩一百首」と收錄數が明記されているにもかかわらず、實際にはすべてが百首ではないという、收錄作品數の齟齬が存すること、第二に『第二稿』だけを缺くことの理由である。

もちろん、この二つの疑問に對して、前者はあくまで概數を標記しただけに過ぎず、後者は某かの偶然的契機によって『第二稿』だけが傳承過程で失われた、と見なす立場に立つことも十分可能であるが、ここではあえて陳宅書籍鋪の立場を忖度しつつ筆者の憶測を述べてみたい。

筆者は、この「五稿」が嘉定年間の原刻本（初刻本）ではなく、詩禍事件（寶慶三年（一二二七））の發生後しばらくして、より限定的にいえば權臣史彌遠が沒した紹定六年（一二三三）の後に、版木に最少限の補修を加えて増刷されたものではないか、と憶測する。收錄作品數の齟齬は、その際の微調整によって生じたのではないだろうか。詩禍事件による發禁、ないしは版木の燒棄命令は、問題視された作品を含む集を對象として發令されたに相違ない。御史臺が問題視した劉克荘の作品は、當時の文獻の指摘によって、「落梅二首」と「黃巢戰場」であったことが分かるが、これらはいずれも『第二稿』に收められた作品であった。よって、「五稿」のなかでは『第二稿』の版木のみが廢棄對象となったと豫想される。他方、他の四種については、通常ならば不問に付されたはずで、それゆえ詩禍のほとぼりが冷めた頃、初刻本の版木を再利用して、それに多少の補修を加えて増刷されたのではないだろうか。

一方、『第二稿』は版木が燒棄されてすでに存在しないので、他の四種とともに再刊しようとすれば、版木を再び一から刻まなければならない。衆目を集めた作品を含む詩集であるから、かりに再度版木を刻み直したとしても、經費を回收して餘りある利潤を見込めたであろうが、陳起はあえてそういう選擇をしなかった、と推測される。なぜなら、詩禍によって、曾極、敖陶孫、趙汝迕、劉克荘、そして陳起の五人が罪に問われたが、このなかでもっとも大きな實害を被ったのは、陳起だからである。他の四名はいずれも士大夫であり、降格處分を受けたり、貶謫されはしたが、總じて比較的短期の輕い處分に終わったのに對し、陳起は流罪となったうえ、版木の廢棄を命ぜられるという實害を被っている。版木は書肆にとって最大の財産である。店主が不在となり、版木の一部までもが燒棄させられ、さらに官憲に睨まれれば、おそらく書肆の經營にも多大な支障が生じたであろう。よって、同じ詩集に關わった仲間とはいえ、四人の士大夫との間に、埋めがたいほどの大きな格差が存在することを、この時陳起は改めて痛感したに違いない。さらには、民間の一書肆が權臣の怨みを買うことの怖ろしさも實感したであろう。よって、詩禍のほとぼりが冷めて、「五稿」を再刊することに何ら差し障りがなくなっても、彼は詩禍を教訓として後顧の憂いを絶つために、

『第二稿』の版木を再び刻むことを踏み止まったのではないだろうか。

程章燦氏は、この「五稿」が『第二稿』のみを缺く理由として、――「五稿」の學術的價値を最初に斯界に紹介した――程有慶氏の推論[9]を引用している。程有慶氏は當時の禁令が嚴しく、このテキストの所藏家が己に累が及ぶことを恐れて自ら處分したのであろう、とする。しかし、筆者はそうではなく、新發見の「五稿」はそもそも嘉定年間の初刻本ではなく、詩禍後の增刷本で、その時、『第二稿』は「五稿」のなかに含まれず販賣されもしなかった、と推測する。『第二稿』を缺くことが、かえって陳起の深謀遠慮をリアルに今日に傳えている、と筆者は解釋したい。もちろん、これは何一つ確證のない、あくまでも筆者の憶測に過ぎないけれども……。

七　おわりに　士大夫詩人と布衣詩人、それぞれの詩集刊行

以上、三稿に記した內容を踏まえ、唐宋六五〇年間を大きく區分すると、三つの時期に分けられる。

まず第一期は、唐初から北宋中期までの間である。メディア環境、ないしはその條件に左右されつつも、生前における自撰集の自編という行爲が少しずつ一般化した時間と總括できる。

第二期は、北宋後期から南宋初期までの間である。メディア環境は寫本獨占の時代から、版本竝存の時代へと變わるが、詩集の生前刊行がすぐさま實現したわけではなく、北宋の後期、十一世紀の後半期に、蘇軾を嚆矢としてようやく實現する。しかし、當時、詩壇を牛耳っていた士大夫たちは概して民間の出版に對して批判的姿勢を取り、自ら進んで生前に自撰集を刊行した例を見出すことができない。その状況が十二世紀半ばまでつづく。

第三期は、十二世紀の後半期から宋朝滅亡の瞬間までである。印刷時代に入って、約二世紀が過ぎた南宋中期、史上初めて、士大夫自らが率先して自撰詩集を生前に刊行する、という現象が生まれた。陸游と楊萬里の二人によってほぼ同時期にそれはなされるが、とくに楊萬里は、それまでの士大夫に普遍的に見られた保守的姿勢に固執せず、己

の詩集を「一官一集」というペースで陸續と刊行した。以來、宋朝滅亡までの六、七十年の間に、士大夫詩人はむろんのこと、布衣の詩人までもが次々と生前に自撰詩集を刊行するようになった。

以上、三期の變化は、メディア環境の變化を後追いする形で進行していったといってよい。三期のうち、もっとも大きな變化は第三期であるが、これはまず民間出版業の成熟を抜きにしては起こり得ないものであった。同時代の情報を、印刷によって傳播させることが日に日に浸透してゆき、やがて同時代文學もその對象となり、それがとうとう文化的に保守的な士大夫の意識をも變えたのだと考えられる。その變化の結節點が南宋中期にあり、より限定的にいうならば、楊萬里の選擇によって、詩集の生前刊行が促された、といえるであろう。

ところで、最後の半世紀餘を見つめると、そこには士大夫詩人と布衣詩人の二層が確實に存在していることに氣づかされよう。楊萬里の先例ができたとはいえ、平均的士大夫にとって、「文」の優先順位は、「官」と「學」のかなり下に見積もられていたはずである。よって、同時代的に詩人として稱贊されることは、彼らにとって無條件に喜ばしいことではなかった。しかし、布衣にとってはどうであろうか。おそらく士大夫とは完全に正反對であったに違いない。士大夫たちから「詩人」と見なされることは、士大夫を構成する文化的要素の少なくとも一領域について是認されたことを意味するわけであるから、少なくとも文化的には「士」と認められ、「庶」の上に立つことを意味した。そして、生前に自撰詩集を刊行することができたならば、士大夫社會から「詩人」として公認される可能性が確實に增大したであろう。したがって、布衣にとって、生前に自撰詩集を刊行することは、士大夫よりもはるかに重く實際的な意義を有したと考えられる。このように、まったく同一の營爲が、社會的身分の相違によって、正反對の社會的意味をもった、といってよい。詩作を唯一の武器として、上位社會に食い込もうと願う者にとって、刊行された自撰詩集のもつ意味は、きわめて大きかった、と考えられる。

それは、今日の社會にあって、詩作を職業として活躍するプロ詩人の立場を想像すれば、容易に理解されよう。詩集を一册も公刊していない人を、おそらくわれわれはプロの詩人とは呼ばないであろう。むろん、現代のプロ詩人と十三世紀の江湖詩人とを同列に並べることはできないが、少なくとも彼ら江湖詩人が、陳起という希代の出版プロデューサーの力を借りて、現代のプロ詩人の側に大きく一歩踏み出した、といっても過言ではあるまい。

本稿でも度々言及してきた侯體健氏が、詩人の認定についても、まことに興味深い指摘をしている。[10] 侯氏は劉克莊と、宋の遺民で『心史』の著者として知られる鄭思肖（一二四一～一三一八）の言説を引きながら、[11] 宋元の王朝交替前後に、どのような人々が「詩人」と見なされていたかについて論じている。劉克莊も鄭思肖も當世の著名人を幾つかの類型に區分して述べているが、兩者は奇しくも「詩人」に對してほぼ同じ認識を共有していたようである。

劉克莊の言説は、「詩を以て江湖に遊（以詩遊江湖）」（元・韋居安『梅礀詩話』卷下）んだという天台の劉瀾（字養源、號江村）の詩集四卷に寄せた跋文に含まれる。そのなかで彼は詩の批評は必ず「詩人」、すなわち「詩之本色人」によってなされるべきという持論を展開している。この「詩人」と「詩之本色人」は同義で、ほぼ「專業詩人」というのに等しい。劉克莊は劉瀾の詩集に序を寄せた同郷の方蒙仲（一二一四～六一）を「文章の人」であって「詩人」ではないと斷じたうえで、我が身を振り返り、「少きより此の癖有り（少有此癖）」というように、若い頃、詩作に耽ったけれども、その後、俗事に縛られて繼續せず、「入山十年」の際、本色人らしくなったが、その後、詞臣となり日夜職務の文言と格闘するうち、詩は絶筆し、ついには方蒙仲とまったく變わりなくなった、と述懷している。若い頃とは、『南嶽五稿』の時代を指すであろう。「入山十年」は、淳祐十二年（一二五二）、六十六歳以降の莆田に里居した八年間を指そう。[12] いずれにしても、晩年の劉克莊は、己の一生を振り返り、己は正眞正銘の詩人ではない、と認識していた。

鄭思肖はより具體的に固有名を列擧しつつ、理宗の頃、活躍した人物を類別している。そのなかで、鄭思肖が「詩人」として掲げたのは、

徐抱獨逸、戴石屛復古、敖臞庵陶孫、趙東閣汝回、馮深居去非、葉靖逸紹翁、周伯弜弼、盧柳南方春、翁賓暘孟

寅、曾蒼山幾、杜北山汝能、翁石龜逢龍、柴仲山望、嚴月澗中和、李雪林龏、嚴華谷粲、呉樵溪陵、嚴滄浪羽、阮賓中秀實、章雪崖康、孫花翁惟信

の計二十一名である。このうち、【附表】に掲げた現存書棚本のリストに見えるのは、傍線を附した五名である。そのほか、張宏生氏によって特定された江湖派詩人一三八名[13]を參照しても、波線を附した三名を加えられるだけで、今となっては經歴未詳の者も多いが、少なくともこのなかには高級官僚は一切含まれない。州級の知事を歴任した翁逢龍を除くと、他はすべてが下級の士大夫か布衣であり、ほぼすべてが江湖詩人の類と見なしてよいであろう。

このように、唐宋六五〇年の最後の半世紀になって、「詩人」が官僚から、學者から、そして文章家からも獨立し、詩作を專業とする者の謂へと明確にその範圍を狹め、輪郭をより鮮明に打ち立て始めた。劉・鄭の兩者は言及していないけれども、彼ら二人から見れば、唐宋の代表的士大夫詩人、たとえば、韓愈や柳宗元、元稹や白居易、歐陽脩や王安石、蘇軾や黄庭堅、楊萬里、范成大、陸游等々は、いずれも純然たる「詩人」ではないと映ったかもしれない。そして、筆者が前稿で論じたことが正しければ、彼ら自身も程度の差こそあれ、必ずしも己を擇一的もしくは限定的に「詩人」と見なしていたわけではなかった。別稿[14]でも論じたように、宋末元初は傳統文藝の通俗化が急速に進展した時代である。詩歌についていえば、作者層の裾野が擴がり、作者人口が増加する。このような著しい變化のなかで、傳統文藝の專業化、もしくは分業化も、同時に進行していったと考えられる。

むろんだからといって、傳統詩歌の重心がこの時、にわかに士大夫から布衣へと移行したというわけではおそらくない。さらには、ただちに專業詩人の詩が士大夫の詩を質的に凌駕するようになったことを意味するわけでもない。むしろ、詩壇の中心は相變わらず士大夫層にあったであろう。だがしかし、士大夫層の周縁に、確實にもう一つの中心が生まれたこと、そしてその中心で活躍した專業詩人たちは、とくに市民層の讀者兼作者から向けられる熱い視線をも感じつつ創作活動に勤しむようになっていたであろうことは想像に難くない。この點は、宋末元初の特徴として

指摘してよいと思われる。そして、そのような新しい展開は、陳起という職業編集者と江湖詩人という専業詩人の連攜によって生み出された。これを傳統詩歌の衰退とみるか進化とみるかはここでは問わない。だが、重ねてここで強調すれば、この連攜は現代のわれわれの方に向かって確實に大きな一歩を踏み出した決定的な瞬間であった。

注

（1）祝尚書氏前掲書、巻二十五、一二五七頁（眞德秀）、巻二十六、一二九九頁（劉克莊）、巻二十六、一三一五頁（林希逸）をそれぞれ參照のこと。

（2）a．侯體健「汰擇與類編――從編集傳播看兩種宋刻劉克莊作品集的學術意義」（『江西師範大學學報（哲學社會科學版）』第43巻第四期、五四～六〇頁、二〇一〇年八月）。b．程章燦「人競寶藏『南嶽稿』――論宋刻『南嶽稿』的文獻與文學價値」（南京大學中國文學與東亞文明協同創新中心『中國古典文學與東亞文明第一屆中國古典文學高端論壇論文集』八一～九四頁、二〇一五年八月）。

（3）前注（2）a、b論文參照。

（4）戴復古詩集の成立過程については、王嵐氏に下記の先行研究がある。王嵐著『宋人文集編刻流傳叢考』二八「戴復古集」（江蘇古籍出版社、二〇〇三年五月、二八九頁）。なお、筆者も王嵐氏との共著により、本稿とほぼ同じ内容をすでに發表しているので、併せて參照されたい。内山精也、王嵐「江湖詩人の詩集ができるまで―許棐と戴復古を例として―」（勉誠出版、アジア遊學180『南宋江湖の詩人たち　中國近世文學の夜明け』、一四〇～一五三頁、二〇一五年三月）。

（5）陳起がおりおりに許棐に己の書籍鋪が出版した新刊書を送っていたことや、良質の紙帳、詩箋紙を送っていたことを、両者の詩から知ることができる。また、許棐以外の江湖詩人に對しても、同様の援助を缺かさなかったことを、複數の江湖詩人の詩から窺い知ることができる。これらについては、拙稿「古近體詩における近世の萌芽――南宋江湖派研究事始」第13節「江湖派プロモーターとしての陳起」（宋代詩文研究會江湖派研究班『江湖派研究』第一輯、一～五三頁、二〇〇九年二月）、ならびに甲斐雄一「陳起と江湖詩人の交遊」（勉誠出版、アジア遊學180『南宋江湖の詩人たち　中國近世文學の夜明け』、一三三～一三九頁、二〇一五年三月）等參照。

（6）今日もっとも精確かつ詳細な關連の研究は、羅鷺氏の下記のような一連の研究である。本稿でも、その研究成果に依據した。

a.「『江湖前、後、續集』與『江湖集』求原」（四川大學中國俗文化研究所『新國學』第八巻、巴蜀書社、三二一～三五二頁、二〇一〇年十二月）

b.「書棚本唐人小集綜考」（北京大學國學研究院中國傳統文化研究中心『國學研究』第三十三巻、北京大學出版社、三一一～三三六頁、二〇一四年六月）

c.「宋刻『南宋群賢小集』版本發微」（南京大學古典文獻研究所『古典文獻研究』第十七輯下巻、鳳凰出版社、一七五～一八一頁、二〇一四年六月）

なお、王嵐氏にも、張宏生氏によって特定された一三八名の江湖詩人につき、その詩集の編集形態を調査研究した詳論がある。王嵐「對江湖派詩人小集編刊的初步考察」（日本大學文理學部中國語中國文化學科『中國語中國文化』第12號、六七～八三頁、二〇一五年三月）。

（7）この一文は、『大全集』の編者が加えた按語のように映るが、前注（2）b. 程氏論文によれば、新發見の『南嶽舊稿』の巻末にも、ほぼ同文の識語が掲載されており、冒頭の「公」を「余」に作る、という。「余」であれば、劉克莊の自注となり、より一層參照價値が高い。

（8）前注（2）a. 侯氏論文參照。

（9）程有慶「『南嶽舊稿』追憶」（齊魯書社『藏書家』第12輯、五六～六三頁、二〇〇七年六月）。

（10）侯體健「晩宋の社會と詩歌」（勉誠出版、アジア遊學180『南宋江湖の詩人たち　中國近世文學の夜明け』、三六～四七頁、河野貴美子翻譯、二〇一五年三月）

（11）劉克莊の文は、「劉瀾詩集」（中華書局『劉克莊集箋校』巻一〇九、第一〇册四五二〇頁、二〇一一年十一月）、鄭思肖の文は、「自序」（上海古籍出版社『鄭思肖集』「中興集二巻」掉尾、九九頁、一九九一年五月）。

（12）侯體健「劉克莊的鄉紳身份與其文學總體風貌的形成——兼及〈江湖詩派〉的再認識」（『中山大學學報（社會科學版）』二〇一一年第三期第五一巻、二〇～二八頁）參照。

（13）張宏生『江湖詩派研究』附録一「江湖詩派成員考」（中華書局、一九九五年一月）。

（14）拙稿「古近體詩における近世の萌芽——南宋江湖派研究事始」、ならびに「宋末元初の文學言語——晩唐體の行方」（日本中國學會『日本中國學會報』第64集、一七一～一八六頁、二〇一二年十月）、「轉回する南宋文學——宋代文學は「近世」文學か?」（名古屋大學中國文學研究室『中國語學文學論集』第26號、一～一〇頁、二〇一三年十二月）參照。

Ⅱ 編纂

言論統制下の文学テクスト

蘇軾の創作活動に即して

浅見洋二

はじめに 文集論とのかかわり

知識人・文人が、その言論・創作活動によって国家の統治権力と衝突し、弾圧を受けたケースは数知れない。前近代の中国において、かかる知識人の最も早い例として挙げるべきは孔子であろう。孔子というと体制の中心に鎮座する存在であるかにイメージされがちであるが、当時にあってはむしろ反逆の徒、いわば反体制知識人であった。まさしく孔子こそは、権力と言論の軋轢・衝突の核心部を生き抜いた知識人と言うべきである。孔子以後も、多くの知識人・文人が国家の権力と衝突し弾圧された。北宋の蘇軾（一〇三六～一一〇一）もその一人である。

蘇軾が活動した北宋中後期は、王安石（一〇二一～八六）らが主導する新法改革が施行された時期に当たる。この改革に対して距離を置く蘇軾は、敵対党派の旧法党に属すと見なされていた。神宗の元豊二年（一〇七九）、蘇軾は御史台によって朝政誹謗の罪に問われ、逮捕投獄される（「烏臺詩禍」）。その詩に新法に対する批判が含まれるとして告発されたのだ。御史台の獄に繋がれ数カ月に渉って取り調べを受けた蘇軾は、最終的には自ら罪を認め死刑も覚悟するが、恩赦により黄州（湖北省黄岡）に貶謫され、その地で五年ほどを過ごすこととなる。このとき蘇軾に連座する形で、弟の蘇轍をはじめ多くの知友が貶謫された。元豊八年（一〇八五）、神宗が崩御し哲宗が即位、宣仁太后高氏が摂政となると、旧法党が復権を遂げ、蘇軾も朝廷に召還される。しかし、朝廷の党派闘争は混迷の度を深めてゆき、それに巻きこまれた蘇軾は、その詩や策題・制勅が朝廷を誹謗したと見なされ、しばしば弾劾を受ける。元祐八年（一〇九三）、宣仁太后が崩御し哲宗が親政すると新法党がふたたび実権を握り、政治の流れは変わる。翌《あく》る紹聖元年、ついに蘇軾は朝政誹謗の科で恵州（広東省恵州）に貶謫、更に紹聖四年には儋州（海南島）に貶謫される。

自らの言論が国家権力と対立した際に、知識人たる者、如何にふるまうべきか――ともに言論弾圧を受けた孔子と蘇軾は、この問題について深い考察を加えた知識人でもあった。筆者は先に「『避言』ということ――『論語』憲問から見た中国における言論と権力[1]」において、特に孔子の発言を取りあげて論じた。これを踏まえて本稿では、蘇軾の創作活動に即しながら、北宋中後期における言論統制下にあって、詩を中心とする文学テクストが、いかに書かれ、読まれ、伝えられ、そして文集（詩文集）へとまとめられていったのか――これらの点について若干の考察を加えてみたい。

なぜ、文集をめぐる問題を論ずるに際して、文学テクストと言論統制の関連を取りあげるのか。前もってここに私見を述べておこう。文集とは、詩や文章など個々の文学作品を集め、収めたもの、文学作品の集合体（コレクション）である。文集は大きくは別集と総集に分かれるが、ここでは別集、すなわち個人の文学作品を収集した文集に限定する。では、個々の文学作品のテクストにとって文集とは何か、どのような役割を果たしているのだろうか。

文学作品のテクストは極めて不安定な存在であると言える。文人が作品を作る。多くの場合、それは草稿という形をとり、ひとまずは作者や周囲の親友の手元に置かれる。だが、そのまま放っておけば、草稿は散佚してゆくばかりだろう。つまり、その作品は社会のなかに存在を認めらないままに、歴史の闇へと消え去ってゆく。古くは『史記』司馬相如伝[2]に見える次のエピソードは、そのようなテクストの宿命をよく物語っている。

相如既病免、家居茂陵。天子曰「司馬相如病甚、可往從悉取其書、若不然、後失之矣」。使所忠往、而相如已死、家無書。問其妻、對曰「長卿固未嘗有書也。時時著書、人又取去、卽空居。長卿未死時、爲一卷書、曰『有使者來求書、奏之』。無他書」。其遺札書言封禪事、奏所忠。忠奏其書、天子異之。

司馬相如は病気で職を辞すると、茂陵に住んだ。天子は「相如の病気は重いそうだ。彼のもとに行って、著作したものをすべて取って来させるがよい。さもなければ、後で失われてしまうだろう」と言った。そこで所忠を使いにやったところ、相如はすでに死んでおり、家に書き物は何もなかった。妻に訊ねると「夫の長卿はもともと書いた物を保存しておりませんでした。折々に著作すると、誰かしらが持っていってしまい、それで何ものこっていないのです。ただ、夫は死ぬ前に一巻の著作を書きあげて『天子のお使いが来て求められたら、これを献上しなさい』と言いのこしました。ほかには何もありません」と言った。その遺《のこ》された原稿には封禅のことが記してあり、所忠に献上された。所忠がそれを天子に献上したところ、天子はいたく興味を示した。

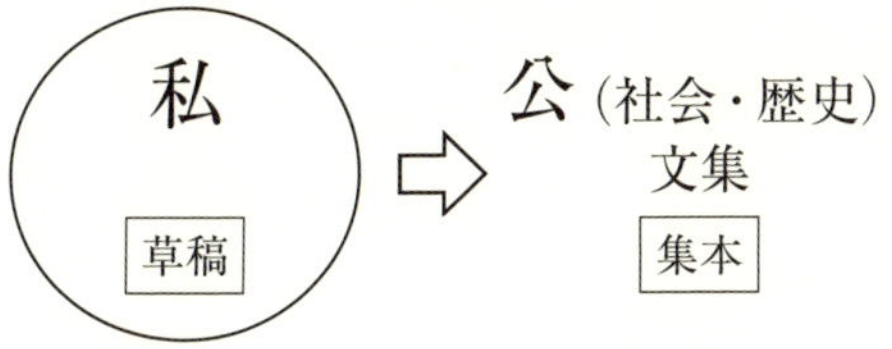

一世を風靡した大家の司馬相如でさえ、死後には「封禪書」を除いて他の作品は遺されていなかったという。このように、文学テクストとは脆弱で亡びやすい、極めて不安定な存在である。かかる文学テクストに社会的なポジション（居場所）を与え、後世へと受け継いでゆく器《うつわ》が、ほかならぬ文集であったと考えていいだろう。言い換えれば、文集とは、文学テクストを社会的・歴史的存在として保証する場であった。そこにおいて文学テクストは、「私」の狭く閉じた空間の内部に位置する私的なテクスト（草稿）から、「私」の外部に広がる社会・歴史へと送り出され、公的なテクスト（集本）へと姿を変えると言っていいだろう。そのおおまかなイメージを示すならば、上図のようになる。

では、中国の文人にとって私的な空間の外部に広がる公的な空間とは、いかなる性格を帯びていたのか。一言でいうならば、それは皇帝（帝王）を頂点とし、皇帝とその権威・権力によって統制される空間であった。私的空間から公的空間へと送り出されたテクストは、原則としてすべて皇帝の統制下にあって存在することを強いられたテクストであったと考えられる。右に挙げた記事には、そのことが端無くもあらわれているのではないだろうか。司馬相如のテクストは、私的な空間のなかにとどまったまま社会・歴史のなかから失われてゆく運命にあったのだが、それを社会へと引き出し、後世へと遺し伝えようとしたのは、ほかならぬ皇帝であった。テクストは、皇帝の統制下に置かれることではじめて私的な空間を脱し、公的なテクストへと変貌を遂げるのである。

繰り返せば、テクストに公的な空間での居場所を与える器の最たるものが、文集である。ある個人が書いた文学作品のテクストを文集としてまとめることが明確に行われるようになるのは後漢の頃と考えられる。司馬相如をはじめとする前漢の文人に関する各種の伝記には、文集すなわち別集の編纂については明確な記述は見られない。ところが、後漢の文人に関する伝記にはその著作のコレクションについての記述が少なからず見られるようになる。例えば『後漢書』東平憲王蒼伝[3]には、東平憲王劉蒼が書きのこした作品に関して

明年正月薨、詔告中傅、封上蒼自建武以來章奏及所作書・記・賦・頌・七言・別字・歌詩、竝集覽焉。

劉蒼は翌年（建初八年）正月にみまかった。皇帝は中傅に命じて彼の建武年間以降の章奏や書・記・賦・頌・七言・別字・歌詩などを奏上させ、それを集めてご覧になった。

と述べられている。「集覽」とあって、各種の文学テクストを「集めた」ことがわかる。別集という名称こそ成立していないものの、そのコレクションとしての実体はすでに成立したと考えていいだろう。

そして、この劉蒼伝の記事で注目されるのは、劉蒼のテクストを文集に編み、社会・歴史のなかに存在せしめたのが皇帝であったことである。皇帝が「詔」を発出して、それを文集にまとめさせたのである。文集成立期にあって記された右の記事は、文学テクストに公的な居場所を与えるのが、ほかならぬ皇帝であったことを如実に示しているよ

うに思われる。同様のことは先に挙げた司馬相如伝の記述にも見られた。もちろん、すべての文集がこのように「御覧」に供するために編まれたわけではない。むしろ、実際のケースとしては少数にとどまるだろう。だが、中国の公的な言論空間において統治者としての皇帝が有する権威・権力の大きさに鑑みて、あえてここでは次のような前提に立ってみたいと思う。すべてのテクストは文集に編まれた時点で、多かれ少なかれ皇帝の眼差し（すなわち「御覧」）を意識せざるを得なかった、と。

蘇軾は、その言論によって皇帝を頂点とする国家の権力システムと衝突した。蘇軾の文学テクストが、いかに書かれ、読まれ、伝えられ、文集へとまとめられていったかを論ずることは、中国における文学テクストと文集に関する問題、とりわけ文学テクストにとっての「公」と「私」に関する問題について考察するうえで、またとない重要な材料を提供してくれるのではないだろうか。

一　「避言」の系譜

前近代の中国において、知識人（士人・士大夫）の言論・創作活動は国家の統治権力との間にどのような関係を取り結ぶべきだと考えられていただろうか。もちろん、さまざまな考え方が行われていたのだが、なかでも最も核心的な位置を占めていたのは「諷諫」——統治の過誤を言論によって糾すこと、すなわち権力批判であったと言っていいだろう。例えば「毛詩大序」[4]が「上以風化下、下以風刺上。主文而譎諫、言之者無罪、聞之者足以戒（上は以て下を風化し、下は以て上を風刺す。文を主として譎諫すれば、之を言う者は無罪、之を聞く者は以て戒むるに足る）」と述べて、詩の果たすべき最大の役割のひとつとして「風（諷）刺」「譎諫」を掲げているように。

北宋の范仲淹（九八九〜一〇五二）が晏殊に奉った「上資政晏侍郎書」[5]に見える次の一節もまた、かかる諷諫の伝統を引き継ぐものと言えよう。本書簡は、新進気鋭の官僚として秘閣校理をつとめていた范仲淹が仁宗に対する諷諫を行った際に、上官の晏殊からたしなめられたのに反論したもの。范仲淹は士大夫の理想像を体現するとも評されたが、その評に違わず忠直の念にあふれた理想主義的な言論観が表明されている。

夫天下之士有二黨焉。其一曰、我發必危言、立必危行、王道正直、何用曲爲。其一曰、我遜言易入、遜行易合、人生安樂、何用憂爲。斯二黨者、常交戰於天下、天下理亂、在二黨勝負之間爾。儻危言危行、獲罪於時、其徒皆結舌而去、則人主蔽其聰、大臣喪其助。而遜言遜行之黨、不戰而勝、將浸盛於中外、豈國家之福、大臣之心乎。人皆謂危言危行、非遠害全身之謀、此未思之甚矣。使搢紳之人皆危其言行、則致君於無過、致民於無怨、政教不墜、禍患不起、太平之下、浩然無憂、此遠害全身之大也。使搢紳之人皆遜其言行、則致君於過、致民於怨、政教日墜、禍患日起、大亂之下、悩然何逃。當此之時、縱能遜言遜行、豈遠害全身之得乎。

天下の士人は二派に分かれます。ひとつの派は次のように主張します。発する言葉は必ずや「危言」、立てる行いは必ずや「危行」たるべきだ。王道が正しくまっすぐであれば、言動を穏当・婉曲にする必要はない、と。もう一方の派は主張します。受け入れられやすい「遜言」、賛同を得やすい「遜行」を選ぶべきだ。人生は安楽こそが大事、わざわざ憂いを招く必要はない、と。両派はつねに争っており、天下が治まるか乱れるかは、その勝ち負けにかかっています。もし「危言」「危行」の一派が罪を得て、その成員がすべて口を噤み政治の場を去ることになれば、君主は聡明さを失い、大臣も君主を補佐できなくなります。そうなれば「遜言」「遜行」の一派が戦わずして勝ち、朝廷の内外に優位を占めてゆくでしょう。果たしてそれは国家にとって幸いであり、大臣たる者の望むところでしょうか。人々は「危言」「危行」は害を遠ざけ身を全うする術たりえないと考えているようですが、思慮不足も甚だしい限りです。士人がみな「危言」「危行」を実践すれば、君主は過ちを犯すことなく、政治の教化は衰えず、災厄は生じず、太平の世に憂いなくゆったりと過ごせます。これこそ害を遠ざけ身を全うすることの最たるものではないでしょうか。士人がみな「遜言」「遜行」を実践すれば、君主は過ちを犯し、人民は怨みを抱き、政治の教化は日に日に衰え、災厄が生じ、大乱の世にあって、逃れようもない恐怖に怯えつづけなければなりません。かかる時に、いくら「遜言」「遜行」を実践したところで、どうして害を遠ざけ身を全うすることができましょうか。

ここで范仲淹は、士大夫の言論と行動にはふたつの類型があることを説いている。ひとつは「危言」「危行」すなわち先鋭なる言動、もうひとつは「遜言」「遜行」すなわち穏当なる言動。ここでは「行」については措き「言」に限定して見てみよう。前者の「危言」は、為政者の徳の正しさを信じ、為政者に善からぬ点があれば率直にそれを批判し、矯正しようとする言論。「諷諫」を指すと見なしてもいい。当然ながら為政者の不興を買いやすく、しばしば弾圧の対象となる危険な行為である。後者の「遜言」は、為政者を批判するのではなく、為政者の賛同を得やすい穏当な表現を選び、またそれによって弾圧を避け、我が身の保全を図ろうとする言論。このふたつのうち、范仲淹はあくまでも前者を支持する立場に立とうとする。前者こそが国家にとって、そして士大夫ひとりひとりにとって最大の利益につながると考えているのである。正論と言うべきであろう。

ここで范仲淹は「危」と「遜」の二項対立の図式によって議論を組み立てているが、この図式は『論語』に淵源するものである。例えば『論語』憲問[6]には、国家の統治権力と知識人の思想・言論との関係を論じた次のような一章がある。

邦有道、危言危行。邦無道、危行言孫。

邦に道有れば、言を危《たか》くし行を危くす。邦に道無ければ、行を危くし言は孫《したが》う。

旧注によれば「危」は「厲」、「孫」は「順」。「孫」は「遜」に通ずる。「道」＝道義・徳を有する国にあっては「言」

＝発言も「行」＝行動も厳しくあっていい。だが、「道」無き国にあっては「行」は厳しくてもいいが「言」は穏やかでなければならないと説く。ここでも「行」については措き「言」に限って述べるならば、次のようになるだろう。国に善政が行われているときには言論はストレートであっていい、つまり直接的な批判を行ってもいい。だが、逆に悪政下にあっては言論を穏当なものにし、批判も控えるべきであると。「危言」とは「直言」であり、「言孫（遜）」とはその対極に位置する「曲言」すなわち注意深く修辞を凝らした婉曲な表現をも含むと考えていいだろう。

『論語』憲問の議論を范仲淹のそれと比較すると、いくつか異なる点が見られる。まず、孔子は自らの仕える国が「道」を有するか否かを問題としているが、范仲淹はそれを問題にしていない。そもそも范仲淹の議論において「道」無き国は想定の外に置かれている。そのうえで范仲淹が問題とするのは、もっぱら知識人の言論のあり方である。范仲淹は、知識人の言論は「遜」ではなく「危」であるべきだと説いている。「危言」こそが善であり、「遜言」は悪と見なされていると言ってもいいだろう。それに対して孔子は、国家のあり方によって「危言」と「遜言」を使い分けるべきであると説いている。つまり「危」と「遜」はそれ自体に優劣や善悪の差があるわけではなく、選択肢として同列にあるものと捉えられているのである。

国家のあり方によって「危言」と「遜言」を使い分けるとは一種の日和見主義《オポチュニズム》、体制内に自分の居場所を確保するための保身術を説く言葉であるかに見えるが、そのように解するのは適切ではない。おそらく孔子の関心は体制内に自分の居場所、言い換えれば発言権を確保できるか否かにはない。そもそも「道」無き国に居場所を確保しても仕方ないのだ。要するに孔子が言いたいのは、「道」を有する国のためには命がけで自らの言論を捧げるが、「道」を有さぬ国のためにはそうする必要はないということだろう。つまり孔子は、自らの言論を立脚点として、それを捧げるに値する国家であるか否か、批判に値する国家であるか否かを測ろうとしているのである。

孔子の議論において注目されるのは、「危言」と並ぶ言論のあり方として「遜言」が積極的に位置づけられていることである。「諷諫」の伝統とそれにそなわる理想主義の陰に隠れて忘れられがちであるが、こうして「遜言」がありうべき言論のオルターナティブとして掲げられていたことは重要な意味を持つと考えられる。かかる「遜言」との関連において更に注目されるのが、同じく『論語』憲問に見える次の一章である。これは「道」無き国において、知識人たる者、如何にふるまうべきかを説いたものであるが、広く国家との軋轢に遭遇した際の知識人の言動を論じたものと解していいだろう。

賢者辟世、其次辟地、其次辟色、其次辟言。
賢者は世を辟《さ》け、其の次は地を辟け、其の次は色を辟け、其の次は言を辟く。

「辟」は「避」に通じる。関わり合いを避け、遠ざかることを言う。本章は、ひとことで言えば「世」「地」「色」「言」という四つの側面から、「賢者」=有徳の知識人と国家・社会との関係性の遮断について説いたもの。「其次」という語が繰り返される一種の漸層法が採られているが、遮断のレベルを高から低へと段階を逐って述べたと解せる。最高の賢者、第二等の賢者、第三等の賢者というふうに人物の優劣を言うとする説もあるが採らない。賢者が乱れた国に対処する仕方を段階別に分けて述べたと解したい。

最初の「避（辟）世」（以下「避」を用いる）は、世間との交流を絶つこと。「世」とは、その時代の人間社会全体の意だろう。その意味では、世捨て人=隠者となること、すなわちいわゆる「隠逸」について述べたものと解していい。次の「避地」は、乱れた国の土地を避ける、すなわち別の国に移り住むことと解せる。いわゆる「亡命」もここに含まれよう。以上のふたつに関しては解釈が分かれる余地はほとんどない。歴代の解釈もほぼ一致している。問題となるのは「避色」「避言」の意味するところである。これについて歴代の解釈は少なからぬ揺らぎを見せているが、前掲の拙論「『避言』ということ」を踏まえて述べるならば次のようになる。

「避色」は、知識人が自分以外の他者の「色」すなわち姿やふるまいを避けること。言い換えれば、他者とのつきあいを絶つこと、人と交わらないことを言うと解せる。ただ、附け加えて言えば、他者の「色」を避けることは、自分自身の「色」を他者の目から遠ざけ隠すことでもある。つまり、結果として「避色」とは、人目を避け、目立たぬようにふるまうことにもなるであろう。他者を自己から遠ざけるとは、自己を他者から遠ざけることでもあるのだ。

一方の「避言」は、他者の「言」を避けることであるが、これについてもまた「避色」と同様のことが言える。他者の言葉を自己から遠ざけるとは、自己の言葉を他者から遠ざけることでもある。つまり、ここでは「言」が他者の言葉であるか、自己の言葉であるかはあまり重要な違いとはならない。そもそも「言」に明確な自他の区別は存在しない。「言」とは、他者の言葉であると同時に自己の言葉でもあるのだ。要するに、「避言」とは言語行為・言論活動そのものを避けることであり、知識人が他者との言葉のやりとりを絶ち、表立っての言論活動を停止することを言うと解せる。換言すれば、一種の「言論の自主規制・自己統制」である。ただし念のために附け加えるならば、「避言」とは「言」に対する不信でもなければ否定でもない。ここではむしろ「言」は厚く信頼され肯定されている。自らの「言」を信じ、それを守るためにこそ「言」を避けるのである。したがって「避言」は、言論の公表を最終的な目的として行われる営みである。条件さえ整えば、いつでも言論を公表する用意はあったと考えるべきであろう。

知識人とは言論の徒、すなわち「言」に身を献げる者である。したがって、権力との軋轢・衝突に遭遇した際に知識人が採るべき方法として『論語』憲問が挙げる「避世」「避地」「避色」「避言」のうち、最も重要な意味を持つのは何と言っても「避言」、すなわち自己の「言」を守るために「言」を停止・遮断することであろう。これに類似した言い方には、他にもさまざまなものがある。「慎言」「謹言」「閉口」「噤口」「絶口」「箝口」「慎口」「咋舌」「結舌」など(「結舌」は前掲范仲淹の書簡にも用いられる)。いずれも言語的コミュニケーションを遮断すること、言論活動を停止すること、もしくは婉曲で穏やかな表現方法を採ることを意味する語である。『論語』憲問の別の章や范仲淹の言葉に見える「言孫（遜）」「遜言」をここに加えてもいいだろう。

「避言」すなわち言論の自主規制・自己統制は、中国前近代知識人の言動のあり方においてひとつの伝統的な規範

（モデル）となり、以後も広く受け継がれてゆく。本稿に取りあげる北宋の蘇軾のケースは、それを実践しようとした典型例のひとつと言える。

二 蘇軾と「避言」

孔子は権力との軋轢のなかを生きた不遇の知識人である。したがって「言」を避け、「色」を避けることもあっただろう。だが、結果としてそれにはとどまらず、ついには「地」を避けた。つまり国を去った。すなわち「亡命」。孔子こそは中国にあって最初期の亡命知識人であった。孔子以後、中国の歴史には多くの亡命者が登場するが、しかし秦・漢の帝国成立以後、知識人・文人の亡命者はさほど多くはない。春秋・戦国時代のように諸侯国に分かれていた時代とは異なって、中国全土が皇帝権力の統治する均質な空間となり、逃れの地が失われたためであろう。亡命が不可能になるのに伴って目立つようになるのが「詩禍」「口舌之禍」「文字獄」、すなわち言論によって災禍を招くケース、言論の罪に問われて左遷・貶謫されるケースである。なかでも最も注目されるのは、北宋の蘇軾が巻き込まれた、いわゆる「烏台詩禍」をはじめとする詩禍事案であろう[7]。

中国には古くから「諷諫」すなわち詩による権力批判の伝統がある。先に挙げた「毛詩大序」に「上は以て下を風化し、下は以て上を風刺す。文を主として譎諫すれば、之を言う者は無罪、之を聞く者は以て戒むるに足る」とあったように、詩による権力批判が容認、というよりはむしろ奨励されていた。いわば「言論無罪」「諷諫無罪」である。もちろん、これを近代的な「思想・言論の自由」と同一視することはできないが、このような理念が掲げられていたことは中国の士人社会の優れた点として高く評価できる。この理念は宋代にも確実に受け継がれており、宋の太祖趙匡胤が石に刻させた遺訓（「太祖誓碑」）のなかには「不得殺士大夫及上書言事人（士大夫及び書を上《たてまつ》りて事を言う人を殺すを得ず）[8]」という一条があったと伝えられる。この刻石についてはその実在を疑問視する意見もあるが、真偽はともかく宋王朝にあってもまた知識人の言論を尊重しようとする伝統的な理念は高く掲げられていたと考えていいだろう。前章に見た范仲淹の議論は、その理念のうえに立つものであった。だが、理念は現実によって裏切られるのも人の世の常である。忠義に発する「諷諫」も、時として敵対する勢力によって不敬なる「誹謗」だと見なされ、弾劾・告発された。

蘇軾の詩禍に際して、彼を擁護する人士は伝統的な理念のうえに立って、詩による「諷諫」は「無罪」であり、したがって蘇軾を放免すべきであると説いた。例えば、張方平（一〇〇七～一〇九一）は烏台詩禍に際して蘇軾を弁護する文章「論蘇内翰」[9]を書いているが、そこでは「毛詩大序」の「之を言う者は無罪、之を聞く者は以て戒むるに足る」を引いて論の根拠とする。蘇軾の詩は「諷諫」の伝統を正しく継承するものであるがゆえに罪を免ぜられるべきだと主張したのだ。この文章は、実際には朝廷に提出されることはなかったようだ。だが、仮に提出されたとしても実効性を持つことはなかったであろう[10]。結局のところ「諷諫」の理念が現実の政治闘争の流れを変える力を持つことはなかったと推測される。烏台詩禍に際して「言論（諷諫）無罪」の伝統は、実質的には形骸化してしまっていたと考えていいだろう。当時、知識人の言論は朝廷の権力によって厳しく統制され、自由を失っていたのである。

かかる言論環境のもと、文人たちはどのように身を処していたのだろうか。このように問うときに、やはり重要な鍵となるのは『論語』憲問篇が説く「避言」あるいは「言孫（遜）」、すなわち言論の自主規制・自己統制である。この「避言」の伝統が、蘇軾の創作活動においてどのように継承されていたのか、以下、三つの時期に分けて見ていきたい。

（一）烏台詩禍前夜（熙寧年間）

まずは烏台詩禍に先立つ時期、神宗の支持のもと王安石が新法の諸政策を実施した熙寧年間について見てみよう。
御史台から告発される前の時期、蘇軾は「諷諫」の理念を純粋素朴に信じ、新法に対する批判的な言辞を弄していたのだろうか。結論から述べるならば、決してそのようなことはなかった。烏台詩禍に先立つ熙寧年間、新法が施行された時期に書かれた蘇軾の詩を見ると、自らの発言に対して慎重になっていた蘇軾の姿が浮かびあがってくる。当時、すでに新旧の党派闘争は顕在化しており、旧法党に属する者は誰しも自身の言論活動に注意せざるを得なくなっていたのだろう。実際、朝廷の実権を握る新法党側は、新法に対する批判的な言論を台諫（諫官・御史）の手で徹底的に取り締まる方針を採っていた。『続資治通鑑長編』熙寧三年四月壬午條[11]に見える王安石の語に「許風聞言事者、不問其言所從來、又不責言之必實。若他人言不實、卽得誣告及上書詐不實之罪、諫官・御史則雖失實亦不加罪、此是許風聞言事（諫官・御史の）風聞に基づく告発・弾劾を許可するとは、風聞の基づくところを問わず、またそれが事実であるのを必ずしも求めないということだ。諫官・御史以外の者が事実に基づかぬことを言えば、それは誣告や虚偽の罪に問われるが、諫官・御史については事実に基づいていなくても罪には問われない。これが風聞に基づく告発・弾劾を許可するということの意味だ）」とあるように、「誣告」や「詐不實」さえ辞さないほどになりふりかまわぬ苛烈なものであったことが窺われる。こうした言論弾圧の方針は一般の官僚たちにも広く伝わっていたことだろう。『宋史』陳升之伝[12]に「時俗好藏去交親尺牘、有訟、則轉相告言、有司據以推詰。升之謂『此告訐之習也、請禁止之』（人々は親しい友との間に交わした書簡を好んで保管していた。いったん訴訟が起こされると、それを証拠として提出して相手を告発し、当局者はそれに基づいて追求した。升之は言った。『これは悪しき暴露の習わしである。どうか禁止していただきたい』と）」とあるように、知友同士で交わした書簡などを用いての「告訐」すなわち暴露による批判の悪しき風習すら生み出されていたのである。

このような状況のもと、蘇軾とその周辺の文人たちの間には発言に気をつけよという意識が広く共有されており、実際、その種の忠告を述べる言葉が数多く交わされていた。以下、おおむね時系列に沿う形で、その種の言葉を挙げて見ていこう。まず初めに取りあげてみたいのは、友人劉攽とのやり取りのなかで発せられた蘇軾の言葉である。熙寧三年（一〇七〇）、劉攽は新法を批判したことにより、泰州（江蘇省泰州）の通判に左遷される。蘇軾「送劉攽倅海陵」[13]は、劉攽の旅立ちを見送って次のように述べる。

君不見阮嗣宗
臧否不挂口
莫誇舌在齒牙牢
是中惟可飲醇酒
讀書不用多
作詩不須工
海邊無事日日醉
夢魂不到蓬萊宮
秋風昨夜入庭樹
蓴絲未老君先去
君先去
幾時回
劉郎應白髮
桃花開不開

君見ずや　阮嗣宗
臧否　口に挂けず
誇る莫かれ　舌在り歯牙牢なりと
是の中　惟《た》だ醇酒を飲むべし
書を読むに多きを用いず
詩を作るに工《たくみ》なるを須《もち》いず
海辺　事無ければ日日酔い
夢魂　蓬莱の宮に到らざらん
秋風　昨夜　庭樹に入る
蓴糸　未だ老いざるに君先《ま》ず去る
君　先ず去りて
幾時《いつ》か回《かえ》らん
劉郎　応《まさ》に白髪なるべし
桃花　開くや開かざるや

詩の後半部には、自分より先に都を去ってゆく劉攽に寄せる送別の情を述べる。末尾の二句は、劉攽を同じ劉姓の唐・劉禹錫になぞらえている。劉禹錫は「永貞革新」に参加するも失脚し、朗州（湖南省常徳）の司馬に左遷される。後に都に召還された劉禹錫は、玄都観の桃について「玄都觀裏桃千樹、盡是劉郎去後栽（玄都観裏　桃は千樹、尽《ことごと》く是れ劉郎の去りし後に栽《う》う）」と詠じて、久しぶりに都へと復帰したことに伴う感慨を述べた。ここでは朝廷を逐われた劉禹錫に、同じ境遇にある劉攽をなぞらえたのである。

後半部もさることながら、本詩で注目されるのは前半部の言葉、特に「口」や「舌」をめぐって述べる言葉である。「口」や「舌」の働きには、飲食だけでなく言論活動も含まれるが、当面は言論の方は抑えて飲食に限るべきだと蘇軾は言う。かつて阮籍は決して他人の批判は口にしなかったという。[14]蘇軾は劉攽に対して、その阮籍の流儀に倣って発言には気をつけた方がいい、と忠告するのである。よけいな発言は控えるべきだとする「避言」の意識が明確にあらわれていよう。

翌る熙寧四年、蘇軾自身も朝廷を離れて杭州の通判へと転出する。杭州通判在任中の熙寧六年（一〇七三）、友人の銭顗から建渓の茶を贈られたのに唱和する「和錢安道寄惠建茶」[15]の末尾には次のような詩句がある。なお、このとき銭顗は王安石の政策を批判したために秀州（浙江省嘉興）に左遷されていた。

收藏愛惜待佳客　　収蔵　愛惜して佳客を待つ
不敢包裹鑽權倖　　敢えて包裹して権倖に鑽《とりい》らず
此詩有味君勿傳　　此の詩　味有り　君伝うる勿かれ
空使時人怒生癭　　空しく時人をして怒りて癭《こぶ》を生ぜしめん

「味有り」とは、茶に味わいが有ることに掛けて言う。「この詩は、人によっては言外の意を読み取って首筋に瘤《こぶ》を生ずるほどに怒ることもあるだろうから、決して他人には見せてはいけない」と言うのである。「送劉攽倅海陵君」詩に言及される劉禹錫を例に挙げて言えば、玄都観の桃を詠じた彼の詩は、朝廷の実権を握る反対派に対する憤懣を込めた、いわば「有味」の作と見なされて批判され、その結果、ふたたび貶謫されたと伝えられる。自らの詩が他人、特に反対派に読まれたときに、自分と銭顗の身に劉禹錫が遭遇したのと同様の危険が及ぶかもしれない――本詩には、このような蘇軾の怖れが表現されていよう。

杭州通判の任を終えた蘇軾は、密州（山東省諸城）の知事に転ずる。熙寧九年（一〇七六）、密州での作「七月五日二首」其一[16]の冒頭には次のような詩句が見える。

避謗詩尋醫　謗を避け　詩は医を尋ね
畏病酒入務　病を畏れ　酒は務に入る
蕭條北窗下　蕭條たり　北窓の下
長日誰與度　長日　誰と与にか度《わた》らん

同僚の趙成伯との間に交わされた詩の一節。地方官としてひっそりと暮らす生活をうたう。冒頭の二句は、誹謗中傷を避けるため詩を書かず、病を心配して酒をやめていることを述べる。「尋醫」は医者にかかる。公務を休むときの言い方。「入務」は公務に入る。いずれも当時の役人言葉を用いて詩や酒を擬人化し「詩は病気で療養中、酒は仕事で取り込み中」と言う。それによってユーモラスでくだけた雰囲気を醸し出す。ここで特に注目されるのは第一句。この句について、本詩を収める施元之等『注東坡先生詩（施注蘇詩）』巻一一は『新唐書』巻一五七（『旧唐書』巻一三九）陸贄伝に「避謗不著書（謗を避け書を著さず）」とあるのを引く。忠州（重慶市忠県）に左遷された陸贄は「避謗」のために人との交わりをすべて絶ち、著述活動も取りやめたという。「避謗」と「不著書」すなわち言論活動の停止とが結びつけられている。その陸贄と同じく、蘇軾もまた誹謗を避けるため詩を書くのを止めていると言う。ただし、あくまでもこれは表立っての作詩を止めると言うのであって、一切の作詩活動を停止したわけではない。親しい友たちとの詩のやりとりは以後も引き続き行われてゆく。

密州知事の任期を終えると、蘇軾は河中府（山西省永済県）の知事に転ずることとなる。熙寧九年（一〇七六）、転任の途中に都汴京（開封）に立ち寄ろうとした蘇軾は、劉攽の詩に和した「劉貢父見余歌詞數首、以詩見戲、聊次其韻」[17]に次のように述べる。なお、このとき蘇軾は都に入ることは許されなかった。政治的にかなり危うい立場になりつつあったのだろう。間もなく河中府への転任も取り消され、徐州の知事を命じられることとなる。

十載飄然未可期　　十載　飄然として未だ期すべからず
那堪重作看花詩　　那《なん》ぞ堪えん　重ねて花を看る詩を作るに
門前悪語誰傳去　　門前の悪語　誰か伝え去る
酔後狂歌自不知　　酔後の狂歌　自ら知らず
刺舌君今猶未戒　　舌を刺すこと　君は今　猶お未だ戒めず
灸眉吾亦更何辭　　眉を灸《や》くこと　吾も亦た更に何をか辞せん
相従痛飲無餘事　　相い従いて痛飲すれば餘事無し
正是春容最好時　　正に是れ春容　最も好き時

首聯の上句は、朝廷を離れて地方官を歴任していることを言う。下句に「看花詩」とあるのは、玄都観の桃を詠じた劉禹錫の故事を踏まえる。劉禹錫は、左遷先から都に帰った感慨を玄都観の桃の詩に詠じ、それが朝廷に対する憤懣を述べたと批判されて再び貶謫されたと伝えられる。ここで蘇軾は、自分は劉禹錫のように都には帰れず、したがって玄都観の桃を詠ずる詩を書くことはできない、と言っている。先に挙げた「送劉攽倅海陵君」詩では劉攽を劉禹錫になぞらえていたが、ここでは自分自身を劉禹錫になぞらえている。それによって、我が身に危険が迫っていることを示唆するのかもしれない。頷聯には、そのような立場にある自分の詩が、知らないうちに劉攽（このときは曹州〔山東省荷澤〕の知事をつとめていた）のもとに伝わったことを述べる。その蘇軾の詩に劉攽が唱和して詩を作り、蘇軾に送ってきた。それに更に唱和したのが本詩である。

本詩で最も注目されるのは頸聯の言葉である。「刺舌」一句は、隋の賀若弼の故事を踏まえる。賀若弼の父賀若敦は舌禍により処刑されるに臨んで、賀若弼を呼び寄せると錐で弼の舌を刺し「慎口」すなわち発言には気をつけるように戒めたという（『隋書』巻五二・賀若弼伝）。先に挙げた劉攽を見送った詩で蘇軾は、発言にはくれぐれも気をつけるようにと忠告していた。ここでは、劉攽がその忠告を守ろうとしないと責めているのである。劉攽が詩を作って送ってきたことを指して言ったものであろう。「灸眉」一句は、晋の郭舒の故事に基づく。郭舒は、上司の王澄を面と向かって批判したことにより怒りを買う。そのため、郭舒は王澄に眉を焼かれることになったが、跪いてそれを受け入れ、じっと耐えたという（『晋書』巻四三・郭舒伝）。ここでは、自分も直言によって反対派の怒りを買い、懲らしめられるかも知れないが、それを怖れたりはしない、と言うのである。その後に続く尾聯には、春の景色を愛でながら酒を楽しもうと述べて、蘇軾らしい磊落な言葉で詩を結んでいるが、やはり当時の緊迫した政治状況を反映した詩として読むべきだろう。頸聯の二句からは、そのような状況下にあって蘇軾は詩による発言に十分に注意していたことが窺える[18]。

このほか、熙寧十年（一〇七七）の作「司馬君實獨樂園[19]」には

撫掌笑先生　　掌を撫《う》ちて先生を笑う
年來效喑啞　　年来　喑啞を效《なら》うを

とある。新法党が実権を握る朝廷を逃れ出て、洛陽の「獨樂園」で『資治通鑑』の著述に勤しむ旧法党の領袖司馬光に向けて書き送った作。「天は先生が啞者のふりをしているのを見て、手を叩いて大笑いしていることだろう」と言う。新法党が幅を利かせる世にあって、司馬光が「喑啞」を装っていたことを述べるが、これは蘇軾自身が心がけていた

ことでもあっただろう。また、同じく熙寧十年の作「答孔周翰求書與詩[20]」には

身閑曷不長閉口　身閑にして曷《なん》ぞ長《つね》に口を閉じざる
天寒正好深藏手　天寒くして正に深く手を蔵するに好し
吟詩寫字有底忙　詩を吟じ字を写すは底《なん》の忙《せわ》しきか有る
未脱多生宿塵垢　未だ多生　塵垢の宿するを脱せず

元豊元年（一〇七八）の作「送孔郎中赴陝郊[21]」には

訟庭生草數開尊　訟庭　草を生ずれば数《しばし》ば尊《たる》を開き
過客如雲牢閉口　過客　雲の如ければ牢《かた》く口を閉じよ

とあって「閉口」について述べている。ともに孔宗翰（字周翰）との間で交わされた作。前者は、本来ならば黙っているべきなのに、作詩をやめることができないのは宿痾を脱せられぬからと自分を責める。後者は孔宗翰が陝州（河南省三門峡）に旅立つのを見送って、訪問客が多く訪ねてくるだろうが、批判を招くようなことは口にしてはいけない、と忠告している。これまでに見てきたのと同様の意識が現われた言葉と言えよう。ちなみに、後者の詩を収める（旧題）王十朋『集注分類東坡先生詩』巻二一（新王本巻一五）に引く孫倬の注は、唐・韓愈「与華州李尚書書[22]」が左遷された李絳に向けて「接過客俗子、絶口不挂時事、務為崇深、以拒止嫉妬之口（過客俗子と接するに、口を絶ちて時事を挂けず、務めて崇深を為し、以て嫉妬の口を拒止せよ）」と述べるのを挙げる。この種の忠告は、古くから官僚文人たちの間で言い交わされてきたのであろう。

以上、熙寧年間、新法施行期に発せられた蘇軾の言葉を見てきた。蘇軾は発言に気をつけようと心がけ、それを友人たちにも呼びかけていたことがわかる。当時、こうした考え方は蘇軾に限られず、彼の友人たちにも広く共有されていたと思われる。右に挙げた詩に詠じられる司馬光の処世のあり方にもそれは見て取れよう。次に、その種の考え方が現われた蘇軾の友人たちの言葉、特に友人たちが蘇軾に対して述べた言葉を挙げてみよう。例えば、熙寧年間の初め、畢仲游（一〇四七〜一一二一）「上蘇子瞻學士書」[23]は次のように述べている。

孟軻不得已而後辨、孔子或欲無言、則是名益美者言益難、德愈盛者言愈約、非徒辭喜而避怨也。……願足下直惜其言爾。夫言語之纍、不特出口者爲言。形于詩歌者亦言、贊于賦頌者亦言、託于碑銘者亦言、著于序記者亦言。足下讀書學禮、凡朝廷論議、賓客應對、必思其当而後發、則豈至以口得罪于人哉。而又何所惜耶。所可惜者、足下知畏于口、而未畏于文。夫人文字雖無有是非之辭、而亦有不免是非者。是其所是、則見是者喜、非其所非、則蒙非者怨。喜者未能濟君之謀、而怨者或已敗君之事。

孟子はやむを得ぬときにはじめて口を開き、孔子も無言につとめました。名声があがればあがるほど発言はむずかしくなり、徳が高ければ高いほど発言は少なくなるものなのです。ただ単に（我が身を全うするため）人から喜ばれるのを避け、怨まれるのを逃れようとしたわけではないのです。……どうか貴殿も言葉を惜しんでください。言葉が災いを招くのは、口に出した言葉に限りません。詩歌に発せられる言葉も、賦頌に述べられる言葉も、碑銘に刻まれる言葉も、序記に記される言葉も、みな災いを招くものなのです。貴殿は、書を読み礼を学ばれた方です。朝廷にて論議し、賓客に応対するに際して、真にふさわしく必要なときにのみ言葉を発するようにすれば、言葉によって他人に憎まれるようなことにはならないでしょう。では、そのうえ更に何が懸念されるというのでしょうか。懸念されるのは、貴殿が言葉を口にするのには慎重であるのに、文字にして著わすのには慎重ではないことです。およそ人の書き記した文字は、たとえ是非を説くものではなくても、是非を説くと見なされてしまうのを免れないのです。是を是と言えば是とされた者は喜び、非を非とすれば非とされた者は怨むでしょう。喜びは君主を助ける功業たり得ませんし、怨みは君主を損なう障碍となることもあるのです。

日頃の口頭での発言だけでなく、「詩歌」「賦頌」「碑銘」「序記」など、ありとあらゆる著述行為に際して細心の注意を払うべきだと、懇切丁寧に戒めている。蘇軾が友人たちに向けて発したのと同様の忠告が、ここでは畢仲游から蘇軾に向けて発せられている。

このほかに、文同（一〇一八～七九）もまた蘇軾に対して同様の忠告を発していたようだ。葉夢得『石林詩話』巻中(24)には次のようにある。

文同、字與可、蜀人、與蘇子瞻爲中表兄弟、相厚。……時子瞻數上書論天下事、退而與賓客言、亦多以時事爲譏誚、同極以為不然、毎苦口力戒之、子瞻不能聽也。出爲杭州通判、同送行詩有「北客若來休問事、西湖雖好莫吟詩」之句。及黄州之謫、正坐杭州詩語、人以爲知言。

文同、字は与可、蜀の人である。蘇軾の従兄弟に当たり、仲睦まじい間柄であった。……当時（熙寧年間の初め）、蘇軾（字子瞻）はしばしば文書を奉って天下を論じた。朝廷から退いた後も客人たちと議論を交わし、政治の現状について誹《そし》り貶《けな》すことが多かった。文同はそれには全く賛同せず、いつも苦言を呈して懇切に戒めたが、蘇軾は聞き入れなかった。杭州の通判として朝廷を去るとき、文同は送別の詩を作った。そのなかには「北客　若し来たらば事を問うを休めよ、西湖　好しと雖も詩を吟ずる莫かれ」という句があった。後に蘇軾は黄州に貶謫されるが、それはまさしく杭州通判時代の詩によって招いたものであった。人々は文同の詩には先見の明があるとした。

熙寧四年、杭州通判に転出する蘇軾に向けて、文同が「都からの客人に朝廷のことを問うな、いくら西湖が綺麗でも詩を作るな」と戒めたという話である。ここに引かれる文同の詩句は、彼の文集『丹淵集』には見えない。『丹淵集』（『四部叢刊』本）巻末に附す南宋の家誠之の跋は、右の『石林詩話』を引いたうえで、「党禍」の及ぶのを避けるために文集から除外された可能性を示唆する。

以上に見てきたように、新法施行期にあって、蘇軾とその友人たちは詩をはじめとする言論・創作活動に関して誹謗中傷を招かぬように常に警戒していた。前節に挙げた范仲淹の説く理想主義からは遠く隔たった、言論に対して臆病なまでに慎重な士大夫の姿が浮かびあがってこよう。しかし、これほど周到に警戒していたにも関わらず、結果として蘇軾は朝廷を批判した罪で御史台に告発される。すなわち烏台詩禍。告発の際に、犯罪の証拠として取りあげられたのは、主として詩であった。それらの詩には、これまで本節に挙げた作品も少なからず含まれている。すなわち「送劉攽倅海陵君」「和錢安道寄惠建茶」「劉貢父見余歌詞數首以詩見戲、聊次其韻」「司馬君實獨樂園」の四首。これらについて蘇軾は、本詩禍事案の記録である朋九万編『烏台詩案』（『函海』本）に収める供状のなかで「譏諷朝廷」の意図があることを認めている。発言には気をつけようと述べる詩が告発の材料とされたのだから、極めて皮肉な結果であったと言わねばならない。

（二）黄州貶謫期（元豊年間）

元豊二年（一〇七九）末、蘇軾は御史台の獄より釈放される。釈放直後の作「十二月二十八日、蒙恩責授検校水部員外郎黄州團練副使、復用前韻二首」其二[25]に「平生文字爲吾累（平生　文字　吾が累を為す）」と述べているように、このときの災禍を「文字」すなわち詩をはじめとする言論に起因するものと明確に捉えていた。翌る元豊三年、黄州到着後間もない作「初到黄州」[26]にも「自笑平生爲口忙（自ら笑う　平生　口の為に忙なるを）」と述べている。「口」の働きには、生きるために食物を摂取することのほかに言葉を発すること、すなわち言論・創作活動がある。ここでは両者を併せて言ったものと思われるが、後者の意に重点を置いて解すれば「詩禍」に対する後悔の念を自嘲を込めて述べた詩句と言えよう。

黄州貶謫期、このような後悔の念を抱く蘇軾は、詩をはじめとする創作活動を控えていたこと、仮に詩を作ったとしてもそれを知友とやりとりするに際しては細心の注意を払っていたことを繰り返し述べている。[27] ここでは、書簡類のなかから代表的な発言をいくつか時系列に沿って挙げてみよう（なお、書簡は大きくは「書」と「尺牘」とに分けられる。前者は公的な性格の強い書簡、後者は私的な性格の強い書簡と考えていい。特に南宋期以降の文集において、この分類方法は明確となる。以下に挙げる書簡のうち、題に「書」と掲げられるのは「書」、それ以外は「尺牘」に分類されるものである。「尺牘」の持つテクストとしての性格については後述）。

例えば「與章子厚（章惇）參政書二首」其一[28]（元豊三年三月）には

軾自得罪以来、不敢復與人事、雖骨肉至親、未肯有一字往來。……軾所以得罪、其過悪未易以一二數也。平時惟子厚與子由極口見戒、反覆甚苦、而軾強狠自用、不以爲然。及在囹圄中、追悔無路、謂必死矣。

わたしは罪を得て以来、人とは関わらぬようにしております。肉親であっても、一字もやりとりしておりません。……わたしが罪を得る原因となった過誤は、ひとつやふたつではありません。これまで子厚どのや子由（蘇轍）は口を極めて、何度も何度も繰り返し懇切に戒めてくださいました。それなのに、わたしは強情にも耳を傾けず、認めようとはしませんでした。獄につながれてから悔やんだのですが、もはや為す術はなく、きっと死ぬだろうと思ったことでした。

「答秦太虚（秦観）七首」其四[29]（元豊三年十月）には

但得罪以來、不復作文字、自持頗嚴、若復一作、則決壞藩牆、今後仍復衮衮多言矣。

罪を得て以来、文章は書いておりません。厳しく自分を律しております。ひとたび書いてしまえば、まるで堤が決壊したかのように、つぎつぎと多くの言葉を発してしまうでしょうから。

「答李端叔（李之儀）書」[30]（元豊三年十二月）には

得罪以来、深自閉塞。……輒自喜漸不爲人識、平生親友無一字見及、有書與之亦不答、自幸庶幾免矣。……自得罪後、不敢作文字、此書雖非文、然信筆書意、不覺纍幅、亦不須示人。必喩此意。

罪を得て以来、深く閉じこもっております。……だんだんと人から忘れられてゆくのを喜んでおります。昔の親友からは一字も便りは無く、こちらから便りを出しても返信はありませんが、これで罪を免れることができるならば幸いです。……罪を得てからは、文字を書いておりません。この手紙は文章とは言えないようなものですが、筆にまかせて思いを認《したた》めているうちに、思わぬ長さになりました。どうか他人にはお示しになりませぬよう。この点ご理解ください。

「答呉子野（呉復古）七首」其二[31]（元豊四年）には

僕所恨近日不復作詩文、無緣少述高致、但夢想其處而已。……近日始解畏口愼事、雖已遲、猶勝不悛也。奉寄書簡、且告勿入石。

残念なことにわたしは詩文を作っておりませんので、（貴殿の庭園の）素晴らしい眺めを言葉に表現することはできません。ただそれを夢想するばかりです。……最近になって、やっと口を畏れ行いを謹むことを理解しました。遅きに失するとはいえ、悔い改めぬよりはましでしょう。書簡を差しあげますが、どうか石に刻したりはなさりませぬよう。

「與陳朝請（陳章）二首」其二[32]（元豊六年二月）には

某自竄逐以來、不復作詩與文字。所論四望起廢、固宿志所願、但多難畏人、遂不敢爾。

わたしは放逐されてから、詩や文章を書いておりません。お便りによれば周りの方々がわたしの復帰を希望されているとのこと。それはもとより願うところですが、しかし苦難多く人を畏れるが故に、あえてそうせずにおります。

「與蔡景繁（蔡承禧）十四首」其一一[33]（元豊六年六月）には

小詩五絶、乞不示人。

拙詩五首の絶句を差しあげますが、どうか他の人にはお示しになりませぬよう。

「與李公擇（李常）十七首」其一一[34]（元豊六年）には

非兄、僕豈發此。看訖、便火之、不知者以爲訴病也。

貴殿でなければ、このようなこと（本書簡に述べたこと）は口にはいたしません。読み終えられましたら、ただちに焚《や》き棄ててください。事情を知らぬ者はわたしが悪意ある言葉を発していると思うでしょうから。

「與欽之一首」[35]（元豊六年）には

軾去歳作此賦、未嘗輕出以示人、見者一二人而已。欽之有使至、求近文、遂親書以寄。多難畏事、欽之愛我、必深藏之不出也。

わたしは昨年、この賦を作りました。これまで軽々しく他人には見せておらず、見た者は一人か二人しかおりません。欽之どのが使いを寄こして近作の詩文を求められましたので、自ら書き記してお送りすることにしました。多難ゆえに諸事恐れております。欽之どのには、どうかわたしのことを慮《おもんぱか》り、必ずや深く蔵して表には出されませぬよう。

「與上官彝三首」其三[36]（元豊六年）には

見教作詩、既才思拙陋、又多難畏人、不作一字者、已三年矣。

詩を作れとの仰せですが、才拙きうえ、多難ゆえに人を畏れ、一字も書かなくなって、すでに三年となります。

「與蘇子平（蘇鈞）先輩二首」其二[37]（元豊六年）には

所要先丈哀詞、去歳因夢見、作一篇、無便寄去。今以奉呈、無令不相知者見。若入石、則切不可也。

お求めの御尊父の哀詞、昨年夢で父上にお会いしたものですから、一篇を作りましたが、お送りできずにおりました。今ここに差しあげる次第ですが、見ず知らずの者にはお見せにならないでください。石に刻するなど、絶対になさりませぬよう。

「與沈睿達（沈遼）二首」其二[38]（元豊七年春）には

某自得罪、不復作詩文、公所知也。不惟筆硯荒廢、實以多難畏人、雖知無所寄意、然好事者不肯見置、開口得罪、不如且已、不惟自守如此、亦願公已之。百種巧辨、均是綺語、如去塵垢、勿復措意爲佳也。

わたしは罪を得て以来、二度と詩文を作っておりません。貴殿もご存じの通りです。筆や硯が荒れ果てた（文才が尽きた）からだけではなく、苦難多く人を畏れるからなのです。（詩文に）何の意も含んでいないことを知っていながらも、事を好む者たちはそれを見逃してはくれません。口を開いて罪を得るくらいなら、しばらくは黙っているに越したことはありません。わたしばかりがこれを守るのではなく、どうか貴殿も書きものは止められますよう。巧みに飾ったさまざまな言葉は、どれもきらびやかなだけで中身のない言葉です。かかる汚れを取り除こうとするのであれば、二度と言葉に意を砕かないのがよろしいでしょう。

いずれも、詩や文章を作るのは止めた、もしくは作ったとしても極く親しい人以外には見せないように務めていると述べている。特に「答李端叔書」「答呉子野」「與李公擇」「與蔡景繁」「與欽之」「與蘇子平先輩」には、詩・賦・書簡などについて、あなたにだけは見せるが他の人には見せないでほしいと明確に言っている。先に挙げた友人銭顗から茶を贈られたのに唱和する「和錢安道寄惠建茶」に「此の詩　味有り　君伝うる勿かれ、空しく時人をして怒りて瘿《こぶ》を生ぜしめん」と述べるのと同趣旨の言葉である。

当時、官僚文人の社会にあって、蘇軾と詩や文章をやりとりすること、蘇軾の書いたものを保有していることが如何に危険なことと見なされていたか、『宋史』鮮于侁伝[39]に見える次の記事が鮮明に伝えてくれる。元豊二年、蘇軾が御史台に捕らわれた際、年来の親友鮮于侁は、ある人から「公與軾相知久、其所往來書文、宜焚之勿留、不然、且獲罪（公軾と相い知ること久し、其の往来する所の書文、宜しく之を焚《や》きて留むること勿かるべし、然らずんば且《まさ》に罪を獲んとす）」と忠告されたという。右に見た一連の発言の背後には、こうした状況があったのである。

（三）元祐更化およびそれ以後（元祐・紹聖・元符年間）

以上、黄州貶謫期における蘇軾の発言について見てきたが、貶謫を解かれてから後の時期についてはどうだろうか。元豊八年（一〇八五）、神宗が崩御。哲宗が即位し、宣仁太后が摂政となる。翌年、元祐と改元。この元祐年間は、旧法党が政治の実権を取りもどす。いわゆる「元祐の更化」である。蘇軾もまた中央政界に復帰し、中書舎人や翰林学士知制誥などの要職をつとめる。このように政治の潮目は大きく変わったのであるが、間もなく旧法党が分裂して派閥党争（いわゆる「洛蜀の党議」）が起こるなど、不安定な情勢は相変わらず続いており、蘇軾の言論・創作が弾劾される危険性は完全に除去されたわけではなかった。実際、元祐年間およびそれ以降も、蘇軾の書いたものについては繰り返し、批判や中傷が向けられることになる。

蘇軾に対する弾劾の事案として重要なのは、元祐元年（一〇八六）と元祐二年の二度に渉る「策題之謗」である。かかる朝廷の政治状況を嫌った蘇軾は、元祐四年（一〇八九）、自ら外任を乞うて杭州知事となる。これらの事案は、蘇軾が提出した策題「試館職策問・師仁祖之忠厚、法神考之勵精」[40]、「試館職策問・兩漢之政治」[41]が批判の対象となったものであるが、元祐六年（一〇九一）には蘇軾が書いた詩が批判の対象となった。詩という文学テクストをめぐる弾劾事案として注目されるので、ここにその概要を述べておこう。元祐六年、杭州知事の任を終えた蘇軾は都に召還され翰林学士承旨となるが、御史中丞の趙君錫、侍御史の賈易らの弾劾を受ける（『続資治通鑑長編』巻四六三）。かつて元豊八年、黄州より帰還途上、揚州にて作った「歸宜興留題竹西寺三首」其三[42]の「山寺歸來聞好語、野花啼鳥亦欣然（山寺より帰り来たれば好語を聞く、野花　啼鳥　亦た欣然たり）」という詩句が、あろうことか神宗の死を喜ぶ作と解釈され告発されたのだ。もちろん、これはまったく根拠のない、蘇軾を陥れるための「附会《こじつけ》」に過ぎない。この告発に対しては、蘇軾は「辨賈易弾奏待罪箚子[43]」、「辨題詩箚子[44]」などを提出して、猛然と反論する。結果として、宣仁太后により趙君錫や賈易の弾劾には根拠がないという判断が下され、事件は終息する。

元祐六年の秋、蘇軾はふたたび外任を乞い、潁州（安徽省阜陽）知事、翌年には揚州知事・淮南東路兵馬鈐轄となるが、間もなく都に召還される。ところが元祐八年に宣仁太后が崩御、哲宗が親政。ここに至って、政治の潮目は大きく変わり、新法党が実権を握る。翌る紹聖元年（一〇九四）、蘇軾はふたたび朝政誹謗の科で、英州（広東省英徳）、次いで恵州（広東省恵州）へと貶謫される。恵州では、居宅を構えるなどしばらくは比較的平穏な時を過ごすが、紹聖四年（一〇九七）にはついに儋州（海南島）へと貶謫されることになる。元符三年（一一〇〇）、哲宗が崩御し徽宗が即位すると、蘇軾は許されて本土へもどるが、間もなく病を得て没する。

右に見たような政治環境のもと、以前と同様、蘇軾の親族・友人たちは蘇軾に対して発言に気をつけよという忠告を発していたようだ。また、それを受けて蘇軾も発言には十分に気をつけていた。そのことは蘇軾の書簡に繰り返し述べられている。その代表的な例を挙げてみよう。例えば「答李方叔（李廌）十七首」其一〇[45]（元祐元年冬、汴京〔開封〕）には

某所不敢作者、非獨銘誌而已、至於詩賦贊詠之類、但渉文字者、擧不敢下筆也。憂患之餘、畏怯彌甚、必望有以亮之。

わたしが書こうとしないのは碑誌だけではありません。賛詠の詩賦の類に至るまで、文字に関わるものはすべて、筆を下さぬようにしております。苦境を経てからは、畏れ怯えること甚だしく、この点どうかご理解く

ださい。

「與王定國（王鞏）四十一首」其二六[46]（元祐六年八月、於汴京〔開封〕）には

平生親友、言語往還之間、動成坑穽、極紛紛也。不敢復形於紙筆、不過旬日自聞之矣。得潁藏拙、餘年之幸也、自是刳心鉗口矣。

日頃の親友も、言葉をやりとりするなかで、ややもすると罠を仕掛けて相手を陥れるなど、極めて乱れた状態にあります。敢えて書き記すことはいたしませんが、旬日を経ずしてお耳に達することでしょう。潁州知事の職を得て我が身の拙さを隠せるのは、余生を過ごすうえで幸いなこと、これからは雑念を棄てて口を閉ざそうと思います。

「與孫志康（孫勰）二首」其二[47]（紹聖二年〔一〇九五〕冬、於恵州）には

今獲観此文、旦夕即當下筆、然不敢傳出、雖志康亦不以相示。藏之家笥、須不肖啓手足日乃出之也。自惟無狀、百無所益於故友、惟文字庶幾不與草木同腐、故決意爲之、然決不以相示也。志康必識此意、千萬勿來索看。……見戒勿軽與人詩文、謹佩至言。

いま貴兄のこの文章（孫勰の父孫立節の死を知らせる書簡）を拝見して、遠からず哀悼のための筆を執るつもりですが、しかしあえて広く人に見せようとは思いません。たとえ志康どのであっても、お見せすることはいたしません。文箱のなかにしまっておき、わたしが死んでから表に出してもらうつもりです。思うにわたしは無能ゆえ、何ひとつ旧友のみなさまのお役には立てません。ただ文章だけが草木とともに朽ち果てるものではな

いがゆえに、これ（孫立節の哀詞）を書こうと決意しましたが、しかし決して人に見せることはいたしません。志康どのには、きっとわたしのこの思いをお分かりでしょうから、どうかご覧になろうとはなさりませぬよう。……軽々しく人に詩文を与えるなとの貴殿の戒め、謹んで肝に銘じております。

「與曹子方（曹輔）五首」其三[48]（紹聖二年十一月、於恵州）には

公勸僕不作詩、又却索近作。閑中習氣不除、時有一二、然未嘗傳出也。今錄三首奉呈、覽畢便毀之。

貴殿はわたしに詩を作るなと仰いながらも、またもわたしの近作をお求めになりました。閑な暮らしのなか悪しき習いは抜けず、時に一二の作を書いておりますが、公《おおやけ》の場には出しておりません。いま三首を書いて差しあげる次第です。ご覧になりましたらお棄て願います。

「與錢濟明（銭世雄）十六首」其九[49]（建中靖国元年〔一一〇一〕）には

恨定慧欽老早世。……舊有詩八首寄之。已寫付卓契順、臨發、乃取而焚之、蓋亦知其必厄於此等也。

定慧院住持の欽（守欽）長老の早世は無念です。……以前、八首の詩を（守欽に）お送りしようとしました。すでに書きあげて（守欽の使者の）卓契順に託したのですが、彼が出発するときに取りもどしてきて焚《や》いてしまいました。これら（小人の悪意あるふるまい）によって禍を招くのを畏れたのです。

いずれも、黄州貶謫期の発言と同じく、詩や文章を作るのを止めていること、もしくは作ったとしても極く親しい人以外には見せないように慎重にふるまっていることを述べている。最後に挙げた書簡は、恵州に滞在中の紹聖二年、

守欽に唱和して作った詩を守欽に送り届けようと使者に託したものの、災禍を招くのを怖れて結局は取り返して焚き棄ててしまったと述べる。

この種の発言は他にも数多いが、ここでは更に、紹聖年間、恵州に滞在中、表兄の程之才（字正輔）に与えた尺牘「与程正輔」の言葉を挙げておこう。「與程正輔七十一首」其一六[50]（紹聖三年正月）には

前後恵詩皆未和、非敢懶也。蓋子由近有書、深戒作詩、其言切至、云當焚硯棄筆、不但作而不出也。不忍違其憂愛之意、故遂不作一字、惟深察。

これまでいただいた詩にまったく唱和できずにおりますが、怠けていたわけではありません。近ごろ子由（蘇轍）から手紙が来て、作詩をきつく戒められました。その言葉は極めて懇切で、筆と硯を焚き棄てよ、書くだけで表には出さぬというだけでなく（書くこと自体を止めよ）、と説いております。その（蘇轍の）憂慮に背くに忍びず、ついに一字も書かずにいるのです。どうぞご理解ください。

同・其二一[51]（紹聖三年二月）には

寵示詩域醉郷二首、格力益清茂。深欲繼作、不惟高韻難攀、又子由及諸相識皆有書、痛戒作詩、其言甚切、不可不遵用。

お示し下さった「詩域酔郷（詩と酒の国）」を詠じた二首は、格調高く意気盛んなものです。ぜひとも唱和したかったのですが、高尚極まりなくとても追いつけません。加えて、子由（蘇轍）や友人たちが便りを寄こして詩を書くのを強く戒めるのです。その忠告はとても懇切丁寧なものなので、従わざるを得ません。

とあって、蘇轍等から詩を作ることも、公表することも止めるよう厳しく戒められたことを述べている。

ただし、完全に止めたわけではなく、右と同じ「與程正輔」其二二に「兄欲寫陶體詩、不敢奉違、今寫在揚州日二十首寄上、亦乞不示人也〔貴兄は陶淵明体の詩〔和陶詩〕を書いてほしいとお望みとのこと、それに違うことはいたしません。揚州滞在中に書いた二十首をお送りいたしますが、やはり他の人にはお示しになりませぬよう〕」と述べるほか、同・其九[53]（紹聖二年十月）に「輒已和得白水山詩、錄呈爲笑〔すでに白水山の詩に唱和いたしましたので、お笑いぐさまでに書いて差しあげます〕」、同・其二六[54]（紹聖二年三月）に「二詩以發一笑、幸讀訖便毀之也〔お笑いぐさまでに拙作二首お送りいたします。読み終わり次第、お棄ていただけると幸いです〕」、同・其三五[55]（紹聖二年夏）に「老弟却曾有一詩、今錄呈、乞勿示人也〔わたしも〔碧落洞について〕一首の詩を書いたことがあります。いま書いて差しあげますが、他人にはお示しになりませぬよう〕」、同・其三七[56]（紹聖二年六月）に「不覺起予、故和一詩、以致欽歎之意、幸勿廣示人也〔〔お送りいただいた詩に〕思いがけず啓発されましたので、唱和の詩を一首差しあげ、敬服賛嘆の意をお伝えする次第です。他人には広くお示しになりませぬよう〕」、同・其五九[57]（紹聖二年九月）に「幷有江月五首、錄呈爲一笑〔「江月五首」もありますので、お笑いぐさまでに書いて差しあげる次第です〕」と述べているように、秘かに詩を作っていたこと、そして親しい人以外には見せてはいけないという警告とともにそれらを書き送っていたことがわかる。[58]

次に、詩のなかの発言を挙げてみよう。例えば、元豊八年（一〇八五）十二月、都に復帰した蘇軾が、潁州通判となった王鞏に書き送った「次韻王定國得潁倅二首」其二[59]には

自少多言晩聞道　　少《わか》き自《よ》り多言にして晩に道を聞く
從今閉口不論文　　今従《よ》り口を閉ざし文を論ぜず

と述べる。これまでの「多言」を反省し、今後は「閉口」に努めようと言っている。官としての転機に際して、決意を新たにしていたことがうかがわれる。

また、元祐六年（一〇九一）、趙君錫・賈易らの弾劾に伴う騒動が終息した後、潁州知事を務めていた蘇軾と、趙令畤（字景貺）、陳師道（字履常）、欧陽棐（字叔弼）などの親しい友との間でなされた詩のやりとり。友人たちの詩に唱和した「復次韻謝趙景貺陳履常見和、兼簡欧陽叔弼兄弟[60]」には

或勧莫作詩　或いは勧む　詩を作る莫かれ
兒輩工織紋　児輩　紋を織るに工《たくみ》なり

と述べる。後句の「紋を織る」とは、『詩経』小雅・巷伯に「萋兮斐兮、成是貝錦。彼譖人者、亦已大甚（萋たり斐たり、是《こ》の貝錦を成す。彼の人を譖《そし》る者、亦た已に大甚《はなはだ》し）」とあるのを踏まえて、小人たちの讒言、すなわち根も葉もないこじつけに基づく批判を受けて陥れられることを言う。蘇軾は周囲の友たちから、讒言を受ける怖れがあるから詩を作ってはいけない、と戒められていたのである。では、この戒めに対して蘇軾はどのように応じたか。同じ時期に、同じ友人たちに向けて書き送られた「叔弼云、履常不飲、故不作詩、勸履常飲[61]」には

平生坐詩窮　平生　詩に坐して窮すれば
得句忍不吐　句を得るも忍びて吐かず

と戯れを込めて述べている。これまで詩を書いたために苦境に陥ったので、詩句を得ても文字にして表には出さぬよう我慢している、と。

また、元祐九年二月、定州にあっての作「次韻李端叔謝送牛戩鴛鴦竹石圖」[62]には

新詩勿縱筆　新詩　筆を縦《ほしいまま》にする勿かれ
群吠驚邑犬　群吠　邑犬を驚かす

とあり、友人の李之儀に対して詩を書くことを戒めている。一斉に吠え立てる犬たちには、朝廷に幅を利かせる勢力が喩えられていよう。見方によっては、彼らを刺激しかねない危険な言葉である。発言に注意せよと述べるそばから、このように挑発的な言辞を弄してしまうあたり、いかにも蘇軾らしい「多言」癖のあらわれと言える。

もうひとつ、晩年の蘇軾が友人から詩を作るのは止めた方がいいと忠告された例を挙げておこう。羅大経『鶴林玉露』乙編巻四[63]によると、元符三年（一一〇〇）、蘇軾が許されて流罪先の海南島から本土に帰ったとき、郭祥正（一〇三五～一一一三）は

君恩浩蕩似陽春　君恩　浩蕩たりて陽春に似
海外移來住海濱　海外　移り来たりて海浜に住む
莫向沙邊弄明月　沙辺に向かいて明月を弄ぶ莫かれ
夜深無數採珠人　夜深きも無数の珠を採る人あり

という絶句を送ってきたという。「明月を弄ぶ」とは、明月を詩にうたうこと。「珠を採る人」とは、ここでは誹謗中傷のために詩の言葉を穿鑿する人を指していよう。郭祥正は蘇軾に向かって、詩を作るのは止めた方がいい、なぜならば詩の言葉を穿鑿して誹謗する人がいるから、と婉曲に忠告したのである。郭祥正の文集『青山集』『青山続集』

にはこの詩は見えない。先に文同が蘇軾に向けて「北客　若し来たらば事を問うを休めよ、西湖　好しと雖も詩を吟ずる莫かれ」と忠告した詩句が彼の文集『丹淵集』に収められていないことに触れたが、この詩の場合も同様である。極めて私的な作品として、内々にやりとりされたものであろう。

以上、北宋中後期の官界における激烈な党派闘争のなかにあって、蘇軾が詩作をはじめとする言論・創作活動を公的には慎み抑えていたこと、すなわち『論語』憲問に言う「避言」を実践しようと心がけていたことを見てきた。この「避言」は、中国の士人層にあっては伝統的な処世のあり方として受け継がれてきたものであり、本章の論述のなかでも、そうした例の一部として魏の阮籍、隋の賀若弼、唐の陸贄や韓愈などの発言や行動に触れた通りである。蘇軾は他ならぬ「言」によって罪に問われたがゆえに、かかる伝統を典型的に体現することとなったのである。

なお、念のために言い添えるならば、中国の文人にとって「避言」は最善の策ではない。やむを得ずして採られた次善の策であるにすぎない。彼らが理想として追い求めていたのは、あくまでも「直言」「危言」による諷諫であった。蘇軾について言えば、元祐六年（一〇九一）の上表「杭州召還乞郡状」(64)に「所以不避煩瀆、自陳入仕以來進退本末、欲陛下知臣危言危行、獨立不回、以犯衆怒者、所從來遠矣（煩瑣であるのを顧みず、出仕以来の顛末を申し述べたのは、わたしが「危言」「危行」をひとり実践して改めず、多くの人の怒りを買ったのは、かなり前からのことであったのを陛下にご理解いただきたかったからなのです）」と述べているように、当初より「危言」をめざして活動していたのだ。また烏台詩禍を経た後も、元祐五年、友人の張敦礼に当てた尺牘「與張君子五首」其五(65)には「又自顧衰老、豈能復與人計較長短是非、招怒取謗耶。若緘口隨衆、又非平生本意（老いさらばえてゆく我が身を顧みれば、どうして人と言い争って怒りを招き非難を受けるようなことができましょうか。しかし、口を閉ざして大勢に従うとすれば、それもまたわたしの本意ではありません）」と述べて、「緘口」につとめようとする一方、その居心地の悪さを吐露してもいる。蘇軾の「避言」は、「直言」「危言」の理想をつねに意識しながらのふるまいであったと考えるべきだろう。

三　秘密のテクスト

前章の考察を踏まえて以下、言論統制下における蘇軾の文学テクストの制作・受容・流通のあり方について考察を加えてみたい。

(一) テクストの私的圏域

言論統制下にあって蘇軾とその友人たちは、詩をはじめとする言論・創作活動を抑制すべく努めていた。つまり、言論の自主規制・自己統制を行っていた。しかし、その一方で彼らは、詩や書簡のやりとりを重ねていた。現に前章に挙げたような詩や書簡が書かれ、今日にまで伝わる。もちろん、彼らの創作活動は公《おおやけ》の場で表立った形で行われたのではない。限られた親しい友との間に形作られた私的な交遊圏域、言うなれば一種の「地下文壇」のなか秘やかに行われていたのである。前章に挙げた詩や書簡からもそれは十分に窺えるが、更に別の発言を取りあげながら、蘇軾の創作活動を支えた私的交遊圏域について見てみよう。

蘇軾の友人たちは、蘇軾との交流を完全に断つことはしなかった。少なからぬ友が世の大勢に背き、時には危険を顧みずに交流を続けたのである。例えば、黄州貶謫後の元豊三年（一〇八〇）に書かれた書簡「與參寥子二十一首」其二(66)に

僕罪大責輕、謫居以來、杜門念咎而巳。平生親識、亦斷往還、理固宜爾。而釋老數公、乃復千里致問、情義之厚、有加於平日、以此知道德高風、果在世外也。見寄數詩及近編詩集、詳味、灑然如接清顏聽軟語也。此已焚筆硯、斷作詩、故無緣屬和、然時復一開以慰孤疾、幸甚、幸甚。筆力愈老健清熟、過於向之所見、此於至道、殊不

相妨、何為廃之耶。更当磨揉以追配彭沢。

わたしの罪は重いものでしたが、刑は軽くしていただきました。貶謫されて以来、門を閉ざして罪を見つめ直しております。旧くからの親友諸氏もまた、わたしとの交流を絶ちましたが、当然のことでしょう。ところが、釈・老の道に志す数人の方々は、千里の遠きを越えて便りを送ってくださり、その情誼は旧に増して厚いものがあります。これによって、気高き道徳は俗世の外にこそあるのだと知りました。お送りいただいた数篇の詩と近作をまとめた詩集、つぶさに味わえば、清々しいお顔と慈しみ深いお声に接するかのように心洗われる思いです。当方、すでに筆と硯は棄て、詩を作ることを断ちましたので唱和することはできませんが、これによって時に心の憂さを晴らし孤独な病身を慰めることができます。たいへん嬉しく思います。貴兄の筆力はますます老練にして成熟の極み、以前拝見したものを凌駕しております。詩作は仏道の妨げとはなっておりません。どうしておやめになる必要がありましょうか。更に修練を重ねれば、陶淵明にも並ぶことでしょう。

元豊四年の書簡「答陳師仲主簿書」[67]には

自得罪後、雖平生厚善、有不敢通問者、足下獨犯衆人之所忌、何哉。及讀所惠詩文、不數篇、輒拊掌太息、此自世間奇男子、豈可以世俗趣舍量其心乎。

罪を得てからというもの、旧来の親友たちは、あえて連絡を取ろうとはしてくれません。貴殿だけが皆の忌むことをなさるのは、どうしてでしょう。いただいた詩文を読ませていただきましたが、数篇も読まぬうちに手を打ってため息をつきました。この人こそ世にも稀な好男子、世間の尺度でその心持ちを測ることなどできはしない、と。

とあって、友人の参寥や陳師仲（陳師道の兄）が蘇軾との交誼を忘れずに詩や書簡を寄せてきたことが述べられる。また、元豊六年の書簡「與蔡景繁十四首」其八[68]には

特承寄恵奇篇、伏讀驚聳。……謹已和一首、幷藏笥中、爲不肖光寵、異日當奉呈也。坐廢已來、不惟人嫌、私亦自鄙。不謂公顧待如此、當何以爲報。

傑作をお送りいただき、拝読して大いに感服いたしました。……すでに一首、唱和させていただき、文箱にしまっております。わたしにとっては身に余る光栄です。いつかきっとお示ししたく存じます。罪に問われて以来、世間から嫌われるだけでなく、自分でも自分を蔑んでおります。なのに思いがけず貴兄はこんなにも手厚くして下さりました。いったいどうやってお返しすればいいのでしょうか。

とあって、蔡承禧から詩を寄せられ、それに唱和したこと、しかしその和詩を公表するのを当面は避けていることが述べられる。いずれの書簡にも、自分のことを思いやってくれる友への厚い感謝の念があらわれている。文人である蘇軾にとっては、かかる友誼が詩文のやりとりを伴っていたことが、このうえなく嬉しく心慰められるものであっただろう。

同様のことは、次に挙げる「杭州故人信至齊安[69]」詩についても言える。

昨夜風月清　　昨夜　風月清らかなり
夢到西湖上　　夢に西湖の上に到る
朝來聞好語　　朝来　好語を聞き
扣戸得呉餉　　戸を扣きて呉餉を得

輕圓白曬荔　　軽圓　白曬荔
脆釅紅螺醬　　脆釅　紅螺醤
更將西庵茶　　更に西庵の茶を将《もっ》て
勸我洗江瘴　　我に江瘴を洗うを勧む
故人情義重　　故人　情義重く
說我必西向　　我に説く　必ず西に向かわんと
一年兩僕夫　　一年　両僕夫
千里問無恙　　千里　恙無きを問う
相期結書社　　相い期す　書社を結ぶを
未怕供詩帳　　未だ詩帳を供するを怕《おそ》れず
還將夢魂去　　還た夢魂を将て去り
一夜到江漲　　一夜　江漲に到らん

元豊四年（一〇八一）、杭州の旧友から手紙とともに贈り物（特産の食品）が届けられたのに答えた作。友たちの情誼の厚さに対する感謝の念が率直に述べられている。末句の「江漲」は、蘇軾の自注によれば杭州にある橋の名。黄州に住む蘇軾は、友たちが住む懐かしい杭州の夢を繰り返し見たのであろう。本詩で特に注目されるのは「相い期す書社を結ぶを、未だ詩帳を供するを怕《おそ》れず」の二句。この二句にも蘇軾の自注が附されており、「詩帳」について「僕頃以詩得罪。有司移杭取境内所留詩、杭州供數百首。謂之詩帳（僕　頃《さきご》ろ詩を以て罪を得。有司　杭に移して境内に留むる所の詩を取らしむるに、杭州　数百首を供ず。之を詩帳と謂う）」と述べる。蘇軾が烏台詩禍に巻きこまれた際に、当局は杭州の関係者に命じて杭州在任中に蘇軾が書いた詩を提出させた。その詩の記録を「詩帳」と呼んだという。驚くべきことに蘇軾は、自分の詩がふたたび「詩帳」として当局に提出されるのを怖れないと言っている。告発され、罪に問われるのを怖れない、と。一種の「地下文学活動宣言」と言っても過言ではないような発言である。もちろん、本気でそのように思っているわけではなく、幾分かの戯れを含んだ誇張の言葉であろう。親しい友との私的で秘やかなやりとりとはいえ、烏台詩禍を経た者の発言としては極めて大胆であり、ふたたび罪に問われかねない危険な発言と言わざるを得ないが、このような大胆な言葉を口にさせるほど、旧友の情誼が嬉しく感じられたのだ。なお、本詩の題には「故人」と述べるのみで、特定の人名を示してはいない。やはり、怖れ憚るところがあったのだろうか。

このように蘇軾は、一方では自らの発言が誹謗中傷を招かぬように警戒しながらも、実際には詩の創作を完全には止めず、親しい友との間で作品をやりとりしていた。やはり、詩人にとって完全に創作を停止することは耐えがたい苦痛であったのだろう。自ら「自評文」[70]に「吾文如萬斛泉源、不擇地皆可出（吾が文は万斛の泉源の如く、地を択ばずして皆な出ずべし）」と述べるように、溢れんばかりの文才を饒舌な語り口で表現することに本領を発揮する蘇軾であればこそ、なおさらにそうであったかもしれない。[71]そのような詩人としての心理状態を考えるうえで、次に挙げる「孫莘老寄墨四首」其四[72]は極めて興味深い。元豊七年（一〇八四）四月、蘇軾は汝州（河南省汝州）へ量移される。足かけ六年に及んだ黄州での流罪生活もついに終わりを告げることになったのである。黄州を去って汝州へと向かう途上、泗州（江蘇省盱眙県）に滞在中、秘書少監を務める友人孫覚から墨を送られたのに答えて次のように述べる。

吾窮本坐詩　　吾が窮するは本と詩に坐す
久服朋友戒　　久しく朋友の戒めに服す
五年江湖上　　五年　江湖の上
閉口洗殘債　　口を閉ざして残債を洗う
今來復稍稍　　今来　復《ま》た稍稍たり

快癢如爬疥　快癢　疥を爬くが如し
先生不譏訶　先生　譏訶せず
又復寄詩械　又復た詩械を寄す
幽光發奇思　幽光　奇思を発し
點黜出荒怪　点黜　荒怪を出だす
詩成自一笑　詩成りて自ら一笑す
故疾逢蝦蟹　故疾　蝦蟹に逢う

冒頭四句は、詩を書いたが故に罪に問われ、「詩を書くのは止めよ」という友の戒めを守り、五年もの長きに渉り「口を閉じ」てきたと述べる。言うまでもなく「口を閉じ」るのは、誹謗されるのを避けるためである。唐・韓愈「崔十六少府攝伊陽以詩及書見投、因酬三十韻」[73]が「閉口絶謗訕（口を閉ざして謗訕を絶つ）」と述べるように。だが、前章に挙げた「答孔周翰求書與詩」に「身閑にして曷《なん》ぞ長《つね》に口を閉じざる、天寒くして正に深く手を蔵するに好し。詩を吟じ字を写すは底《なん》の忙しきか有る、未だ多生　塵垢の宿するを脱せず」と述べるように、本来ならば「口を閉じ」るべきであるにもかかわらず、蘇軾にとって詩を作ることは「多生」に渉って積み重なり、もはや取り除けぬ「塵垢」となっていた。今回、量移されることになって、これまで抑えてきたその「塵垢」がふたたびぶり返したのだ。そして、これまで掻きたくてたまらなかった痒いところを思う存分に掻けるようになった[74]——ふたたび詩を書けるようになった喜びを、蘇軾らしいユーモアを込めて語っている。本詩には、やっと詩を書けるようになった喜びが溢れているが、それだけに黄州貶謫期、「閉口」を余儀なくされ苦しんでいたことが窺われよう[75]。

緊迫した政治状況を意識しつつ、親しい友との間で詩のやりとりがなされたことを示す別の時期の例について見てみよう。元祐四年（一〇八九）、朝廷の党派闘争を嫌い自ら乞うて杭州知事に転出した蘇軾と、当時、越州（浙江省紹興）知事を務めていた銭勰との間でなされた詩のやりとり。蘇軾は、銭勰から送られた詩に唱和した「次韻錢越州」[76]の尾聯に

年來齒頰生荊棘　　年来　歯頰　荊棘を生ずるも
習氣因君又一言　　習気　君に因りて又た一言す

と述べる。「歯頰　荊棘を生ず」とは「口を閉ざし」ていたこと、発言や作詩を慎んでいたことを言う。「習氣」とは悪しき習慣、ここでは詩を作ること。前掲の尺牘「與曹子方五首」其三には「閑中　習気除かれずして、時に一二有り」とあって、作詩の「習氣」について述べていた。右の詩句もまた同様の「習氣」について述べている。ここしばらくは作詩を謹んできたが、銭勰の詩を読んで詩を書きたいという欲求がかき立てられた、と。もう一首、同時期に銭勰との間で交わされた同韻字を用いた作「次韻錢越州見寄」[77]の尾聯に

欲息波瀾須引去　　波瀾を息《や》ましめんと欲すれば須く引きて去るべし
吾儕豈獨坐多言　　吾儕　豈に独り多言に坐せんや

と述べる。「波瀾」とは、世間＝官界での軋轢。「引去」とは、官界から引退すること。末句について『集注分類東坡先生詩』巻一九（新王本巻一三）が引く趙次公注は「末句蓋有所激。豈越州首篇有勸莫多言之意乎（末句　蓋し激する所有り。豈に越州の首篇に多言すること莫かれと勧むるの意有るか）」と説く。おそらく当たっていよう。銭勰は蘇軾に向けて「多言」を避けよ、と忠告してきたのだ。それに対して蘇軾は、自分の苦境は単に「多言」によってもたらされたのではない、世間との軋轢を避けようとすれば「多言」を避ける（『論語』憲問の語を用いれば「避言」）だけでは不

十分であり、官界を引退する（「避世」もしくは「避地」）しかないのだ、と答えたのである。趙次公が指摘するように、心のなかに秘めた思いが激しく吐き出されたものと言える。言外には、詩を書くのを我慢しても仕方ないという思いも込められていよう。詩を書くことに対する、ある種の「開き直り」とも取れるような言葉である。

以上、言論統制下にあって蘇軾が親しい友との間に形作られる私的かつ内密な圏域のなかで詩をやりとりしていたことを見てきた。その結果として、我々の前には数多くの作品がのこされることとなったのであるが、蘇軾の作品の保存・伝承においてもまた、蘇軾を取り巻く文人たちの私的な交遊圏域が大きな役割を果たしていたことは想像に難くない。実際、蘇軾の知友のなかには、蘇軾の作品の草稿を記録・保存することに努めていた者が少なくなかった。例えば、元豊四年（一〇八一）、黄州にて書かれた「答陳師仲主簿書」（前掲）には

見爲編述「超然」「黄樓」二集、爲賜尤重。從來不曾編次、縱有一二在者、得罪日、皆爲家人婦女輩焚毀盡矣。不知今乃在足下處。當爲刪去其不合道理者、乃可存耳。

お編みいただいた「超然」「黄楼」の二集、たいへんありがたく頂戴いたしました。わたし自身は、これらの作を編んだことはありません。いくつか手元にのこっていたものも、罪を得たとき、家の女たちの手ですっかり焚《や》き棄てられてしまったのです。今こうして貴殿のもとにのこっているとは思いもよりませんでした。道理に合わぬ駄作は削ったうえで、のこしていただくのがいいでしょう。

とある。「超然」「黄樓」の二集とは、蘇軾の密州および徐州知事時代の詩集。烏台詩禍に際して、家人が危険の及ぶのを怖れて焚き棄ててしまったが、陳師仲がそれを保存していたことが述べられている。

紹聖二年（一〇九五）、恵州にあって書かれた「與程正輔七十一首」其一一(78)には

某喜用陶韻作詩、前後蓋有四五十首、不知老兄要錄何者。稍閒、編成一軸附上也、只告不示人爾。

わたしは陶淵明の詩の韻字を用いて詩を作るのを好み、前後あわせて四五十首ほどになりました。貴殿はどの作を書いてほしいとお望みでしょうか。しばらくお待ちいただければ、一軸にまとめてお送りいたします。ただし、他の人にはお示しになりませぬよう。

とあって、蘇軾が和陶の詩を小集に編んで程之才（字正輔）に贈ろうとしていたことが述べられる。受け取った程之才はおそらくそれを大切に保管したことだろう。

また、元符三年（一一〇〇）、海南島にあって書かれた書簡「答劉沔都曹書」[79]には

蒙示書教、及編錄拙詩文二十卷。軾平生以言語文字見知於世、亦以此取疾於人、得失相補、不如不作之安也。以此常欲焚棄筆硯、爲瘖默人、而習気宿業、未能盡去、亦謂隨手雲散鳥沒矣。不知足下默隨其後、掇拾編綴、略無遺者、覽之慙汗、可爲多言之戒。然世之蓄軾詩文者多矣、率眞偽相半、又多爲俗子所改竄、讀之使人不平。……今足下所示二十卷、無一篇僞者、又少謬誤。

お便りと拙作詩文を二十巻に編まれたもの、いただきました。わたくしはこれまで書いたものによって世に知られて参りましたが、それによって人から憎まれもしました。得たものと失ったものとが相殺しあっております。ならば、いっそものを書かず安らかでいるに越したことはありません。そこで常々、筆と硯を焚き棄てて、唖者にでもなってしまいたいと望んでいるのですが、習気や宿業は完全には除き去れずに（書きつづけて）おります。また（書いたものは）書き記すそばからどこかへと消え去ってゆくものだと思っておりました。ところが思いがけず、貴殿は黙ってわたしの後について、書いたものを拾い集めて、ほとんど漏れなく整理してくださいました。それを見ると汗顔の至り、多言の戒めとすることもできましょう。世間にわたしの詩文を蔵す

る者は多いのですが、真作と偽作とがほとんど相い半ばし、また俗人の手で改竄されたものも多く、読むと不満を覚えます。……このほど貴殿からいただいた拙作の二十巻には、偽作は一篇もなく、また誤りもほとんどありません。

とあって、「多言」を戒めてはいたが「習氣宿業」は棄て難く詩文を書くのを止められなかったこと、そのようにして書いた作品を劉沔（劉庠の子）が収集して文集に編んでいたことが述べられている。この劉沔編の文集は、蘇軾晩年の作をまとめた『東坡後集』の基盤となったと考えられる[80]。

蘇軾の詩文は、右に挙げた書簡に述べられるような交遊圏域のなかで記録・保存され、更には蘇軾没後、徽宗統治時代の「元祐党禁」のなかを生き延びて、後世に伝承されていったのである。公的な社会、すなわち朝廷を中心とする官僚社会に対して表向きは「避言」を実践しつつも、その一方で、私的かつ内密な形で数多くの作品が書かれ、読まれ、伝えられていたということ――蘇軾の作詩活動は、我々に対して、テクストの制作・受容・流通における「私的圏域」とも言うべきものの存在を明確に示してくれている。もちろん、かかるテクストの圏域は古くから存在していたはずである。だが、それがこれほどまで詳細に記録され鮮明に浮き彫りになったケースは、蘇軾以前にはほとんど例を見ないのではないだろうか。ここに蘇軾の創作活動が有する画期的な意義があると言えよう。

（二）「墨蹟」

文人が作品を作る。それは紙などに書き記されて作者や作者周辺の人物の手元に保存される。そして、やがて定本（決定稿・最終稿）となり、更には定本のコレクションとしての文集（詩文集）にまとめられて世に問われ、広く伝えられてゆく。文集に纏められる前の段階にあるテクスト、特に作者自身の手で書き記されたテクストを、ここでは草稿と呼ぼう。狭義には紙に書かれたテクスト、すなわち「真蹟」「墨蹟」「手稿」「草稿」などと呼ばれる親筆原稿を指すが、それだけに限定しない方がいいだろう。「石刻」や「石本」「碑本」、すなわち作者の親筆原稿を石に刻したものやそれの拓本をも含めて広く草稿と呼んでみたい。

通常、我々が中国の文人の作品を読む際には、文集にまとめられたテクストを読む。草稿、すなわち文集にまとめられる前の段階にある作品のテクストについては、その実態を窺い知ることは難しい。近代以前の中国文人の草稿それ自体は極めて限られたものしか今日には伝わらないが、もちろん草稿が存在しなかったわけではない。事実、文人の草稿について記録した文献資料は少なからずのこされている。中国にあって、草稿について記した言葉が数多く見られるようになるのは宋代である。[81] とりわけ、蘇軾や黄庭堅（一〇四五～一一〇五）の詩については、その墨蹟や石本についての記録が、南宋に編まれた蘇軾・黄庭堅の詩集注釈のなかに大量に見られるようになる。同様の記録は、南宋の周必大が編んだ欧陽脩の文集の校記にも見られる。こうした現象とそこに見られる文献学的・文学論的な特質については、すでに拙論「校勘から生成論へ——宋代の詩文集注釈、特に蘇黄詩注における真蹟・石刻の活用をめぐって[82]」、「黄庭堅詩注の形成と黄罃『山谷年譜』——真蹟・石刻の活用を中心に[83]」、「中国宋代における生成論の形成——欧陽脩『集古録跋尾』から周必大編『欧陽文忠公集』へ[84]」において考察を加えたので、詳しくはそれらを参照していただきたい。

拙論で指摘したことのうち、本稿に関連して重要なのは次の点である。すなわち、文集として纏められたテクストが極めて公的な性格が強いテクストであるのに対して、墨蹟や石本といった草稿段階にあるテクストは私的な性格の強いテクストであるということ。それらは、本来ならば表《おもて》には出ない、私的な圏域にのみ存在を許される私的なテクストであった。したがって、そこにはしばしば表向きには語れないような私的で内密なメッセージが書き記される。

ここでは、その一例として、黄庭堅の詩の墨蹟に関する次のような記載を挙げよう。元祐年間の初め、黄庭堅は「子瞻繼和、復答二首[85]」と題する詩を書いている。本詩は、これに先立って黄庭堅が書いた「有恵江南帳中香者戯答六言二首[86]」に蘇軾が唱和した詩「和黄魯直焼香二首[87]」に対して、ふたたび唱和して答えたもの。本詩について、黄罃編

『山谷年譜』巻一九は

先生有此詩墨蹟題云「有聞帳中香、疑爲熬蠟者、輒復戲用前韻。願勿以示外人、恐不解事者或以爲其言有味也」。因附于此。(88)

先生はこの詩の墨蹟をのこしており、それには「帳中の香を聞きて、疑いて蠟を熬《い》ると為す者有り、輒ち復た戯れに前韻を用う。願わくは以て外人に示す勿かれ、事を解せざる者或いは以て其の言に味有ると為すを恐るるなり」と題している。よってここに附する次第である。

と述べている。「子瞻継和、復答二首」の墨蹟すなわち黄庭堅の親筆原稿には「他人から誤解されかねない作品なので公表しないでほしい」という趣旨の言葉が書かれていたというのだ。黄庭堅もまた蘇軾と同じ党派に属する文人。政治的には不安定な位置に置かれており、したがって「避言」に努めざるを得なかった。これは、新旧両党の確執をはじめとする当時の微妙な政治状況のもと「避言」を意識しつつ発せられた、まさしく私的で内密な発言である。これによく似た言葉が、蘇軾の詩や尺牘に数多く発せられることは、本稿に見てきた通りである。

蘇軾についても、右の黄庭堅の墨蹟と同様の記録が伝わる。蘇軾の墨蹟や石本について多くの記録を伝えてくれるのは、南宋の施元之、顧禧、そして施宿による『注東坡先生詩（施注蘇詩）』である。この『施注蘇詩』には、その注釈、特に題下の注において、蘇軾の「真蹟」「墨蹟」、もしくはそれに準ずるものとしての「石本」「碑本」などを参照する例が数多く見られる（これら題下注は施宿の手になるものと考えられる）。ここでは、紹聖四年（一〇九七）、恵州に貶謫中の蘇軾が恵州知事の方子容（字南圭）と循州知事の周彦質（字文之）との間で交わした四首の詩に附された施注の記述を読んでみよう。まず第一首「次韻恵循二守相會」(89)の題下注（施宿注）には「陰字韻四詩墨蹟及恵守和篇、竝藏呉興秦氏（陰字韻四詩の墨蹟及び恵守の和篇、並びに呉興の秦氏に蔵さる）」とあって、以下に挙げる四首の墨蹟と方子

容の和篇が呉興の秦氏に蔵されていることを述べる。そのうえで更に

此詩云「軾次韻南圭使君與循州唱酬一首」。……後題云「因見二公唱和之盛、忽破戒作此詩、與文之。一閲訖卽焚之、愼勿傳也」。

と述べている。今日に伝わる蘇軾詩集では、本詩の題は「恵循二守の相い会するに次韻す」に作るが、墨蹟では「軾南圭使君の循州と倡酬するに次韻す　一首」と題されていたことがわかる。そして、更に注目すべきことに、墨蹟では詩の後に「二公の唱和の盛んなるを見るに因りて、忽ち戒を破りて此の詩を作り、文之（周彦質）に与う。一たび閲し訖《お》うれば即ち之を焚《や》き、慎みて伝うる勿かれ」と書き附けられていたのだという。「避言」の戒めを破って詩を作ったこと、その詩を周彦質に贈るが読み終えたら焚き棄ててほしいと注意を促していたことがわかる。

第二首「又次韻二守許過新居[90]」の題下注は

先生真蹟云「軾啓、疊蒙寵示佳篇、仍許過顧新居、謹依韻上謝、伏望笑覽」。集本作「曉窗清快」、墨蹟作「明快」。後題云「一閲訖、幸毀之、切告切告」。

先生の真蹟では「軾啓す、畳《かさ》ねて佳篇を寵示せらるるを蒙るに、仍お過《よ》ぎりて新居を顧るを許さる、謹みて韻に依り上りて謝す、伏して笑覧せられんことを望む」と題している。集本では「暁窓清快」とあるところ、墨蹟では「明快」に作っている。後には「一たび閲し訖うれば、之を毀《こぼ》たんことを幸《ねが》う、切に告ぐ切に告ぐ」と題している。

と述べている。墨蹟では、詩集の「又た二守の新居に過ぎるを許さるるに次韻す」という題とは異なって、「蒙」「謹」

「伏」などの語を用いて方子容と周彦質に対する尊敬の念を込めた題となっていたことがわかる。[91]また、第一首と同じく本詩を読み終えたら焚き棄ててほしいと訴えていたことがわかる。

第三首「又次韻二守同訪新居[92]」の題下注は

墨跡云「軾謹次韻南圭文之二太守同過白鶴新居之什、伏望採覧」。後云「請一呈文之便毀之、切告切告」。

墨蹟には「軾　謹みて南圭・文之二太守の同に白鶴新居を過ぎらるるの什に次韻す、伏して採覧せられんことを望む」と題されている。詩の後には「一たび文之に呈すれば便ち之を毀たんことを請う、切に告ぐ切に告ぐ」と題されている。

と述べており、第二首の場合と同じく、墨蹟の詩には尊敬表現からなる題が附されていたこと、他人には見せずに焚き棄ててほしいと頼んでいたことがわかる。

第四首「循守臨行、出小鬟、復用前韻[93]」の題下注は

墨跡云「蒙示二十一日別文之後佳句、戲用元韻記別時事爲一笑」。末又云「雖爲戲笑、亦告不示人也」。

墨蹟には「二十一日　文之に別るるの後の佳句を示すを蒙り、戯れに元韻を用いて別時の事を記し一笑と為す」と題されていた。詩の末尾には「戯れの作とはいえ、他人にはお示しになりませぬよう」と題されていた。

と述べており、やはり墨蹟のテクストでは尊敬表現からなる詳しい題が附されていたこと、末尾には他人には見せないでほしいという注意が書き添えられていたことがわかる。

以上、方子容と周彦質との間で交わされた詩の墨蹟は、言論統制下にあって蘇軾が「避言」に努めていたことを伝

えてくれる。第四首に関する施宿の注は、以上のような墨蹟に関する一連の記述を受けて「毎詩皆丁寧切至、勿以示人。蓋公平生以文字招謗踏禍、慮患益深。然海南之役、竟不免焉。吁可歎哉（いずれの詩にも極めて懇ろに、他人には見せるなと注意している。先生は日頃、文章によって誹謗され災厄を被ったため、畏れることますます深くなったのであろう。しかし結局は海南島への貶謫は免れなかった。ああ、歎かわしいことだ）」というコメントを附している。まさに施宿の述べる通り、これらのテクストからは、蘇軾の「謗を招き禍を踏む」こと、すなわち言論弾圧に対する怖れがよく伝わってくる。この種の発言は、墨蹟という私的な圏域のなかで交換される私的なテクストであるからこそ可能となった発言である。(94)

ところで、右に挙げた墨蹟テクストを見ると、一種の書簡（尺牘）としての性格を帯びていることに気づかされる。いずれも、二人の州知事（方子容、周彦質）宛に書き送られた私信と見なしてもさしつかえない。特に第二首に関する墨蹟には「軾啓……」という書き出しが見えるが、これは書簡特有の言い回しである。このほか「蒙」「謹」「伏」などの敬語表現が散りばめられている点も、書簡と類似する。だが、結果的にこれらは独立した書簡として文集に収められることはなかった。詩に附随する未成熟なテクストと見なされたためか。それとも、極めて限られた範囲内で流通するにとどまり、編者の眼にふれなかったためだろうか。いずれにしても『施注蘇詩』の題注に附載されることでかろうじて遺ったテクストである。

(三)「尺牘」

これまで見てきたように蘇軾の書簡（尺牘）には、前節に見た墨蹟と同様の「避言」に配慮した発言が数多く見られる。振り返ってみれば、書簡、とりわけ「尺牘」と称される書簡のテクストもまた、もともと公表を前提としない、私的な性格の強いテクストと言える。伝統的に中国文人の文集には、この種のテクストは収められなかった。文集に収められるテクストは、文人が社会に問い歴史にのこすためのテクストであり、自ずと公的な性格が強いテクストである。それに対して尺牘は私的な性格が強く、したがって文集に収めるにはふさわしくないと見なされていたのであろう。尺牘が文集の分類として確固たる位置を占めるようになるのは南宋に至ってからであり、北宋ではまだその段階には達しておらず、親しい友人間の私的な圏域のなかを流通するにとどまったと考えられる。蘇軾の文集の場合も、蘇軾が自らの手で編纂した『東坡集』や子の蘇過らが編纂した（したがって蘇軾自身の編纂方針をある程度反映する）『東坡後集』には、「書」という分類はあるが「尺牘」という分類は設けられていない。蘇軾の文集に一定数の尺牘がまとまった形で収録されるのは『東坡外集』[95]など南宋に編まれた文集に至ってからであると推測される。

いま述べたように私的な性格が強いテクストである尺牘は、親密な友との秘やかな交信手段として大いに活用されていた。そして、特に注目されるのは、それらがしばしば詩や賦などのテクスト（草稿）とセットでやりとりされていたことである（前節に挙げた墨蹟のテクストも、それを尺牘と見なすならば、詩とセットでやりとりされた例と言える）。そのことはこれまでに挙げた例からも窺われるが、ここでは更に別の例を読んでみたい。以下に挙げるのは、尺牘の本文のなかに詩のテクストが直接書き込まれている例である。例えば、元豊四年（一〇八一）、貶謫先の黄州にあって王鞏に与えた「與王定國四十一首」其一四[96]には

耕荒田詩有云「家童焼枯草、走報暗井出。一飽未敢期、瓢飲已可必」。又有云「刮毛龜背上、何日得成氈」。此句可以發萬里一笑也。故以塡此空紙。

荒田を耕すことをうたった拙詩に「家童　枯草を焼き、走りて報ず　暗井出ずと。一飽　未だ敢えて期せざるも、瓢飲　已に必《もと》むべし」という句があります。また「毛を刮《けず》る　亀背の上、何れの日にか氈を成すを得ん」という句があります。万里を越えてお笑いぐさとできましょう。そこで、あまった紙の埋め草とする次第です。

とあって、尺牘のなかに蘇軾の書いた詩「東坡八首」[97]の詩句の一部が書き込まれている。

同じく元豊四年、判官の彦正（未詳）に与えた「與彦正判官一首[98]」には

試以一偈問之。「若言琴上有琴聲、放在匣中何不鳴。若言聲在指頭上、何不於君指上聽」。錄以奉呈、以發千里一笑也。

試みにひとつの偈をご覧いただきましょう。「若し琴上に琴声有りと言わば、匣中に放《お》きて何ぞ鳴らざる。若し声は指頭の上に在りと言わば、何ぞ君の指上に聴かざる」。ここに書き記して差しあげます。千里を越えてのお笑いぐさまでに。

とあって、「琴詩[99]」全篇が書き込まれている。また、建中靖国元年（一一〇一）、北帰の途上に黄寔に与えた「与黄師是五首」其一[100]には

有詩錄呈。「簾卷窗穿戸不扃、隙塵風葉任縱橫。幽人睡足誰呼覺、欹枕牀前有月明」。一笑、一笑。

詩を作りましたので、ここに書いて送らせていただきます。「簾巻かれ窓穿たれて戸扃《と》ざされず、隙塵 風葉 縦横たるに任す。幽人 睡り足れば誰か呼び覚まさん、欹枕 牀前 月明有り」。どうかお笑いください。

とあって七言絶句「無題[101]」が書き込まれている。

こうして尺牘のなかに書き込まれた詩の多くは、後に詩集が編まれる際には尺牘から切り離され、詩篇として独立したテクストとして扱われてゆく。ただし、作品の性格によって扱いは異なり、すべてが当初の段階から詩集に収められたわけではない。右に挙げた尺牘のなかの詩三篇について言えば、最初の「東坡八首」は蘇軾自編の『東坡集』（巻一二）に収められる。蘇軾自身が作品としての価値を高く認めていたことが窺われる。その後、南宋に編まれた

『集注分類東坡先生詩』（旧王本巻四・新王本巻二四）や『施注蘇詩』（巻一九）などにも収められる。次の「琴詩」は、『東坡集』には収められない。『集注分類東坡先生詩』は旧王本には収められず、新王本（巻三〇）に収められる。『施注蘇詩』には収められない（清代編の補遺巻には収められる）。おそらく当初は詩としての価値を認められず詩集から漏れていたものが、後に蘇軾詩の輯佚作業が進められてゆく過程で、右の尺牘のなかから拾いあげられていったのであろう。南宋期に編まれた『東坡外集（重編東坡先生外集）』（巻六）に「題沈君琴」と題して、明代に編まれた『東坡続集』（巻二）に「琴詩」と題して収められる。最後の「無題」詩は、南宋や明代に編まれた諸本いずれにも収められず、清代に至って初めて右の尺牘のなかから拾いあげられ、査慎行編『蘇詩補注』（巻四八・補遺）や馮応榴編『蘇文忠公詩合注』（巻五〇・補編）に収められる。「琴詩」と「無題」の二篇は、尺牘のなかに書き込まれる形でかろうじて世に伝わった作品と言える。

蘇軾が尺牘とともにやりとりしていたのは、詩や賦だけではない。詞（詩餘）もまた盛んにやりとりされていた。例えば、元豊四年、黄州にて、章楶に宛てた「與章質父三首」其一[102]には

承喩愼靜以處憂患、非心愛我之深、何以及此、謹置之座右也。『柳花』詞妙絶、使來者何以措詞。本不敢繼作、又思公正柳花飛時出巡按、坐想四子、閉門愁斷、故寫其意、次韻一首寄去、亦告不以示人也。『七夕』詞亦錄呈。

慎重さをもって難局に対処せよとの仰せ、小生を深く思ってくださるのでなければ、ここまではなさらないでしょう。謹んで座右の銘としております。貴兄の「柳花」の詞は絶妙、後の者が手を下せなくなるほどです。もともと唱和するつもりはありませんでしたが、柳花舞う時節に遠く巡察のため出張されている貴兄が、四人の愛妾を案じ、門を閉ざして愁いに沈んでおられるのを思い、次韻して胸の内を述べた作一首をお送りします。どうか他人にはお見せになりませぬよう。「七夕」の詞も書いて差しあげることにしました。

とあって、「水龍吟・次韻章質夫楊花詞(103)」と「漁家傲・七夕(104)」を書き送っていたことがわかる。このほかにも、元豊四年、朱寿昌に宛てた「與朱康叔二十首」其二十(105)には「章質夫求琵琶歌詞、不敢不寄呈（章楶〔字質夫〕どのが琵琶に載せる歌を求めてこられたので、送らぬわけにはまいりません）」、元豊五年、陳軾に宛てた「與陳大夫八首」其三(106)には「比雖不作詩、小詞不礙、輒作一首。今錄呈（近ごろ詩を作っておりませんが、詞餘であれば差しつかえないでしょうから、一首を作りました。ここに書いて差しあげます）」、元豊五年、蘇不疑に宛てた「與子明兄一首(107)」には「近作得『歸去來引』一首寄呈、請歌之（近ごろ「帰去来引」一首を作りましたので差しあげます。どうかお歌いくださいい）」などとある。「與朱康叔」に言及される詞は「水調歌頭（起句：昵昵児女語(108)）」、「與子明兄」の詞は「哨徧（起句：爲米折腰(109)）」。詩とは異なり、詞の場合はジャンルの特性からして政治的なテーマに関わる内容をうたうことは少ない。そのため、詞を書いている限りは比較的安全で罪には問われにくいという判断も働いていたかもしれない。「與陳大夫」には、そのことが明確に述べられている(110)。

右に挙げた尺牘には、詞のテクスト本文が書き込まれてはいないが、それが直接書き込まれた例も見られる。例えば、元豊四年十月、王鞏に与えた尺牘「與王定國四十一首」其一二(111)には

某遞中領書及新詩、感慰無窮。……重九登棲霞樓、望君凄然、歌「千秋歲」、滿坐識與不識、皆懷君。遂作一詞云「霜降水痕收。淺碧鱗鱗欲見洲。酒力漸消風力軟、颼颼。破帽多情却戀頭。佳節若爲酬。但把清樽斷送秋。萬事回頭都是夢、休休。明日黃花蝶也愁」。其卒章、則徐州逍遙堂中夜與君和詩也。

わたしは宿駅にて貴兄の書簡と新作の詩を受け取りました。……重陽の節句、棲霞楼にのぼり、貴兄の住む地を眺めて悲しみに襲われ、「千秋歳」を歌いました。すると、座を共にする方々もまた面識有ると否とにかかわらず、みな貴兄への思いを募らせました。そこでわたしは一首の詞を作りました。「霜降りて水痕収まる。浅碧　鱗鱗として洲を見《あらわ》さんと欲す。酒力漸く消え風力軟かく、颼颼たり。破帽　多情にして却って頭を恋う。

佳節　若為《いか》にして酬いん。但だ清樽を把《と》りて秋を断送せん。万事　頭を回《めぐ》らせば都《すべ》て是れ夢なり、休《や》みなん休みなん。明日の黄花　蝶も也《ま》た愁う」と。末句は、かつて徐州の逍遥堂で貴兄に唱和した詩の句を用いております。

とあって、「南郷子、重九涵輝樓呈徐君猷[112]」の全文が書き込まれている。なお、右に挙げた尺牘に言及され、あるいは記録される詞は、詩や賦と異なって正統的な文学作品とは見なされていなかったためか、『東坡集』や『東坡後集』などに収められることはなかった。しかし、南宋の傅幹注本に収められるなど、文集（正集）とは別の形で保存・伝承されていたと考えられる。

最後に、もう一首、本文に文学テクストが書き込まれた尺牘の例として「答范純夫十一首」其一一[113]を読んでみたい。紹聖四年（一〇九七）の春閏三月五日、恵州にあって范祖禹に与えた尺牘である。冒頭と末尾の部分を挙げよう。

丁丑二月十四日、白鶴峰新居成、自嘉祐寺遷入。詠淵明「時運」詩曰「斯晨斯夕、言息其廬」、似爲余發也。長子邁與予別三年、携諸孫萬里遠至。老朽憂患之餘、不能無欣然、乃次其韻。……丁丑閏三月五日。多難畏人、此詩愼勿示人也。

丁丑（紹聖四年）の二月十四日、白鶴峰の新居が完成、嘉祐寺から移ってきました。陶淵明の「時運」詩には「斯《こ》れ晨《あした》　斯れ夕、言《ここ》に其の廬に息《いこ》う（朝に夕べに我が庵《いおり》に憩う）」とありますが、まるでわたしのために詠じてくれたようです。長男の邁とは別れて三年になりますが、孫たちをつれて万里の果てを訪ねてきてくれました。苦難のなか老いさらばえた身としては、喜ばずにはいられません。そこで、陶淵明の詩に次韻いたしました。……丁丑閏三月五日。苦難多く人を畏れております。この詩は、どうか他の人にはお示しになりませぬよう。

紹聖四年二月、恵州の白鶴峰に新居を建てた蘇軾は、貶謫の身でありながらもしばし平穏な暮らしをかなえる。かかる暮らしを陶淵明「時運」詩の言葉に重ねて味わう蘇軾は、当該の陶淵明詩に次韻する。右の尺牘で引用を省略した箇所には、陶淵明の詩に次韻した「和陶時運」[114]の全文がそのまま書き込まれている。[115]本詩は、もとは蘇軾晩年に（もしくは没後間もなく）編まれたと考えられる『和陶詩集』に収められ、南宋期には『施注蘇詩』巻四一・追和陶淵明詩などに収められて伝わる。ここで注目されるのは、その詩について蘇軾が、尺牘の末尾に「此の詩 慎みて人に示す勿かれ」と述べていることである。尺牘が「秘密のテクスト」としての詩を運び伝える媒体《メディア》の役割を果していたことを如実に物語る例と言えよう。[116]

以上、本章に見てきた詩・賦・詞・尺牘などの各種テクストは、いずれも当初は私的圏域のなか、ごく親しい友たちとの間で書かれ、そして読まれていたものである。通常であれば、それらは世に伝わらず、散佚してしまったであろう。そうであるにも関わらず、数多くが後世に伝わったのは、文人としての蘇軾に対する評価が極めて高く、周囲の者が時には危険を冒して彼の作品の草稿を記録、あるいは保存したからであろう。かかる私的なテクストがこれほど数多く伝存したのは、蘇軾以前にはほとんど例を見ない。この点に、中国の文学テクストの歴史において蘇軾のそれが占める画期的な位置を認めることができる。

四 言論統制下のテクスト解釈 「附會」「醞釀」「羅織」「箋注」

これまで見てきたように蘇軾は「避言」につとめ、自らの作品を親しい知友との私的な圏域のなかに留め置こうとしていた。にもかかわらず、蘇軾の作品は当局の眼に触れ、その結果として朝廷を「誹謗」「譏諷」「謗訕」「譏罵」したと見なされ、告発の対象となった。烏台詩禍において告発の対象となったのは、第一には元豊二年（一〇七九）に書かれた「湖州謝上表」[117]であるが、それを除けば他はすべて詩をはじめとする文学的な作品である。[118]朋九萬『烏台詩案』

には、それら個々の作品に如何なる「譏諷」の意図が込められているか、蘇軾自身の供述内容が記録されている。その記録を見ると、なかには「附会《こじつけ》」に近いような解釈も含まれている。御史台の取調官に強迫されて、やむを得ず心にも無い意図を供述した可能性も否定できない。黄州貶謫を解かれ、中央に復帰していた元祐三年（一〇八八）に書かれた「乞郡箚子」[119]には、烏台詩禍を振り返って述べた一節があり、そこには

臣屢論事、未蒙施行、乃復作爲詩文、寓物托諷、庶幾流傳上達、感悟聖意、而李定・舒亶・何正臣三人、因此言臣誹謗、臣遂得罪。然猶有近似者、以諷諫爲誹謗也。

わたしはしばしば政策を論じた意見書を奉りましたが、採用していただけませんでした。そこでわたしは詩文を作り、諷諫の意を事物に託して、朝廷へとお伝えして聖上をお諭ししたいと願ったのです。ところが、李定・舒亶・何正臣の三人は、これによってわたしが誹謗をしていると告発しました。その結果、わたしは罪を得ることとなりました。（諷諫と誹謗との間に）似通っていて紛らわしいところもあるがゆえに、諷諫が誹謗と見なされてしまったのでしょう。

とある。あくまでも詩文の「寓物託諷」によって「諷諫」を企図したこと、しかしそれが台諫により思いがけず「誹謗」と解されてしまったことが述べられる。このように蘇軾の詩文は作者自身の想定を越えた形での解釈を加えられてしまったのだ。ただし、一方で蘇軾自身は「猶お近似せる者有り」と述べているように、そのように解釈されるのも全く理由が無いわけではなく、ある意味ではやむを得ないこととして受け入れていたようだ。

蘇軾の詩には、正式な告発対象とはならないまでも朝廷誹謗の意図を読み取れる作品、右の箚子の語を用いて言えば「近似」するところのある作品が少なくなく、烏台詩禍に際してはそれらに対して露骨な攻撃も行われていたと考えられる。その一例として、葉夢得『石林詩話』巻上[120]に見える、蘇軾の詩の解釈をめぐる神宗皇帝と宰相王珪とのや

りとりを記した次の記事を挙げておこう。

元豐間、蘇子瞻繫大理獄。神宗本無意深罪子瞻、時相進呈、忽言「蘇軾於陛下有不臣意」。神宗改容曰「軾固有罪、然於朕不應至是、卿何以知之」。時相因擧軾檜詩「根到九泉無曲處、世間惟有蟄龍知」之句、對曰「陛下飛龍在天、軾以爲不知己、而求之地下之蟄龍、非不臣而何」。神宗曰「詩人之詞、安可如此論。彼自詠檜、何預朕事」。時相語塞。

元豊の時、蘇軾（字子瞻）は大理（御史台）の獄に繫がれた。神宗はもともと蘇軾を重く処罰するつもりはなかったが、時の宰相（王珪）は「蘇軾には陛下に対する謀反の意図があります」と進言した。それを聞くと神宗は顔色を変えて言った。「蘇軾に罪があるのは確かだが、わたしに対してそのような意図まで抱いてはいまい。何故それがわかるのか」。宰相は檜をうたった蘇軾の詩の「根は九泉に到るも曲がる処無し、世間　惟《た》だ蟄龍の知る有り」という句を挙げて言った。「陛下は天を飛ぶ龍とも言うべき存在です。蘇軾はその陛下に自分を理解してもらえないと思いこみ、あろうことか地底に潜む龍に理解者となってもらおうとしています。これが謀反でなくて何だというのでしょうか」。神宗は言った。「詩人の書いた言葉をそのように捉えてはいけない。この句は単に檜を詠じただけであって、わたしには何の関係もない」。宰相は返す言葉を失った。

ここで問題とされた蘇軾の詩は「王復秀才所居雙檜二首」其二[121]、『烏台詩案』の告発対象とはならなかった作である。その言葉を読む限りは、単に檜をうたっただけの詩であるが、王珪は敢えてそこに「不臣」の意を読み取ろうとしたのだ。結果的に、王珪の解釈は神宗によって否定される。神宗からすれば、王珪の解釈は附会に過ぎなかったのである。

烏台詩禍以降の蘇軾は、自らの詩文に対して附会に基づく弾圧を加えられることをつねに怖れていた。例えば、元

豊六年（一〇八三）、黄州で書かれた尺牘「與陳朝請二首」其二[122]（前掲）には

某自竄逐以來、不復作詩與文字。所諭四望起廢、固宿志所願、但多難畏人、遂不敢爾。其中雖無所云、而好事者巧以醞釀、便生出無窮事也。切望憐察。

わたしは放逐されてからは詩や書を書いておりません。お便りによれば周りの方々がわたしの復帰を希望されているとのこと、それはもとより願うところですが、しかし苦難多く人を畏れるが故に、あえてそうせずにおります。何か書くと、何も含むところが無くても、事を好む者は巧みに話をふくらませて、途方もないことを作りあげてしまうのです。どうかお察しください。

とあって、「醞釀」に対する怖れが述べられている。「醞釀」とは、作品に関して根拠も無く、自分に都合の良い勝手な解釈を加えること。一種の附会と言っていいだろう。

蘇軾の怖れは、不幸にもその後間もなく現実のものとなる。例えば、元祐三年（一〇八八）三月、地方官への転出を願い出た「乞罷學士除閑慢差遣劄子[123]」には

及蒙擢爲學士後、便為朱光庭・王巖叟・賈易・韓川・趙挺之等攻擊不已、以至羅織語言、巧加醞釀、謂之誹謗。

選ばれて翰林学士にしていただいてから、朱光庭・王巖叟・賈易・韓川・趙挺之らのわたしに対する攻撃はやむことなく、ついにわたしの書いたものに言葉巧みに濡れ衣を着せ、いいように話をでっちあげ、誹謗の言と見なしたのです。

とある。これは、元祐元年および二年に「策題之謗」による弾劾を受けての転出願い。そのなかで、自らが提出した

策題に関して敵対者たちが「醞釀」に基づく解釈を加えて「誹謗」の意図を読み取ったことが述べられる。同じく元祐三年の十月に書かれた「乞郡箚子」(前掲)には、自らが起草した制勅の文言の一部が趙廷之・賈易らによって神宗に対する「誹謗」と見なされ弾劾されたことについて「是以白爲黒、以西爲東、殊無近似者(是れ白を以て黒と為し、西を以て東と為し、殊に近似するところの者無し)」——まるで「白」を「黒」、「西」を「東」と見なすようなもので、「近似」すなわち多少なりとも真実に近いところがあればいいが、それさえ全く無いと述べている。このように荒唐無稽なこじつけの解釈を加えることが「醞釀」である。また、この「乞罷學士除閑慢差遣箚子」には「醞釀」と並ぶ形で「羅織」という言葉も見える。「羅織」とは、讒言すなわち根も葉もないこじつけに基づいて批判すること、それによって無実の罪に陥れること。「醞釀」と方向性を同じくする語。「織羅」とも言う。前掲の「復次韻謝趙景貺陳履常見和、兼簡歐陽叔弼兄弟」詩に『詩経』小雅・巷伯を踏まえて「兒輩工織紋(児輩 紋を織るに工《たくみ》なり)」と述べていたが、この「織紋」と同義の語である。

右と同様の発言は、この他にも数多く見られる。その代表的なものを幾つか挙げてみよう。例えば、元祐六年(一〇九一)五月、朝廷に召還された後にふたたび地方官への転出を請う「杭州召還乞郡狀」[124]には、

臣縁此懼禍乞出、連三任外補。而先帝眷臣不衰、時因賀謝表章、即對左右稱道。黨人疑臣復用、而李定・何正臣・舒亶三人構造飛語、醞釀百端、必欲致臣於死。……竊伏思念、自忝禁近、三年之間、臺諫言臣者數四、只因發策草麻、羅織語言、以爲謗訕。本無疑似、白加誣執。其間曖昧讒愬、陛下察其無實而不降出者、又不知其幾何矣。

(煕寧年間)わたしはこれ(新法党の攻撃)により災厄に遇うのを怖れ、三度続けて外任を乞いました。しかるに先帝のわたしへの恩愛は変わることなく、当時奉ったわたしの謝表についても、周囲の方々を前に誉め称えてくださいました。すると新法党人はわたしがふたたび任用されるのではないかと疑いました。そして、李

定・何正臣・舒亶の三人が流言飛語を作りあげ、あることないことでっちあげ、わたしを必ず死に至らしめようとしたのです。……窃《ひそ》かに思いますに、わたしが（元祐年間に）禁中に侍ることをかたじけなくした三年の間、台諫はわたしを数度告発しました。わたしが策題を策定し詔勅を起草すると、言葉巧みに濡れ衣を着せ、誹謗の言だとしたのです。そもそも疑念を抱かせるようなところは全く無いにもかかわらず、無実の罪をでっちあげたのです。曖昧な告発でしたから、陛下がその無実を明察され、処分の命を下されなかったこと、幾度であったかわからないほどです。

同年七月の「再乞郡劄子[125]」には

臣未請杭州以前、言官數人造作謗議、皆言屢有章疏言臣。二聖曲庇、不肯降出。臣尋有奏狀、乞賜施行、遂蒙付外。考其所言、皆是羅織、以無爲有。

わたしが杭州転出を乞う以前、言事官数名は誹謗の説をなし、わたしを弾劾する文書が数多く提出されたと言いふらしました。しかしお二人の陛下（哲宗・宣仁太后）は、わたしを庇って処分を下されませんでした。わたしはその後まもなく、文書を奉って外任の命を乞い、ついにお認めいただきました。彼らの言うことを考えますに、すべてはでっちあげ、無を有と言いくるめるようなものです。

とある。いずれも、熙寧および元祐年間の筆禍事案を振り返って、それらが「醞釀」「羅織」による策動であったと述べている。

また、元祐八年（一〇九三）、監察御史の黄慶基から潁州知事時代の所業や制勅の文言を弾劾されたことに対する反論を述べた「辨黄慶基彈劾劄子[126]」には

今慶基乃反指以爲誹謗指斥、不亦矯誣之甚乎。其餘所言李之純・蘇頌・劉誼・唐義問等告詞、皆是慶基文致附會、以成臣罪。只如其間有「勞來安集」四字、便云是厲王之亂。若一一似此羅織人言、則天下之人、更不敢開口動筆矣。孔子作『孝經』曰「如臨深淵、如履薄氷」、此幽王之詩也。不知孔子誹謗指斥何人乎。此風萌於朱光庭、盛於趙挺之、而極於賈易。今慶基復宗師之。臣恐陰中之害、漸不可長、非獨爲臣而言也。

いま黄慶基はわたしが先帝(神宗)を誹謗していると指弾しますが、偽りも甚だしい限りです。ほかに李之純・蘇頌・劉誼・唐義問らに関してわたしが書いた告詞(外制)について言っていることも、すべて黄慶基のこじつけであり、わたしを罪に陥れようとするものです。例えば、「労来安集(民を招いて安らげる)」の四字が含まれていることで、わたしが(熙寧・元豊の世を)厲王の乱世に見立てているとしていますが、このように人の発言にいちいち濡れ衣を着せていけば、天下の人は二度と口を開かず筆を執らなくなるでしょう。孔子は『孝経』に「深淵に臨むが如く、薄氷を履むが如し」と言っています。これは幽王の世を詠じた詩の一節ですが、孔子はいったい誰を誹謗しているというのでしょうか。こうしたやり方は、朱光庭に始まり、趙挺之が盛んに行い、そして賈易に至って極まりました。いま黄慶基もまたそれに学ぼうとしています。わたしが怖れるのは中傷の害悪です。それがこれ以上はびこることがなければいいと思います。ただ我が身のことだけを考えて申しあげるのではないのです。

とあって、黄慶基の弾劾は「附會」に基づく「羅織」であると述べている。

蘇軾の言論を弾圧・攻撃しようと企てた者たちは、「醞釀」「羅織」「附會」のために具体的には如何なる方法を採ったのだろうか。北宋中後期の言論弾圧における「醞釀」「羅織」「附會」について考えるうえで特に注目されるのは「箋注」「箋釋」すなわち注釈である。この点について、まずは「車蓋亭詩案」を例に挙げて見てみよう。車蓋亭詩案は、元祐四年（一〇八九）に発生した蔡確（一〇三七～九三）をめぐる詩禍事案。新法党の重臣で元豊年間に宰相を務めた蔡確は、旧法党が復権すると報復を受け貶謫される。しかし、彼の災厄はそこで終わらなかった。貶謫先で書いた「車蓋亭絶句」が、朝廷を「譏謗」したとして呉処厚による告発を受け、更に僻地へと貶謫された。このとき、呉処厚は蔡確の詩に「箋釋」を附して朝廷に提出し、告発の根拠としたのである。(127)

ここに言う「箋釋」とは、蔡確「車蓋亭絶句」に込められた表現意図についての解釈を書き記したものであるが、その解釈は今日の我々の眼から見れば「醞釀」「羅織」「附會」にも等しい。蔡確自身もまた、当然ながらそのように考えていた。この事案に際して蔡確が朝廷に提出した弁明書(128)には、呉処厚の「箋釋」について

公事罷後、休息其上、耳目所接、偶有小詩數首、並無一句一字輙及時事、亦無遷謫不足之意、其辭淺近、讀便可曉。不謂臣僚却於詩外多方箋釋、横見誣罔、謂有微意。如此、則是凡人開口落筆、雖不及某事、而皆可以某事罪之曰「有微意」也。

（「車蓋亭絶句」は）公務を終えた後、そこ（車蓋亭）で休息した際に、耳目に触れたものをたまたま数首の小詩に詠じたものであり、一字一句とて時の政治に言い及んだものはありませんし、遷謫への不満を訴えたものもありません。その言葉は平易で、読めばすぐにわかります。ところが思いも寄らぬことに、同僚が詩の本文を越えてさまざまな注釈を加え、でたらめにでっちあげ、聖上に対して含むところありとこじつけたのです。このようなことがまかり通るならば、およそ人が口を開き筆を下ろせば、何事かについて何も言い及んでいないのに、その何事かに関する罪をかぶせて「言葉に含むところあり」と言えてしまうではありませんか。

とあり、「車蓋亭絶句」には朝廷誹謗の意図など全く無いにもかかわらず「箋釋」によって「微意有り」と見なされて陥れられたと訴えている。

この車蓋亭詩案に先立って、蘇軾もまた自身の作品に「箋注」「箋釋」を附されることへの怖れを述べている。例えば、烏台詩禍の直後、元豊三年（一〇八〇）に書かれた「黄州與人五首」其二[129]には

示諭「燕子樓記」、某於公契義如此、豈復有所惜。況得託附老兄與此勝境、豈非不肖之幸。但困躓之甚、出口落筆、為見憎者所箋注。兒子自京師歸、言之詳矣。意謂不如牢閉口、莫把筆、庶幾免矣。雖託云向前所作、好事者豈論前後。卽異日稍出災厄、不甚爲人所憎、当爲公作耳。

「燕子楼の記」を書けとの仰せ、かくも厚いご交誼を賜わる身としては、書いて差しあげるのを惜しむものではありません。まして貴殿とその景勝地に身を置くことができたのは、わたしの幸いとするところなのですから。しかしながら、このたびのつまずきはとてもひどいもので、口を開き筆を執ると、わたしを憎む者たちから注釈を附け加えられてしまったのです。倅《せがれ》が都から帰り、そのことを詳しく語ってくれました。思いますに、堅く口を閉ざし筆を執らず、何とかして災厄を避けるに越したことはないのです。昔の作を書くのであれば問題ないとおっしゃいますが、事を好む者たちは昔も今もおかまいなしです。いつの日か災厄を逃れ、あまり人に憎まれなくなりましたら、必ずや貴殿のために書いて差しあげようと思います。

とあって、弾圧を避けるために「閉口」に努めていたことを述べる。なぜ「閉口」に努めるのか、その理由として蘇軾は、いったん詩文を世に問うてしまえば、自分を憎む者がそれに「箋注」を附して攻撃の材料にするかもしれないから、と述べている。

また、翌元豊四年に書かれた「與滕達道（滕元発）五首」其二[130]には

自得罪以來、不敢作詩文字。近有成都僧惟簡者、本一族兄、甚有道行、堅來要作經藏碑、却之不可。遂與變格

都作迦語、貴無可箋注。今錄本拜呈、欲求公眞蹟作十大字、以耀碑首。

罪を得て以来、文章は書こうとしておりません。近ごろ、成都の僧惟簡（宝月）、わたくしの族兄で仏道に勤しむ者ですが、彼が経蔵の碑文を書いてほしいと求めてきて、断っても受け入れてもらえません。とうとう破格の文体で仏道の語を用いた文章を書くことにしました。そうすれば注釈を附けられずにすむと望んでのことです。いま書き写して差しあげます。貴殿の文字で十文字を書し、碑文を飾っていただきたく存じます。

とあって、「箋注」を附して攻撃されるのを避けるために、あえて仏教の言葉を用いて碑文を書いたと述べている。蘇軾は「與滕達道六十八首」其一五[131]にも「但得罪以來、未嘗敢作文字。『経蔵記』皆迦語、想醞釀無由、故敢出之（罪を得て以来、文章は書こうとしておりません。「経蔵記」は皆な仏教の語で書いておりますので、罪をでっちあげようとしても無駄でしょう。だから表に出すことにしたのです）」と述べるように、仏教に関連する著述であれば「醞釀」を逃れられると考えていたようだ[132]。

実際、蘇軾の烏台詩禍をめぐっては次のような話も伝わっていた。『続資治通鑑長編』元豊二年十二月庚申條が引く王銍（一一二六年前後在世）『元祐補録[133]』には

沈括集云、括素與蘇軾同在館閣、軾論事與時異、補外。括察訪兩浙、陛辭、神宗語括曰「蘇軾通判杭州、卿其善遇之」。括至杭、與軾論舊、求手錄近詩一通、歸則籤帖以進云「詞皆訕懟」。軾聞之、復寄詩。劉恕戲曰「不憂進了也」。其後、李定・舒亶論軾詩置獄、實本於括云。元祐中、軾知杭州、括閑廢在潤、往來迎謁恭甚。軾益薄其爲人。

沈括の文集には次のようにある。沈括はかつて蘇軾とともに館閣につとめていた。蘇軾は、時の政策を論じて周りと意見が異なったため、外任を命じられた。沈括が両浙の察訪使として転出する際、神宗に辞去の挨拶

をするため参内した。神宗は沈括に「蘇軾が杭州で通判をしているから、よろしく接遇してやってほしい」と言った。沈括は杭州に着くと、蘇軾と昔のことなどを語り合った。そして蘇軾の近作の詩一巻を求めた。沈括は朝廷に帰ると附箋とともにそれを進呈して「詩の言葉はどれも陛下を誹謗したものです」と言った。蘇軾はそれを聞くと、ふたたび沈括に詩を送った。劉恕は戯れて「献上されるのを怖れていないのか」と言った。その後、李定・舒亶らが蘇軾の詩を材料にして告発し投獄したが(烏台詩禍)、それは実は沈括の考えに基づいていたのだという。元祐年間、蘇軾は杭州の知事となった。そのとき沈括は左遷されて潤州にあったが、蘇軾とのつきあいにおいては極めて恭しい態度をとった。蘇軾はその人となりをますます蔑《さげす》んだ。

とあって、沈括(一〇三一~九五)が蘇軾の杭州通判時代の詩に「籤帖」を附して提出し、「訕謗」の意図があると告発したことが述べられる。「籤帖」とは、文書に添付するメモ書きの類。これも一種の「箋注」と見なしていいだろう。この話が事実か否かは不明であるが、事実であるとすれば、車蓋亭詩案よりも早く「箋注」による「羅織」が行われた事例と言える。

この他にも、事実か否かは不明であるが、張耒(一〇五四~一一一四)『明道雑志』[134]には、蘇軾に関する次のような話も見える。

蘇惠州嘗以作詩下獄。自黄州再起、遂遍歴侍從。而作詩每爲不知者咀味、以爲有譏訕、而實不然也。出守錢塘、來別潞公。公曰「願君至杭少作詩、恐爲不相喜者誣謗」。再三言之。臨別上馬笑曰「若還興也、但有箋云」。時有吳處厚者、取蔡安州詩作注、蔡安州遂遇禍、故有「箋云」之戲。「興也」、蓋取毛・鄭・孫詩分六義者。

恵州安置の蘇軾はかつて詩によって獄に繋がれたが、黄州貶謫から復帰すると、侍従の職を歴任した。詩を作るたびに、事情を解さぬ者たちによって言外の意を深読みされ、誹謗の意ありと疑われたが、実際はそのような意図は含んでいなかったのだ。銭塘に（杭州知事として）赴く際に、文彦博に別れの挨拶をしたとき、文彦博は「杭州に行ってからは詩を作るのはやめたほうがいい。あなたを喜ばぬ者に罪を着せられるかもしれないから」と、再三にわたって念を押して言った。蘇軾は別れる際に馬上から笑って言った。「もし、またしても『興なり』とされる詩ができたら、『箋に云《い》う』と宣《のたま》う注釈が作られるだけのことです」と。当時、呉処厚なる者が、蔡確の詩に注を附け、それによって蔡確は詩禍（車蓋亭詩案）に遭った。だから「箋に云う」うんぬんという冗談が出たのだ。「興なり」というのは、毛氏、鄭玄、孫毓らの言う詩の六義から来ているのだろう。

元祐四年（一〇八八）、蘇軾が杭州知事として転出するに際して、文彦博（一〇〇六〜一〇九七）が「願わくは君　杭に至りては詩を作るを少なくせよ、恐らくは相い喜ばざる者に誣謗せられん」と忠告すると、蘇軾は笑って「若し還《ま》た『興なり』あるや、但《た》だ『箋に云う』有るのみ」――もし詩を作って「興なり」と見なされる表現に意を寓すれば、誰かが注釈を作って「箋に云う……」などと言うだけのことだ、と応じたという（「興也」「箋云」は『詩経』の注釈に常用の語）。この蘇軾の発言は、蔡確の車蓋亭詩案を踏まえたものとなっている。当時、「箋注」による「羅織」が横行するようになっていたことを反映する記事と言えるかもしれない[135]。

右に述べてきたように、北宋中後期にあっては一種の言論弾圧状況が生み出されており、そのなかで文学テクストをめぐる解釈上の附会が横行していた。かかる附会の解釈を避けるために蘇軾は、本稿に見てきたような「避言」に努めていたのである。

おわりに　テクストと秘密

本稿が、言論統制下における蘇軾の文学テクストのあり方に即して考えてきたのは、私的な空間に属するテクストと皇帝を頂点とする権力システムが作動する公的な言論空間との関係性である。その考察を通して明らかにしようとしたのは、「避言」、すなわち公的な言論空間を「避ける」形で広がっていた私的な言論空間、そしてそのなかで息づいていた「秘密のテクスト」の姿である。この「秘密のテクスト」とは、文集論の文脈に即して言い換えるならば、文集に収録される前の段階に位置する私的なテクスト、具体的には「尺牘」や各種「草稿」の類である。もちろん、蘇軾以前にもそのような言論空間、そのようなテクストは存在したはずである。だが、それらのテクストはほとんど遺らなかった。遺ったとしても、その「私」性、「秘密」性は稀釈されてしまっている（言い換えれば、遺るから稀釈され、稀釈されるから遺るのである。遺るとは稀釈されることであると言ってもいいだろう）。その意味では、言論空間の「私」性、文学テクストの「秘密」性を鮮明に伝えてくれるものとして、蘇軾の創作活動、およびそれを通してのこされた数多くのテクストは、このうえなく貴重である。

ところで「秘密のテクスト」とは、親密な友との間に形作られる閉じた私的圏域のなかで秘やかにやりとりされるテクストを言う。つまり、テクストの社会的存在形態のあり方を指して「秘密」と言ったものである。だが、このようにとらえるだけでは十分ではない。テクストの言語表現それ自体に備わる「秘密」にも眼を向ける必要がある。このような視点から、一篇の詩の言葉を読むことで本稿の結びに代えたい。

蘇軾の盟友の一人に王鞏がいる。烏台詩禍に際しては、蘇軾に連座してやはり南方に流罪となった。蘇軾は黄州貶謫期に、その王鞏と詩をやりとりしていた。罪人同士の詩のやりとりなのだから、当然ながら内密な形でやりとりされたものだろう。例えば、元豊五年（一〇八二）、蘇軾は王鞏から送られた詩に唱和した「次韻和王鞏六首」を書いている。同詩の其五[136]は次のようにうたっている。

平生我亦輕餘子　　平生　我も亦た餘子を軽んず
晩歳人誰念此翁　　晩歳　人誰か此の翁を念《おも》わん

巧語屢曾遭薏苡　　巧語　屢ば曾て薏苡に遭《あ》い
廋詞聊復託芎藭　　廋詞　聊か復た芎藭に託せん
子還可責同元亮　　子は還《ま》た責むべきこと元亮に同じく
妻却差賢勝敬通　　妻は却って差《や》や賢きこと敬通に勝る
若問我貧天所賦　　若し我が貧を問わば天の賦する所なり
不因遷謫始嚢空　　遷謫に因りて始めて嚢空しからず

首聯は、自分はかつて周りの者を軽んじていたが、今は誰からも相手にされぬと嘆く。頸聯は、自らの家族について戯れを込めて言う。陶淵明（字元亮）と同じく出来の悪い子供には悩まされるが、妻は馮衍（字敬通）の妻に比べると聞き分けがよい、と。尾聯は、自分の貧窮は天の定め、黄州に貶謫されたから貧しくなったわけではなく、もともと貧しかったのだ、とユーモアを込めて自らの苦境を達観する。親しい友に向けて、人生の感慨が率直に述べられている。黄州時代の蘇軾の人生観がよくあらわれた作と言えるが、ここで注目したいのは頷聯の言葉である。

頷聯は、概ね次のように言う。工夫を凝らした表現を下心ありと疑われて誹謗されたので、言葉を秘めやかにして真意を隠そう、と。前句の「薏苡に遭う」とは、讒言に遭うこと。後漢の将軍馬援の故事を用いる。馬援は、南方に遠征した際に薏苡（稲科の植物）の実を「瘴気」を払うための薬として服用しており、都に帰還するときに車に載せて持ち帰ったが、それを見た人々から「明珠文犀」を持ち帰ったと嫉まれ、誹謗された（『後漢書』巻二四・馬援伝）。これは烏台詩禍を踏まえての言葉であろう。そうだとすれば、御史台の告発を讒言・誹謗と見なしたものであり、貶謫された者の発言としては極めて不穏当であり、ふたたび罪を問われかねない危険な発言と言わねばならない（『烏台詩案』において蘇軾は罪を認めていたが、本心では必ずしも認めていなかったと考えられる。この詩句にも、そのような蘇軾の本音があらわれていよう）。

一方、後句の「芎藭に託す」とは、隠語を用いて婉曲な表現をすること。『春秋左氏伝』宣公十二年に基づく。「芎藭」は「鞠窮」に同じ。『左伝』には、戦闘の最中に申叔展が還無社に向かって「麦麹」「山鞠窮」の有無を問う場面が述べられる。杜預の注によると、いずれも、「禦濕」すなわち水の冷たさを防ぐための薬である。申叔展は還無社を冷たい泥水のなかに逃がそうとして、これらの語を用いて問うた。戦闘中であるが故に、自らの手の内を隠すために敢えてこの種の隠語を用いたのである。ここで蘇軾は、かかる隠語を使用することを指して「廋詞（詞を廋《かく》す）」すなわちメッセージの意図を隠蔽すると言っている。

「廋詞（辞）」の語は、古くは『国語』晋語五[137]に「有秦客廋辭於朝、大夫莫之能對也（秦客の朝に辞を廋す有り、大夫之に能く対する莫し）」とある。韋昭の注は「廋、隠也。謂以隱伏詭譎之言問於朝也（廋は隠也。隠伏詭譎の言を以て朝に問うを謂うなり）」と説明する。直接的な表現を避け、敢えて婉曲で秘めやかな表現、言い換えれば親しい仲間以外には理解不可能な表現を採ること、それがすなわち「廋詞」である。「廋詞」とは、言論の弾圧をかいくぐるため、言い換えれば「附會」「醞釀」「羅織」「箋注」とそれらに基づく攻撃を回避するための方法であり、いわゆる「避言」の具体的な実践形態のひとつと考えていい。権力との軋轢・衝突のなかを生き、烏台詩禍などの言論弾圧を受けた詩人蘇軾が、弾圧を回避するための方法として、中国文学の表現の伝統のなかから見出してきたのが「廋詞」であった。「廋詞」こそは、蘇軾の文学テクストの言語表現それ自体に備わる「秘密」を端的に象徴する語と言っていいだろう。

ただし、この「廋詞」は一筋縄では理解し尽くせない複雑な面を有しているように思われる。例えば、次のような疑問がただちに生じてこよう。果たして文学テクストは「廋詞」によって言論の統制・弾圧を回避し得るのだろうか。むしろ「廋詞」こそが「附會」「醞釀」「羅織」「箋注」を招き寄せるのではないか、等々と（右の詩の場合も、蘇軾は本心では「廋詞」によって弾圧を回避できるとは考えていまい。そのことを知ったうえで、あえて「廋詞」を唱えて戯れたのだろう）。あるいは、次のような根本的な疑問も生じてくるかもしれない。そもそも「廋詞」とはメッセージの意図の隠蔽を目的とするものであったのだろうか、と。蘇軾の創作活動において「廋詞」の方法は、具体的にはどのように実践され、どのような作品を生み出したのか。また、それは中国の言論・創作活動の歴史全体のなかでどのような位置を占めるのか。更に考察を深めてゆく必要がある。

注

（1）大阪大学中国学会『中国研究集刊』光号（総六二号）、二〇一六年、頁一～一七。
（2）『史記』（中華書局、二〇一三年）巻一一七、頁三〇六三。
（3）『後漢書』（中華書局、一九八二年）巻四二、頁一四四一。
（4）『毛詩注疏』（『十三経注疏』本、嘉慶二十年重刊宋本、中文出版社影印、一九七一年）巻一。
（5）『范文正公集』（『四部叢刊』本）巻八。
（6）以下、『論語』とその古注の引用は『論語注疏』（『十三経注疏』本、嘉慶二十年重刊宋本、中文出版社影印、一九七一年）による。
（7）烏台詩禍をはじめとする蘇軾の詩禍については、沈松勤『北宋文人与党争（増訂版）』（人民出版社、二〇〇四年、初版は一九九八年）、蕭慶偉『北宋新旧党争与文学』（人民文学出版社、二〇〇一年）、内山精也『蘇軾詩研究』（研文出版、二〇一〇年）、涂美雲『北宋党争与文禍、学禁之関係研究』（万巻楼図書股份有限公司、二〇一二年）などを参照。
（8）劉卓英点校『宋稗類鈔』（書目文献出版社、一九八五年）巻一・君範、頁一。このほか『三朝北盟会編』（上海古籍出版社影印、一九八七年、巻九八）に「藝祖有約藏於太廟、誓不誅大臣、言有違者不祥、相襲未嘗輒易」とあるなど、宋代の文献資料にも同様の記録は少なからず伝わる。
（9）『楽全先生文集』（『北京図書館古籍珍本叢刊』八九、書目文献出版社影印、一九八八年）巻二六。
（10）馬永卿輯・王崇慶解『元城語録』（『惜陰軒叢書』本）巻下によると、張方平は息子の張恕に命じて「論蘇内翰」を朝廷に提出させようとしたが、結果として張恕は罪を恐れて提出しなかったという。ちなみに、この一件について劉安世（号元城）は、張方平の文書の蘇軾の弁護の仕方は不適切であり、もしそれが提出された場合は、却って禍を招いたであろうと述べている。では、どのような言葉を述べて弁護すれば良かったかと問われた劉安世は「本朝未嘗殺士大夫。今乃開端、則是殺士大夫自陛下始、而後世子孫因而殺賢士大夫、必援陛下以爲例」と言えば、神宗は自己の名誉を守ろうとして蘇軾の命を救っただろうと述べる。ここに「殺士大夫」という語が用いられるのは、太祖の遺訓が意識されていたかもしれない。

(11)『続資治通鑑長編』(中華書局、一九八五年)巻二一〇、頁五一〇六。
(12)『宋史』(中華書局、一九七七年)巻三二二、頁一〇二三六。
(13)馮應榴輯注、黄任軻・朱懐春校点『蘇軾詩集合注』(上海古籍出版社、二〇〇一年)巻六、頁二二五。張志烈・馬徳富・周裕鍇主編『蘇軾全集校注』(河北人民出版社、二〇一〇年)第一冊、詩集巻六、頁五〇五。
(14)嵇康「與山巨源絶交書」(『文選』巻四三)に「阮嗣宗口不論人過」とある。
(15)『蘇軾詩集合注』巻一一、頁五〇六。『蘇軾全集校注』第二冊、詩集巻一一、頁一〇五一。
(16)『蘇軾詩集合注』巻一四、頁六六三。『蘇軾全集校注』第三冊、詩集巻一四、頁一四一一。
(17)『蘇軾詩集合注』巻一一、頁五〇〇。『蘇軾全集校注』第二冊、詩集巻一三、頁一三一二。なお、本詩の制作時期については諸説ある。『蘇軾詩集合注』は熙寧六年の作とするが、ここでは施宿『東坡先生年譜』や小川環樹・山本和義『蘇東坡詩集』(筑摩書房、一九八六年、第三冊、頁一七八)などの説に従って熙寧九年の作としたい。『蘇軾全集校注』は熙寧八年の作とする。
(18)朱翌『猗覚寮雑記』(『知不足斎叢書』本)巻一は、本詩の頸聯について「坡平生以語言得禍故畏如此」と述べる。
(19)『蘇軾詩集合注』巻一五、頁七一四。『蘇軾全集校注』第三冊、詩集巻一五、頁一四九七。
(20)『蘇軾詩集合注』巻一五、頁七五五。『蘇軾全集校注』第三冊、詩集巻一五、頁一六一三。
(21)『蘇軾詩集合注』巻一六、頁七七〇。『蘇軾全集校注』第三冊、詩集巻一六、頁一六五六。
(22)馬其昶校注、馬茂元整理『韓昌黎文集校注』(上海古籍出版社、一九九八年)巻三、頁二二七。
(23)『西台集』(『文淵閣四庫全書』本)巻八。孔凡礼『蘇軾年譜』(中華書局、一九九八年、頁一九四)は、熙寧三年前後の作とする。
(24)何文煥輯『歴代詩話』本、中華書局、一九八一年、巻中、頁四一七。文同が蘇軾に詩を送って忠告したことは、ほかに羅大経『鶴林玉露』乙編巻四、王応麟『困学紀聞』巻一八などにも見える。
(25)『蘇軾詩集合注』巻一九、頁九七七。『蘇軾全集校注』第四冊、詩集巻一九、頁二一〇八。
(26)『蘇軾詩集合注』巻二〇、頁九九四。『蘇軾全集校注』第四冊、詩集巻二〇、頁二一五〇。
(27)黄州貶謫期におけるこの種の発言については、注(7)所掲書のほか、劉昭明『蘇軾与章惇関係考——兼論相関詩文与史事』第五章「章惇救助、寛慰蘇軾」(新文豊出版公司、二〇一一年、頁二三五〜三一二)などを参照。
(28)孔凡礼点校『蘇軾文集』(中華書局、一九八六年)巻四九、頁一四一一。『蘇軾全集校注』第一六冊、文集巻四九、

頁五二六九。以下、書簡の題中に見える名宛人が字《あざな》等で表記されている場合は、諱を括弧に入れて附す（未詳の場合を除く）。

(29)『蘇軾文集』巻五二、頁一五三五。『蘇軾全集校注』第一七冊、文集巻五二、頁五七五三。

(30)『蘇軾文集』巻四九、頁一四三一。『蘇軾全集校注』第一六冊、文集巻四九、頁五三四四。

(31)『蘇軾文集』巻五七、頁一七三四。『蘇軾全集校注』第一七冊、文集巻五七、頁六三四七。

(32)『蘇軾文集』巻五七、頁一七〇九。『蘇軾全集校注』第一七冊、文集巻五七、頁六二八一。

(33)『蘇軾文集』巻五五、頁一六六四。『蘇軾全集校注』第一七冊、文集巻五五、頁六一六五。文中に述べる「小詩五絶」は「南堂五首」（『蘇軾詩集合注』巻二二、頁一一一六。『蘇軾全集校注』第四冊、詩集巻二二、頁二四四三）。

(34)『蘇軾文集』巻五一、頁一五〇〇。『蘇軾全集校注』第一六冊、文集巻五一、頁五六一七。

(35)『蘇軾文集』佚文彙編巻二、頁二四五五。『蘇軾全集校注』第二〇冊、佚文彙編巻二、頁八五五七。「欽之」は未詳。「此賦」は「赤壁賦」（『蘇軾文集』巻一、頁五。『蘇軾全集校注』第一〇冊、文集巻一、頁二七）。なお、本テクストはもとは蘇軾自筆の「前赤壁賦」（故宮博物院蔵）の末尾に附されていたもの。『蘇軾文集』佚文彙編では「尺牘」の部に収められるが、「題跋」と見なすこともできよう。

(36)『蘇軾文集』巻五七、頁一七一三。『蘇軾全集校注』第一七冊、文集巻五七、頁六二九〇。

(37)『蘇軾文集』巻五七、頁一七三一。『蘇軾全集校注』第一七冊、文集巻五七、頁六三三九。「先丈哀詞」は「蘇世美哀詞」（『蘇軾文集』巻六三、頁一九六四。『蘇軾全集校注』第一八冊、文集巻六三、頁七〇八〇）。

(38)『蘇軾文集』巻五八、頁一七四五。『蘇軾全集校注』第一七冊、文集巻五八、頁六三七四。

(39)『宋史』巻三四四、頁一〇九三八。

(40)『蘇軾文集』巻七、頁二一〇。『蘇軾全集校注』第一一冊、文集巻七、頁七〇六。

(41)『蘇軾文集』巻七、頁二一一。『蘇軾全集校注』第一一冊、文集巻七、頁七〇九。

(42)『蘇軾詩集合注』巻二五、頁一二七九。『蘇軾全集校注』第四冊、詩集巻二五、頁二八三四。

(43)『蘇軾文集』巻三三、頁九三五。『蘇軾全集校注』第一四冊、文集巻三三、頁三四二一。

(44)『蘇軾文集』巻三三、頁九三七。『蘇軾全集校注』第一四冊、文集巻三三、頁三四二五。

(45)『蘇軾文集』巻五三、頁一五七九。『蘇軾全集校注』第一七冊、文集巻五三、五九二一。

(46)『蘇軾文集』巻五二、頁一五二六。『蘇軾全集校注』第一七冊、文集巻五二、頁五七一六。

(47)『蘇軾文集』巻五六、頁一六八一。『蘇軾全集校注』第一七冊、文集巻五六、頁六二〇八。

(48)『蘇軾文集』巻五八、頁一七七五。『蘇軾全集校注』第一七冊、文集巻五八、頁六四四八。

(49)『蘇軾文集』巻五三、頁一五五三。『蘇軾全集校注』第一七冊、文集巻五三、頁五八二一。「詩八首」は「次韻定慧欽長老見寄八首并引」(『蘇軾詩集合注』巻三九、頁二〇〇〇。『蘇軾全集校注』第七冊、詩集巻三九、頁四五四六)。なお本書簡は、この後に続けて「今錄呈濟明、可爲寫於舊居、亦掛剣徐君之墓也」と述べる。蘇軾は、かつて焚き棄てた詩をあらためて銭世雄に送り、守欽の旧居に書きつけて友情の証しとしたいと望んだのである。

(50)『蘇軾文集』巻五四、頁一五九四。『蘇軾全集校注』第一七冊、文集巻五四、頁五九六八。

(51)『蘇軾文集』巻五四、頁一五九七。『蘇軾全集校注』第一七冊、文集巻五四、頁五九七五。

(52)元祐七年、揚州にての作「和陶飲酒二十首」(『蘇軾詩集合注』巻三五、頁一七七八。『蘇軾全集校注』第六冊、詩集巻三五、頁三九七四)を指す。

(53)『蘇軾文集』巻五四、頁一五九二。『蘇軾全集校注』第一七冊、文集巻五四、頁五九六〇。文中に述べる「白水山詩」は「次韻正輔同游白水山」(『蘇軾詩集合注』巻三九、頁二〇一五。『蘇軾全集校注』第七冊、詩集巻三九、頁四六五七)、「香積數句」は「與正輔遊香積寺」(『蘇軾詩集合注』巻三九、頁二〇一四。『蘇軾全集校注』第七冊、詩集巻三九、頁四六六四)。

(54)『蘇軾文集』巻五四、頁一五九九。『蘇軾全集校注』第一七冊、文集巻五四、頁五九八二。文中に述べる「二詩」は「追餞正輔表兄至博羅賦詩爲別」(『蘇軾詩集合注』巻三九、頁二〇二〇。『蘇軾全集校注』第七冊、詩集巻三九、頁四五二八)および「再用前韻」(『蘇軾詩集合注』巻三九、頁二〇二二。『蘇軾全集校注』第七冊、詩集巻三九、頁四五三二)。

(55)『蘇軾文集』巻五四、頁一六〇四。『蘇軾全集校注』第一七冊、文集巻五四、頁五九九九。文中に述べる「一詩」は紹聖元年の作「碧落洞」(『蘇軾詩集合注』巻三八、頁一九五〇。『蘇軾全集校注』第七冊、詩集巻三八、頁四四〇五)。

(56)『蘇軾文集』巻五四、頁一六〇五。『蘇軾全集校注』第一七冊、文集巻五四、第六〇〇二。文中に述べる蘇軾の唱和詩は「次韻程正輔遊碧落洞」(『蘇軾詩集合注』巻三九、頁二〇一七。『蘇軾全集校注』第七冊、詩集巻三九、頁四五八〇)。

(57)『蘇軾文集』巻五四、頁一六一六。『蘇軾全集校注』第一七、文集巻五四、頁六〇三八。文中に述べる詩は「江月五首」(『蘇軾詩集合注』巻三九、頁二〇三九。『蘇軾全集校注』第七冊、詩集巻三九、頁四六一〇)。

(58)恵州時代の蘇軾の「避言」については、注(7)所掲書のほか楊子怡「小心避禍而又謹慎為義——論蘇軾寓恵期間的心態及作為」(『湛江師範学院学報』第二七巻第二期、二〇〇六年、頁三一〜三七）などを参照。

(59)『蘇軾詩集合注』巻二六、頁一三二六。『蘇軾全集校注』第五冊、詩集巻二六、頁二九三一。

(60)『蘇軾詩集合注』巻三四、頁一六九六。『蘇軾全集校注』第六冊、詩集巻三四、頁三七四二。

(61)『蘇軾詩集合注』巻三四、頁一七〇七。『蘇軾全集校注』第六冊、詩集巻三四、頁三七六二。

(62)『蘇軾詩集合注』巻三七、頁一九一三。『蘇軾全集校注』第六冊、詩集巻三七、頁四三〇一。

(63)王瑞来点校『鶴林玉露』中華書局、一九八三年、乙編巻四、頁一八八。同様の記事は、王応麟『困学紀聞』巻一八にも見える。なお郭祥正の詩は、一説では「移合浦郭功甫見寄」（『蘇軾詩集合注』巻四八、頁二三八〇。『蘇軾全集校注』第八冊、詩集巻五〇、頁五七五八）と題する蘇軾の作。

(64)『蘇軾文集』巻三二、頁九一一。『蘇軾文集校注』第一四冊、文集巻三二、頁三三七四。

(65)『蘇軾文集』巻五五、頁一六四九。『蘇軾文集校注』第一四冊、文集巻五五、頁六一二六。

(66)『蘇軾文集』巻六一、頁一八五九。『蘇軾全集校注』第一八冊、文集巻六一、頁六七〇五。

(67)『蘇軾文集』巻四九、頁一四二八。『蘇軾全集校注』第一六冊、文集巻四九、頁五三二五。

(68)『蘇軾文集』巻五五、頁一六六三。『蘇軾全集校注』第一七冊、文集巻五五、頁六一六三。文中に述べる「和一首」は「和蔡景繁海州石室」（『蘇軾詩集合注』巻二二、頁一一三〇。『蘇軾全集校注』第四冊、詩集巻二二、頁二四七四）。

(69)『蘇軾詩集合注』巻二一、頁一〇五〇。『蘇軾全集校注』第四冊、詩集巻二一、頁二二八二。

(70)『蘇軾文集』巻六六、頁二〇六九。『蘇軾全集校注』第一九冊、文集巻六六、頁七四二二。

(71)加えて蘇軾は「密州通判庁題名記」（『蘇軾文集』巻一一、頁三七六。『蘇軾全集校注』第一一冊、文集巻一一、頁一一八九）に「余性不慎語言、與人無親疎、輙輸寫腑臟、有所不盡、如茹物不下、必吐出乃已」、また「思堂記」（『蘇軾文集』巻一一、頁三六三。『蘇軾全集校注』第一一冊、文集巻一一、頁一一四七）に「發於心而衝於口、吐之則逆人、茹之則逆余、以爲寧逆人也、故卒吐之」と述べるように、胸中の思いを口にせず秘めておくことを苦痛に感ずるタイプの人物であった。

(72)『蘇軾詩集合注』巻二五、頁一二五一。『蘇軾全集校注』第四冊、詩集巻二五、頁二七六〇。

(73)銭仲聯集釋『韓昌黎詩繫年集釋』（上海古籍出版社、一九八四年）巻六、頁七〇一。

(74)末句について『集注分類東坡先生詩』巻一二が引く程縯注は「蝦蟹善発疼癢之疾」と説明する（新王本巻一四には当該の注は無い）。なお、作詩の快感を痒いところを掻くことになぞらえた例として、蘇軾「次韻答劉景文左藏」（『蘇軾詩集合注』巻三一、一五五八。『蘇軾全集校注』第五冊、詩集巻三一、頁三四四三）に「故應好語如爬癢、有味難名只自知」とある。

(75) 同様の苦しみと喜びを述べた例として、蘇軾の罪に連座した蘇轍は、元豊五年に陳師仲から詩を送られたのに答えた書簡「答徐州陳師仲書二首」其二（曾棗荘・馬徳富校点『欒城集』上海古籍出版社、一九八七年、巻二二、頁四九一）に「子瞻既已得罪、轍亦不復作詩。然今世士大夫、亦自不喜爲詩、以詩名世者、蓋無幾人、閒有作者、尤足貴也。故僕毎得其所爲、輒諷咏終日、譬如新病喑人、口不復歌、聞有歌者、猶能手足舞踏、以自慰釋。足下尚能以五百篇見惠耶。苟有以慰我、不必衿自口出也」と述べている。

(76) 『蘇軾詩集合注』巻三一、頁一五五四。『蘇軾全集校注』第五冊、詩集巻三一、頁三四三四。

(77) 『蘇軾詩集合注』巻三一、頁一五六二。『蘇軾全集校注』第五冊、詩集巻三一、頁三四四九。

(78) 『蘇軾文集』巻五四、頁一五九二。『蘇軾全集校注』第一七冊、文集巻五四、頁五九六三。

(79) 『蘇軾文集』巻四九、頁一四二九。『蘇軾全集校注』第一六冊、文集巻四九、頁五三三〇。

(80) 曾棗荘「蘇軾著述生前編刻情況考略」（同氏『三蘇研究』巴蜀書社、一九九九年、頁二二五～二四〇、初出は『中華文史論叢』一九八四年第四期）などを参照。

(81) 宋代は、書物の形態が写本から刊本へと移行しつつあった時代である。常識的には、写本から刊本への移行は、草稿の存在意義を減ずる方向にあって働くかに予想される。草稿は、刊本よりも写本との間に親近性を持つテクストであるからである。宋以後も含めて全体的に見れば、事態はそのような方向で動いたと見ていいだろう。しかし、宋代に限って言えば事態は逆であり、刊本の普及はむしろ人々に草稿というテクストに目を向けさせる作用を果たしたと考えられる。

(82) 『東洋史研究』第六八巻第一号、二〇〇九年、頁三四～六九。

(83) 『集刊東洋学』第一〇〇号、二〇〇八年、頁一八二～二〇五。

(84) 『文学』第一一巻第五号、岩波書店、二〇一〇年、頁一七三～一八七。

(85) 任淵注、黄宝華点校『山谷詩集注』（上海古籍出版社、二〇〇三年）巻三、頁六八。

(86) 『山谷詩集注』巻三、頁六七。

(87) 『蘇軾詩集合注』巻二八、頁一三九六。『蘇軾全集校注』第五冊、詩集巻二八、頁三〇七六。

(88) 曹清華校点『山谷年譜』、呉洪沢・尹波主編『宋人年譜叢刊』（四川大学出版社、二〇〇三年）第五冊、巻一九、頁三〇四二。

(89) 『蘇軾詩集合注』巻四〇、頁二〇九五。『蘇軾全集校注』第七冊、詩集巻四〇、頁四八一六。以下、四首の施注の引用は、鄭騫・厳一萍編校『増補足本施顧注蘇詩』（藝文印書館、一九八〇年、巻三七）による。

(90)『蘇軾詩集合注』巻四〇、頁二〇九六。『蘇軾全集校注』第七冊、詩集巻四〇、頁四八一七。なお、この注文には続けて「集本與後詩相連、題云『次韻二守同訪新居』。以墨蹟觀之、非也。今析題爲二」などと述べる。文中に述べる「新居」とは、紹聖四年二月、恵州の白鶴峰に建てた新居。

(91) 実際に、方・周両氏に対して本詩を贈呈した際には、このように敬語表現からなる題が附されていただろう。それが集本として整理される過程で、現行のような簡潔でニュートラルな表現へと変わっていったのであろう。同様の現象は、前掲拙論に述べたように、私的なテクストである墨蹟・石本が公的なテクストである集本へと移行する過程で広く見られる。

(92)『蘇軾詩集合注』巻四〇、頁二〇九七。『蘇軾全集校注』第七冊、詩集巻四〇、頁四八一九。なお、墨蹟冒頭の二字「軾謹」を『合注』本では「□□」（未詳字）とする。

(93)『蘇軾詩集合注』巻四〇、頁二〇九八。『蘇軾全集校注』第七冊、詩集巻四〇、頁四八二一。『合注』では、注文の冒頭は「石刻云『請一呈文之便毀之、切告切告。蒙示廿一日……』」に作っており、衍文などの混乱が含まれている。

(94) ちなみに、明の呉寛「跋東坡墨蹟」（『家蔵集』、『四庫全書』本、巻五一）は「予嘗見東坡所書九歌于呉中。今復從憲副夏公見此、筆意尤覺老硬。然東坡所爲惓惓於正則者、疑皆在黄恵瓊儋時書。觀者必能會此意於紙墨間也。而其後歳月氏名皆不著、豈常所謂多難畏人者耶」――蘇軾の墨蹟に蘇軾の署名や制作の日付などが書かれていないのは、他人に読まれることを怖れたからだと述べる。墨蹟が私的なテクストであることを的確に捉えた言葉と言えよう。

(95) 南宋編『東坡外集』の重刻本である明・毛九苞編『重編東坡先生外集』（『四庫全書存目叢書』本、斉魯書社、一九九七年、集部・第一一冊）には巻六三から巻八一に至る十九巻が「小簡」すなわち尺牘に充てられる。その後、明代に編まれた『東坡続集』（成化年間刊『東坡七集』本）には四巻が、清の道光年間に刊行された『東坡集』（眉州三蘇祠堂刊『三蘇全集』本）には十二巻が尺牘に充てられるなど、蘇軾の文集に尺牘の占める位置は確かなものとなってゆく。なお、これらの文集とは別に尺牘を数多く含む書簡の専集も比較的早い段階から編まれており、例えば『東坡先生往還尺牘』十巻（上海図書館蔵元刻本、北京図書館出版社影印、二〇〇五年）、『東坡先生翰墨尺牘』八巻（『紛欣閣叢書』本）など、南宋の坊刻本に淵源すると推測される書簡専集が現存する。

(96)『蘇軾文集』巻五二、頁一五二一。『蘇軾全集校注』第一七冊、文集巻五二、頁五六九八。なお、本書簡は「與王定國」其一三の「空紙」に書かれたと考えられる。

(97)『蘇軾詩集合注』巻二一、頁一〇三九。『蘇軾全集校注』第四冊、詩集巻二一、頁二二四二。書簡に書かれる詩との間に若干の字句の異同有り。

(98)『蘇軾文集』巻五七、頁一七二九。『蘇軾全集校注』第一七冊、文集巻五七、頁六三三二。

(99)『蘇軾詩集合注』巻二一、頁一一〇三。『蘇軾全集校注』第四冊、詩集巻二一、頁二二六九。底本の詩題は「武昌主簿呉亮君采携其友人沈君十二琴之説與高齋先生空同子之文太平頌以示予。……」という長文からなる。

(100)『蘇軾文集』巻五七、頁一七四二。『蘇軾全集校注』第一七冊、文集巻五七、頁六三六七。

(101)『蘇軾詩集合注』巻五〇、頁二四七二。『蘇軾全集校注』第八冊、詩集巻四八、頁五五六九。

(102)『蘇軾全集校注』第一七冊、文集巻五五、頁六〇九七。書簡中に言及される章楶の詞は「水龍吟・柳花」(唐圭璋編『全宋詞』中華書局、一九八〇年、頁二一三)。

(103)鄒同慶・王宗堂著『蘇軾詞編年校注』(中華書局、二〇〇七年)頁三一四。『蘇軾全集校注』第九冊、詞集巻一、頁三〇二。劉尚栄校証『東坡詞傅幹注校証』(上海古籍出版社、二〇一六年)巻一、頁八。

(104)『蘇軾詞編年校注』頁二七〇。『蘇軾全集校注』第九冊、詞集巻一、頁二四三。『東坡詞傅幹注校証』巻三、頁一一二。

(105)『蘇軾文集』巻五九、頁一七九二。『蘇軾全集校注』第一八冊、文集巻五九、頁六四九一。

(106)『蘇軾文集』巻五六、頁一六九八。『蘇軾全集校注』第一七冊、文集巻五六、頁六二五一。

(107)『蘇軾文集』巻六〇、頁一八三二。『蘇軾全集校注』第一八冊、文集巻六〇、頁六六二三。

(108)『蘇軾詞編年校注』頁二二三。『蘇軾全集校注』第九冊、詞集巻一、頁三〇九。『東坡詞傅幹注校証』巻一、頁三二。

(109)『蘇軾詞編年校注』頁三八八。『蘇軾全集校注』第九冊、詞集巻一、頁三七八。『東坡詞傅幹注校証』巻八、頁一七三。

(110)この点については、王兆鵬・徐三橋「蘇軾貶居黄州期間詞多詩少探因」(『湖北大学学報』一九九六年第二期、頁九〇~九三)、尚永亮・銭建状「貶謫文化在北宋的演進及其文学影響――以元祐貶謫文人群体為論述中心」(『中華文史論叢』二〇一〇年第三期・総第九九期、頁一八七~二二七)を参照。

(111)『蘇軾文集』巻五二、頁一五二〇。『蘇軾全集校注』第一七冊、文集巻五二、頁五六九三。

(112)『蘇軾詞編年校註』頁三三一。『蘇軾全集校注』第九冊、詞集巻一、頁三二二。『東坡詞傅幹注校証』巻四、頁一三七。書簡に書かれる詞との間に若干の字句の異同有り。

(113)『蘇軾文集』巻五〇、頁一四五七。『蘇軾全集校注』第一六冊、文集巻五〇、頁五四四五。なお、明・毛九苞編『重編東坡先生外集』(『四庫全書存目叢書』本、斉魯書社、一九九七年、集部・第一一冊、巻四六、頁三二九)では「録詩寄范純夫」と題する題跋として収める。本尺牘が実質的には「和陶時運四首」に附属する題跋であると判断しての処理である。

(114)『蘇軾詩集合注』巻四〇、頁二〇九三。『蘇軾全集校注』

第七冊、詩集巻四〇、頁四八一二。書簡に書かれる詩との間に若干の字句の異同有り。

(115)和陶詩の引用の後には、范祖禹との交遊の思い出などに関する記述が続くが、本章の趣旨に関わらないため引用および説明を割愛する。

(116)この尺牘の前段は、蘇軾の詩集ではほぼそのままの形で「和陶時運四首」詩の序となっている。私的なテクストである尺牘の言葉が、公的なテクストである詩集所収詩の序文へと転じていった軌跡をここには見ることができる。

(117)『蘇軾文集』巻二三、頁六五三。『蘇軾全集校注』第一三冊、文集巻二三、頁二五七七。

(118)これらに先立って蘇軾は新法政策を批判する奏議を提出しているが、それらは直接には告発の対象とはならなかった。例えば、煕寧二年(一〇六九)に上奏した「諫買浙燈狀」(『蘇軾文集』巻二五、頁七二六。『蘇軾全集校注』第一三冊、文集巻二五、頁二八六一)、「上神宗皇帝書」(『蘇軾文集』巻二五、頁七二九。『蘇軾全集校注』第一三冊、文集巻二五、頁二八七〇)、「再上皇帝書」(『蘇軾文集』巻二五、頁七四八。『蘇軾全集校注』第一三冊、文集巻二五、頁二九四三)など。これらは官僚としての意見を表明する公式の文書であり、そこでの批判は正当な行為と見なされたために、表向きには告発対象と見なしにくかったのだと考えられる。

(119)『蘇軾文集』巻二九、頁八二七。『蘇軾全集校注』第一四冊、文集巻二九、頁三二一三。

(120)何文煥輯『歴代詩話』本、頁四一〇。

(121)『蘇軾詩集合注』巻八、頁三九一。『蘇軾全集校注』第二冊、詩集巻八、頁八二四。

(122)『蘇軾文集』巻五七、頁一七〇九。『蘇軾全集校注』第一七冊、文集巻五七、頁六二八一。

(123)『蘇軾文集』巻二八、頁八一六。『蘇軾全集校注』第一四冊、文集巻二八、頁三一八九。

(124)『蘇軾文集』巻三一、頁九一一。『蘇軾全集校注』第一四冊、文集巻三一、頁三三七四。

(125)『蘇軾文集』巻三三、頁九三〇。『蘇軾全集校注』第一四冊、文集巻三三、頁三四〇八。

(126)『蘇軾文集』巻三六、頁一〇一四。『蘇軾全集校注』第一四冊、文集巻三六、頁三五七四。なお「李之純・蘇頌・劉誼・唐義問等告詞」は、それぞれ「李之純可集賢殿修撰河北都轉運使」(『蘇軾文集』巻三九、頁一一一一。『蘇軾全集校注』第一〇冊、文集巻三九、頁三九一三)、「蘇頌刑部尚書」(『蘇軾文集』巻三九、頁一一〇八。『蘇軾全集校注』第一〇冊、文集巻三九、頁三九〇三)、「劉誼知韶州」(『蘇軾文集』巻三九、頁一一〇〇。『蘇軾全集校注』第一〇冊、文集巻三九、頁三八六六)、「顧臨直龍圖閣河東轉運使唐義問河北轉運副使」(『蘇軾文集』巻三九、頁一一〇五。『蘇軾全集校注』第一〇冊、文集巻三九、頁三八九〇)。「勞來安集」は、もと『詩経』小雅・鴻雁の序に見える語であり、厲王

の乱世を次代の宣王が治世へと導いたことを言う。右掲の「李之純可集賢殿修撰河北都轉運使制」はそれを用いる。「如臨深淵、如履薄氷」は『詩経』小雅・小旻の詩句。小旻は、毛詩序によれば幽王を諷刺する詩。

(127)「車蓋亭詩案」について、詳しくは注(4)所掲書および金中枢『宋代学術思想研究』第六章「車蓋亭詩案研究」(幼獅文化事業公司、一九八九年、頁三四五～四二四)を参照。

(128)『続資治通鑑長編』巻四二六、元祐四年五月戊寅條、頁一〇三〇一。

(129)『蘇軾文集』巻六〇、頁一八四六。『蘇軾全集校注』第一八冊、文集巻六〇、頁六六六四。「燕子樓」は徐州にあった古楼。

(130)『蘇軾文集』佚文彙編巻三、頁二四七三。『蘇軾全集校注』第二〇冊、佚文彙編巻三、頁八五八六。

(131)『蘇軾文集』巻五一、頁一四八〇。『蘇軾全集校注』第一六冊、文集巻五一、頁五五二四。

(132)同じことは、蘇軾「与王佐才(王定民)二首」其一(『蘇軾文集』巻五七、頁一七一五。『蘇軾全集校注』第一七冊、文集巻五七、頁六二九六)に「近來絶不作文、如懺讃引・藏經碑、皆專爲佛教、以爲無嫌、故偶作之、其他無一字也」、「與程彝仲六首」其六(『蘇軾文集』巻五八、頁一七五二。『蘇軾全集校注』第一七冊、文集巻五八、頁六三九一)に「但多難畏人、不復作文字、惟時作僧佛語耳」と述べるのにも言える。また「與鄭靖老(鄭嘉会)四首」其二(『蘇軾文集』巻五六、頁一六七五。『蘇軾全集校注』第一七冊、文集巻五六、頁六一九二)に「衆妙堂記一本、寄上。本不欲作、適有此夢、夢中語皆有妙理、皆實云爾、僕不更一字也。不欲隱沒之、又皆養生事、無可醞釀者、故出之也」と述べるように、養生術関連の著述にも当てはまる。これらは逆に、仏教や養生に関するテクストと異なって、文学的なテクストが「醞釀」を招く危険なテクストであったことを物語っていよう。

(133)『続資治通鑑長編』巻三〇一、元豊二年十二月庚申條、頁七三三六。

(134)『学海類編』本。

(135)ここでの「興」は『詩経』の注釈を踏まえたものとされているが、本稿で問題にした「箋注」や「附會」が宋代の『詩経』解釈学史のなかでどのような意味を有するのか、極めて興味深い問題である。

(136)『蘇軾詩集合注』巻二一、頁一〇六六。『蘇軾全集校注』第四冊、詩集巻二一、頁二三九二。

(137)上海師範大学古籍整理組校点『国語』(上海古籍出版社、一九七八年)巻一一、頁四〇一。

『和晏叔原小山樂府』をめぐって

萩原正樹

一

同時代の知人や古人の詩に次韻して、社交的な心情や尊崇の念を表わすことは、中唐以降しばしば行われてきた。たとえば、同時代の人との次韻詩では白居易と元稹の例が著名であろうし、古人との例では蘇軾の「和陶詩」がすぐに思い浮かぶであろう。

この次韻という手法が、詩と同様に詞においても重要な作詞の技法であったことについては、既にいくつかの研究において指摘されている。[1] 詞は本來、音樂に合わせて唱われる歌謠文學であるから、宴席などの場で歌妓によって歌唱される機會が多く、その際に同席の人々の間で遊戯的、あるいは儀禮的に次韻詞が作られることがしばしばあったと考えられる。あるいはまた、音樂を離れた讀む作品として、書翰等において次韻詞がやりとりされるケースもあった。[2] さらに、同時代の文人や先人への敬慕の思いから次韻された詞も多數作られており、そうした詞を收錄した個人の詞集まで登場している。すなわち、南宋・陳三聘の『和石湖詞』、南宋・方千里と楊澤民の『和淸眞詞』、また南宋・陳允平の『西麓繼周集』がそれである。『和石湖詞』は、陳三聘が同時代の范成大の詞に次韻したものであり、[3] また『和淸眞詞』と『西麓繼周集』は、北宋・周邦彦の作品に次韻した詞を收錄している。

次韻詞の單行の集としては、これまで右記の四書のみが知られていたが、王兆鵬氏は近年、その著『宋代文學傳播探原』（武漢大學學術叢書、武漢大學出版社、二〇一三）において、さらに別の一書が存在していたことを次のように指摘されている。

《景定建康志》巻三十三記載、建康存有書版〝唐《花間集》一百七十七版〟、〝《和晏叔原小山樂府》二百四十六版〟。《和晏叔原小山樂府》、久已失傳、宋元人書目也未見著錄。依《花間集》五百首小令占一百七十七版推算、二百四十六版的《和晏叔原小山樂府》約有七百首小令。數量相當可觀。和晏幾道一人之詞達七百首之多、而且編成一集、這從一箇側面反映出晏幾道詞在當時的影響和受歡迎的程度。但不知這些詞作是一人所和還是多人追和。

建康に存していた版木に「唐『花間集』一百七十七版」「『和晏叔原小山樂府』二百四十六版」があったことが『景定建康志』巻三十三に記載されている。『和晏叔原小山樂府』は、すでに長らく傳承を絶っており、宋代や元代の人々の書目にも著錄されていない。『花間集』に收錄されている五百首の小令で百七十七枚の版木を使っていることから推算すれば、二百四十六枚の版木である『和晏叔原小山樂府』には約七百首の小令が收められていたと考えられる。この詞の量は相當なものである。晏幾道一人の詞に唱和する詞だけで七百首もの量が有り、しかも一つの詞集として編集されていたということは、晏幾道の詞が當時いかに影響があり、また歡迎されていたかを間接的に示している。しかしながらこれらの唱和詞が一人の手になるものか、または多くの人による唱和なのかは分からない。

すなわち、南宋・周應合編『景定建康志』巻三十三「書版」に『和晏叔原小山樂府』という書名が見え、二百四十六枚の版木が所藏されていたという。五百首の小令詞を收録している『花間集』が「一百七十七版」であることから、王兆鵬氏は『和晏叔原小山樂府』には約七百首の詞が收められていたのではないかと推測されているが、これはこれまで知られている次韻詞集の中では最大の規模である(4)。

『和晏叔原小山樂府』は佚書であり、王兆鵬氏が記されているように、それが一人の詞人の手になるものか、あるいは多數の詞人による唱和の作が收められたものなのかも分からないし、そもそもどのような作品が收錄されていたのかも、現時點では全く知ることができない。ただ現存の宋詞は、唐圭璋編『全宋詞』とその補編[5]にほとんどまとめられており、この『全宋詞』を仔細に調べることによって、晏幾道詞への次韻の作品を探し出すことは可能であろう。

本稿では、『全宋詞』の調査によって得られた、晏詞に對する次韻詞と考えられる作品について檢討し、その初歩的な分析を行うとともに、『和晏叔原小山樂府』の內容や成立の背景等について、若干の考察を行いたい。

二

『全宋詞』を調査した結果、晏幾道詞への次韻の作と考えられる詞として、以下の二十三首が得られた。それぞれ、最初に漢數字で順に晏幾道の原作を掲げ、その後に括弧附きのアラビア數字で次韻の作品を擧げる。またそれぞれに『全宋詞』の冊數と頁數を記した。

一、晏幾道　臨江仙（第一冊二二二頁）

鬪草階前初見、穿針樓上曾逢。羅裙香露玉釵風。靚妝眉沁綠、羞臉粉生紅。　流水便隨春遠、行雲終與誰同。酒醒長恨錦屏空。相尋夢裏路、飛雨落花中。

（1）趙長卿　臨江仙（第三冊一八一一頁）

予買一妾、稍慧、教之寫東坡字。半年、又工唱東坡詞。命名文卿。元約三年、文卿不忍舍主、厥母不容與議、堅索之去。今失于一農夫、常常寄聲、或片紙數字問訊。仙源有感、遂和其韻[6]

破醽盈盈巧笑、舉杯灩灩迎逢。慧心端有謝娘風。燭花香霧、嬌困面微紅。別恨彩箋雖寄、淸歌淺酌難同。夢回楚館雨雲空。相思春暮、愁滿綠蕪中。

二、晏幾道　臨江仙（第一册二三二頁）

身外閒愁空滿、眼中歡事常稀。明年應賦送君詩。細從今夜數、相會幾多時。淺酒欲邀誰勸、深情惟有君知。東溪春近好同歸。柳垂江上影、梅謝雪中枝。

（2）趙長卿　臨江仙（第三册一八一一頁）

夜坐更深、燭盡月明、飲興未闌、再酌、命諸姫唱一詞

夜久笙簫吹徹、更深星斗還稀。醉拈裙帶寫新詩。鎖窗風露、燭灺月明時。水調悠揚聲美、幽情彼此心知。古香煙斷彩雲歸。滿傾蕉葉、齊唱傳花枝。

三、晏幾道　臨江仙（第一册二二二頁）

旖旎仙花解語、輕盈春柳能眠。玉樓深處綺窗前。夢回芳草夜、歌罷落梅天。沈水濃熏繡被、流霞淺酌金船。綠嬌紅小正堪憐。莫如雲易散、須似月頻圓。

（3）趙長卿　臨江仙（第三册一七七三頁）

暮春

春事猶餘十日、吳蠶早已三眠。多情忍對落花前。酴醾飄暖雪、荷葉媚晴天。香淡無心浸酒、綠浮可意邀船。時光堪恨也堪憐。單衣三月暮、歌扇一番圓。

四、晏幾道　臨江仙（第一册二二二頁）

夢後樓臺高鎖、酒醒簾幕低垂。去年春恨却來時。落花人獨立、微雨燕雙飛。記得小蘋初見、兩重心字羅衣。琵琶絃上說相思。當時明月在、曾照彩雲歸。

（4）趙長卿　臨江仙（第三册一七八八頁）

初夏

簾幕輕風灑灑、園林綠蔭垂垂。楝花開遍麥秋時。雨深芳草渡、蝴蝶正慵飛。顦顇三春心事、風流一弄金衣。韶光老盡起深思。日長庭院裏、徙倚聽催歸。

五、晏幾道　蝶戀花（第一册二二三頁）

卷絮風頭寒欲盡。墜粉飄紅、日日香成陣。新酒又添殘酒困。今春不減前春恨。蝶去鶯飛無處問。隔水高樓、望斷雙魚信。惱亂層波横一寸。斜陽只與黃昏近。

（5）趙長卿　蝶戀花（第三册一七七二頁）

暮春

芍藥開殘春已盡。紅淺香乾、蝶子迷花陣。陣是淸和人正困。行雲散後空留恨。小字金書頻與問。意曲心誠、未必他能信。千結柔腸愁寸寸。鈿釵幾日重相近。

六、晏幾道　蝶戀花（第一册二二三頁）

初撚霜紈生悵望。隔葉鶯聲、似學秦娥唱。午睡醒來慵一餉。雙紋翠簟鋪寒浪。雨罷蘋風吹碧漲。脈脈荷花、淚臉紅相向。斜貼綠雲新月上。彎環正是愁眉樣。

（6）趙長卿　蝶戀花（第三册一八〇九頁）
登樓晩望、聞歌聲淸婉而作此

閒上西樓供遠望。一曲新聲、巧媚誰家唱。獨倚危欄聽半餉。長江快瀉澄無浪。淸淚恰同春水漲。拭盡重流、觸事如何向。不覺黃昏燈已上。舊愁還是新愁樣。

七、晏幾道　蝶戀花（第一册二二三頁）

庭院碧苔紅葉徧。金菊開時、已近重陽宴。日日露荷凋綠扇。粉塘煙水澄如練。試倚涼風醒酒面。雁字來時、恰向層樓見。幾點護霜雲影轉。誰家蘆管吹秋怨。

（7）趙長卿　蝶戀花（第三册一七七九頁）
春殘

綠盡燒痕芳草遍。不暖不寒、切莫辜良宴。罨畫屏風開羽扇。薄羅衫子仙衣練。晩雨小池添水面。戲躍頳鱗、又向波心見。持酒伊聽聲宛轉。樽前唱徹昭陽怨。

八、晏幾道　蝶戀花（第一册二二三頁）

喜鵲橋成催鳳駕。天爲歡遲、乞與初涼夜。乞巧雙蛾加意畫。玉鈎斜傍西南掛。分鈿擘釵涼葉下。香袖凭肩、誰記當時話。路隔銀河猶可借。世間離恨何年罷。

（8）趙長卿　蝶戀花（第三册一八〇九頁）

天淨姮娥初整駕。桂魄蟾輝、來趁淸和夜。費盡丹青無計畫。纖纖側向疏桐挂。人在扶疏桐影下。耳畔輕輕、細說家常話。年少難留應不借。未歌先咽歌還罷。

九、晏幾道　蝶戀花（第一册二二三頁）

碧草池塘春又晚。小葉風嬌、尚學娥妝淺。雙燕來時還念遠。珠簾繡戶楊花滿。綠柱頻移絃易斷。細看秦箏、正似人情短。一曲啼烏心緒亂。紅顏暗與流年換。

（9）趙長卿　蝶戀花（第三册一八〇九頁）

寧都半歲歸家、欲別去而意終不決也

葉底蜂衙催日晚。向晚勻妝、巧畫宮眉淺。翠幕無風香自遠。金船酌酒須敎滿。未說別離魂已斷。雨幌雲屛、只恐良宵短。心事不隨飛絮亂。宦情肯把恩情換。

十、晏幾道　蝶戀花（第一册二二四頁）

碾玉釵頭雙鳳小。倒暈工夫、畫得宮眉巧。嫩麴羅裙勝碧草。鴛鴦繡字春衫好。三月露桃芳意早。細看花枝、人面爭多少。水調聲長歌未了。掌中杯盡東池曉。

（10）趙長卿　蝶戀花（第三册一七八八頁）

初夏

亂疊靑錢荷葉小。濃綠陰陰、學語雛鶯巧。小樹飛花芳徑草。堆紅襯碧於中好。梅子弄黃枝上早。春已歸時、戲蝶遊蜂少。細把新詞纔和了。鷄聲已喚紗窗曉。

十一、晏幾道　蝶戀花（第一册二二四頁）

醉別西樓醒不記。春夢秋雲、聚散眞容易。斜月半窗還少睡。畫屏閒展吳山翠。衣上酒痕詩裏字。點點行行、總是淒涼意。紅燭自憐無好計。夜寒空替人垂淚。

（11）趙長卿　蝶戀花（第三册一七九七頁）

深秋

一夢十年勞憶記。社燕賓鴻、來去何容易。宿酒半醒便午睡。芭蕉葉映紗窗翠。襯粉泥書雙合字。鸞鳳鴛鴦、總是雙雙意。已作吹簫長久計。鴛衾空有中宵淚。

十二、晏幾道　鷓鴣天（第一册二二五頁）

彩袖殷勤捧玉鍾。當年拚却醉顏紅。舞低楊柳樓心月、歌盡桃花扇影風。從別後、憶相逢。幾回魂夢與君同。今宵賸把銀釭照、猶恐相逢是夢中。

（12）趙長卿　鷓鴣天（第三册一八〇九頁）

晨起、忽見大鏡、睹物思人、有感而作

睡覺扶頭聽曉鐘。隔簾花霧溼香紅。翠搖鈿砌梧桐影、暖透羅襦芍藥風。閒對影、記曾逢。畫眉臨鏡霎時同。相思已有無窮恨、忍見孤鸞宿鏡中。

(13) 陳允平　思佳客（第五冊三一〇四頁）

用晏小山韻

一曲清歌酒一鍾。舞裙搖曳石榴紅。寶箏絃矗冰蠶縷、珠箔香飄水麝風。嬌婭奼、笑迎逢。合歡羅帶兩心同。彩雲不覺歸來晚、月轉觚稜夜氣中。

十三、晏幾道　鷓鴣天（第一冊二二五頁）

一醉醒來春又殘。野棠梨雨涙闌干。玉笙聲裏鸞空怨。羅幕香中燕未還。終易散、且長閒。莫教離恨損朱顏。誰堪共展鴛鴦錦、同過西樓此夜寒。

(14) 趙長卿　鷓鴣天（第三冊一八一〇頁）

月夜諸院飲酒行令

寶篆煙消香已殘。嬋娟月色浸欄干。歌喉不作尋常唱、酒令從他各自還。傳杯手、莫教閒。醉紅潮臉媚酡顏。相攜共學驂鸞侶、却笑盧郎舊約寒。

(15) 陳允平　思佳客（第五冊三一〇五頁）

錦幄沈沈寶篆殘。惜春無語凭闌干。庭前芳草空惆悵、簾外飛花自往還。金屋靜、玉簫閒。一尊芳酒駐紅顏。東風落盡荼蘼雪、滿院清香夜不寒。

十四、晏幾道　鷓鴣天（第一冊二二六頁）

守得蓮開結伴游。約開萍葉上蘭舟。來時浦口雲隨棹、采罷江邊月滿樓。花不語、水空流。年年拚得爲花愁。明朝萬一西風動、爭向朱顏不耐秋。

(16) 趙長卿　鷓鴣天（第三册一八一〇頁）

暇日泛舟、遊客有歎居士髮白者。未竟、忽見臨江倚樓人、因思向來有感作此

綠水澄江得勝遊。浪平風軟稱輕舟。樽前我易傷前事、柳外人誰獨倚樓。空感慨、惜風流。風流贏得謾多愁。愁多著甚銷磨得、莫怪安仁鬢早秋。

十五、晏幾道　鷓鴣天（第一册二二六頁）

鬪鴨池南夜不歸。酒闌紈扇有新詩。雲隨碧玉歌聲轉、雪繞紅瓊舞袖回。今感舊、欲沾衣。可憐人似水東西。回頭滿眼淒涼事、秋月春風豈得知。

(17) 趙長卿　鷓鴣天（第三册一七七九頁）

詠燕

梁上雙雙海燕歸。故人應不寄新詩。柳梧陰裏高還下、簾幕中間去復回。追盛事、憶烏衣。王家巷陌日沈西。興亡無限驚心語、說向時人總不知。

(18) 陳允平　思佳客（第五册三一〇五頁）

玉轡靑驄去不歸。錦中頻織斷腸詩。窗凭繡日鶯聲婉、簾捲香雲雁影回。金縷扇、碧羅衣。蝶魂飛度畫闌西。花開花落春多少、獨有層樓雙燕知。

十六、晏幾道　鷓鴣天（第一册二二六頁）

題破香箋小研紅。詩篇多寄舊相逢。西樓酒面垂垂雪、南苑春衫細細風。花不盡、柳無窮。別來歡事少人同。憑誰問取歸雲信、今在巫山第幾峯。

(19) 趙長卿　鷓鴣天（第三册一七九〇頁）

初夏試生衣、而婉卿持素扇索詞、因作此書于扇上

牙領番騰一線紅。花兒新樣喜相逢。薄紗衫子輕籠玉、削玉身材瘦怯風。人易老、恨難窮。翠屏羅幌兩心同。旣無閒事縈懷抱、莫把雙蛾皺碧峯。

十七、晏幾道　鷓鴣天（第一册二二六頁）

淸潁尊前酒滿衣。十年風月舊相知。憑誰細話當時事、腸斷山長水遠詩。金鳳闕、玉龍墀。看君來換錦袍時。姮娥已有殷勤約、留著蟾宮第一枝。

(20) 趙長卿　鷓鴣天（第三册一八一〇頁）

偶有鱗翼之便、書以寄文卿

一曲淸歌金縷衣。巧佼心事有誰知。自從別後難相見、空解題紅寄好詩。憶攜手、過階墀。月籠花影半明時。玉釵頭上輕輕顫、搖落釵頭豆蔻枝。

十八、晏幾道　鷓鴣天（第一册二二六頁）

小令尊前見玉簫。銀燈一曲太妖嬈。歌中醉倒誰能恨、唱罷歸來酒未消。　春悄悄、夜迢迢。碧雲天共楚宮遙。夢魂慣得無拘檢、又踏楊花過謝橋。

（21）陳允平　思佳客（第五冊三一〇五頁）

曾約雙瓊品鳳簫。玉臺光映玉嬌嬈。銀花燭冷飛羅暗、寶屑香融曲篆銷。　簾影亂、漏聲迢。佩雲清入楚天遙。題紅未託相思約、明月空歸第五橋。

十九、晏幾道　清平樂（第一冊二三一頁）

波紋碧皺。曲水清明後。折得疏梅香滿袖。暗喜春紅依舊。　歸來紫陌東頭。金釵換酒消愁。柳影深深細路、花梢小小層樓。

（22）盧祖皐　清平樂（第四冊二四〇六頁）

玉肌春瘦。別鳳離鸞後。柳外畫船看翠袖。眼艷風流依舊。　杏梁語燕綢繆。可堪前夢悠悠。幾度欲成花雨、斷雲還過南樓。

二十、晏幾道　玉樓春（第一冊二三六頁）

雕鞍好爲鶯花住。占取東城南陌路。儘敎春思亂如雲、莫管世情輕似絮。　古來多被虛名誤。寧負虛名身莫負。勸君頻入醉鄉來、此是無愁無恨處。

（23）辛棄疾　玉樓春（第三冊一九六四頁）

風前欲勸春光住。春在城南芳草路。未隨流落水邊花、且作飄零泥上絮。鏡中已覺星星誤。人不負春春自負。夢回人遠許多愁、只在梨花風雨處。

以上、晏幾道詞二十首に對して、計二十三首の次韻詞を確認しえた。[7] このうち（13）陳允平の「思佳客」詞については、「用晏小山韻」という小序があることにより、たしかに晏幾道詞に次韻した作であることが分かるが、他の作品には次韻詞であることを示す序文等は附されていない。しかし、いずれの作品も、それぞれ同一の詞牌で完全に同じ韻字を同じ順番に使用しており、すべて晏幾道詞への次韻詞であると考えてよいと思われる。

二十三首を作者別に見ると、趙長卿十七首、陳允平四首、盧祖皐と辛棄疾が各一首となり、趙長卿の次韻詞が壓倒的に多い。以下、作者別にそれぞれの次韻詞について檢討しておこう。

三

趙長卿は、名は師栱、長卿は字である。仙源居士と號した。宋の宗室であり、太祖趙匡胤の八世の孫であった。[8] 生卒年は不明であるが、北宋末から南宋の初め頃に生存していたと考えられている。[9]

趙長卿とその詞について、明・毛晉は「不栖志紛華、獨安心風雅、毎遇花間鶯外、輒觴詠自娯。……雖未敢與南唐二主相伯仲、方之徽宗、則迥出雲霄矣（志を紛華に栖ませず、獨り心を風雅に安んじ、花間鶯外に遇うごとに、輒ち觴詠して自ら娯しむ。……未だ敢えて南唐二主と相伯仲せずと雖も、之を徽宗に方ぶれば、則ち迥かに雲霄に出づ）」（『宋六十名家詞』「惜香樂府」跋）と述べ、風雅の境に身を置いて諷詠を樂しみ、その作品は南唐二主と伯仲するほどではないが、徽宗に比べるとはるかに勝っていると評している。また『四庫全書總目提要』「惜香樂府」條に「然長卿恬於仕進、觴詠自娯、隨意成吟、多得淡遠蕭疏之致（然れども長卿は仕進に恬たりて、觴詠して自ら娯しみ、意に隨いて吟を成し、多く淡遠蕭疏の致を得たり）」とあり、さらに清・馮煦の『蒿庵論詞』（顧學頡校點本、人民文學出版社、一九五九）に「坦菴、介菴、惜香皆宋氏宗室、所作竝亦清雅可誦（坦菴、介菴、惜香は皆な宋氏の宗室にして、作る所は竝びに亦た清雅にして誦すべし）」と述べるのも毛晉の評價とほぼ同様であろう。要するに宗室の子弟として風流を樂しみ、清雅な詞を作っていた詞人であったのであり[10]、この點で、「金陵王謝子弟[11]」とも喩えられる晏幾道の境涯と類似していると言えるであろう。毛晉が「小山詞」跋において「晏氏父子具足追配李氏父子云（晏氏父子は具さに李氏父子に追配するに足ると云う）」と記し、「惜香樂府」跋と同じく李璟、李煜父子を引き合いに出して論ずるのも決して偶然では無いと思われる。

また（1）「臨江仙」、（20）「鷓鴣天」の小序に「文卿」という家妓の名が見え、他の作品にも何人かの妓女の名前が見えているが[12]、こうした點も、「蓮、鴻、蘋、雲」という妓女たちとの「悲歡合離」を詠じた[13]晏幾道の作品と通ずるところがあるだろう。（1）「臨江仙」と（20）「鷓鴣天」の詞は、そのまま晏幾道の詞集である『小山詞』に置いたとしても見分けがつかないのではないかと思われる。

ただ趙長卿の詞境は、全體としては晏幾道に近いが、その次韻詞をそれぞれ見てみると、原詞の主題や意境とは異なっている例が多い。たとえば、七、晏幾道「蝶戀花」は「已近重陽宴」という句が有るように、九月の晩秋を詠うが、（7）趙長卿「蝶戀花」は小序に「春殘」とあり、晩春から初夏の時期を詠じている。また十四、晏幾道「鷓鴣天」は、夏から秋にかけて美しい蓮の花が凋落することの恐れを詠んでいるが、（16）趙長卿「鷓鴣天」詞は、同じく船遊びの光景を描いてはいながら、小序に「遊客有歎居士髮白者」とあるように、自らの白髪を題材とした感慨をうたっている。さらに十五、晏幾道「鷓鴣天」は女性との過去の追憶が主題となっているが、（17）趙長卿「鷓鴣天」は燕を詠ずる詠物詞であり、内容は異なっている。

鞏本棟氏が「從詩詞唱和的角度看、唱和之作在題材和主題、手法和風格等方面、多趣于相同[14]」と指摘しておられるように、一般に唱和の作ではテーマや修辞上の技法等が同じか、あるいは類似している場合が多いのであるが、趙長卿の晏幾道詞に對する次韻詞においては、原詞と唱和詞との間にあまり大きな類似性は無いように思われる。

このことは、詞の音律面においてもあてはまるであろう。たとえば方千里の『和淸眞詞』について、『四庫全書總目提要』は「邦彦妙解聲律、爲詞家之冠。所製諸調、不獨音之平仄宜遵、卽仄字中上去入三音、亦不容相混。……故千里和詞、字字奉爲標準（邦彦は聲律を解するに妙にして、詞家の冠爲り。製る所の諸調は、獨り音の平仄の宜しく遵うべきのみならず、卽ち仄字中の上去入三音も、亦た相い混するを容れず。……故に千里の和詞は、字字奉じて標準と爲す）」と述べ、方千里の次韻詞が平仄のみならず、平上去入の四聲まで周邦彦の詞に準據していることを指摘している。楊易霖の『周詞訂律』[15]に據れば、「瑞龍吟」（一三三字體）では二字、「霜葉飛」（一一一字體）では三字を除いて、すべて四聲が合致しているという。これに對して趙長卿の次韻詞では、これほど嚴格に四聲を踏襲しているとは言えないのである。四、晏幾道「臨江仙」と（4）趙長卿「臨江仙」の一例を擧げてみよう。

四、晏幾道　臨江仙

去去平平上　上平平入平平　去平平去入平平　入平平入入　平上去平平
夢後樓臺高鎖、酒醒簾幕低垂。去年春恨却來時。落花人獨立、微雨燕雙飛。

去入上平平去　上平平去平平　平平平去入平平　平平平入去　平去上平平
記得小蘋初見、兩重心字羅衣。琵琶絃上說相思。當時明月在、曾照彩雲歸。

（4）趙長卿　臨江仙

平入平平上上　平平入去平平　去平平去入平平　上平平上去　平入去平平
簾幕輕風灑灑、園林綠蔭垂垂。楝花開遍麥秋時。雨深芳草渡、蝴蝶正慵飛。

平去平平平去　平平入去平平　平平上去上平平　入平平去上　上上去平平
顒頷三春心事、風流一弄金衣。韶光老盡起深思。日長庭院裏、徙倚聽催歸。

わずか五十八字の小令であるにも關わらず、前闋で十字、後闋で十三字の四聲が異なっており、方千里の嚴密さに到底及ばないこと、一目瞭然であろう。

これは當然ながら、使用している詞牌や、周邦彥と晏幾道との音樂的な資質の違いに起因しているであろう。「瑞龍吟」や「霜葉飛」は周邦彥の自度曲であり、後世の詞家が最も據るべきは周詞の四聲であるのに對し、「臨江仙」は五代兩宋を通じて廣く用いられた詞牌であったため、なにも晏幾道の作例の四聲に準據する必要は無いのである。また周邦彥は、「瑞龍吟」「霜葉飛」以外にも多くの自度曲があり[16]、沈義父『樂府指迷』にも「凡作詞、當以清眞爲主。蓋清眞最爲知音、且無一點市井氣（凡そ詞を作るは、當に清眞を以て主と爲すべし。蓋し清眞は最も知音爲りて、且つ一點の市井の氣無し）」と評されるように音律に詳しい詞人とされている。一方の晏幾道には自度曲は無く、またたとえば清・萬樹の『詞律』において、周邦彥の作例が四十五首擧げられているのに對して、晏幾道詞はその半數以下の十九首しか引かれないなど、範とすべき詞體の作者としてもあまり重んじられていない。こうしたことから、趙長卿は晏幾道詞の四聲にはあまりこだわらずに次韻詞を作ったのであろう[17]。

以上のように、趙長卿の次韻詞は、詞の內容面と音律面、いずれにおいても原作の晏幾道詞とは少し距離を置いた作品であったと言えるだろう。

四

次に、陳允平の次韻詞四首について見ておこう。

陳允平の次韻詞はいずれも晏幾道の「鷓鴣天」詞に唱和したもので、陳允平詞は「思佳客」と題しているが、『詞律』巻八「鷓鴣天」に「又名思佳客」と記すように、「思佳客」は「鷓鴣天」の別名である。

まず十二、晏幾道「鷓鴣天」と（13）陳允平「思佳客」とを比較してみたい。（13）陳允平「思佳客」は、先にも觸れたように二十三首中、唯一「用晏小山韻」として次韻詞であることが明示されている作品である。

晏幾道「鷓鴣天」は、美しい妓女との別れと再會を描いた詞で、詞話や詞選等にしばしば取り上げられる名作である。前闋ではあでやかな衣裝を身につけた妓女が酒をつぎ、美しく舞い歌うさまを描く。後闋では夢にみるほどに會いたかった女性についに再會することができ、かえってこれは夢ではないかと疑う氣持ちを述べる。(18) 一方の陳允平「思佳客」詞も、前闋では酒席での妓女の歌や衣裝、美しい樂器や芳しい香りを描き、また後闋でも妓女との再會とその夜の交歡を詠じており、晏幾道の原詞と對應する內容で作られていることが分かる。陳允平詞では、晏幾道が後闋で二度用いた「夢」字が使われていないため、その再會が長期の別離の後ではなく短期の別れの後（あるいは直後）のように思われるなど、陳詞には晏幾道詞ほどの奥行きや餘韻が乏しく感じられるが、原詞の主題を踏襲した作品であるとは言えるであろう。

また十三、晏幾道「鷓鴣天」と（15）陳允平「思佳客」も、原詞と次韻詞とがうまく對應している例であろう。晏幾道「鷓鴣天」は、晩春の季節に女性または男性が離恨を抱きながら、一人寂しく夜を過ごす場面が描かれる。陳允平「思佳客」も、前闋は女性が主人公であるかと思われる表現を用いるが、ほぼ同様に室內で一人過ごす姿を描く。ただ後闋では、晏詞の「莫敎離恨損朱顏」「同過西樓此夜寒」という句を、「一尊芳酒駐紅顏」「滿院清香夜不寒」と逆の意味の表現をすることで、工夫を見せている。晏詞では、離恨が若い姿を損なうことを恐れながらも、鴛鴦のふとんに共に入る人もなく、寒い春の夜を過ごす人もないと歎くが、陳允平は、酒を飲んで紅い顔をしていると、春風が荼蘼の花を雪のように散らしはするが、庭が清らかな香で満たされて夜も寒くはないと、晏幾道の原詞とはまったく逆の意を詠い、そのことでかえって美しい春の夜を孤獨に過ごす寂寥を際立たせている。原詞の意境をそのまま襲うのではなく、反對の意にしたり、變化させたりして表現するという技法を用いているのである。

陳允平の、周邦彦詞への和詞について鞏本棟氏は「陳允平學清眞詞、則于聲律、字句、結構等皆效原作、大致比較匀稱、和作温婉、雅麗、平正、與《日湖漁唱》的風格差別不大[19]」と記し、陳允平がよく周邦彦詞の原作に倣っていると論じられているが、陳允平の晏幾道詞への次韻詞についてもほぼ同様のことが言えるのではないかと思われる。ただし聲律の面では、陳允平は晏幾道の作品にあまり重きを置いていなかったようである。十二、晏幾道「鷓鴣天」と（13）陳允平「思佳客」との四聲の對照を以下に掲げる。

十二、晏幾道　鷓鴣天
上去平平上入平　平平平入去平平　上平平上平平入　平上平平去上平
彩袖殷勤捧玉鍾。當年拚却醉顏紅。舞低楊柳樓心月、歌盡桃花扇影風。
平入去　入平平　上平平去上平平　平平去上平平去　平去平平去去平
從別後、憶相逢。幾回魂夢與君同。今宵賸把銀釭照、猶恐相逢是夢中。

（13）陳允平　思佳客
入入平平上入平　上平平去入平平　上平平入平平上　平入平平上去平

一曲清歌酒一鍾。舞裙搖曳石榴紅。寶箏絃矗冰蠶縷、珠箔香飄水麝風。
平去去　去平平　入平平去上平平　上平入入平平上　入上平平去去平
嬌婭奼、笑迎逢。合歡羅帶兩心同。彩雲不覺歸來晚、月轉觚稜夜氣中。

前闋では十箇所、後闋では九箇所の四聲の不一致があり、周邦彦詞の四聲に對する嚴密さ[20]には及ばないであろう。

ただ、陳允平は南宋末の人であり、同じく南宋末に存在していた『和晏叔原小山樂府』にその作品は掲載されていたのであろうか。

陳允平の生平については、桂珊氏の「陳允平生平考」(『鄭州師範教育』第一巻第二期所收、二〇一二)に詳しいが、それに據ると陳允平の生年の上限は、南宋寧宗の嘉定十一(一二一八)年、卒年は元の成宗の元貞年間(一二九五〜一二九六)であろうという。すなわち、『景定建康志』が完成した景定二(一二六一)年には陳允平はまだ四十代であり、亡くなるまではなお三十年餘りの歳月があった。だとすれば、『景定建康志』に書名が記載されている『和晏叔原小山樂府』に陳允平の作品が收録されていた可能性は、かなり低いと言わざるを得ない。陳允平の作品四首は、いずれも確かに晏幾道の作品に次韻した詞ではあるが、何か有力な證據が無い限り、現時點では『和晏叔原小山樂府』に掲載されていなかったと考えるほかないであろう。

最後に、盧祖皐と辛棄疾の次韻詞についても簡單に觸れておこう。

盧祖皐の「清平樂」は、前闋第一句と後闋第一・二句の韻字を異にしてはいるが、次韻の作と考えて良いと思われる。晏幾道の「清平樂」が、春の喜びと遊覽を描寫し、「金釵換酒消愁」という豪奢な酒宴を描くのに對し、盧祖皐の作は、別れた男女が春の季節に再會する場面とその後の様子を詠じている。兩詞の主題は異なっているが、美しい春を背景に、晏詞は風景を、盧詞は人物を主に配して物語を感じさせ、まるで晏詞の續編を盧祖皐が作っているような印象さえ受ける。盧祖皐の作品は、よく唐五代の小令を學んだもので、晏幾道の作風との近さを感じさせよう。

二十、晏幾道「玉樓春」と（23）辛棄疾「玉樓春」とは、いずれも前関において惜春の情を述べている。後関では、晏詞は虚名に誤らされることの多い人生を厭い、愁いも恨みも無い「醉鄕」へ入ろうと自らに語り聞かせるように詠じている。[21] この詞は、晏幾道自身の心情を吐露した作品とも考えられ、他の作品とは趣の異なったものとなっている。一方、辛棄疾詞の後関は、鏡を見ているおそらくは女性が、無情にも去っていく春に老いと孤獨を歎き、風雨を受ける梨花のように涙に暮れるさまを描いている。後関の主題は異なってはいるが、惜春の情から説き起こして、二詞それぞれに展開していくさまは興味深く、特に辛棄疾の詞風の幅廣さを感じることができるであろう。

五

以上に見てきたように、晏幾道詞に對する次韻詞は、內容面と音律面ともに晏幾道の原作に忠實なものは少なく、むしろ原詞からは遠いものの方が多いように思われる。ただいずれも晏幾道詞への次韻の作であることは間違いなく、陳允平の詞四首を除く十九首については、『和晏叔原小山樂府』に收錄されていた可能性があるのではないだろうか。上記の詞が原詞から遠いとは言っても、次韻という技法を用いている以上、原作に對する何らかの意識があったことは確かであろう。

では何故、趙長卿やその他の詞人たちは、晏幾道の詞に次韻したのであろうか。また『和晏叔原小山樂府』という約七百首もの作品が收められていたと思われる大型の作品集が、何故南宋末期に編集・刊行されたのであろうか。方千里、楊澤民、陳允平が、周邦彦の詞に唱和を行った背景として、南宋における詞の雅化と周邦彦尊崇の氣運があったことについては、しばしば指摘されている[22]。晏幾道についても、周邦彦と同様に、彼の詞を高く評價するような風潮があったのではないだろうか。これについては南宋時代の各詞話等からも確認できるが[23]、ここでは晏幾道の名が詞の本文に詠み込まれている例を擧げておこう。

○李太古　南歌子（第五册三五五七頁）

月下秦淮海、花前晏小山。二仙仙去幾時還。留得月魂花魄、在人間。河漢流旌節、天風裊珮環。滿空香霧溼雲鬟。何處一聲横笛、杏花寒。

○胡于　鷓鴣天（孔凡禮『全宋詞補輯』九十七頁）

裊裊薰風響珮環。廣寒仙子跨淸鸞。誰教瑞世儀周門、自賦多才繼小山。鈴閣靜、畫堂閑。袞衣象服鎭團欒。年年此日稱觴處、留待菖蒲駐玉顏[24]。

李太古「南歌子」詞では、晏幾道と秦觀とを竝列し、「二仙仙去幾時還。留得月魂花魄、在人間（二仙仙去して幾時か還らん。月魂花魄を留め得て、人間に在らしむ）」と詠じて二人を仙人に比し、彼らがその詞の表現によって「月魂花魄」を人間に留めたことを高く評價している。また胡于の「鷓鴣天」詞は、前闋の末尾に「自賦多才繼小山（自ら賦す多才は小山を繼ぐと）」という句が有り、すなわち晏幾道を「多才」の人物とみなしているのである。李太古と胡于は、いずれもほとんど傳記の分からない人であるが、李太古については『全宋詞』の小傳に「太古、古藝人」とあり、藝人であったようである。だとすれば、「南歌子」の歌詞などを聽衆の前で歌っていたとも考えられ、「晏小山」の名とその文學に對する評價が多くの人に廣く認知されていた可能性もあるだろう。

南宋におけるこうした晏幾道への高い評價は、やはりその文學が南宋當時の好尚と合致していたことに據るのであろう。晏幾道の詞について、晏幾道と同時代の黄庭堅は「可謂狎邪之大雅、豪士之鼓吹、其合者高唐洛神之流、其下者豈減桃葉團扇哉（狎邪の大雅、豪士の鼓吹と謂うべく、其の合する者は高唐洛神の流にして、其の下なる者も豈に桃葉團扇より減ぜんや）」（「小山詞序」）と評し、その詞は色街の「大雅」であり、會心の作とは言えない作品であっても「桃葉」「團扇」に劣ることはないと述べている。また清・陳廷焯は『白雨齋詞話』巻一に「詩三百篇、大旨歸於無邪。北宋晏小山工於言情、出元獻、文忠之右（詩三百篇、大旨は邪しま無しに歸す。北宋の晏小山は情を言うに工みなること、元獻、文忠の右に出づ）」と記し、さらに巻七では「李後主、晏叔原皆非詞中正聲、而其詞則無人不愛、以其情勝也。情不深而爲詞、雖雅不韻、何足感人(25)（李後主、晏叔原は皆な詞中の正聲に非ず、而れども其の詞は則ち人として愛せざる無きは、其の情の勝れるを以てなり。情深からずして詞を爲れば、雅と雖も韻あらず、何ぞ人を感ぜしむるに足らんや）」と述べて、その詞の「情」の深さが他の詞人に勝っていることを高く評價している。「雖雅不韻、何足感人」という語は、「雅」であることは既に前提であって、その上にさらに深い情に裏附けられた「韻」（調べ）が無ければ人を感動させられない、ということであろう。陳廷焯はまた『詞壇叢話』において「北宋之晏叔原、南宋之劉改之、一以韻勝、一以氣勝、別於清眞白石外、自成大家(26)（北宋の晏叔原、南宋の劉改之は、一は韻を以て勝り、一は氣を以て勝り、清眞白石を別する外に、自ら大家と成る）」とも述べている。晏幾道は「韻」において勝り、その調べは周邦彦や姜夔とはまた別に大家というべきだというのである。

陳廷焯は清末の人であるが、おそらくは南宋の人々も、晏幾道の作品が周邦彦のそれとはまた異なる「雅」を有し、抒情あふれた高い格調を持つことを評價していたのではないだろうか。

さらに晏幾道の詞には、北宋の「太平」を思わせるような情趣があり、南宋の人々はその詞を讀むことで、一種の懷かしいような感覺を覺えたと考えられないだろうか。晏幾道の作品に「太平」の氣象が見えることは、つとに晏幾道と同時代の晁端禮が「鷓鴣天」詞小序において「晏叔原近作鷓鴣天曲、歌詠太平。輒擬之爲十篇。野人久去輦轂、不得目睹盛事、姑誦所聞萬一而已（晏叔原近ごろ鷓鴣天曲を作り、太平を歌詠す。輒ち之に擬して十篇を爲る。野人久しく輦轂を去り、盛事を目睹するを得ず、姑らく聞く所の萬一を誦するのみ）」（第一册四三七頁）と指摘している。

こうした晏幾道詞への高い評價やノスタルジックな感情が、『和晏叔原小山樂府』という次韻詞集の編纂に繫がったのであろうと思われる。それにしても、『和晏叔原小山樂府』所收約七百首のうち、その收錄作の候補として『全宋詞』から十九首しか探し出せなかったというのは、あまりにも少ない數である。今さらながら、時の經過と共に多くの作品が失われてしまったことが惜しまれてならない。

注

（1）鞏本棟氏に『唱和詩詞研究―以唐宋爲中心』（南京大學中國詩學研究中心專刊第二輯、中華書局、二〇一三）という専著が有る。また內山精也氏の「蘇軾次韻詩考」「蘇軾次韻詞考―詩詞間に見られる異同を中心として―」（いずれも內山氏著『蘇軾詩研究　宋代士大夫詩人の構造』所收、研文出版、二〇一〇）の兩論文や、劉華民「宋詞次韻現象探討」（『常熟理工學院學報』二〇〇六年第一期所收、二〇〇六）等を參照。

（2）村上哲見博士「詩と詞のあいだ―蘇東坡の場合」（『東方學』第三十五號所收、一九六八）を參照。

（3）陳三聘の「和石湖詞跋」（彊村叢書本『和石湖詞』所收）に「一日、客懷詩詞數十篇相示曰、此大參范公近所作也。三聘正容斂衽登受。……既去、披吟累日、輒以蕪言屬韻、可笑其不自量矣。然使三聘獲登龍門賓客之後塵、與聞黃鍾大呂之重、平時之願、至足于此。……（一日、客詩詞數十篇を懷きて相い示して曰わく、此れ大參范公の近ごろ作る所なりと。三聘容を正し衽を斂めて登受す。……既に去りて、披吟すること累日、輒ち蕪言を以て韻に屬し、其の自ら量らざるを笑うべし。然れども三聘をして登龍門の賓客の後塵を獲、與に黃鍾大呂の重きを聞かしむれば、平時の願い、此に足るに至る。……）」とある。陳三聘の生卒年等は不明であるが、范成大と同時期に生存していたと考えられる。

（4）『和石湖詞』は『汲古閣鈔宋金詞七種』所收本及びこれを底本とする『全宋詞』では殘缺詞二首を含めて七十二首（彊村叢書本『和石湖詞』では七十一首）、方千里『和清眞詞』は九十三首、楊澤民『和清眞詞』は九十二首、また陳允平『西麓繼周集』は百二十三首（周邦彥の詞集に原作の見えない二首を含む）を收錄する。

（5）本稿では、一九六五年六月に中華書局より刊行された

『全宋詞』初印本を用いる。また孔凡禮輯『全宋詞補輯』（中華書局、一九八一）も調査對象とした。

(6) この詞序に據れば、文卿か趙長卿かいずれかが、「臨江仙」詞を東坡の作であると誤解していたのかもしれない。趙長卿には、蘇東坡の詞に次韻した作品も六首（「虞美人（氷塘淺綠生芳草）」「訴衷情（檀心刻玉幾千重）」「西江月（穩唱巧翻新曲）」「謁金門（今夜雨）」「南歌子（霜結凝寒夜）」「點絳脣（雲霽山横）」）あることが確認できる（ただし「訴衷情」は晏殊と蘇軾との互見、「點絳脣」は蘇軾と秦觀との互見詞）。

(7) 上記のように嚴密な次韻詞ではないが、次韻に近い用韻詞として次の二首があった。

○晏幾道　清平樂（第一册二三一頁）
留人不住。醉解蘭舟去。一棹碧濤春水路。過盡曉鶯啼處。渡頭楊柳青青。枝枝葉葉離情。此後錦書休寄、畫樓雲雨無憑。

・朱敦儒　清平樂（第二册八六二頁）
相留不住。又趁東風去。樓外夕陽芳草路。今夜短亭何處。杏花斜壓闌干。朱簾不卷春寒。惆悵黄昏前後、離愁酒病厭厭。

○晏幾道　浣溪沙（第一册二三九頁）
綠柳藏烏靜掩關。鴨爐香細瑣窗閒。那回分袂月初殘。惜別漫成良夜醉、解愁時有翠牋還。欲尋雙葉寄情難。

・沈與求　浣溪沙（第二册九八一頁）
花信催春入帝關。玉霙爭臘去留間。不禁風力又吹殘。客舍不眠清夜冷、縈愁一縷嫋旃檀。空庭月落斗闌干。

ただいずれも前闋の韻が一致するだけであり、今回は次韻詞とはみなさなかった。

(8) 趙潤金「趙長卿世系考證」（『南華大學學報（社會科學版）』第十三卷第一期所收、二〇一二）を參照。

(9) 趙長卿「鼓笛慢」詞（『全宋詞』第三册一七八五頁）の小序に「甲申（南宋孝宗の隆興二年）五月」とあり、南宋・隆興二（一一六四）年以降に亡くなったと考えられる。

(10) 趙長卿には、『四庫全書總目提要』「惜香樂府」條に「卷六中、叨叨令一闋、純作俳體、已成北曲（卷六中、叨叨令一闋は、純ら俳體を作し、已に北曲と成る）」と言うように、元散曲を思わせるような俗語を多量に用いた作品もある（ただし『惜香樂府』には「叨叨令」は無く、「有有令」の誤り）が、晏幾道詞への次韻の作にはそのような作品は無いので、本稿ではこれについて觸れない。趙長卿詞の俗語使用については、袁志成・周治滿「論趙長卿詞的藝術特色」（『懷化學院學報』第二十五卷第六期所收、二〇〇六）、何春環「論宗室詞人趙長卿俗詞創作因緣與承傳變異―兼與柳永、黄庭堅俗詞比較」（『南昌大學學報（人文社會科學版）』第三十九卷第四期所收、二〇〇八）、房向莉・房日晰「趙長卿及其詞作」（『西北大學學報（哲學社會科學版）』第四十一卷第五期所收、二〇一一）等の論文を參照。

(11) 南宋・王灼『碧鷄漫志』卷二「各家詞短長」（岳珍『碧

鶏漫志校正』巴蜀書社、二〇〇〇）に「叔原如金陵王謝子弟、秀氣勝韻、得之天然、將不可學（叔原は金陵の王謝の子弟のごとく、秀氣勝韻、之を天然に得て、將に學ぶべからず）」とある。

(12)「浣溪沙」（『全宋詞』第三冊一七七八頁）小序に「小春」、「鷓鴣天」（同第三冊一七九〇頁）小序に「婉卿」、「醉蓬萊」（同第三冊一七九三頁）小序に「才卿」、「水龍吟」（同第三冊一八〇五頁）小序に「盼盼」、「臨江仙」（同第三冊一八一〇頁）小序に「夢雲」の名が見えている。

(13) 晏幾道の『小山詞』原序に「始時沈十二廉叔、陳十君龍家有蓮、鴻、蘋、雲、品清謳娛客。每得一解、卽以草授諸兒、吾三人持酒聽之、爲一笑樂而已。而君龍疾廢臥家、廉叔下世、昔之狂篇醉句、遂與兩家歌兒酒使俱流轉於人間。……追惟往昔過從飲酒之人、或壠木已長、或病不偶。考其篇中所記悲歡合離之事、如幻如電、如昨夢前塵、但能掩卷撫然、感光陰之易遷、歎境緣之無實也（始時 沈十二廉叔、陳十君龍の家に蓮、鴻、蘋、雲有り、清謳を品して客を娛しましむ。一解を得るごとに、卽ち草を以て諸兒に授け、吾が三人酒を持ちて之を聽き、一笑の樂しみと爲すのみ。而れども君龍疾廢して家に臥し、廉叔は下世し、昔の狂篇醉句は、遂に兩家の歌兒酒使と俱に人間に流轉す。……追いて惟う 往昔過り從いて飲酒するの人、或いは壠木已に長く、或いは病みて偶せず。其の篇中に記する所の悲歡合離の事は、幻のごとく電のごとく、昨夢前塵のごときを考え、但だ能く卷を掩いて撫然とし、光陰の遷り易きに感じ、境緣の實無きを歎くなり）」とある。

(14)『唱和詩詞研究―以唐宋爲中心』「第十章 南宋詞壇的復雅之風與三家《和淸眞詞》」二三七頁。

(15) 楊易霖『周詞訂律』（太平書局、一九六三）。原刊本は民國二十六（一九三七）年、上海開明書店刊。

(16) 村越貴代美氏の『北宋末の詞と雅詞』（慶應義塾大學出版會、二〇〇四）「第八章 南宋における周邦彦」に掲げられている表Ⅱ「周邦彦が用いた詞牌」に據れば、周邦彦が創始した詞牌は五十調にのぼる。

(17) 蔡嵩雲の『柯亭詞論』に「詞守四聲、濫觴南宋。在北宋幷無守四聲之說。南宋發生此種詞派、亦非無因（詞の四聲を守るは、南宋に濫觴す。北宋に在りては幷びに四聲を守るの說無し。南宋に此の種の詞派を發生するは、亦た因無きに非ず）」（唐圭璋編『詞話叢編』第五冊所收、中華書局、二〇〇五年重印本）と論じているように、四聲の差異にまで留意するようになるのは南宋以降であるとする考え方があり、だとすれば北宋末から南宋初の人である趙長卿にはまだ四聲に拘る意識は無かったのかもしれない。

(18) たとえば張草紉『二晏詞箋注』（上海古籍出版社、二〇〇八）のように、前後闋ともに語り手は女性であるという解釋もあるが、ここではとらない。

(19)『唱和詩詞研究―以唐宋爲中心』「第十章 南宋詞壇的復雅之風與三家《和淸眞詞》」二四一頁。また杜麗萍「論南

宋〝和清眞詞〟現象―以方千里、楊澤民、陳允平爲核心」（「蘭州學刊」二〇一二年第一期所收）も「陳允平是對周邦彥詞精髓領會最深刻的詞人。陳允平的和詞往往能夠抓住周邦彥詞的精髓，對周邦彥詞的主題和情緒都把握得比較准確，在揣摩周詞整體風格的基礎上加以模倣，頗爲神似周詞原作（陳允平は周邦彥の詞の精髓を理解することが最も深い詞人である。陳允平の和詞は往往にして周邦彥詞の精髓をよくつかんでおり、周邦彥詞の主題と情緒の兩方を把握することがかなり正確で、周邦彥詞の全體の風格を讀み取った上に模倣を加えており、周詞の原作ととても內容が似ている）」と述べている。

(20) 杜麗萍「論南宋〝和清眞詞〟現象―以方千里、楊澤民、陳允平爲核心」は、方千里、楊澤民、陳允平の周詞の四聲への遵守の度合いについて、「方千里勝過陳允平、陳允平又勝過楊澤民（方千里は陳允平に勝り、陳允平はまた楊澤民に勝っている）」と述べている。

(21) 王雙啓『晏幾道詞新釋輯評』（歷代名家詞新釋輯評叢書、中國書店、二〇〇七）はこの詞について、「此詞是晏幾道直抒胸臆之作、袒露了他的心緒與情感、《小山集》中類似的作品不多、故而値得重視（この詞は晏幾道が直接胸の內の感情を述べた作品であり、彼の情緒や感情を露わにしているが、『小山集』の中ではこれに類似した作品は多くはなく、そのため重視するに値する）」と述べる。

(22) たとえば、村上哲見『宋詞研究　唐五代北宋篇』「第五章　周美成詞論」にも指摘があるし、鞏本棟『唱和詩詞研究―以唐宋爲中心』「第十章　南宋詞壇的復雅之風與三家《和清眞詞》」に詳論されている。また杜麗萍「論南宋〝和清眞詞〟現象―以方千里、楊澤民、陳允平爲核心」は、「五、〝和清眞詞〟現象的文化解析」「（一）〝和清眞詞〟看〝和韻詞〟的創作心態」において、「和韻詞」創作の心理として「學習的心態」「推崇周邦彥的心態」「文人逞才使氣的心態」の三點を擧げる。

(23) たとえば、注(11)に引いた王灼の『碧鷄漫志』や、『直齋書錄解題』卷二十一（徐小蠻・顧美華校點本、上海古籍出版社、一九八七）に「其詞在諸名勝中、獨可追逼花間、高處或過之（其の詞は諸名勝中に在りて、獨り花間に追逼すべく、高處は或いは之を過ぐ）」とあるのを參照。

(24) この胡丁の作品は、また金・元好問の作としても唐圭璋編『全金元詞』上册一三三頁（中華書局、二〇〇〇年重印本）に掲載されている。詞の本文は以下の通り。

○元好問　　鷓鴣天

裊裊香風響佩環。廣寒仙子跨青鸞。誰教瑞世儀周國、天賦多才繼小山。　鈴閣靜、畫堂閑。袞衣象服□團圓。年年此日稱觴處、留得菖蒲駐玉顏。

(25) いずれも唐圭璋編『詞話叢編』第四册所收本に據る。

(26) 唐圭璋編『詞話叢編』第四册所收本に據る。

周必大の『歐陽文忠公集』編纂について

東　英寿

一 はじめに

世界の大発明と言われる木版印刷術の起源は中国で、唐の初め頃（七世紀）にはすでに印刷書が出現し、宋の時代になると印刷物が盛んに刊行され、自己の作品を後世に伝え残そうと考える文人達が出てきた。歐陽脩（一〇〇七～七二）もその一人で、南宋・沈作喆『寓簡』巻八に次のような逸話がある。

歐陽公、晩年常自竄定平生所爲文、用思甚苦。其夫人止之曰、何自苦如此、當畏先生嗔耶。公笑曰、不畏先生嗔、却怕後生笑。

歐陽公、晩年常に自ら平生爲りし所の文を竄定するに、思ひを用ふること甚だ苦しむ。其の夫人之れを止めて曰く、何ぞ自ら苦しむこと此の如きか、當に先生の嗔りを畏るるべきかと。公笑ひて曰く、先生の嗔りを畏れず、却って後生の笑ひを怕ると。

歐陽脩が晩年に自己の詩文集『居士集』を編纂していた時に、甚だ苦労している状況を見かねた夫人がたずねたところ、後世の人々に笑われないようにと答えたと記述する。彼は『居士集』が印刷物となって後世に伝わっていくことを意識していたようである。果たして歐陽脩の作品は後世（今日）まで伝わっている。それは、南宋の周必大（一一二六〜一二〇四）が、この歐陽脩編定の『居士集』五十巻も取り入れ、さらに歐陽脩の様々な作品集を集積して『歐陽文忠公集』百五十三巻を編纂し、印刷物として刊行したからである。

周必大は廬陵（今の江西省吉安）の出身で、『宋史』巻三百九十一、周必大伝には次のような記述がある。

嘗建三忠堂於郷、謂歐陽文忠修、楊忠襄邦乂、胡忠簡銓皆廬陵人。必大平生所敬慕、爲文記之。

嘗て三忠堂を郷に建て、謂く歐陽文忠修、楊忠襄邦乂、胡忠簡銓は皆な廬陵の人なりと。必大は平生敬慕する所にして、文を爲りて之れを記す。

周必大は、同郷の偉人として楊邦乂、胡銓とともに、歐陽脩を非常に敬慕していた。ところが、その当時、各地で刊行されていた歐陽脩の全集がひどかった。周必大は『歐陽文忠公集後序』[1]の中で次のように記述する。

歐陽文忠公集、自汴京、江浙、閩、蜀皆有之。……後世傳錄既廣。又或以意輕改、殆至訛謬不可讀。廬陵所刊、抑又甚焉。巻帙叢脞、略無統紀。私窃病之、久欲訂正。

歐陽文忠公集、汴京、江浙、閩、蜀より皆な之れ有り。……後世の傳錄は既に廣し。又た或ひは意を以て輕改し、殆ど訛謬にして讀むべからずに至る。廬陵の刊する所、抑々又た甚だし。巻帙は叢脞し、略ぼ統紀無し。私窃《ひそ》かに之れを病み、久しく訂正せんと欲す。

当時、『歐陽文忠公集』は、汴京、江浙、閩、蜀で刊行されていたがどれも出来が悪く、とりわけ歐陽脩の故郷である廬陵で刊行された全集は乱れが激しかったようである。周必大は郷土の偉人である歐陽脩の全集を長い間訂正したいと考えており、このことが『歐陽文忠公集』を編纂しようとする直接のきっかけとなったと言えよう。『歐陽文忠公集』編纂のために、周必大は先行の歐陽脩の作品集や各種版本、他のアンソロジーや歴史書などの諸本を確認し、丹念に詳細な校勘を行い作品を整理した。このようにして、紹熙二年（一一九一）から慶元二年（一一九六）まで六年の歳月をかけて百五十三巻の『歐陽文忠公集』を編纂したのであった。

そこで、本稿においては周必大の『歐陽文忠公集』百五十三巻編纂の経緯や過程について、彼の歐陽脩作品の収集状況等を含めて総合的に考察したい。

二 『歐陽文忠公集』編纂以前の状況

まず、周必大が編纂した『歐陽文忠公集』百五十三巻の構成を確認しておきたい。

巻一～五十（『居士集』五十巻）、巻五十一～七十五（『居士外集』二十五巻）、巻七十六～七十八（『易童子問』三巻）、巻七十九～八十一（『外制集』三巻）、巻八十二～巻八十九（『内制集』八巻）、巻九十～九十六（『表奏書啓四六集』七巻）、巻九十七～百十四（『奏議集』十八巻）、巻百十五～百十六（『河東奉使奏草』二巻）、巻百十七～百十八（『河北奉使奏草』二巻）、巻百十九（『奏事録』一巻）、巻百二十～百二十三（『濮議』四巻）、巻百二十四（『崇文総目叙釈』一巻）、巻百二十五（『于役志』一巻）、巻百二十六～百二十七（『帰田録』二巻）、巻百二十八（『詩話』一巻）、巻百二十九（『筆説』一巻）、巻百三十（『試筆』一巻）、巻百三十一～百三十三（『近体楽府』三巻）、巻百三十四～百四十三（『集古録跋尾』十巻）、巻百四十四～百五十三（『書簡』十巻）。

『歐陽文忠公集』巻一から巻五十が『居士集』五十巻、巻五十一から巻七十五が『居士外集』二十五巻、巻七十六から巻七十八が『易童子問』三巻、巻七十九から巻八十一が『外制集』三巻というように、歐陽脩の作品集を集積した形で、『歐陽文忠公集』百五十三巻は構成されている。

ここで、『歐陽文忠公集』百五十三巻に含まれず、単独で刊行された歐陽脩の作品を『宋史』芸文志に基づいて確認すると次の通りである。

『詩本義』十六巻、『新唐書』二百二十五巻、『新五代史』七十四巻、『太常因革礼』百巻、『太常礼院祀儀』三十四巻、『従諫集』八巻、『礼部唱和詩集』三巻。

これらを除いた歐陽脩の作品を周必大は『歐陽文忠公集』百五十三巻に収録して編纂したことになる。

さて、前掲した『寓簡』の逸話からも窺えるように、『居士集』五十巻部分については歐陽脩自らが作品を編定していた。たとえば、次に挙げる『文献通考』巻二百三十四、経籍考六十一の記事には、葉夢得の言葉を引いて次のように述べる。

石林葉氏曰歐陽文忠公晩年取平生所爲文、自編次。今所謂居士集者、往往一篇至數十過、有累日去取不能決者。
石林葉氏曰く歐陽文忠公は晩年に平生爲る所の文を取りて、自ら編次す。今の所謂居士集は、往往にして一篇は數十過するに至るも、累日去取するに決する能はざる者有り。

ここから歐陽脩が晩年に自己の作品を何度も読み返し苦心して『居士集』を編次していたことが窺える。また、周必大も「歐陽文忠公集後序」において次の如く記述する。

惟居士集經公決擇、篇目素定。而參校衆本、有增損其辭至百字者。有移易後章爲前章者。皆已附注其下。

惟だ居士集のみ公の決擇を經、篇目は素より定まれり。而るに衆本を參校すれば、其の辭を增損すること百字に至る者有り。後章を移易して前章と爲す者有り。皆な已に其の下に附注す。

『居士集』は歐陽脩により篇目が決定されていたこと、さらに諸本を比べると作品における文字の增減や構成の變更が窺え、『居士集』の編定にあたり歐陽脩が修正等を行っていたこともわかる。

ここで、この『居士集』五十巻以外に、『歐陽文忠公集』百五十三巻に收錄されているそれぞれの作品集について、その編集状況を確認しておきたい。まず、『居士集』巻四十三に「内制集序」、「外制集序」が收錄されている。これらはいずれも、『歐陽文忠公集』の『内制集』八巻、『外制集』三巻の冒頭部分にも掲載されるものである。たとえば「外制集序」においては、(2)

豈以予文之鄙而廢也。於是錄之爲三卷。

豈に予の文の鄙なるを以て廢せんや。是に於て之れを錄して三巻と爲す。

と述べ、歐陽脩自らが『外制集』三巻を編纂していたことがわかる。また、「内制集序」においては、

予既罷職、院吏取予直草、以日次之、得四百餘篇。因不忍棄。……嘉祐六年秋八月二日、廬陵歐陽脩序。

予既に職を罷め、院吏予が直草を取り、日を以て之れを次し、四百餘篇を得。因りて棄つるに忍びず。……嘉祐六年秋八月二日、廬陵歐陽脩序す。

と記述し、歐陽脩の作品四百余篇を下役の事務官が日付順に整理したので、その序文として嘉祐六年（一〇六一）に「内制集序」を作成していたことがわかる。とすれば、これら序文の記述から、歐陽脩の生前に『内制集』八巻、『外制集』三巻は整理編纂されてまとまった形で存在していたことが明らかとなる。『居士集』巻四十四には、歐陽脩六十一歳の治平四年（一〇六七）九月付の「帰田録序」が収録されていることから、『帰田録』も生前にまとめられていたことがわかる。さらに、『居士集』巻四十一に「集古録自序」が収録されているので、当時『集古録跋尾』もまとめられていたことを物語っている。このように『居士集』に収録された序文から、『内制集』、『外制集』、『帰田録』、『集古録跋尾』は歐陽脩の生前に編纂されていたのは間違いない。他の作品集の序文は『居士集』に収録されず、歐陽脩自身も他の作品集については何も言及していないので、次に歐陽脩の死の直後に残されていた作品集を確認してみたい。その際、彼の死の翌年（熙寧六年）に呉充によって制作された歐陽脩の行状や歐陽脩の長子・発等によって述べられた事迹が参考になる。ほぼ同一の記述なので、以下に呉充の行状を挙げる。

被詔撰唐書紀十巻、志五十巻、表十五巻。又自撰五代史七十四巻。……嘗著易童子問三巻、詩本義十四巻、居士集五十巻、歸榮集一巻、外制集三巻、内制集八巻、奏議集十八巻、四六集七巻、集古錄跋尾十巻、雜著述十九巻。諸子集以爲家書總目八巻。其遺逸不錄者、尚數百篇、別爲編集而未及成。

詔を被り唐書の紀十巻、志五十巻、表十五巻を撰す。又た自ら五代史七十四巻を撰す。……嘗て易童子問三巻、詩本義十四巻、居士集五十巻、歸榮集一巻、外制集三巻、内制集八巻、奏議集十八巻、四六集七巻、集古錄跋尾十巻、雜著述十九巻を著はす。諸子集めて以て家書總目八巻を爲る。其れ遺逸して錄せざる者、尚ほ數百篇は、別に編集を爲さんとして未だ成るに及ばず。

ここで記述する『雑著述』十九巻には、『河東奉使奏草』二巻、『河北奉使奏草』二巻、『奏事録』一巻、『濮議』四巻、『崇文総目叙釈』一巻、『于役志』一巻、『帰田録』二巻、『詩話』一巻、『筆説』一巻、『試筆』一巻、『近体楽府』三巻が含まれている。歐陽脩が没した直後には『居士集』から『雑著述』に至るまでの作品集が存在していたことになる。この呉充の行状と前述した『歐陽文忠公集』百五十三巻を構成する作品集とを比較してみると大部分の作品集は一致しているが、呉充の行状には『居士外集』二十五巻、『書簡』十巻の二種類が存在していない。他にもこの行状から、『家書総目』八巻が作成されていたこと、散逸して収録されていない作品が数百篇あること、それらを集めて編集しようとしているが、まだ出来上がっていないこと、さらに『歐陽文忠公集』に収録されていない『帰栄集』一巻が当時存在していたこともわかる。

その後、崇寧五年（一一〇六）に作られた蘇轍の「歐陽文忠公神道碑」においては当時の歐陽脩の詩文集編纂状況について次の如く記載する。

凡爲易童子問三卷、詩本義十四卷、唐本紀表志七十五卷、五代史七十四卷、居士集五十卷、外集若干卷、歸榮集一卷、外制集三卷、内制集八卷、奏議集十八卷、四六集七卷、集古錄跋尾十卷、雜著述十九卷。

凡そ易童子問三巻、詩本義十四巻、唐本紀表志七十五巻、五代史七十四巻、居士集五十巻、外集若干巻、歸榮集一巻、外制集三巻、内制集八巻、奏議集十八巻、四六集七巻、集古録跋尾十巻、雑著述十九巻を爲る。

これは呉充の行状の作成時期から三十数年後のものであり、その間に新たに「外集若干巻」が加えられていたことがわかる。さらに、この『外集』に関連して、李之儀が「歐陽文忠公別集後序」において、「汝陰王樂道與其子性之……得公家集所不載者、集爲二十卷。余幸得而觀之。……政和四年三月十三日、趙郡李之儀書」と記述するのは注目される。この「歐陽文忠公別集後序」における歐陽文忠公（歐陽脩）の別集とは『外集』のことで、ここでは『外集』（別集）が二十巻としてまとめられていたと述べており、この文末に年月日が記されていることから、それは政和四年（一一一四）頃のことであった。『外集』（別集）が存在していたことは、『宋史』巻二百八、芸文志に「歐陽脩集五十巻又別集二十巻」とあることからも裏付けられる[3]。

周必大は、『歐陽文忠公集』百五十三巻を作成するに当たり、すでにまとめられていた先行の歐陽脩の作品集を利用して、それに校勘や修正を加えるなどして編纂を行ったが、『居士外集』二十五巻、『書簡』十巻は、歐陽脩の亡くなった直後は存在していなかった。すなわち、彼の生前には作品集としてまとめられていなかったのである。ただ、『居士外集』については、前述した如く周必大が全集編纂を開始した頃には二十巻ほどにまとめられていたと思われるが、最終的には周必大が『居士外集』を二十五巻として編纂したと考えられる。『書簡』十巻については、先行の作品集として存在していなかったので、周必大が『歐陽文忠公集』編纂時に整理してまとめたと言える。

三　周必大の歐陽脩作品収集

ところで、周必大は歐陽脩の全集を編纂する前に、歐陽脩の作品を様々な形で収集していた。たとえば彼の「總跋自刻六一帖」には次のように記述する。

歐陽公道徳文章、百世之師表也。而翰墨不傳于故郷、非闕典與。某不佞、好公之書而無聚之之力。聞有藏其尺牘斷稿者、輒假而摹之石。

歐陽公の道徳文章は、百世の師表なり。而れども翰墨は故郷に傳はらず、闕典に非ずか。某不佞、公の書を好むも之れを聚むるの力無し。其の尺牘斷稿を藏する者有るを聞けば、輒ち假りて之れを石に摹す。

歐陽脩の筆墨を好んでいた周必大は、歐陽脩の尺牘や断稿があることを聞けば、それを借りて石に模刻して採集していたことがわかる。また、模刻ではなく、歐陽脩の詩文そのものを入手したことについて、たとえば彼の「跋六一先生詩文藁」の中に、

右六一先生詩文藁二幅、其玄孫休自四明携以相遺。休尋卧病旅邸。予贐之使歸至家而没。此帖遂留予家。

右六一先生の詩文藁二幅は、其の玄孫休の四明より携へ以て相ひ遺す。休は尋で病に旅邸に卧す。予之れに贐《はなむ》けし歸らしむも、家に至りて没す。此の帖遂に予の家に留まる。

と記述し、歐陽脩の玄孫である休が歐陽脩の詩文原稿を所持していたが、病気で亡くなったために、結局それが周必大の手元で保管されるようになった経緯が窺え、かくの如くして彼はこの歐陽脩直筆原稿を入手していた。同じく、直筆原稿を入手したことがわかる文章として、「題六一先生五代史稿」があげられる。

右歐陽文忠公五代梁史斷稿九頁、其玄孫偰欲以相遺。予曰陳遵、俠徒也。其書人猶藏弆、況文忠翰墨乎。雖然、在子孫則爲手澤、世當寶之、他人得傳玩足矣。偰曰偰無子、群從又多流落、謀食之不暇、且已揉懷如此、終當棄之耳。既悲其言、爲加緝治而題其後。淳熙十年二月五日、周某書。

右歐陽文忠公の五代梁史斷稿九頁は、其の玄孫偰以て相ひ遺さんと欲す。予曰く陳遵は、俠徒なり。其の書すら人猶ほ藏弆し、況んや文忠の翰墨をや。然りと雖も、子孫に在れば則ち手澤爲りて、世當に之れを寶とし、他人は傳玩を得て足るべしと。偰曰く偰に子無し、群從は又た多く流落し、謀食の暇あらず、且つ已に揉懷すること此の如く、終に當に之れを棄つべきのみと。既に其の言を悲しみ、爲めに緝治を加へて其の後に題す。淳熙十年二月五日、周某書す。

歐陽脩の『新五代史』梁史の断稿九頁が彼の玄孫である偰の手元にあった。生活が苦しい偰がそれを手放す意向を聞いて、周必大が入手して修繕を加えて保管した。ここで「在子孫則爲手澤」と記述していることから、「五代梁史断稿九頁」は間違いなく歐陽脩の直筆原稿であったことが窺える。時に淳熙十年（一一八三）で、周必大が『歐陽文忠公集』編纂を開始する紹熙二年（一一九一）の八年前のことであった。

さらに、歐陽脩が通判屯田に与えた書帖を入手したことについて、周必大「跋歐陽公與通判屯田等三帖」に言う。

某已刻六一先生帖數巻於家塾、他日當摹此三帖、附益之。淳熙戊戌十一月二十五日。

某已に六一先生の帖數巻を家塾に刻し、他日此の三帖を摹すに當たり、附して之れを益す。淳熙戊戌十一月二十五日。

周必大は歐陽脩が通判屯田に与えた書簡三帖を模刻した。ここで注目すべきは、彼の家塾ですでに歐陽脩の書帖を数巻模刻していたと記述することである。ここから、これ以前にも歐陽脩の書帖を周必大が集めていたことが窺え、このように彼は積極的に歐陽脩の作品を収集していたのであった。しかも、この文章が作成されたのは、淳熙戊戌すなわち淳熙五年（一一七八）で、これは『歐陽文忠公集』編纂開始の十三年前のことである。彼の「題六一先生丁憂居潁帖」においては、

右歐陽文忠公丁母憂居潁時二帖。文忠嘗留守南京、蘇丞相實爲推官。予初得前帖、固疑遺蘇公者。……後一帖與知縣寺丞、不知何人。……淳熙七年歳在庚子二月二十四日。

右歐陽文忠公の母の憂に丁り潁に居りし時の二帖。文忠は嘗て南京に留守し、蘇丞相は實に推官爲り。予は初

め前の帖を得、固より蘇公に遺る者かと疑ふ。……後の一帖は知縣寺丞に與ふ、何人かを知らず。……淳熙七年の歳庚子二月二十四日に在り。

として、歐陽脩が母親の喪に服して潁州に居た際に作成した二通の書帖を入手したと述べる。淳熙七年（一一八一）と記載することから、これらの二通の書帖も前掲の「五代梁史断稿九頁」、「與通判屯田等三帖」と同じく『歐陽文忠公集』編纂前に入手していたのである。

さらに、周必大は「家塾所刻六一先生墨蹟跋十首」の『試筆』の項目で次のように記述する。

世傳文忠公試筆、自説硯而下凡數十紙、有元祐四年九月東坡蘇公跋、此最後數紙也。……淳熙甲午十月二十八日、某書。

世に傳ふ文忠公の試筆は、硯を説くより而下凡そ數十紙、元祐四年九月東坡蘇公の跋有り、此れ最後の數紙なり。……淳熙甲午十月二十八日、某書す。

文末に淳熙甲午すなわち淳熙元年（一一七四）と記載されており、その頃、周必大は蘇東坡の跋が記載されている試筆を入手していたと言う。ここで、周必大が編纂した『歐陽文忠公集』巻百三十に収録されている実際の『試筆』巻末部分を確認すると、次のような蘇軾の跋がある。

此數十紙、皆文忠公衝口而得、信手而成、初不加意者也。其文采字畫、皆有自然絶人之姿。信天下之奇蹟也。元祐四年九月十九日蘇軾書。

此の數十紙は、皆な文忠公の口を衝きて得、手に信せて成り、初めの意を加へざる者なり。其の文采字畫は、皆な自然絶人の姿有り。信に天下の奇蹟なり。元祐四年九月十九日蘇軾書す。

全集の『試筆』部分に収録された数十帖にこのような蘇軾の跋があるということは、本来これが蘇軾の手元にあったものであることを物語っている。これは、前掲の「家塾所刻六一先生墨蹟跋十首」の記述内容と一致する。周必大はこの『試筆』部分の数十帖を、全集の編纂を開始する紹熙二年（一一九一）の約十七年前に入手しており、そこに蘇軾の跋が記載されていたので、それをそのまま全集に採録したことになる。ここから、周必大は自ら収集した資料を、『歐陽文忠公集』編纂の際に用いていることが窺える。

他にも、周必大の文章において歐陽脩の作を入手していたことがわかる題目とその冒頭の記述及び作成年を彼の全集から抜き出すと次のようになる。


「跋歐陽文忠公與裴如晦帖」右歐陽文忠公與裴如晦帖……慶元丙辰十一月五日。

「題六一先生九帖」右文忠公九帖……淳熙辛丑季春五日、周某題。

「題六一先生夜宿中書東閤詩」右歐陽公嘉祐八年冬末詩。……淳熙乙巳春、某謹記。

「題六一先生家書紙背猪肉帖」右熙寧三年春歐陽文忠公家書一通……淳熙十二年十月十一日。

「題六一先生慰富文忠公書稾」右歐陽公書稿……淳熙戊申三月二十九日、某題。

「題汪季路所蔵書畫四軸」右汪季路所藏歐陽文忠公在政府與蔡忠恵公兩帖……紹熙五年九月日、周某書。

「跋六一先生跋杜濟神道碑」右六一先生跋唐杜濟神道碑……慶元丙辰正月癸卯、周某爲皇諸孫彦法題。

「跋歐陽公堯祠碑跋」堯祠碑在集古録爲第七百九十一巻……慶元丙辰正月癸卯、周某題。

「跋歐陽文忠誨學帖」歐陽文忠公年二十有三……慶元丙辰六月庚戌。

右〇〇という書き出しは、まず収集した歐陽脩の作品を掲載し、その後に文章を書き付けたので、こういう形式になったと言える。(4) 一方、右〇〇という書き出しではない「跋歐陽公堯祠碑跋」と「跋歐陽文忠誨學帖」は、跋文という形式から、実際に歐陽脩の作を確認して、それを踏まえて自らの考証等を書いたものと考えられる。

ここで、これらの作成年を見ると、『歐陽文忠公集』編纂開始前、特に淳熙年間が多いが、編纂が始まった後の紹熙五年（一一九四）や慶元二年（丙辰、一一九六）もある。ただ、これらも『歐陽文忠公集』百五十三巻の編纂終了の慶元二年までには作成されているのであり、周必大は『歐陽文忠公集』を編纂するに当たり、その準備段階から編纂期間まで、多くの歐陽脩の作品を入手していたことが窺える。そして、入手した作品についての考証を種々行っているが、それは同時に『歐陽文忠公集』作成にあたり、出来るだけ多くの歐陽脩の実作を収集し確認して様々な検討（考証）を加えた上で、編纂したことを物語っているのである。

四　『歐陽文忠公集』編纂メンバーとその役割

周必大は『歐陽文忠公集』を編纂するに当たり、多くのメンバーを集めている。彼の「歐陽文忠公集後序」には次のように述べる。

會郡人孫謙益老於儒學、刻意斯文。承直郎丁朝佐博覽群書、尤長考證。於是徧捜舊本、傍采先賢文集、與郷貢進士曾三異等互加編校。起紹熙辛亥春、迄慶元丙辰夏、成一百五十三卷、別爲附録五卷。

會《たまた》ま郡人の孫謙益は儒學に老い、意を斯文に刻む。承直郎の丁朝佐は群書を博覽し、尤も考證に長けり。是に於て舊本を徧く捜し、傍く先賢の文集を采り、郷貢進士の曾三異等と互いに編校を加ふ。紹熙辛亥の春起《よ》り、慶元丙辰の夏迄、一百五十三巻を成し、別に附録五巻を爲る。

ここでは全集を編纂したメンバーとして、孫謙益、丁朝佐、曾三異が挙げられている。さらに『歐陽文忠公集』の巻末に、この三人を含めて全集の校正者、覆校者の一覧がある。

編定校正
孫謙益、丁朝佐、曾三異、胡柯
覆校
葛潨、王伯芻、朱岑、胡炳、曾煥、胡渙、劉賛、羅泌

周必大以外にこれら十二名が編纂に関わっていたことになる。そこで、これら十二名がどのように全集の編纂に関わっていたのかということについて、全集に附された校勘等の記述に着目して具体的な担当箇所を確認したい。

まず、『歐陽文忠公集』巻一から巻五十に収録されている『居士集』五十巻において、各巻末に「紹熙二年三月郡人孫謙益校正」という記述がある。紹熙二年は『歐陽文忠公集』編纂の開始年なので、全集の編纂が始められてすぐ『居士集』五十巻部分の校勘作業は孫謙益によって始められていたことがわかる。さらに『居士集』巻一、二、三、七、十四、十六、十七、二十一、二十四、二十五、三十一、三十九には「朝佐按」、「朝佐考」の記述があり、丁朝佐も『居士集』五十巻部分の校正を行っていることが窺える。また、全集巻九十から巻九十三に収録されている『表奏書啓四六集』の各巻末には、「紹熙三年十月承直郎丁朝佐編次、郡人孫謙益校正」という記載があり、この部分は丁朝佐が編次して孫謙益が校正を担当したことが明らかとなる。全集巻百十七、百十八に収録される『河北奉使奏草』巻上、巻下の巻末には「紹熙五年十月郡人王伯芻校正」と記載されているので、ここは王伯芻が校正を担当したことがわかる。全集巻百二十三の『濮議』巻四の巻末には「紹熙五年十月郡人孫謙益王伯芻校正」とあるので、『濮議』部分は孫

謙益と王伯芻が校正を担当しており、さらに全集巻百三十三に収録される『近体楽府』巻三の巻末には「郡人羅泌校正」と記載され、『近体楽府』は羅泌が校正を担当したことが窺える。このように、編纂に参画したとして巻末に記載された十二名のうち、孫謙益、丁朝佐、王伯芻、羅泌の四名は全集の各巻末に附された記載から担当箇所が明らかになる。さらに、これら四名以外に全集編纂の際に具体的な関与が窺えるのは曾三異である。周必大が孫謙益に送った書簡（紹熙五年六月付）において次のように述べる。

曾無疑送別集目錄來共三冊、幷移改手書五卷、丁朝佐劄子一幅竝納呈。幸仔細點勘、疾速送示。恐未能併了。

曾無疑の別集目録を送り來ること共に三冊、幷びに移改の手書五卷、丁朝佐の劄子一幅竝びに納呈す。幸ひに仔細に點勘し、疾速《すみやか》に送示せんことを。未だ併了する能はざるを恐る。

曾無疑は曾三異の字であり、周必大は孫謙益に対して、曾三異から送られて来た別集目録や丁朝佐の劄子を今一度校勘するように指示している。このように、曾三異は全集編纂の際に様々な資料提供をしていたようで、周必大が彼に送った書簡（紹熙四年）には、「蒙索元稿、謹封納」とあり、『歐陽文忠公集』を編纂した際に、曾三異が提供した資料を周必大は用いていたことがわかる。さらに、彼は歐陽脩の年譜も提供している。周必大の「歐陽文忠公年譜後序」は年譜について次のように述べる。(5)

文忠公年譜不一。惟桐川薛齊誼、廬陵孫謙益、曾三異三家爲詳。雖用舊例、每列其著述、考文力之先後、然篇章不容盡載、次序寧免疑混。如公曾孫建世以告勅宣劄爲編年、尚多差互。況餘人乎。

文忠公の年譜は一ならず。惟だ桐川の薛齊誼、廬陵の孫謙益、曾三異の三家のみを詳しきと爲す。舊例を用ひて、每に其の著述を列し、文力の先後を考ふると雖も、然れども篇章は盡くは載するを容れず、次序は寧んぞ疑混を免れん。如へば公の曾孫建世の告勅宣劄を以て編年と爲すものすら、尚ほ差互多し。況んや餘人をや。

歐陽脩の年譜は、現在、四部叢刊所収の『歐陽文忠公集』冒頭に附してあるが、その年譜の基になったのは桐川の薛齊誼、盧陵の孫謙益、曾三異の三人の家にあった歐陽脩の年譜だと言う。それらは相互に混乱が多かったが、歐陽脩の曾孫・歐陽建世の「告勅宣劄」を時代順に編纂した書物ですら誤りが見られるのだから仕方ないとして、それらを整理すべく周必大らは全集編纂の際に年譜も作成していたのである。このように、曾三異は自分の家に所蔵されていた歐陽脩の年譜を周必大に提供していた。ちなみに、年譜を提供した人物として曾三異の他に、ここで孫謙益と薛齊誼があげられており、孫謙益は前述した如く周必大の『歐陽文忠公集』編纂の重要なメンバーであるが、薛齊誼についてはは『歐陽文忠公集』編纂に直接関わっているという記載がないので、所蔵していた年譜を提供しただけだと推測できる。

以上、周必大が編纂した『歐陽文忠公集』に関わった十二名のうち、孫謙益、丁朝佐、王伯芻、羅泌、曾三異の五名については、その担当箇所や役割をおおよそ確認することができた。残りの七名については、残念ながら具体的な役割や担当箇所を確認できないが、巻末に編定校正あるいは覆校とはっきりと記載されているので、『歐陽文忠公集』編纂に関与したことは間違いないと考えられる。

五　『歐陽文忠公集』校勘に見える収集資料

すでに見てきたように、周必大は個別に歐陽脩の作品を収集し内容を確認していたが、それ以外にも『歐陽文忠公集』を編纂する当たり、先行の多くの諸本を確認している。本章では、『歐陽文忠公集』の校勘部分の記述に着目して、如何なる資料を確認していたのかを明らかにしたい。

まず、巻一～五十に収録される『居士集』部分の各巻末にある校勘部分から拾い出してみると次のようになる。

○夷陵石本
○石本
○衢本
○建本
○吉本
○吉州羅寺丞家京師旧本
○蜀本
○京本
○羅氏本（羅本）
○碑本
○大杭本
○吉州本
○恕本
○承平時閩本
○江鈿文海本

これらの○○本という記載は、『居士集』部分の各巻末の校勘の記載なので、各地で刊行されていた『居士集』を指す可能性もあろうが、前述した如く周必大は「歐陽文忠公集後序」において「歐陽文忠公集、自汴京、江浙、閩、蜀皆有之」と記載するので、当時『歐陽文忠公集』という名前の書物は、汴京、江浙、閩、蜀で刊行されていたことがわかる。とすれば、『居士集』五十巻部分の校勘に記載する○○本は、これら先行の『歐陽文忠公集』のことを指している場合もあるのではないかと推測できる。

次に、『歐陽文忠公集』巻五十一から巻七十五に収録される『居士外集』の校勘から窺える諸本は以下の通りである。

○集本
○吉綿閩本
○京本
○蜀本
○綿本
○江浙閩本
○恕本
○吉綿本
○承平時印本
○石本
○閩本

『居士外集』の編纂に当たっても、多方面から様々な諸本を収集して校勘に用いていることが窺える。

さらに、これらの歐陽脩の全集や作品集、個別の作品以外に、周必大が『歐陽文忠公集』百五十三巻の編纂に当たり使用していた資料が校勘から窺える。今、それらをいくつか列挙してみると次の通りである。

○時賢文纂
○宋文粋
○蘇子美滄浪集
○両朝国史
○文纂
○文藪
○熙寧時文
○京本英辞類藁
○鍼啓新範
○仁宗実録
○王荊公四家詩選
○韓公文集
○李燾長編
○慶暦文粋
○王深甫長楽集
○文海
○類藁
○仕途必用

ここから周必大は先行の歴史書やアンソロジーにわたるまで幅広く資料を確認して、そこから歐陽脩の作品を見つけ出していたことがわかる。周必大は各方面から可能な限り網羅的に資料を収集し、力を尽くして『歐陽文忠公集』百五十三巻を編纂したと言えよう。

六 『歐陽文忠公集』編纂の過程

本章では、周必大『歐陽文忠公集』百五十三巻編纂の具体的状況を各巻末の校勘の記載等から窺いたい。

まず、注目したいのは『居士集』巻十四及び巻十九の巻末に「公家定本」を用いたという校勘の記述である。たとえば、『歐陽文忠公集』の編纂者の一人である丁朝佐が『居士集』巻十四の校勘記に「朝佐攷公家定本」として「公家定本」を用いたと記載している。ただ、「公家定本」が具体的に何を指しているのかは些か不明ではあるが、その名称から歐陽脩の家で編まれていた書物であることは間違いないであろう。ちなみに、この「公家定本」を用いて校勘をしたという記述は、『居士集』五十巻部分以外には見られないので、「公家定本」とは『居士集』に関連する書物だと推測できる。

ここで「公家定本」を用いたという丁朝佐について、校勘を見ていくと、『居士集』巻二十五、巻三十一の校勘の記述から、文字や語彙面に詳しかったことがわかる。『居士集』巻三十一の校勘に言う。

朝佐(6)攷公集、怠、迨、殆三字、似通用。徐氏墓誌……此亦以怠爲殆也。劉侍讀墓誌……此則以迨爲殆也。諸本間有改者。覽者以意讀之。

朝佐攷ふるに公の集、怠、迨、殆の三字、通用するに似たりと。徐氏墓誌……此も亦た怠を以て殆と爲すなり。劉侍讀墓誌……此は則ち迨を以て殆と爲すなり。諸本に間々《まま》改むる者有り。覽る者は意を以て之れを讀め。

前掲した「歐陽文忠公集後序」の中で、周必大が「尤長考證」と言及していたように、丁朝佐は考証に長けており、文字の異同を検討せねばならない全集の校勘者として適任であったようである。

また、『居士集』巻二十八に収録されている「黄夢升墓誌銘」では校勘の際に用いた具体的な資料が窺える。

右黄夢升墓誌銘、公年三十八所作、真蹟今藏興國軍呉氏。字畫端麗、雖似淨本、然亦間有塗改。校今衆本、凡増損異同七十餘字。疑公後嘗修潤、或傳寫差訛。

右、黄夢升墓誌銘は、公、年三十八の所作にして、真蹟は今、興國軍呉氏に藏す。字畫端麗にして、淨本に似ると雖も、然れども亦た間々塗改有り。今衆本を校すれば、凡そ増損異同は七十餘字なり。疑ふらくは公後に嘗て修潤し、或ひは傳寫差訛す。

興国軍呉氏が所蔵していた歐陽脩の真蹟を確認してみると、文字を塗り改めた跡があった。その真蹟を他本と比べると、七十余字の異同があり、それは伝写の誤りや歐陽脩が修改したからであると記載する。このように「黄夢升墓誌銘」を収録する際には興国軍呉氏の所蔵資料を校勘資料として用いていたのである。

その他、『河東奉使奏草』、『河北奉使奏草』部分の原稿については、周必大が孫謙益に送った書簡（紹熙五年）の中に次のように言う。

河東河北兩路奉使奏稿約四萬字、徧問相尋求未得、因繙故書、却自有善本、當併刊刻。

河東、河北の兩路の奉使奏稿約四萬字、徧く問ひ相ひ尋ね求むれども未だ得ず、因りて故書を繙とけば、却って自ら善本有り、當に併せて刊刻すべし。

ここには『河東奉使奏草』、『河北奉使奏草』のテキストを見つけた顛末が記述されている。各方面をたずね探してもなかなか良い版本が見つからなかったので、周必大は自分がもともと所持していた古書を再度確認してみると、何とその中に善本があり、『河東奉使奏草』、『河北奉使奏草』については、それをテキストとして用いて刊刻したと言う。

ところで、すでに見てきたように『歐陽文忠公集』百五十三巻の編纂には周必大以外に十二名のメンバーがいたが、その中でも周必大は孫謙益を最も信頼していたと思われる。前述した如く周必大が彼に送った書簡（紹熙五年六月付）に、「曾無疑送別集目錄來共三冊、并移改手書五卷、丁朝佐劄子一幅竝納呈。幸仔細點勘、疾速送示。恐未能併了」とあることから、周必大は曾三異（曾無疑）の目録や丁朝佐の劄子を、わざわざ今一度孫謙益に校勘させ確認させていたことが窺える。また、同じく孫謙益に送った書簡（紹熙五年）では、

今汲汲欲得總目及諸集排比、庶免因循。何乃遲遲如此。

今、汲汲として總目及び諸集の排比を得んと欲し、因循を免れんことを庶ふ。何ぞ乃ち遲遲たること此の如し。

とあり、周必大が孫謙益に『歐陽文忠公集』の総目や諸集の排列についての考証を遅れることのないようにと催促している。これらから、周必大は全集の編纂に当たって、十二名の中で最も孫謙益を頼りにしていたことが如実に窺えるのである。

さて、前述した如く、周必大は『歐陽文忠公集』を編纂する際に、先行の作品集が存在している場合にはそれに校勘を加え整理して編纂した。ただ、先行の作品集が存在しない場合、すなわち歐陽脩が没した当時に存在していなかった『居士外集』二十五巻と『書簡』十巻は、周必大が『歐陽文忠公集』を編纂する際に作成したと言える。そこで、『居士外集』二十五巻と『書簡』十巻が編纂された経緯について考えたい。

まず、『居士外集』二十五巻について、前述したように周必大の全集編纂以前に『外集』（別集）が二十巻としてまとめられていた。周必大はそれを利用して『居士外集』二十五巻を編纂したと考えられる。歐陽脩が亡くなった翌年に作成された、前掲の呉充の「行状」には「其遺逸不錄者、尚數百篇」の作品が「別爲編集而未及成」という状態であったと言う。とすれば、周必大はそうした作品等を採録して、最終的に二十五巻の『居士外集』を編纂したと考えられる。ちなみに、呉充の行状に見える『帰栄集』一巻について、周必大は「歐陽文忠公年譜後序」の中で、

惟闕歸榮集一卷。往往散在外集、更俟博求。

惟だ歸榮集一巻のみを闕く。往往にして外集に散在すれば、更に博求を俟たん。

と言い、『帰栄集』に収録されていた作品が、『居士外集』を編纂する際に、その中に散在することに気づいた。その

ため、周必大は『歐陽文忠公集』百五十三巻に『帰栄集』の項目を立てなかった。こうした『帰栄集』との関連から考えても、全集編纂以前に一部編纂されていた『居士外集』に基づいて、最終的に二十五巻本にまとめて編纂したのは周必大と言えるであろう。

一方、『書簡』十巻部分は、歐陽脩が亡くなった翌年の呉充の「行状」や、その三十四年後の蘇轍「歐陽文忠公神道碑」、さらには淳熙十四年（一一八七）以前には完成していた晁公武『郡齋読書志』や南宋中後期の陳振孫『直齋書録解題』等の目録、[7]『宋史』芸文志等においても、全くその存在を確認できない。つまり、周必大の『歐陽文忠公集』百五十三巻に含まれる『書簡』十巻部分は、周必大が全集の作成に当たって編纂方針を立て、歐陽脩の書簡を収集し整理した上で作成したと考えられるのである。

そこで、周必大の『書簡』十巻の編纂方針が窺える校勘に着目して、周必大の『書簡』編纂方法を窺ってみると、まず巻十の最後に附された次の校勘に注目したい。

右書簡十巻、命題以各人所至之官、故於稱謂不必相應。
右書簡十巻、命題は各人の至る所の官を以てし、故に稱謂に於ては必ずしも相應せず。

『書簡』十巻に収録されている書簡の題名は、周必大が『書簡』を編纂した際に命名したことがわかる。確かに、書簡を執筆する際に宛名は書くけれども、一般にその書簡に題名をつけることはしない。現在、全集に収録されている『書簡』部分に見られる題名は、周必大が『書簡』を編纂する際に書簡を受け取った人の官位に基づいて作成したことになる。

次に『書簡』巻五に収録されている「與劉侍讀」第五、六、七帖には、いずれも次のような注記があることに注目したい。

此帖吉綿本誤作與蘇子容。

此の帖は吉綿本誤りて蘇子容に與ふと作る。

周必大は『歐陽文忠公集』を編纂する際に吉綿本を参照していたことが窺える。この吉綿本がどのようなものであったのかについては確認出来ないが、前述した如く『居士外集』に附された校勘にも吉綿本という記載があるので、周必大はそれを全集編纂の際に確かに資料として使用していたのは間違いない。そして、吉綿本では劉侍讀に送った書簡を誤って蘇子容に送った書簡とみなして題名をつけていることを見つけだして、それを修正し注記としてそのことを記載したのである。

さらに『書簡』巻五の「與劉侍讀」第十八帖に、次のような注記が附されている。

與前帖相類、疑是槀本、今兩存之。

前帖と相ひ類す、疑らくは是れ槀本にして、今、兩つながら之れを存す。

この「與劉侍讀」第十八帖は、第十七帖と類似しており、周必大はこの第十八帖を草稿と判断したが、『書簡』部分には二篇とも収録したという記述である。実際に第十七帖と第十八帖は、内容や表現が類似している。周必大が全集を編纂した際、歐陽脩家や他の資料中には内容が同じような書簡が残されていることがあり、その中には草稿、すなわち修正や書き換えが行われる前の原稿があったことが窺える(8)。

かくの如く、内容が類似している書簡が残っていること以外に、たとえば『書簡』巻八に収録される「與王學士」第二帖には、「此帖又載第九巻却云與薛少卿」という注記があり、一方『書簡』巻九「與薛少卿」には「此帖又載第八巻却云與王學士」と注記されている。これらは全く同一の書簡であるが、周必大は歐陽脩家に残されていた書簡を整理して命名する際に、王学士に送った書簡か、薛少卿に送った書簡かについて判断できなかったので、可能性がある二人のものとして、該当する部分にそれぞれ収録したのであった。

ところで、歐陽脩家に残された資料に加えて、種々の資料から書簡を見つけた周必大が、全集を編纂する際にそれらの書簡をどこに収録するのかについて、『書簡』巻十の最後に附された次の校勘は極めて興味深い。

吉綿本書簡有論文史問古事之類、移入外集第十六十七十八十九巻中。
吉綿本の書簡に文史を論じ古事を問ふの類有り、外集の第十六、十七、十八、十九の巻中に移入す。

ここで注目したいのは、前掲した吉綿本においては書簡と見なされていた作の幾つかを、周必大は全集を編纂する際に、『居士外集』に移したという指摘である。その判断の基準として、書簡の内容から周必大は「文史を論じ、古事を問ふ」をあげ、そうした内容を持つ書簡を『居士外集』に移したと述べる。ここに周必大の『書簡』編纂方針が垣間見えると思われる。つまり、周必大は内容から判断して「文史を論じ、古事を問ふ」書簡は、全集の『書簡』部分ではなく『居士外集』に収録したということになる。このように『書簡』編纂の際の収録作品の選択が『居士外集』の作品構成へも影響を与えているので、『書簡』と『居士外集』の編纂は関連していたのは間違いなく、周必大が全集編纂時に最終的に『居士外集』を二十五巻、『書簡』を十巻にまとめたことが窺えるのである。

七 周必大の『歐陽文忠公集』刊行

さて、周必大は『歐陽文忠公集』を百五十三巻として整理編纂したが、それではそれをどのようにして刊行したのであろうか。刊行の具体的経緯については、次の曾三異への書簡（紹熙四年）が注目される。

六一集方以俸金、送劉氏兄弟、私下刻版。

六一集方に俸金を以て、劉氏兄弟に送り、私に刻版に下す。

周必大の『歐陽文忠公集』編纂は紹熙二年（一一九一）から始まり六年の歳月をかけて慶元二年（一一九六）に終了するが、この書簡からは編纂開始二年後の紹熙四年（一一九三）頃に、すでに資金を刻工である劉氏兄弟に送り刻版を始めていたのがわかる。周必大は「歐陽文忠公集後序」の中で「第首尾浩博、随得随刻」として校勘が終わった箇所からすぐに刻版にまわしたと言っているが、まさにこの曾三異への書簡はそれを物語っている。

また、『奏議集』巻十七の校語には、

皆當以一作爲正。已刻版、難盡易、書示後人、使知所擇焉。

皆な當に一作を以て正と爲すべし。已に版に刻し、盡く易へ難く、書して後人に示し、擇ぶ所を知らしむ。

とある。当初、編纂段階で異本があったため、それを「一作」という形で付け加えていた。ところが、後になってその「一作」の方が正しいことが判明したが、すでに刻版へまわしてしまい、もはや変更することが難しかったので、このように「一作」が正しいという校語を付け加えたのであった。ここから、確かに校勘作業が終了した箇所から次々と刻版にまわしていたことが窺え、そのため後で変更箇所が出てきても、本文を差し変えることが難しかったことがわかる。さらに、『書簡』巻十の校勘の記載では、

雖竝注歳月、而先後間有差互。既已誤刊、重於改易、姑附注其下。又不可知則闕之。

竝びに歳月を注すと雖も、而れども先後に間々差互有り。既已《すで》に誤りて刊し、改易を重んじ、姑く其の下に附注す。又た知るべからざるは則ち之れを闕す。

とあり、『書簡』部分は刻版にまわした後に誤りが出てきたので、改易することを重んじて、注を附すことで対応するという方法をとったと記述する。これも校勘が終わった箇所からすぐに刻版にまわすことによって起こった弊害だと考えられ、後から間違いを見つけた場合、すでに刻版が終わっているため、注を附すという形で修正せざるを得なかったと言えよう。たとえば、『書簡』巻八の「答韓宗彦」には「本巻前有答韓欽聖二幅即宗彦也。誤寘此」という注があり、確かに巻八にはすでに「答韓欽聖」という書簡が収録されており、本来は「答韓宗彦」も「答韓欽聖」と一連のものとして同じ箇所に収録すべきであった。ところが、当初は韓欽聖と韓宗彦が同一人物だと認識しないままに刻版にまわしてしまい、その後に同一人物だと気づいたために、前述の『書簡』巻十の校勘に言うように注を附すことで対応したと考えられる。

このような問題があったとは言え、百五十三巻にわたる大部の『歐陽文忠公集』を紹熙二年（一一九一）から慶元二年（一一九六）の僅か六年の間で完成させたのは、周必大が校勘が終わった箇所からすぐに刻版にまわすという刊行作業の方針を徹底させていたからに他ならないと言えるであろう。

八　おわりに

南宋の晁公武の『郡齋読書志』巻十九には、

歐陽文忠公集八十卷諫垣集八卷

という記載がある。『郡齋読書志』は南宋の光宗の淳熙十四年（一一八七）以前に完成しており[9]、それは周必大が『歐陽文忠公集』百五十三巻を編纂する十年以上前のことである。この頃、晁公武が見ることのできた『歐陽文忠公集』八十巻、『諫垣集』八巻がいかなるものかその内容は不明である。さらに、周必大は「歐陽文忠公集後序」の中で「歐陽文忠公集、自汴京、江浙、閩、蜀皆有之」と記載するように、周必大が『歐陽文忠公集』百五十三巻を編纂する以前には、晁公武が見たものを含めて、中国各地に様々な歐陽脩の全集が存在していたと思われる。本稿で見てきたように、周必大は自らできる限り歐陽脩の作品を収集し、それに加えて多くの資料を確認して詳細に作品を検討し校勘を加えた上で編纂し、そして編纂が終わった箇所からすぐに刊行にまわすという方法を用いて責任を持って『歐陽文忠公集』を刊行した。この周必大の編纂した『歐陽文忠公集』百五十三巻が刊行されたことによって、それ以前に刊行されていた様々な歐陽脩の全集は駆逐されてしまい、それが決定版となったのであった。周必大が歐陽脩の全集を編纂したことによって、前掲の『寓簡』の逸話に見られた自らの作品を後世にしっかりと伝えたいという歐陽脩の希望はまさしく成就されたのであった。

注

（1）周必大のテキストは『文忠集』（四庫全書所収）を用いた。

（2）歐陽脩のテキストは天理図書館所蔵『歐陽文忠公集』を用いた。

（3）『別集』を『外集』と見なした理由は次の通りである。『歐陽文忠公集』百五十三巻の内訳は、すでに見てきたように収録順に「『居士集』五十巻、『居士外集』二十五巻、『易童子問』三巻……『書簡』十巻」である。これに関連して、『宋史』巻二百八、芸文志に「歐陽脩集五十巻、又別集二十巻」とあり、この『歐陽脩集』五十巻とは、『居士集』五十巻と考えられ、その当時『居士集』という名称についても一定していなかったことが窺われる。従って『外集』（居士外集）について、『別集』と称されていても不思議ではない。しかも、芸文志の「歐陽脩集五十巻、又別集二十巻」という記述は、『歐陽文忠公集』を構成する最初の二集である『居士集』五十巻、『居士外集』二十五巻に相当する表記だと思われる。さらに、現在歐陽脩に『別集』二十巻は伝わっていないことを考え合わせると、李之儀の言う『別集』は今日の『外集』（居士外集）と見なすことができると考えられる。

（4）たとえば、金石遺文一千巻を集めたと言われる歐陽脩の『集古録』は、その集めた遺文とそれについての考証等を書き付けた形式を取っていた。今日、その考証を書き付けた部分が『集古録跋尾』として残っているが、それらはいずれも右〇〇という書き出しで始まっている。つまり、集めた金石遺文を掲載した後に、続けてそれについての考証等を書き付けたので、考証部分は右〇〇という形式で始まっているのである。

（5）「歐陽文忠公年譜後序」は、通行本である『四部叢刊』所収の『歐陽文忠公集』冒頭の年譜部分では胡柯の作と記されている。一方、周必大の全集『文忠集』では周必大の作として収録されている。本稿では、周必大の全集に収録されているので、周必大の作とみなしておく。

（6）この部分は、天理図書館所蔵『歐陽文忠公集』では「位」という字になっている。四部叢刊『歐陽文忠公集』その他では「佐」字になっている。校勘部分の記載なので、「朝佐」とは丁朝佐のことと思われる。「位」と「佐」が似ているので間違ったと考えられる。

（7）晁公武『郡齋読書志』、陳振孫『直齋書録解題』の刊行時期については、郝潤華、武秀成『晁公武陳振孫評伝』（南京大学出版社、二〇〇六年）参照。

（8）歐陽脩に同じような内容の書簡が残っていることについて、拙稿「歐陽脩新発見書簡の特色について―新発見書簡35「又（與孫威敏公）」、42「與劉侍讀」、69「與杜郎中」、70「又（與杜郎中）」四篇と通行本収録書簡との内容重複に着目して―」（『比較社会文化研究』第十九号、二〇一三年、のち拙著『歐陽脩新発見書簡九十六篇―歐陽脩全集の研究―』に収録）で考察しているので、参照されたい。

（9）注（7）参照。

＊本稿は、拙稿「南宋本『歐陽文忠公集』の成立過程について」（『人文学科論集』第五十三号、二〇〇一年）、「天理本『歐陽文忠公集』について」（『中国文学論集』第十三号、二〇〇一年）、「書簡よりみた周必大の『歐陽文忠公集』編纂について」（『日本宋代文学学会報』第一集、二〇一五年）に基づいて、新たな知見を加えて作成した。そのため、先行の拙稿と同じ表現の箇所があるが、ご了承頂きたい。

范仲淹の神道碑銘をめぐる周必大と朱熹の論争

欧陽脩新発見書簡に着目して

東　英寿

一 はじめに

南宋の周必大（一一二六～一二〇四）は、北宋の歐陽脩（一〇〇七～七二）の全集『歐陽文忠公集』百五十三巻を編纂した。彼は歐陽脩が郷里の偉人であり、当時存在していた歐陽脩の全集が乱れて取るに足らず信頼のおけるものではなかったために、紹熙二年（一一九一）から慶元二年（一一九六）までの六年の歳月をかけて、百五十三巻の全集を編纂したのであった(1)。

『歐陽文忠公集』の巻末には、「編定校正」として、孫謙益、丁朝佐、曾三異、胡柯の四名が、「覆校」として葛澧、王伯芻、朱岑、胡炳、曾煥、胡渙、劉贄、羅泌の八名の名前があり、これらの人物が校正等に参画して全集は編纂された。もちろん、全集編纂の責任者は周必大であり、彼が編纂方針を決めて全集に収録する歐陽脩の作品を様々な角度から詳細に検討しており、従って歐陽脩の作品についての知識が豊富で、その取捨選択にも自信を持っていたことは間違いない。

ところで、周必大が生まれた四年後に、後に朱子学を大成させる朱熹（一一三〇～一二〇〇）が誕生する。後年、歐陽脩の作品をめぐって、この朱熹と周必大が激しい論争をする。それは、歐陽脩が范仲淹のために作成した「資政殿學士戸部侍郎文正范公神道碑銘」（以後、「范公神道碑銘」と記す）の文字の一部を、范仲淹の息子である范純仁が勝手に削除したことをめぐる論争である。周必大は范純仁の行為に理解を示し、朱熹はその行為に反対する立場から議論を展開するが、彼らが自らの意見を主張する際に、筆者が二〇一一年に報告した新発見の歐陽脩書簡について論及していることに気づく[2]。

歐陽脩の新発見書簡は、周必大が編纂した『歐陽文忠公集』に採録されなかったため、今日には全くその存在が知られていなかったものである。周必大と朱熹が論争の中で言及しているということは、それらが南宋当時には間違いなく確認されていたことを意味しており、しかもかかる書簡に注目すると二人の論争を具体的に跡づけることができる。さらに、これらの書簡の取捨選択過程を考察すると、周必大が『歐陽文忠公集』を編纂した際の経緯も新たな角度から浮かび上がってくる。

そこで、本稿では歐陽脩の新発見書簡を手がかりとして、周必大と朱熹の論争を具体的に跡づけ、あわせて周必大の『歐陽文忠公集』編纂の態度についても考察したい。

二　范公神道碑銘の文字削除について

本稿で検討する周必大と朱熹の論争とは、北宋の范仲淹とその政敵であった呂夷簡との関係をどう捉えるかということをめぐる認識の違いに起因する。この論争を考えるために、まず朱熹が周必大に答えた書簡「答周益公」其一[3]を取り上げ、論点を確認しておきたい。

昨蒙寵喩范歐議論、鄙意有所不能無疑、欲以請教、而亦未暇。今遇此便似不可失、而病軀両日覚得沈重愈甚於前勢、不容詳細稟白。但竊以爲范歐二公之心明白洞達、無纎芥可疑。呂公前過後功、瑕瑜自不相掩。若如尊喩、却恐未爲得其情者。故願相公更熟思之也。

昨、范歐の議論を寵喩するを蒙り、鄙意に疑ひ無き能はざる所有りて、以て教へを請はんと欲するも、而れども亦た未だ暇あらず。今、此の便の失す可からざるに遇ふも、而れども病軀は両日沈重にして愈ます前勢より甚だしきを覚へ得、詳細に稟白するを容れず。但だ竊かに以爲らく范歐二公の心は明白洞達なること、纖芥も疑ふ可き無きのみ。呂公の前過後功は、瑕瑜自から相ひ掩はず。若し尊喩の如ければ、却って未だ其の情を得る者と爲らざるを恐る。故に願はくは相公更に之れを熟思せんことを。

この書簡においては、周必大から意見された朱熹が強く反発していることが窺えるが、冒頭で朱熹が周必大から「范歐議論」について教え諭されたと言っていることに注目したい。ここで言う「范歐議論」とは、歐陽脩が范仲淹のために作成した「范公神道碑銘」の文字の一部を、范仲淹の息子である范純仁が石に刻むに当たって、勝手に削除したことをめぐる議論である。以下に、その経緯を簡単に確認しておきたい。

范仲淹は景祐三年（一〇三六）に「百官圖」を上って宰相・呂夷簡の人事を指弾し、さらに「帝王好尚論」、「選任賢能論」、「近名論」、「推委臣下論」の四論を作成し時の政治を批判して、知堯州へ左遷される。この時、これに異を唱えた余靖、尹洙、歐陽脩も左遷されてしまった。その後、西夏の侵攻に対処するために康定元年（一〇四〇）二月に范仲淹は中央に復帰して、天章閣待制・知永興軍となり、五月には陝西都転運使となった。その頃、呂夷簡も三度目の宰相に起用されたが、今度は范仲淹を龍図閣直学士へ昇格させ陝西経略安撫副使へ改めるなどの対応をし、西夏の侵攻に共同して対処したと言われる。その経緯について、歐陽脩は「范公神道碑銘」に次のように記述した。(4)

自公坐呂公貶、羣士大夫各持二公曲直。呂公患之、凡直公者、皆指爲黨、或坐竄逐。及呂公復相、公亦再起被用。於是二公驩然相約、戮力平賊。天下之士皆以此多二公。

公の呂公に坐して貶せられしより、羣士大夫は各《おの》おの二公の曲直を持す。呂公之れを患へ、凡そ公を直とする者、皆指して黨と爲し、或ひは坐して竄逐せらる。呂公相に復するに及びて、公も亦た再び起ちて用ひらる。是に於て二公驩然として相約し、力を戮せて賊を平らぐ。天下の士は皆此を以て二公を多とす。

范仲淹は初め呂夷簡によって左遷されたが、その後呂夷簡と力を合わせて賊を平定したと歐陽脩は記載した。これに対して、范仲淹の息子である范純仁がこの記述を含めて、歐陽脩作成の「范公神道碑銘」に見られる范仲淹と呂夷簡の和解に関する合計百三字の文字を勝手に削除してしまったのである。[5]

周必大は、後述するように范仲淹と呂夷簡の和解はなかったとして、范純仁が「范公神道碑銘」の文字を削除したことに理解を示し、そのことを朱熹に説いた。一方、朱熹は前掲の周必大へ答える書簡で「呂公前過後功、瑕瑜自不相掩」と記述するように、呂夷簡が范仲淹を左遷した過ちと後に范仲淹を用いた功績は、覆い隠さずありのままに示されているとして、范仲淹と呂夷簡は後に和解したと主張する。さらに、周必大の主張に対して、実情を知らないとして熟慮するように強く促したのであった。ここで歐陽脩が「范公神道碑銘」の中で「皆指爲黨」と記述するのは、呂夷簡によって范仲淹が左遷され、それに異を唱えた余靖、尹洙、歐陽脩も左遷されてしまったことで彼らは朋党とみなされてしまい、この事件が宋代における朋党の始まりとされたことを指している。[6] 従って、范仲淹と呂夷簡の争いは「范呂の党争」とも称されるのである。

三　周必大と朱熹の論争

前章で述べた范仲淹と呂夷簡の「范呂の党争」をめぐる周必大と朱熹の論争について、本章ではより詳しくそのやりとりを述べたい。

周必大は慶元二年（一一九六）に汪逵（字は季路）に送った書簡（「與汪季路司業書」）の中で、次のように述べる。[7]

惟呂范一節、朱元晦、呂子約屢以爲言、終不敢曲從者、亦豈無説。歴觀近代、用心平直、如忠宣公可一一數。決不違父志、强削誌文。又本朝正史惟両朝多出名公之手、最爲可信。是時呂氏子弟、顯用於朝者多、而於呂范列傳、竝無一言及此。

惟だ呂范の一節のみ、朱元晦、呂子約屢《しば》しば以て言を爲し、終に敢へて曲《つぶさ》に從はざるは、亦た豈に説くこと無からん。近き代を歴觀するに、心を用ふること平直なるは、忠宣公の一一數ふ可きが如し。決して父の志に違はず、强ひて誌文を削る。又た本朝の正史は惟だ両朝のみ多く名公の手に出で、最も信ず可きと爲す。是の時呂氏の子弟は、顯かに朝に用ひらるる者多し、而れども呂范の列傳に於て、竝びに一言も此れに及ぶ無し。

ここで周必大は、呂夷簡と范仲淹が和解したと朱熹（字は元晦）や呂祖倹（字は子約）がしばしば主張していることに対して、強く異議を唱えていることがわかる。彼は、范純仁（忠宣公）が父の志を踏まえて、歐陽脩作成の「范公神道碑銘」の文字を削除したとして、范純仁の行為を正当化している。本朝の正史、特に真宗、仁宗二朝の実録は名だたる編纂者によって作成されており、極めて信頼すべき資料である。しかも朝廷には呂夷簡の子弟が多く用いられていた。このように呂夷簡についてその事実を知るべき人が多く存在していたにも関わらず、朝廷の責任で編纂された范仲淹や呂夷簡の列伝において、范仲淹と呂夷簡が和解したことは全く記載が無いことを拠り所として、周必大は范仲淹と呂夷簡は和解していないと主張するのである。これに対して、朱熹は「答周必大」其二の中で、次のように述べる。

前者累蒙誨諭范碑曲折……今讀所賜之書而求其指要則其言若曰……其後歐公乃悔前言之過、又知其諸子之賢。故因范碑託爲解仇之語以見意。而忠宣獨知其父之心、是以直於碑中刊去其語、雖以取怒於歐公而不憚也。凡此曲折、指意緻密、必有不苟然者。顧於愚見有所未安、不敢不詳布其説、以求是正、伏惟恕其僭意而垂聴焉。
前者《さきに》、累ねて范碑の曲折を誨諭さるるを蒙むる……今賜はる所の書を讀みて其の指要を求むれば則ち其の言曰ふが若く……其の後歐公乃ち前言の過ちを悔い、又た其の諸子の賢を知る。故に范碑に託して仇を解くの語を爲すに因りて以て意を見はす。而れども忠宣獨り其の父の心を知り、是を以て直ちに碑中に於て其の語を刊去し、以て怒りを歐公に取ると雖も憚らざるなりと。凡そ此の曲折は、指意緻密にして、必ず苟然ならざる者有らん。顧だ愚見に於て未だ安からざる所有り、敢へて其の説を詳布して、以て是正を求めずんばあらず、伏して惟ふに其の僭意を恕し聴を垂れんことを。

前章で引用した「答周必大」其一では「昨蒙寵喩范歐議論」と書き出していたが、本書簡でも「前者累蒙誨諭范碑曲折」として、朱熹は「范公神道碑銘」の件で周必大から教え諭されたということから書き始める。范純仁だけがその父・范仲淹の心を知っており、それ故に彼は歐陽脩作成の「范公神道碑銘」の文字を削除した。その結果、歐陽脩の怒りをかったけれども懼れなかったとする周必大の見解は、それ相応の根拠があるのだろうが、私見では全く腑に落ちないとして、朱熹は訂正を要求したのであった。

ところで、朱熹は前掲の二通の「答周必大」（其一、其二）の中で、それぞれ「昨蒙寵喩范歐議論」、「前者累蒙誨諭范碑曲折」と書き起こすことから、歐陽脩作成の「范公神道碑銘」の件で周必大から激しい意見をされた書簡を受け取っていたと思われる。そこで、周必大の全集『文忠集』において朱熹に送った書簡を確認してみると、九通収録されているのがわかる。しかし、その中に朱熹の反論が生じたような詳細な議論をしている周必大の作は残念ながら残されていない。ただ、慶元二年に周必大が朱熹へ送った文章（「與朱元晦待制劄子」四）の中に、関連する次のような記述がある。

如仁録乃名公筆削、非如近世傳聞鹵奔且有好惡之私、其於呂范營西事、若果爲國交驩、豈非甚美。是時呂氏子弟親戚布滿中外、何故無一字譽及。必有難言、遂两忘耳。

仁録の如きは乃ち名公の筆削にして、近き世の傳聞は鹵奔《ろもう》にして且つ好惡の私有るが如きには非ず、其の呂范の西事を營するに於て、若し果して國の爲に交驩すれば、豈に甚だ美なるに非ずや。是の時呂氏の子弟親戚は中外に布滿するも、何故に一字として譽及する無きや。必ず言ひ難き有りて、遂に两つながら忘るるのみ。

ここで、周必大は当時呂夷簡の子弟や親戚が多くいたにも関わらず、范仲淹と呂夷簡が和解したことは仁録（仁宗実録）に記載されていないので、范仲淹と呂夷簡は和解していないと主張する。これは、彼が汪逵に送った、前掲の「與汪季路司業書」の中で論述していた主旨と同じである。そして、ここで注目すべきは、周必大の『文忠集』によればこの文章は慶元二年（一一九六）の作と記載されていることである。汪逵に送った書簡も慶元二年の作であった。一方、朱熹が周必大に答えた二通の書簡（「答周必大」其一、二）の制作年は朱熹の全集に記載はないが、周必大が朱熹や汪逵に送った書簡等から考えると、やはり慶元二年頃であろうと推定できる。そして、この慶元二年が周必大の『歐陽文忠公集』百五十三巻の編纂期間（紹熙二年～慶元二年）の最終年であったことは看過できない。周必大は歐陽脩の全集を編纂する過程で、歐陽脩作「范公神道碑銘」と范純仁の文字削除を経た「范公神道碑銘」とを比較し自らの見方を打ち立てた上で、朱熹と議論を展開したのだと言えよう。

四 周・朱の論争と歐陽脩新発見書簡

歐陽脩の新発見書簡九十六篇は、周必大が編纂した歐陽脩の全集『歐陽文忠公集』に収録されなかったために、その存在が今日に完全に忘却されてしまったものである。(8)

ところが、「范呂の党争」をめぐる周必大と朱熹の論争を跡づけて行く過程で、九十六篇の書簡の幾つかの存在が重要な資料的価値を有することがわかった。前述した如く、この論争が始まったと思われる慶元二年の十月に、周必大は呂祖倹に送った書簡（「與呂子約寺丞書」）において、次のように記述する。

本朝諸公心平、如忠宣者幾希。設有眞蹟、尚未敢必、況居仁所傳耶。張續帖在誰家。如修性多病之句、良可疑。殊不喜居京、亦非六一語。蘇明允帖若果有之、則黄門龍川志説碑處、自當具言、何必引張安道爲證也。

本朝の諸公心平らかなること、忠宣の如き者は幾ど希なり。設《も》し眞蹟有らば、尚ほ未だ敢へて必ならず、況んや居仁の傳ふる所をや。張續の帖は誰が家に在らん。修の性多病なりの句の如きは、良に疑ふ可し。殊に京に居るを喜ばずは、亦た六一の語に非ず。蘇明允の帖、若し果たして之れ有らば、則ち黄門の龍川志の碑を説く處は、自ら當に具に言ふべし、何ぞ必ず張安道を引きて證と爲さんや。

ここで周必大は、歐陽脩の文字を勝手に削除した范純仁（忠宣）について、本朝の諸公の中で彼ほど心平らかなる者はいないとして彼の人柄を評価した上で、「張續帖在誰家」と「蘇明允帖若果有之」と疑問を呈し、歐陽脩が送った張續と蘇明允への書帖を取り上げる。

まず、前者の「張續帖在誰家」について考えると、張續の書帖は一体誰の家にあるのだろうかと言って、「修性多病」の句は歐陽脩の言葉かどうか本当に疑わしいし、「殊不喜居京」に至っては、六一すなわち歐陽脩の語句ではないと周必大は断言している。実は、これらの語句が記載されている張續に送った歐陽脩の書簡が新発見書簡の中に存在する。それは次にあげる「八十五　與張續」である。[9]

八十五　與張續

脩啓。人至辱書、備見勤厚、且承經秋體履康乂、至慰至慰。脩性多病、加漸老益衰、殊不喜京居、深自勉強。毫棗遠寄、多荷多荷。人回、偶書如此、不一一。脩白張君足下。

脩啓す。人の至り書を辱くするに、備に勤厚なるを見、且つ秋を經て體履の康乂なるを承り、至慰たり至慰たり。脩の性多病にして、加ふるに漸に老い益ます衰ふ、殊に京居して、深く自ら勉ひて強むを喜ばす。毫棗遠くより寄す、多荷たり多荷たり。人回る、偶《たま》たま書すこと此の如し、不一一。脩、張君足下に白す。

この書簡の中に、周必大が歐陽脩の語かどうか疑わしいと疑問を呈した「脩性多病[10]」、さらに歐陽脩の語ではないと断言した「殊不喜京居」（前掲周必大書簡では「京居」が「居京」となっている）が書き込まれており、周必大が呂祖倹への書簡中で言及している張續に送った書帖とは、まさしくこの新発見書簡八十五を指していたことが明らかとなる。さらに、同じく張續に送った一連の書簡が新発見書簡八十六として残っており、そこでは「范公神道碑銘」に言及して次のように記述する。

八十六 又

脩向作范文正文字、而悠悠之言、謂不當與呂申公同褒貶。二公之賢、脩何敢有所褒貶。亦如此而已耳。後聞范氏子弟欲有所增損、深可疑駭。別紙所喩甚善。如范氏子弟、年少未更事、願以此告其親知、脩白。

脩は向に范文正の文字を作り、而して悠悠の言は、當に呂申公と褒貶を同じくすべからずと謂ふ。二公の賢は、脩何ぞ敢へて褒貶する所有らんや。亦た此の如きにして已むのみ。後に范氏の子弟增損する所有らんと欲すと聞くに、深く疑駭すべし。別紙にて喩す所甚だ善し。范氏の子弟の如きは、年少く未だ事を更めず、願はくは此れを以て其の親知に告げん、脩白す。

ここで歐陽脩はかつて范仲淹の文章を作成したと書き出しているが、それは「范公神道碑銘」を指している。さらに「後聞范氏子弟欲有所增損、深可疑駭」として、范純仁が文字を勝手に削除しようとしていることについて、歐陽脩は強い不満を抱いていることを述べている。范純仁の行動を正当化している周必大にとっては、歐陽脩本人が直接不満を表わしていることが窺える張續へ送った書簡が存在していることは決して忽せにできない。従って、歐陽脩が張續に送った一連の八十五、八十六の書簡に対して、八十五の語句を例に取り上げ「良可疑」として疑問を呈し、さらに「非六一語」と断定して歐陽脩の作ではないと強く主張したと思われるのである。

次に後者「蘇明允帖若果有之」について考えたい。周必大はこの呂祖倹への書簡では蘇明允すなわち蘇洵への書簡がもし存在するとしたらと仮定的に記述するが、この書簡の二カ月後の慶元二年十二月に汪逵に送った書簡（「與汪季路司業書」）の中では、意見を深化させて次のように記述する。

呂居仁傳歐公自誌、再三誌、子約實無親筆、縱有亦是歐公自悔前疏太過、欲自解於正獻兄弟、不須憑也。……子約已傳歐公與蘇明允一帖尤僞。蓋明允初得歐公寄范碑、已論此事。嘗贊其用心廣大、豈待後來。黄門龍川志記此甚詳、殊不及也。

呂居仁は歐公の自ら誌し、再三誌すを傳ふるも、子約は實に親筆無く、縱ひ亦た是れ歐公の自ら前疏の太だ過ちなるを悔い、自ら正獻兄弟に解さんと欲する有るも、憑るを須ひざるなり。……子約已に歐公の蘇明允に与ふる一帖を傳ふるも尤も僞なり。蓋し明允初めて歐公の范碑に寄するを得て、已に此の事を論ず。嘗て其の心を用ひること廣大なるを贊すれば、豈に後來を待たんや。黄門の龍川志此れを記すこと甚だ詳しきも、殊に及ばざるなり。

この書簡では、呂祖倹（子約）の伝える、歐陽脩が蘇洵へ送った書簡（「子約已傳歐公與蘇明允一帖」）は、とりわけ偽作であると周必大は主張する。呂祖倹が持っていたこの書簡は歐陽脩の親筆ではないこと、蘇洵はすでに「范公神道碑銘」のことを論じているが、それに関連するこの書簡はその当時全くその存在がなく、今になって後から出てきたということ、さらに呂夷簡と范仲淹のことを詳細に記した蘇轍の『龍川志』においてもこの書簡には言及していないこと等から、偽作であると断じたのである。

この呂祖倹が持っていた歐陽脩が蘇洵へ送った書簡とは、次にあげる新発見書簡五十七のことである。

五十七　與蘇編禮

脩啓。昨日論范公神道碑、今錄呈。後爲其家子弟擅於石本減却數處、至今恨之。當以此本爲正也。脩再拜明允賢良。

脩啓す。昨日范公神道碑を論じ、今錄呈す。後に其の家の子弟の爲に擅に石本に於て數處を減却せらるは、今に至るまで之れを恨む。當に此の本を以て正と爲すべきなり。脩、明允賢良に再拜す。

この書簡で注目すべきことは、「范公神道碑銘」の文字を范純仁が勝手に削除したことに対して、歐陽脩が今に到るまでずっと恨み続けていると記載していることである。つまり、范純仁によって文字を削除されたことに対して、歐陽脩の恨みは生涯決して晴れることはなかったことがこの書簡にはっきりと表われている。さらにこの書簡では、書き換えられる前の正本を蘇洵に送ったことを述べている。この送られた正本を蘇洵が見たことについては、彼が歐陽脩に送った「上歐陽内翰第三書」に次のように述べている。

所示范公碑文、議及申公事節、最爲深厚。近試以語人、果無有曉者、每念及此、鬱鬱不樂。

示さるる所の范公の碑文、議するに申公の事節に及びて、最も深厚爲り。近ごろ試みに以て人に語るに、果して曉り有る者無し、此に及ぶを念ふ毎に、鬱鬱として樂しまず。

蘇洵は、正本である「范公神道碑銘」を読んで、呂夷簡（申公）の行いや事柄について、歐陽脩が極めて深く書いていると感じ、最近そのことを知る人がいないことを非常に残念がっている。前述した周必大の「與汪季路司業書」の中で、彼が「蓋明允初得歐公寄范碑、已論此事」と記述していたのは、蘇洵が歐陽脩に送ったこの「上歐陽内翰第三書」を指していたと思われる。呂夷簡と范仲淹の和解はありえないという立場をとる周必大にとって、范純仁が「范公神道碑銘」の一部の文字を削除したことは正当なことと見なすことができ、たとえ蘇洵が正本を受け取って「上歐陽内翰第三書」の中で自らの意見を述べていても、それはあくまで第三者の意見として了解することはできた。ただ、新発見書簡五十七において、文字を削除された側の歐陽脩本人がその恨みを直接表出しているとなれば、この范純仁の行動が許されるのかどうかという疑問がつきまとうことになる。つまり、周必大にとっては、歐陽脩が自らはっきりとその恨みを語っている、この新発見書簡五十七「與蘇編禮」（「子約已傳歐公與蘇明允一帖」）の存在こそは自己の立場を揺るがすものとなるのである。従って、彼は歐陽脩の親筆ではないことを始めとして、この書簡の問題点を種々指摘して、偽作の中でもとりわけ偽作である（「尤僞」）として、強く斥けたのだと考えられる。

これまで歐陽脩「范公神道碑銘」の文字を范純仁が削除したことをめぐる周必大と朱熹の論争が注目されることはあっても、周必大が論争の中で言及していた「張續帖」や「蘇明允帖」が何を指しているのか全く不明であった。そのため、二人のやりとりの中で周必大がなぜそれらの書簡を否定しようとしたのかについて具体的に跡づけることはできなかった。[11]今回、新発見書簡が出てきたことにより、「張續帖」、「蘇明允帖」には、他でもなく周必大の主張と相容れない内容が記載されているが故に、周必大は朱熹との論争の中でそれらを偽作であると強く主張したことが明らかとなるのである。

五 『龍川別志』と「上呂相公書」

周必大は前掲の「與汪季路司業書」の中で、呂祖倹が伝える「歐公與蘇明允一帖」（新発見書簡五十七「與蘇編禮」）を尤も偽作であるとして斥ける際に、本物であれば蘇轍が『龍川別志』（『龍川志』）において、その書簡について言及しているはずだと述べていた。『龍川別志』巻上の該当箇所においては、呂夷簡と范仲淹の和解の経緯について次のように記載している。

（范文正公）自越州還朝、出鎭西事、恐許公不爲之地、無以成功、乃爲書自咎、解讎而去。其後以參知政事安撫陝西、許公既老居鄭、相遇於途。文正身歷中書、知事之難、惟有過悔之語、於是許公欣然相與語終日……故歐陽公爲文正神道碑、言二公晩年歡然相得、由此故也。後生不知、皆咎歐陽公。予見張公言之、乃信。

（范文正公）越州より朝に還り、出でて西事を鎭す、許公は不爲の地にして、以て成功無きを恐る、乃ち書を爲し自ら咎め、讎を解きて去る。其の後參知政事を以て陝西を安撫し、許公は既に老いて鄭に居し、途に相遇す。文正は身は中書を歴し、事の難を知り、惟だ過悔の語有るのみ、是に於て許公欣然として相ひ與に語ること終日なり……故に歐陽公の文正神道碑を爲るに、二公晩年歡然として相ひ得と言うは、此の故に由るなり。後生は知らず、皆な歐陽公を咎む。予は張公の之れを言ふを見る、乃ち信なり。

ここで蘇轍は明確に呂夷簡（許公）と范仲淹（文正）は「解讎」とし、さらに和解の経緯も述べている。周必大は「與汪季路司業書」の中で、蘇轍の記述は詳細ではあるが、彼が「子約已傳歐公與蘇明允一帖」（新発見書簡五十七）のことについて全く言及していないことを以て、その書簡の存在自体を否定していた。また、呂祖倹に送った前掲の

「與呂子約寺丞書」においても、「蘇明允帖若果有之、則黄門龍川志説碑處、自當具言、何必引張安道爲證也」として、周必大は蘇轍の『龍川別志』の記述の疑問点を指摘していた。すなわち、蘇轍は『龍川別志』の中で具体的に言うべきであるのに、どうして張公（張安道）の言を引いて（「予見張公言之」）、証拠とするのかという主張である。ここから、父・蘇洵宛ての歐陽脩の書簡（「子約已傳歐公與蘇明允一帖」）があるならば、蘇轍はそれを具体的証拠とすべきであるのに、それを引かずに他人の言葉を借りて記述している以上、「子約已傳歐公與蘇明允一帖」（新発見書簡五十七）は当時存在していなかった偽作であるという周必大の主張が読み取れる。ところが、このことについて朱熹が反論する。朱熹が周必大に答えた「答周必大」其二の中で次のように言う。

況龍川志之於此、又以親聞張安道之言爲左驗、張實呂黨尤足取信無疑也。

況んや龍川志の此に於て、又た張安道の言を親聞するを以て左験と爲すは、張は實に呂黨にして尤も信を取るに足ること疑ひ無きなり。

張安道は呂夷簡と立場を同じにしており、いわば呂党の人物であったので、朱熹はその言を最も信頼するに足ると述べている。この言葉には、最も信頼できるが故に蘇轍は張安道の言葉を証拠として、呂夷簡と范仲淹の和解を主張したのであり、周必大の見解は間違いであるとする朱熹の主張がはっきりと表われている。

それでは、周必大と朱熹の論争においてどちらが事実に即していたのか。すなわち、呂夷簡と范仲淹が和解したのかどうかということについて、実は決着をつける資料がある。それは、次にあげる范仲淹が呂夷簡に送った書簡（「上呂相公書」）である。

上呂相公書

昔郭汾陽與李臨淮有不交一言。及討祿山之亂、則執手泣別、勉以忠義、終平劇盜、實二公之力。今相公有汾陽之心之言、仲淹無臨淮之才之力、夙夜盡瘁恐、不副朝廷委之之意重。

昔、郭汾陽と李臨淮は一言も交はさざる有り。祿山の亂を討つに及びて、則ち手を執り泣き別れ、勉むるに忠義を以てし、終に劇盜を平ぐるは、實に二公の力なり。今、相公に汾陽の心と言有り、仲淹に臨淮の才と力無きも、夙夜瘁恐を盡くし、朝廷之れを委ぬるの意重きに副はざらんや。

范仲淹は呂夷簡によって陝西経略安撫副使等に用いられたことに感激して彼にこの書簡を送った。この中で、昔、郭子儀（汾陽）と李光弼（臨淮）は仲が悪く、一言も言葉を交わさなかったが、安禄山の乱を討伐する際には互いに手を取り涙を流し忠義を尽くしたと范仲淹は述べ、さらに今あなたには郭子儀の心や言葉があるが、私には李光弼の才や力がない、日夜努力して朝廷の期待にそいたいと記述している。ここから、范仲淹が呂夷簡と力を合わせて国難に対処したいと述べているのがわかり、二人は和解していたと言える。この范仲淹の「上呂相公書」は、范純仁が編纂した范仲淹の全集『范文正公集』には収録されていない。ちなみに、この書簡は呂祖謙編纂の『皇朝文鑑』に収録されているので、今日見ることができる。

そして、実は朱熹はこの「上呂相公書」の存在を知っていた。それは、周必大に与えた書簡（「答周必大」其一）の中で次のように記述することから窺える。

向見范公與呂公書引汾陽臨淮事者。語意尤明而集中却不見之。恐亦爲忠宣所刪也

向きに范公の呂公に與ふる書の汾陽臨淮の事を引く者を見る。語意尤も明かなれど、集中に却って之れを見ず。恐らくは亦た忠宣の刪る所と爲るなり。

ここで、朱熹が記述する「范公與呂公書引汾陽臨淮事」は、前掲した范仲淹「上呂相公書」に言う郭子儀（汾陽）と李光弼（臨淮）のことであり、朱熹は范仲淹が呂夷簡に和解の書簡を送っていたことを確認していることがわかる。ところが、この書簡そのものが范仲淹の全集中には見えないと朱熹は述べ、「恐亦爲忠宣所刪也」として全集編纂者の范純仁が削ったのであろうと指摘する。ここで「亦」という虚詞が効果的に使用されていることに注目したい。これは「もまた」という意味であり、前述した如く范純仁がその父である范仲淹と政敵であった呂夷簡の和解はなかったとして、歐陽脩作成の「范公神道碑銘」に見られる范呂の和解に関する合計百三字の文字を勝手に削除してしまった上に、それに加えて范純仁が全集編纂時に今度は「上呂相公書」もまた削除して掲載しなかったという意味になり、范純仁の度重なる刪改に対する朱熹の嫌悪感をここから如実に窺うことができるのである。

六　周必大の歐陽脩全集編纂の態度

宋代は木版印刷が発展した時代で、書写していた時代とは異なり、文人達の詩文集は同時に多く刷られることとなり、しかも当時の人にとってはそうした詩文集は後世にまで長く伝わるものと意識されていた。[12]そして、全集編纂者は当然ながらできる限り多くの作品を収録しようと考えたのは言を俟たない。父である范仲淹の全集を編纂した范純仁も当時そう考えたであろうと思われるが、しかし呂夷簡を悪玉の宰相と見なしていた彼にとって、呂夷簡との和解が窺える「上呂相公書」は、後世までずっと父の名誉を汚してしまうと考え、従って全集に収録すること自体が許せずに作品を全集から削除してしまったと思われる。しかも、同じく名誉を汚すと考えた歐陽脩作成の「范公神道碑銘」の内容について、勝手に和解部分の文字を削除して、作品を改作するという方法をとった。全集の編纂に当たって、范純仁は父親を後世まで長く名臣として顕彰するために、収録作品の削除や作品内容の変更を行ったことになる。

一方、周必大は『歐陽文忠公集』百五十三巻を編纂したが、編纂過程では既述した如く孫謙益、丁朝佐等の協力者とともに、できる限り多くの作品を収録しようとしたと思われる。そして、歐陽脩が范仲淹のために作成した「資政殿學士戸部侍郎文正范公神道碑銘」については、范純仁が削除する前の、歐陽脩オリジナルの作を『歐陽文忠公集』巻二十に収録している。すでに見てきたように、周必大は范純仁の立場に共鳴し理解を示していたが、全集の編纂に当たっては歐陽脩のオリジナル作を収録した。もちろん、彼は范純仁とは違い、身内ではない第三者としての立場であったので、そのようにできたと言えるのかも知れない。谷敏氏は「周必大對小説與正史的態度—也談〝范仲淹神道碑〟的刪文問題」の中で、[13]

這場圍繞着范仲淹神道碑版本問題的論争、因爲朱熹等參與、也因爲周必大個人的虚懐若谷、最終有了一個較爲圓滿的結局。

今回の范仲淹神道碑の版本問題をめぐる論争は、朱熹等が関わったことにより、また周必大個人の虚心坦懐な包容力により、最終的には比較的円満な結末となった。

として、周必大が『歐陽文忠公集』の編纂に当たって、自らが賛同する范純仁の改作版ではなく、朱熹の主張する范仲淹と呂夷簡の和解を説く歐陽脩オリジナルの「資政殿學士戸部侍郎文正范公神道碑銘」を収録したことにより、朱熹との論争は円満な解決となったと結論づける。

ところが、新発見の九十六篇の書簡に着目すると、その様相は全く異なることに気づく。確かに、九十六篇の書簡は、周必大が歐陽脩全集の編纂時に見つけられずに、その後に見つかったので全集に収録されることはなく、よって今日にその存在が知られていなかったものもあった。たとえば、五十九～六十三の張洞への五通の書簡は、周必大が歐陽脩の全集を編纂した際にはその存在を把握できずに全集完成後に見つけ出されたものである。その理由は、この五通の書簡の跋を周必大は慶元六年（一二〇〇）に作成しており、既述した如く彼が編纂した『歐陽文忠公集』の編纂はその四年前の慶元二年（一一九六）に終了していたからである。全集編纂終了後に張洞への書簡を見つけだしたので、周必大はそれらの書簡を考証してその跋を作成したと言える。[14] これに対して、本稿で明らかとなったように、歐陽脩新発見書簡五十七、八十五、八十六は、全集編纂時に周必大がすでにその存在を把握していた書簡である。にもかかわらず、彼が歐陽脩の全集に収録しなかったのは、前述した如くその内容が自らの主張と合致しないので、偽作と判断したためだと考えられる。その一方、彼は歐陽脩の全集に范純仁の改作版である「范公神道碑銘」を収録するような編纂行為を行わなかった。たとえ自らの主張と合致する作であっても、それが他人の改作である以上、それを全集に収録するという行為は編纂者として許されるものではない。しかも、彼は後に皇帝から『文苑英華』の校勘・刊行を任されるほど[15]、当時書籍の編纂作業において信頼ある人物と見なされており、改作版とわかった上でその作品を全集に収録するような行為は決してとらなかった。ただし、歐陽脩の作ではない、すなわち偽作と判断を下せば話は別である。偽作を全集に収録しないのは、また編纂者として当然の態度である。周必大は自己の主張に合致しない歐陽脩新発見書簡五十七、八十五、八十六を偽作と見なして、歐陽脩の全集に収録しなかったことになる。

范純仁が父親である范仲淹の全集を編纂する際に、「上呂相公書」を削除したことについては、この削除された「上呂相公書」が『皇朝文鑑』に収録され今日まで伝わってきたことにより、これまで様々に考察されてきた。[16] ところが、周必大が歐陽脩の全集『歐陽文忠公集』を編纂する際に、歐陽脩の作品を敢えて収録しなかったことについては具体的に想定することはできず、しかもそれらの作品の実物が確認できなかったためにこれまで全く議論されなかった。しかし、新発見書簡という実作が出てきたことにより、周必大の全集編纂過程の一端を具体的に窺うことができるようになった。前掲した谷敏氏が言うように、全集を編纂する際に周必大が矛を収めて円満な解決に至ったというのは、彼が朱熹と激しい論争を展開した過程を考えると想像しにくかったが、これまでは資料面の限界がありそれ以上のことについては考察のしようがなかった。しかし、新発見書簡に注目することで、この論争が円満に解決されたと単純に結論づけることはできないことが明らかとなった。すなわち、周必大は歐陽脩の全集編纂に当たって范純仁の改作版「范公神道碑銘」を収録しなかったが、その一方で新発見書簡五十七、八十五、八十六を偽作と見なすことで収録しないという、いわば編纂者としての良識的立場によって自らの主張を貫いたのである。それは朱熹との論争で示した彼の主張に基づいた編纂行為なのであった。言い換えれば、周必大は朱熹との論争における自らの見解について決して矛を収めたのではなく、歐陽脩の書簡を偽作と見なすことによって、自己の主張をしっかりと保持して歐陽脩の全集を編纂していたのである。

七　おわりに

ところで、范仲淹と呂夷簡の和解がなかったとする周必大の意見に対して、朱熹がなぜ強く反対したのかという視点から考えてみると、朱熹は宋代に活躍した名臣の言行を『八朝名臣言行錄』としてまとめ、すでに乾道八年（一一七二）に成書して上梓していた。『八朝名臣言行錄』には范仲淹の言行も詳しく記載され、そこには後に周必大との論争で問題となる「范公神道碑銘」や『龍川別志』等の資料も引用されていた。従って、論争当時、朱熹は范仲淹と呂夷簡が和解したとする自らの見解をすでに確固たるものにしており、しかも『八朝名臣言行錄』の成書時期は周必大との論争の二十数年以上前のことで、該書は論争当時広く流布していたと思われる。このような状況の中、周必大が自らと相容れない意見を強く主張し始めたために、朱熹は是非とも訂正させる必要があるという思いに駆られて書簡を送ったと考えられる。

そして、朱熹は周必大に答えた書簡（「答周必大」其二）の中で、次のように述べる。

今不信范公出處文辭之實、歐公丁寧反復之論、而但取於忠宣進退無據之所爲、以爲有無之決、則區區於此誠有不能識者。

今、范公の出處文辭の實、歐公の丁寧反復の論を信ぜず、而して但だ忠宣の進退に於て據る無きの所爲を取るのみにして、以て有無の決を爲せば、則ち區區として此に於て誠に識る能はざる者有り。

范純仁の根拠のない所説に基づいて、和解の有無を決定しては事実を全く知ることにならないとして、朱熹は周必大に対して范仲淹の出処の事実や、「歐公丁寧反復之論」すなわち歐陽脩が何度も丁寧に論じていることを信用するようにと述べ諭す。今日に残されているこれらの資料を見ると、周必大と朱熹の論争は、完全に朱熹に分があったと言える。

周必大と朱熹の論争については従来注目されたことはあったが(17)、二人の論争の中で取り上げられていた、張續や蘇洵へ送った歐陽脩の書簡の内容が不明であり、しかもその書簡の存在を突き止めることはこれまで全くできなかった。こうした資料面の限界のために、これらの書簡と論争との関連を跡づけることはできなかった。しかし、新発見書簡によりそれらを実際に確認でき、二人の論争の中で論及されていた、歐陽脩が張續や蘇洵に送った書簡の内容が明らかとなった。范純仁の文字の削除に対して、歐陽脩本人の恨みがはっきりと表われているこれらの書簡は、朱熹にとっては「歐公丁寧反復之論」の一つであり、まさに自己の主張の追い風となるものであった。一方、范純仁の行為に理解を示す周必大にとっては、歐陽脩本人が直接不満を表明しているこれらの書簡の存在を決して認めることはできなかった。もし認めてしまえば、自らの主張が大きく揺らいでしまうからである。従って、周必大は、論争の過程で歐陽脩の親筆ではないこと等、様々な理由をあげて偽作であると強く主張したのである。かかる偽作という判断こそ、周必大が『歐陽文忠公集』を編纂する際に、歐陽脩の新発見書簡五十七、八十五、八十六の存在を把握しながらも、収録しなかった理由なのである。このように、今回発見した歐陽脩書簡によって、これまで不明であった周必大と朱熹の論争の一端や周必大の『歐陽文忠公集』編纂の態度を明らかにすることができるのである。

注

（1）廬陵で刊行された歐陽脩全集の出来がひどく、周必大が訂正したいと思っていたことについては、彼の「歐陽文忠公集後序」に「廬陵所刊、抑又甚焉。巻帙叢脞、略無統紀。私竊病之、久欲訂正、而患寡陋未能也」と記述されている。

（2）今日に全く知られていなかった歐陽脩の書簡を九十六篇発見したことについて、筆者は二〇一一年十月八日の日本中国学会第六十三回大会で発表した。その発表内容を二〇一二年に拙稿「歐陽脩の書簡九十六篇の発見について」（『日本中國學會報』第六十四集）として公表した。さらに、二〇一三年に新発見書簡についての研究と九十六篇全文を掲載した拙著『歐陽脩新発見書簡九十六篇―歐陽脩全集の研究―』（研文出版、二〇一三年）を刊行しているので参照されたい。

（3）朱熹のテキストは本稿では『晦庵先生朱文公文集』（中文出版社、一九七二年）を用いた。なお、朱熹が周必大に答えた書簡「答周益公」は二通あり、いずれも同書巻三十八に収録されている。本稿では、それら二通を混同しないように、巻三十八の収録順に便宜上「答周益公」其一、「答周益公」其二と表記する。

（4）歐陽脩のテキストは天理大学付属天理図書館所蔵『歐陽文忠公集』を用いた。以下同じ。

（5）歐陽脩の作成した「資政殿學士戸部侍郎文正范公神道碑銘」は『歐陽文忠公集』巻二十に収録されており、范純仁が文字を一部削除した「資政殿學士戸部侍郎文正范公神道碑銘」は、今日『范文正公集』（四部叢刊）の附録部分の『褒賢集』に収録されている。この二つの文章を比較することで、范純仁の削除箇所が明らかになる。なお、范純仁の文字削除については竺沙雅章『范仲淹』（白帝社、一九九五年）一五一～一五四頁に説明があるので参照されたい。

（6）范仲淹が追放されると朝廷では彼と関係のあった者が摘発された。主義主張を同じくする朋党としての議論が本格的に始まったのはこの頃からだと言われる。また、西京留守推官であった蔡襄は「四賢一不肖詩」を作成した。四賢とは、范仲淹、余靖、尹洙、歐陽脩であり、一不肖とは高若訥を指す。高若訥はその当時右司諫の任にありながら、范仲淹の左遷を受けて動こうとしなかったために、歐陽脩は彼を批判する書簡を送った。このことが越権行為となり歐陽脩は左遷されてしまった。こうした蔡襄の詩の存在からも、当時「四賢」が同じグループだと意識されていたことが窺える。なお、彼の「四賢一不肖詩」は、『澠水燕談録』巻二によれば、広く流布して人々は競って伝写して、本屋はこれを売って利益を上げたと言う。

（7）周必大のテキストは本稿では『文忠集』（四庫全書所収）を用いた。「與汪季路司業書」は、『文忠集』では「汪季路司業」という題目で収録されているが、『全宋文』（上海辞書出版社、二〇〇六年）では「與汪季路司業書」と記載されており、本稿では題目については便宜上『全宋文』の記述に従った。後述する「與呂子約寺丞書」という題目も『全宋文』の記載に従った。

（8）注（2）拙稿「歐陽脩の書簡九十六篇の発見について」参照。

（9）新発見書簡に附す番号は、天理大学付属天理図書館所蔵『歐陽文忠公集』に収録されている順に、整理の都合上附したものである。注（2）拙著を参照されたい。

（10）前掲の周必大の全集『文忠集』収録の「與呂子約寺丞書」では「修性多病」という記載で、この新発見書簡では「脩性多病」と記述されており、「修」と「脩」の文字が異なっていることに気づく。これは、「歐陽修」と表記するか「歐陽脩」と表記するかに起因する問題である。小林義廣「歐陽修か歐陽脩か」（『東海史學』三十一、一九九七年。のち同氏『歐陽脩　その生涯と宗族』〔創文社、二〇〇〇年〕に収録）では、周必大は、歐陽脩の『集古録』に押印された印鑑の篆字が「修」字を使用していたことに基づいて、「歐陽修」が正しいと考えており、一方、現存する真蹟を見ると、歐陽脩自身は「歐陽脩」という表記を好んでいたと指摘する。従って、周必大の全集『文忠集』に収録された「與呂子約寺丞書」では周必大の見解に基づき「修性多病」という表記となっており、歐陽脩自身が作成した新発見書簡では「脩性多病」となっている。このように「修性多病」と「脩性多病」における「修」と「脩」の文字の違いは表記上の違いである。

（11）たとえば、周必大と朱熹の論争を取り上げたものとして、夏漢寧「朱熹、周必大關于歐陽脩《范公神道碑》的論爭」（『江西社會科學』二〇〇四年三期、二〇〇四年）があげられる。この論文では、第一節で朱熹の「答周必大」をとりあげ周必大との論争を指摘し、第二節で范仲淹と呂夷簡の和解があったかどうか等を考察し、第三節では歐陽脩の呂夷簡に対する態度や神道碑の作成態度に論及する。第一節の考察は本稿と関わるが、しかし朱熹や周必大が論争の過程で言及する歐陽脩の書簡、すなわち新発見書簡については当然ながら当時全く不明で考察しようがないので具体的に跡づけることができていない。さらに本稿は、朱熹と周必大の論争において、二〇一一年に筆者が報告した新発見書簡に焦点を当てて論争を具体的に考察することを目的としており、論争全体を概括しようと試みている夏漢寧氏の論文とはその主旨が異なっている。

（12）たとえば、南宋・沈作喆『寓簡』巻八に「歐陽公、晩年常自竄定平生所爲文、用思甚苦。其夫人止之曰、何自苦如此、當畏先生嗔耶。公笑曰、不畏先生嗔、却怕後生笑」という記述があり、歐陽脩は自己の詩文集『居士集』を編纂する際に、後世の人を強く意識していたことが窺える。

（13）谷敏「周必大對小説與正史的態度―也談〝范仲淹神道碑〟的刪文問題」（『文献季刊』二〇〇七年第三期、二〇〇七年)。

(14) 詳しくは、注(2)拙稿「歐陽脩の書簡九十六篇の発見について」参照。なお、九十六篇の書簡が周必大編纂の『歐陽文忠公集』に収録されなかった理由については、各書簡ごとにその経緯を検討する必要があると考える。今後の課題としたい。

(15) 周必大が『文苑英華』を刊行した際の序文(「文苑英華序」)で「臣事孝宗皇帝、間聞聖諭欲刻江鈿文海。臣奏其去取差謬不足觀帝乃詔館職裒集皇朝文鑑。臣因及英華、雖秘閣有本、然舛誤不可讀。俄聞傳旨取入、遂經乙覽。時御前置校正書籍一二十員……後世將遂爲定本」と記述し、編纂に当たり皇帝の信任が厚かったことが窺える。

(16) 「上呂相公書」については、歐陽脩作成「范仲淹神道碑銘」の文字を范純仁が削除したことを考察する中で論及されることが多く、幾つかの著書の中でも言及されている。ここでは、最近論文としてまとめられているものをあげると、たとえば劉徳清「范仲淹神道碑公案考述」(『西南交通大學學報(社會科學版)』二〇一五年第一期、二〇一五年)や仝相卿「歐陽脩撰寫范仲淹神道碑理念探求」(『史學月刊』二〇一五年第一〇期、二〇一五年)等があげられる。また范仲淹と呂夷簡が和解したのかどうかという観点からは王瑞来「范呂解仇公案再検討」(『歴史研究』二〇一三年第一期、二〇一三年)があり、歐陽脩の神道碑銘作成態度を彼の尹洙の墓誌銘を作成した態度と共に論じた王水照「歐陽脩所作范《碑》尹《志》被拒之因發覆」(『江西社会科学』二〇〇七年九期、二〇〇七年)等もある。

(17) たとえば、注(11)の夏漢寧氏の論文。

*本稿は、日本宋代文学学会第三回大会(二〇一六年五月二十八日)における口頭発表に基づいて作成したものである。なお、本稿はJSPS科研費「宋人文集の編纂と伝承に関する総合的研究」の成果である。

『聯珠詩格』は『新選集』の典拠か

『連集良材』所収、戴復古「子陵釣臺」詩を端緒に

中本　大

はじめに

『新撰菟玖波集』巻十五雑部に、次掲、伊勢國司北畠教具作の附句が採録されている。[1]

君とそひねのほしは出けり
いにしへのおなしまなひはまれの世に　　権大納言教具

この寄合の眼目は、前句の「君」を「大君」に見立て、「いにしえの中國の帝王が同學の舊友と枕を並べたのは遙か昔、今は同じ「君」でも愛しい君と添い寝しつつ星をながめている」と取り成した點である。寄合の典拠は漢故事で、後漢の隠者、嚴光（子陵）の逸事に取材したものである。室町時代末期成立とされる連歌寄合書『連集良材』では、教具句を引きつつ、この故事を「七里灘」の表題で解説している。その内容は以下の通りである。[2]

七里灘　萬事無心一釣竿　三公不レ換此江山　平生恨識劉文叔　惹得二虚名一満二世間一
嚴光字子陵嚴子陵ト云　後漢光武皇帝ノ舊友同學ニテ久ク、アヒナレタリ其ノ後光武天子ト成給ノ、子陵行方シラス成ヌ、光武天下ニオホセテ、是ヲ令求ヤウ〳〵尋得給フ羊ノ裘キテ賤キ形也然トモ帝舊好ヲ思テ、閑往時ヲ語テ夜モ床ヲ同臥、子陵我足ヲ以光武腹上ニヲケリ司天官奏云客星帝座ヲ犯スト申ケレハ光武咲云是不可驚朕故人処爲也ト仰ラレテ、ヤミヌ、便以子陵補諌議太夫辭便去、冨春山耕不出世七里灘ト云処ニ、ツリヽ残生タノシミケリ灘ハ瀬也子陵ツリセシ後ハ七里灘ヲ嚴陵灘トモ嚴陵瀬トモ云也イニシヘハ、光武、子陵、同學ノ舊友ノソヒネノ星ニハ、カハリテ今ハ戀ノ君ト、ソヒネノ星詠ト云心ヲ

君とそひねのほしは出けり
いにしへの同し學もまれの世に　　新菟玖波ニ在

先に掲げた三条西實隆本と『連集良材』所載の附句を比べると、『連集良材』では「同し學も」とする異同があるものの、三条西實隆本以外の古寫本を一覧すると、金毘羅本・大永本・陽明文庫本等「おなしまなひも」と作る室町時代古寫本も數多く、往時から両方の本文が通用していたと考えられる。句意に大きな違いはないであろう。

さて、本邦においても平安時代以來、嚴子陵の故事はよく知られていた。『文選』巻二十六所載、謝霊運の五言古詩「七里瀬」をはじめ、『蒙求』にも「嚴陵去釣」として採録されたこの逸事は、『本朝文粋』巻第五や『和漢朗詠集』巻下「丞相附執政」に収載された菅三品「爲一条左大臣辭右大臣第三表」の一聯、

傅氏嚴之嵐　雖風雲於殷夢之後　　傅氏巌の嵐は　殷夢の後に風雲たりといへども
嚴陵瀬之水　猶涇渭於漢聘之初　　嚴陵瀬の水は　猶ほ漢聘の初に涇渭たり

の受容を中心に、廣く初學書や注釈の世界へと浸透し、知識人の教養に組み込まれていった。『連集良材』に見られる各寄合項目の全体的な記述傾向として、こうした本邦漢學の傳統を踏まえつつ、特に書陵部本系や見聞系和漢朗詠

集注と酷似した注釈本文を掲載することも多い一方、この「七里灘」項では、『胡曾詩抄』本文に全面的に依拠しつつ記述しているのである。その該當部分を引用しておこう。

七里灘ハ、嚴子陵カ釣魚処也。在嚴州桐盧縣之南。嚴光、字子陵、光武舊友也。同學シテ相タリ。後、光武ハ爲天下主。嚴光ハ不知在所。光武、天下仰テ求之。披羊裘、賎シキ形容也。然トモ帝舊好ヲ思テ、閑語往時、夜ルモ同床ニテ臥ス、嚴光以足、置光武腹上。司天之官奏シテ曰、客星犯帝座ト云。光武笑曰、是、不可驚、朕カ故人ノスル処トテ止ヌ。便以嚴光補諫議太夫。辭シテ去リ、耕冨春山、不出。後人、名其釣所、爲嚴陵。又爲嚴陵瀬。

（神宮文庫本『胡曽詩抄』）

堀川貴司氏が紹介された石川縣立圖書館川口文庫所藏『和漢朗詠集私注』のように、近世初期には、本邦五山禪林で蓄積された學識を積極的に活用した朗詠注が存在していることもあり[3]、同じく本邦で平安時代以降に親しまれた漢故事を概観する『連集良材』各項目の典拠選択方針の解明は、文學史的にも意義があると考えられる。詳細は稿を改めて考察するものの、ここでは平安時代以來の和漢朗詠集注釈に象徴される本邦古典注釈の世界とは異なる位相とも關連する、室町時代の漢籍享受の具体的様相を探るべく、「七里灘」項の依拠資料に注目したい。

『連集良材』所收「七里灘」で最も特徴的なのは、表題の下に掲げられた七言絶句の存在である。こうした漢詩の引用は『連集良材』全体を概観しても、この項目のみに限られており、他とは異なる、特別な編集意圖が存在していた可能性が考えられるのである。

本稿では、引用される七絶を端緒に、本邦禪林で編纂された總集の依拠本文から浮かび上がる問題について検討したいと考えている。

一

「七里灘」の表題下に掲げられた七言絶句の作者は、中國南宋中期の「江湖派」という詩詞の流派に屬していた戴復古（一一六七～一二五〇頃）である。「江湖派」とは進士及第が叶わなかった文人や在野の詩人が、中央文壇に対して、敢えて世俗（江湖）にあることを標榜した詩壇で、日本でも『後村詩話』などの著作や『分門纂類唐宋時賢千家詩選』の編纂で知られる後村劉克荘の名とともによく知られた一派であろう。

戴復古の字は式之、寧波にほど近い南塘の出身で、故郷の石屛山に隱棲し、自らも「石屛」と号していた。晩唐の詩風に學んだ一方、南宋三大家の一人、陸游に師事して培った宋詩の王道でもある清新な詩風は、日本人好みと賞してよいであろう。その別集『石屛集』の日本への齎來時期は不明ではあるものの、『精選唐宋千家聯珠詩格』にはその作品十七首が採録されていることから、本邦禪林においても廣く愛唱される詩人であったと考えてよいであろう。

さて、その作品の一つ、中國後漢の隱者、嚴光（子陵）の故事に取材した七絶は、本邦五山でも版行された于濟・蔡正孫編『精選唐宋千家聯珠詩格』（以下、『聯珠詩格』と略称）「用恨字格」に「釣臺」の題で所收されている[4]。斯書に採録される本文は「萬事無心一釣竿、三公不換此江山、平生悞識劉文叔、惹得虛名満世間」で、『連集良材』に掲載される措辭と完全に一致する。この事實は一見、『聯珠詩格』が『連集良材』の典拠であることを物語っていると考えられるものの、その當否を容易には定め難い。實は『聯珠詩格』と同一の措辭が『錦繍段』「懐古　附題詠」部に「子陵釣臺」の題目で採録されているのである。

『錦繍段』所收「子陵釣臺」詩は『新選集』、所謂『新選分類集諸家詩』、所謂『新選集』からの採録である。堀川貴司氏が一覧・紹介された『新選集』諸本を確認しても、内閣文庫本をはじめとして、戴復古詩本文に異同は見られない[5]。では、『連集良材』が依拠したのは本邦禪林で廣く愛讀された『聯珠詩格』と『錦繍段』という二書の、どちらなのであろうか。

或いは別書に拠っている可能性が考えられるのであろうか。近世初期の『聯珠詩格』・『錦繡段』受容の様相を勘案しつつ、第一に、「子陵釣臺」（「釣臺」）詩の本文異同について確認しておきたい。

二

戴復古「釣臺」詩は『聯珠詩格』・『錦繡段』とは別の措辭で、室町時代本邦禪林での利用が確認できる典籍に引用されている。『鶴林玉露』がそれである。乙編巻二に「釣臺詩」の表題で引用される本文は、「萬事無心一釣竿、三公不換此江山、當初誤識劉文叔、惹起虚名滿世間」で第三・四句傍線部に異同がある。(6)「常々恨めしいのは光武帝（劉文叔）と知り合ったために、虚名が世間に廣がり滿ちてしまったことよ」とする『聯珠詩格』・『錦繡段』に対し、「當初はそうとも知らずに誤って光武帝と知り合ったがために、虚名が世間に廣がり滿ちる事態を呼び起こしてしまった」とする『鶴林玉露』とでは、嚴子陵の光武帝に対する評価に、明確な相違が看取できるであろう。『鶴林玉露』の著者、羅大經は、それを世間と折り合えない子陵の剛直さと捉え、光武帝の愼み深い人物像と対照させて、「平生謹勅劉文叔、却與狂奴意氣投」と自らも追詠したのであった。

羅大經詩の「狂奴」は『後漢書』「嚴光傳」や『排韻增廣事類氏族大全』にも見える嚴子陵の愛称で、その傍若無人を揶揄したものである。蘇軾詩にも見出せる表現であるものの、意外なことに、子陵を題材に詠じている義堂や絶海の詩文には確認できない措辭なのである。本邦では、戴復古詩と共に、「赤帝青氈僅已還、華勛高躅未容攀、詩家總認帰休意、不到狂奴両字間（赤帝の青氈僅かに已に還る、華勛の高躅未だ攀づ容からず、詩家は總て帰休の意を認めて、狂奴両字の間に到らず）」という結句傍線部の措辭を持つ元代の士大夫、夾谷之奇作「子陵釣臺」詩が、『新選集』（『錦繡段』）に収められたことを契機として、瑞溪周鳳や九鼎竺重・月舟寿桂等、室町時代中期以降、五山僧が詩文に用いるようになったと考えられる。正に『新選集』受容が端緒となって、學僧の詩囊を肥やした表現の代表例なのである。

月舟の一世代前に活躍した學僧で、同じ建仁寺住持を務めた桂林徳昌が『古文真宝桂林抄』所載「嚴先生祠堂記」の注で、

嚴先生カ事ハナニニモ多ソ。幼ノ名ハ狂奴ソ。幼ヨリ光武ト同學ニ游タソ……以下略

と殊更「狂奴」に言及している背景にも、『新選集』(『錦繍段』)の影響が考えられるであろう。逆に、本邦禪林における『鶴林玉露』受容が甚だ限定的であったことも想像し得るのである。(7)

さて、羅大經の措辭「平生謹勅劉文叔」は、『山谷詩集』巻九に収められる黄庭堅「題伯時画嚴子陵釣灘」詩の初句「平生久要劉文叔」を踏まえたものと考えて間違いあるまい。(8)戴復古詩の措辭「當初」が「平生」と混同されたのも、山谷詩の表現が廣く文壇で親しまれたことが一因であろう。本邦にあっても五山禪林はもちろん、三条西實隆の私家集『再昌草』永正三年一月二十五日詠草に、徳大寺實淳から贈られた李商隠「無題」詩を踏まえた七絶「昨夜春寒一寸灰、雪埋径路愈無媒、舊朋絶信最相似、廿四番風不到梅(昨夜の春寒一寸の灰になるがごとし、雪は径路を埋め愈よ媒ち無し、舊朋よりの信絶へること最も相似たり、廿四番の風の梅に到らざるに)」に対して「雙鬢是絲心是灰、春風猶未作良媒、平生久要有書在、雪裏題詩又寄梅(雙鬢は是れ絲のごとく心は是れ灰のごとし、春風猶ほ未だ良媒と作らず、平生の久要書有れば在るべし、雪裏に詩を題し又た梅に寄せることも)」という、傍線部のように、黄詩の措辭を借用して和韻詩を詠じている例も見え、往時、人口に膾炙した表現であったことが知られる。(9)

他方、戴復古「釣臺」詩本文の校勘については不明な點が多い。『分門纂類唐宋時賢千家詩選』をはじめとする、本邦でも受容が確認される選集に「釣臺」詩は一切採録されておらず、『聯珠詩格』以外の總集への摘錄も、清代以前で確認し得るのは宋代佚名撰『詩家鼎臠』のみである。だが、戴復古の別集『石屏詩集』や清代編纂の總集に採録された措辭は、總じて第三句「平生誤」、第四句「惹起」とするものが主流である(四庫全書本『詩家鼎臠』のみが「平生恨」

としている）。現存する漢籍に拠る限り、『聯珠詩格』の本文は決して優勢ではないのである。しかし「用恨字格」に収録する『聯珠詩格』にとって「恨」字こそが戴詩の眼目であった。日本において、光武帝との邂逅を一生の痛恨事と考える嚴子陵像の定着に、『聯珠詩格』の本文が果たした役割は實に大きかったと考えられる。

如上、優勢ではない『聯珠詩格』と同一の本文を採録することから、『新選集』、すなわち『錦繡段』の典拠は『聯珠詩格』である蓋然性が高いと考えられる。中國歷代に亙る膨大な詩人の作品を掲載する『新選集』・『新編集』の出典や編集經緯については、白居易詩に注目し、その依拠資料を検証した堀川貴司氏の考察がある。白詩については、總集ではなく別集に拠った可能性が指摘されており、大いに参考になるものの（『詩のかたち・詩のこころ—中世日本漢文學研究—』第一六章「中世禪林における白居易の受容」参照）、『新選集』・『新編集』に採録される詩人の屬性（僧俗・知名度等）は實に多様で、撰集資料の詳細は未だ不明な點が多い。

例えば、宇都宮遯庵編『錦繡段抄』（萬治四〔一六六一〕年刊・仮名抄）では、『錦繡段』所收詩で『聯珠詩格』にも掲載されている場合は、必ずその事實に言及していることもあり、[10] 夙に『錦繡段』（すなわち『新選集』・『新編集』）の典拠の一つとして『聯珠詩格』が想定されていた可能性は窺えるものの、典拠確定の意味する所は、單に依拠資料の指摘という次元に留まらないであろう。こうした個別検証の蓄積こそが、本邦禪僧の總集編纂過程の解明につながるのであり、牽いては義堂・絕海没後、應永・永享期以後の室町時代禪僧における漢籍受容の實態を明らかにする重要な契機になると考えられる。

『新選集』の典拠に『聯珠詩格』を想定する根拠の一つが、逆翁宗順（一四三三〜一四八八）編『點鉄集』（承應四年版本）の存在である。斯書は浩瀚な音韻別摘句集で、『錦繡段』編者の天隱龍澤が序文を附したことでも知られている。ここでも戴復古詩の一聯が取り上げられており、版本首書でその典拠として擧げられているのが『聯珠詩格』なのである。『點鉄集』版本は義堂周信編『貞和集』などとともに、『錦繡段』・『續錦繡段』も典拠として擧げていることから、決して本邦の編著を敬遠したとは考えられない。ここでは殊更、『錦繡段』（『新選集』）を避け、『聯珠詩格』に拠ったものと推定されるのである。これはすなわち、戴復古詩の典拠は『聯珠詩格』と見做されていたことの証左でもあり、注目されるのである。

三

近世初期、既に『錦繡段』注釈書や受容資料の多くが、その典拠として『聯珠詩格』に言及しているにも關わらず、『錦繡段』に比して『聯珠詩格』の利用が優位に立つことはなく、逆に『錦繡段』の普及が進んだことは注目すべきであろう。本稿の問題意識に即して言えば、漢籍であり、五山禪林でも版行された『聯珠詩格』以上に『錦繡段』が權威ある典籍と見做されるようになっていくことの意味は、改めて考えられなければならないのである。

本邦禪林で編纂された總集において採用された本文が、出典から切り離されて、禪林で廣く流布した初學者向けの選集に受け繼がれたことで、後代の文壇に大きな影響力を誇ることになる——近世初期版本が後に多くの流布本の祖形となったのと同様、近世初期、慶長・元和年間に相繼いで版行された『錦繡段』は、初學書であるにも關わらず、祖本である『新選集』・『新編集』を凌ぐ新たな古典としての地位を確立するに至る。

慶長二年、印行した『錦繡段』を近臣らに賜った後陽成天皇は、南禪寺悟心院の學僧、梅印元沖長老に命じて、慶長九（一六〇四）年四月八日から五月二十二日まで五回に亙って、『錦繡段』を進講せしめたことが『慶長日件錄』や『言經卿記』に記されている。後陽成天皇没後も、後水尾天皇が元和四（一六一八）年正月十八日に南禪寺金地院の以心崇傳、元和八（一六二二）年三月二十一日に相國寺の昕叔顯晫を召して、『錦繡段』を講義させたことが知られている[11]。特に元和四年、『錦繡段』と並行して講釈が行われているのが『源氏物語』であったことは興味深い。『錦繡段』が禁裏を中心に、必讀の古典的教養として確立していく様子が端的に窺われるのである。

他方、近世俳諧における『錦繡段』の影響の大きさについては、仁枝忠氏をはじめ多くの先學の指摘があり、敢えて贅言を加える必要はないものの、ここでは近世初期の『錦繡段』盛行の先鞭をつけたと考えられる、類書『國花集』の事例を確認しておきたい[12]。

『國花集』「人品」の「子陵」項では、戴復古詩に續いて、『錦繡段』の名を明記して同題の四首總てを引用している。一方、「惹虚・惹名・久要・相公」など戴復古詩だけでなく、黄庭堅詩に由來する熟語が列なっているのが注目される。これは月舟寿桂『錦繡段抄』が採錄する戴復古「子陵釣臺」詩の注で、王秋江・張立斎などの『聯珠詩格』所載同題詩を引用した後に續けて、『聯珠詩格』が採錄しない前掲、黄庭堅詩の一聯を引用していることと無關係ではないであろう。先にも述べたように、「平生」の措辭が、本邦でも戴復古詩と黄庭堅詩を關連附けて理解されるに至る過程を付度し得る、一つの傍証と言えるであろう。

では『連集良材』の典拠も古活字版『錦繡段』であると斷定してよいのであろうか。それを探るべく『連集良材』古活字版の刊行年である寛永初年の周辺を勘案すると、出版をめぐる興味深い事象が浮かび上がってくるのである。

先掲『鶴林玉露』には古活字版があることが知られている。京都大學附屬圖書館清原家文庫藏本がそれで、東洋文庫藏寛永頃書寫本の底本と考えられるものである。清原家文庫本の刊年は不明である。『鶴林玉露』の版本は、寛文二（一六六二）年製版本が廣く通行し、現存本も多いものの、それ以前に古活字版が上梓されていたことは重要であろう。渡辺守邦氏が指摘されるように、『慶長見聞集』にその本文が引用される『連集良材』は、寛永初年以前に成立していたことが確實であると考えられる[13]。

この時期はまさしく古活字版全盛の時期であり、他書版行の影響を受けて、『連集良材』が上梓された可能性は十分に考えられる。慶長勅版『錦繡段』と隔たることなく成立し、古活字版として印行された連歌寄合書が『錦繡段』に所收される七絶を引用している、という事實を決して看過すべきではないのである。

ならば『連集良材』が依拠したのは古活字版『錦繡段』と結論附けてよいのであろうか。慶長勅版以來、『錦繡段』版本は必ず訓點をともなっている。『連集良材』版本が採錄する戴復古詩にも訓點が附されており、それを検証することで、依拠した本文を想定することが可能になろう。

『連集良材』の訓點で特徴的なのは、第三句に訓點を一切施していない點である。實は『錦繡段』の近世版本における訓讀には異同がなく、第三句は「平生恨ラクハ劉文叔ニ識ラルルコトヲ」と訓み下すことで一致している。『連集良材』と同じく第三句に訓點を附さない諸本は存在しないため、依拠本文を確定することは難しい。逆に第三句を除く『連集良材』各句の訓讀は、『錦繡段』版本諸本と完全に一致していることから考えて、『連集良材』の第三句は、本來附すべき訓點を附し損ねてしまった可能性が高いと考えられる。慶長勅版以來、『錦繡段』の訓點に變更は見られないのであり、『連集良材』が近世版本と同一の訓點を附していることは、勅版の附訓成立の環境と隔絶していないことを示す証左と見做し得る。すなわち、『連集良材』の典拠が『錦繡段』である可能性は高いと考えられる。

この事實は、『錦繡段抄』を含む『錦繡段』版本に附された訓讀の成り立ちを考察する上でも重要な契機になると考えられる。

おわりに

本邦五山禪林文壇で育まれた學殖は、その最大の庇護者であった室町幕府と命運をともにすることなく、豊臣秀吉や徳川家康にも供され、結果として更に新たな受容層を獲得することとなった[14]。特に江戸開府後は朝廷との關係を強め、その成果の一端が慶長年間の後陽成天皇による『錦繡段』の開版に繫がったと考えられる。そもそもなぜ『錦繡段』が勅版の対象として選択されたのか——初學書として有益な書物でありながら、勅版の識語にも記されているように、五山版として開版されなかったことなど、様々にその理由は擧げ得るものの、その意圖は残念ながら明らかにはし得ない。しかし、『古文孝經』と『勧學文』に挟まれるように開版された『錦繡段』が、五山禪林の枠に留まらず、室町時代を代表する漢學初學書として、後陽成天皇周辺で高く評価されていたことは確かであり、更には「勅版」という契機がその後の『錦繍段』の普及に強い推進力を與えたであろうことも、想像に難くないのである。[15]

近世初期慶長年間、『錦繍段』は室町時代五山禪林とは別の位相で、權威ある典籍として受容され、それが作品の更なる普及を促し、西山宗因をはじめとする近世初期俳諧にも大きな影響を與えるに至る。承應二（一六五三）年七月に記された宗因の紀行文、『津山紀行』（綿屋文庫藏『美作道日記草稿』）に、

左は淡路島、雪のまがひも、おぼつかなし、
國なせる新島や是霧の海
古詩に江霧を題して、紛々一氣裏長空、絶與鴻毛未判同と侍るにや

と引用される「古詩」は、『錦繍段』「天文」部所收、蕭則陽作「江霧」詩の第一・二句である。全文は「紛紛一氣裏長空、絶與鴻濛未判同、無數過船看不見、人聲却在櫓聲中（紛紛たる一氣長空を裹み、絶だ鴻濛の未だ判れざると同じ、無數の過船看れども見えず、人聲は却つて櫓聲の中に在り）」で、措辭の一部に異同はあるものの、慶長十（一六〇五）年に生まれた宗因は、當然のように『錦繍段』を學び、その表現で詩嚢を肥やしていたのである。[16]

『錦繍段』所收詩を「古詩」と記しつつ、自作と並べる宗因の例は、室町時代を通じて愛好された漢故事が、和漢聯句や講説を端緒として五山禪林で親しまれた典籍とも繋がり、漢籍由來の連歌寄合に結實し、それを繼承した近世初期文壇で古典的価値を見出されるに至った好事例と考えられる。それは近世初期文藝が、中世的達成を踏まえた存在であることを改めて強く認識させるのである。そして、その典型例を集成したものが『連集良材』なのであった。

『連集良材』各項目の典拠は多様で、古今注・伊勢注・源氏注・朗詠注等の本邦古典注釈をはじめ『論語』・『文選』・『胡曾詩抄』、更には『下學集』（『節用集』）等辭書類にも及んでいる。こうした「連歌寄合書」の成立も、本邦室町時代五山文壇の學識が廣く朝廷をはじめとする新たな文壇（それを「京都文壇」と直ちに言い換えてよいか否か、まだ疑問

はあるものの）と交流した成果なのだとしたら、今後、近世初期文壇の位相を捉え直す上での一助となることは確かであろう。

注

（1）本文は明應六年寫三条西實隆筆本（『天理圖書館善本叢書和書之部』二十・八木書店）に拠る。

（2）『連集良材』の成立については『日本古典文學大辭典』（岩波書店）の記述に拠る。本文については早稲田大學圖書館所藏寛永八（一六三一）年古活字版に拠り、便宜上、訓點を省略した。

（3）『詩のかたち・詩のこころ―中世日本漢文學研究―』第一五章「『新選集』『新編集』『錦繡段』」に『新選集』を受容した例として指摘されている。

（4）『聯珠詩格』の本文引用については、増注本に拠るものの、住吉朋彦氏の一連の研究を参照し、適宜諸本異同を確認している。

（5）（3）の論考参照。

（6）本文は京都大學附屬圖書館清原家文庫藏古活字版に拠る。

（7）室町時代後末期以後に成立し、近世初期に版行された『太平記』の注釈書である『太平記賢愚抄』や『太平記抄』では『排韻氏族大全』を引用しつつ、「狂奴」に言及しているのは重要である。室町時代後期以降の本邦禪林における『排韻氏族大全』の盛行は當然、踏まえるべきではあるものの、あわせて『錦繡段』の存在も無視できないと考えられる。

（8）引用は國会圖書館所藏古活字版『帳中香』所收本文に拠る。なお「平生」と「久要」は言うまでもなく『論語』「憲問第十四」に見える「見利思義、見危授命、久要不忘平生之言、亦可以爲成人矣」を踏まえた表現である。

（9）『再昌草』引用は『私家集大成』（明治書院）所收本文に拠る。

（10）本文は花園大學圖書館所藏本を参照した。

（11）元和四年の講義については、『時慶卿記』や『本光國師日記』に詳細に記されており、崇傳の江戸下向により、韋莊「臺城」詩まで講義したところで中止となり、抄物が直ちに天皇に献上されたことが知られる。元和八年の講義については『鹿苑日錄』同年三月二十一日条から八月十四日条に至るまで計四回の講義に關する記述を確認することができる。

（12）本文は國立公文書館内閣文庫所藏寛永五年版本に拠る。

（13）渡辺守邦「寛永期の〈知恵藏〉たち」（岩波書店「文學」二〇一〇・五、六月号）参照。

（14）堀川貴司『詩のかたち・詩のこころ—中世日本漢文學研究—』第一九章「中世から近世へ—漢籍・漢詩文をめぐって—」には、近世初期文壇と室町時代五山禪林文壇との連續性に關する端的な知見が示されている。併せて参照されたい。

（15）慶長勅版については先學による研究の蓄積があるものの、ここでは安野博之の「慶長勅版の刊行について—慶長四年刊本を中心に—」（「三田國文」第三十二号・二〇〇〇・慶應義塾大學國文學研究室）を擧げておきたい。

（16）『津山紀行』の引用は、『西山宗因全集』第四巻（八木書店・二〇〇六）所收本文に拠る。

Ⅲ 伝承

歐陽脩『近体楽府』の成立とその伝承　もう一つの『近体楽府』

東　英寿

一 はじめに

中国の韻文形式の一つである詞は、宴席などで音楽に合わせて歌われ、宋代に大いに流行した。『銭氏私志』の中に、北宋の歐陽脩（一〇〇七〜七二）の詞作にまつわる次のような逸話がある。

当時、梅堯臣、謝絳、尹洙らとともに、西京留守である銭維演の幕下にいた歐陽脩が一人の妓女と親しくなった。ある日の宴会で、客が集まっているにもかかわらず、歐陽脩とその妓女だけが現れず、しばらくして彼らがやって来た。公（銭維演）は妓女に遅れてきた理由を問いただし、逸話は次のように展開する。

公責妓云、末至何也。妓云中暑往涼堂睡著、覺而失金釵、猶未見。公曰若得歐陽推官一詞、当爲賞汝。歐即席云、柳外輕雷池上雨、雨聲滴碎荷聲。小樓西角斷虹明。闌干倚處、待得月華生。燕子飛來窺畫棟、玉鉤垂下簾旌。涼波不動簟紋平。水精雙枕、傍有墮釵横。坐皆称善。遂命妓滿酌稱歐、而令公庫償其失釵。

公は妓を責めて云く、末に至るは何ぞやと。妓云く、暑さに中りて涼堂に往き睡著し、覺めて金釵を失し、猶ほ未だ見えずと。公曰く、若し歐陽推官の一詞を得れば、当に爲に汝を賞すべしと。歐は即席に云く、柳外輕雷 池上の雨、雨聲滴《したた》りて荷聲を砕く。小樓 西角 斷虹明らかなり。闌干 倚る處、月華の生ずるを待ち得たり。燕子 飛來して畫棟を窺い、玉鉤 簾旌を垂れ下ろす。涼波動かず、簟紋平らかなり。水精の雙枕、傍らに墮釵の横たわる有りと。坐すもの皆な善しと稱す。遂に妓に命じて滿酌し歐を稱せしめ、而して公庫をして其の失釵を償はしむ。

歐陽脩と妓女は落としたかんざしを捜していたために遅れたが、歐陽脩がさらさらと一詞を作ったことにより、遅れたことを咎められなかったばかりか、逆に称賛されたと言う。この逸話は、直接的には歐陽脩の詞作の才能の高さを物語るものであろうが、ここから詞の作成される状況、すなわち詞は即興的に作られて、妓女を侍らす宴席で歌われていたという状況を窺うことができる。

ところで、この逸話の中で出てきた歐陽脩の詞は「臨江仙」であり、今日、歐陽脩の詞集である『近体楽府』の中に収録されている。宋代に編纂された歐陽脩の詞集は『近体楽府』と『酔翁琴趣外篇』の二書があり、そのうち『近体楽府』は周必大の『歐陽文忠公集』百五十三巻編纂の際に作成されたという状況が明らかであり、偽作が多く含まれると言われてきた『酔翁琴趣外篇』と比べると、より信頼のおけるものと考えられてきた。

この『酔翁琴趣外篇』については、筆者は以前拙稿でその成立過程を明らかにしたが[1]、本稿においては、宋代に成立した今一つの歐陽脩の詞集である『近体楽府』について、その成立と伝承過程について考察したい。

二 『近体楽府』の編纂

宋代に編纂された歐陽脩の詞集である『近体楽府』三巻と『酔翁琴趣外篇』六巻のうち、『酔翁琴趣外篇』は編纂者が不明で、既に拙稿において考察したように、南宋の淳祐十年（一二五〇）以降の理宗朝後期に、福建地方で刊行された閩本だと考えられる[2]。当時の閩本は誤刻も多く、しかも『酔翁琴趣外篇』は晁補之『晁氏琴趣外篇』や晁端礼

『閑斎琴趣外篇』等と同じく琴趣外篇シリーズの一つとして刊行されたもので、この琴趣外篇シリーズは編纂が杜撰であることが南宋当時から指摘されており、従って『酔翁琴趣外篇』には歐陽脩の作ではない詞が含まれていることが従来から指摘されていた。

一方、『近体楽府』三巻は、周必大（一一二六～一二〇四）が『歐陽文忠公集』百五十三巻を編纂する際に作成された。彼は南宋の紹熙二年（一一九一）から慶元二年（一一九六）まで六年の歳月をかけて『歐陽文忠公集』を編纂しており、『近体楽府』は『歐陽文忠公集』巻百三十一から巻百三十三に収録されているので、従って周必大の歐陽脩全集作成の一環として編纂が行われて、慶元二年には完成していたことがわかる。この『近体楽府』三巻部分の校勘等を担当したのは羅泌という人物で、彼の生卒年等は不明であるが、『宋史翼』巻二十九に「羅泌、字長源、廬陵人。学博才宏、侈遊墳典、迺捜集百家成路史四十七巻」と記載され、歐陽脩と同じく廬陵の出身であった。『近体楽府』の編纂について、羅泌は巻三の校勘に次のように記述する。

吟詠之餘、溢爲歌詞。平山集盛傳於世。曾慥雅詞不盡收也。今定爲三卷。且載楽語于首。其甚淺近者、前輩多謂劉煇僞作、故削之。

吟詠の餘、溢れて歌詞を爲す。平山集は盛んに世に傳へらる。曾慥の雅詞は盡くは収めざるなり。今、定めて三巻と爲す。且つ楽語を首に載す。其の甚だ淺近なる者は、前輩多く劉煇の僞作と謂ひ、故に之れを削る。

ここから、羅泌が詞の内容が浅近な作は、劉煇の偽作だと見なして削除し、[3]『近体楽府』に収録しなかったことが明らかとなる。詞の内容から、歐陽脩の作ではないと判断するのは問題があることについては拙稿で指摘したが、[4]しかし『近体楽府』は周必大の『歐陽文忠公集』百五十三巻の編纂の際に作成されたという状況や羅泌という担当者もはっきりしているので、編纂者や編纂経緯が詳らかではない『酔翁琴趣外篇』よりも信頼性があると考えられてきた。

ちなみに、今日、通行の『近体楽府』三巻には、百八十一首の歐陽脩詞が収録されている。[5]

三　天理本『歐陽文忠公集』の存在

『近体楽府』は周必大の『歐陽文忠公集』編纂の際に作成されているので、本章においては『歐陽文忠公集』編纂及びその増補の経緯を踏まえて『近体楽府』の編纂過程を考察したい。

周必大が編纂した『歐陽文忠公集』百五十三巻は、南宋の慶元二年（一一九六）に完成した。この周必大の原刻本『歐陽文忠公集』については、内外の所蔵機関の目録等によれば、中国の国家図書館（国図本）、日本の宮内庁書陵部（宮内庁本）、天理大学附属天理図書館（天理本）に所蔵されていることになっていた。[6] ところが、筆者の考察により、これらの諸本は、いずれも周必大原刻本ではなく、周必大原刻本は国家図書館に所蔵されている鄧邦述跋本であることが判明した。[7] ここで確認のために国家図書館所蔵の南宋本『歐陽文忠公集』をあげると次の十本がある（『北京図書館古籍善本書目』〔書目文献出版社、一九八七年〕による。なお、便宜上、①～⑩まで番号を付した）。

①　歐陽文忠公集一百五十三巻　宋歐陽修撰　附録五巻　宋慶元二年周必大刻本〔巻三至六、三十八至四十四、六十一至六十三、九十五、一百三十四至一百四十三配明抄本〕　四十六冊

②　歐陽文忠公集一百五十三巻　宋歐陽修撰　宋慶元二年周必大刻本〔巻六十二至六十五配抄本〕　十六冊　存四十巻　四至七　五十五至六十七　七十二至七十三　八十七至八十九　一百十二至一百十七　一百二十至一百二十四一百四十六　一百四十八　一百四十九至一百五十三

③　歐陽文忠公集一百五十三巻　宋歐陽修撰　宋慶元二年周必大刻本　三冊　存五巻　五十二至五十四　九十六一百十九

④ 歐陽文忠公集一百五十三卷　宋歐陽修撰　年譜一卷　宋胡柯撰　宋刻本　二十一冊　存七十二卷　二十至二十四　四十六至六十四　六十八至七十五　九十五至一百十四　一百十七至一百二十七　一百三十四至一百三十七　一百四十一至一百四十二　一百四十四至一百四十六

⑤ 歐陽文忠公集一百五十三卷　宋歐陽修撰　宋刻本　二冊　存四卷　八十二至八十五

⑥ 歐陽文忠公集一百五十三卷　宋歐陽修撰　宋刻本　二冊　存九卷　九十七至一百一　一百五十至一百五十三

⑦ 歐陽文忠公集一百五十三卷　宋歐陽修撰　宋刻本［卷三十至三十四配清初抄本］　十六冊　存五十卷　一至五　十

⑧ 歐陽文忠公集一百五十三卷　宋歐陽修撰　附録五卷　宋刻本　二十冊　存七十五卷　一至二　五十一至六十五　七十一至八十九　一百二至一百十八　一百二十五至一百四十三　附録一至三

⑨ 歐陽文忠公集一百五十三卷　宋歐陽修撰　宋刻本　二冊　存十一卷　四十至五十

⑩ 歐陽文忠公集一百五十三卷　宋歐陽修撰　宋刻本　鄧邦述跋　四冊　存四卷　二十至二十三

この十本の南宋本『歐陽文忠公集』のうち、⑩が鄧邦述跋本である。また、①～③は同一の版本で、いずれも宋慶元二年周必大刻本と記載され、そのうち②が四十巻、③が五巻しか存在しないのに対し、①はその大部分が存在しているので、本稿ではそれを代表させて国図本とする。

ところで、国図本と前述の宮内庁本は刻工が同じなので同一の版本であり、『歐陽文忠公集』の巻百四十四～巻百五十三に収録されている『書簡』十巻に着目すると、国図本（ちなみに、宮内庁本はこの『書簡』十巻部分が欠巻で考察できない）は周必大原刻本に十九篇の書簡が増補されており、天理本は国図本にさらに九十六篇が増補されていることが拙稿での考察により明らかとなった[8]。つまり、『歐陽文忠公集』百五十三巻は、まず周必大が編纂した原刻本が完成した後、南宋時代に増補されて国図本が作成され、さらにその国図本に増補が加えられて天理本ができたのである[9]。

これまで『歐陽文忠公集』といえば、慶元二年（一一九六）に周必大が編纂した原刻本『歐陽文忠公集』百五十三巻としてしか把握されておらず、その後の増補過程については一切想定されていなかった。

明代になると、仁宗皇帝がまだ東宮の時に、朝廷に所蔵されていた版本に基づいて歐陽脩全集の決定版である『歐陽文忠公集』百五十三巻を編纂させた。その時に使用した版本は収録された書簡から考えると国図本であった(10)。すなわち、宋代の朝廷に所蔵され、明代にまで流伝してきたのは国図本であり、従って明代に完成して歐陽脩全集の決定版となった『歐陽文忠公集』百五十三巻には、国図本に増補された十九篇の書簡は収録されたが、国図本完成後に増補され天理本に収録された九十六篇の書簡は収録されなかった。そのため、その後この九十六篇の書簡の存在は全く忘れ去られてしまい姿を消してしまったのであった。筆者はこれらの書簡を見つけ出し、歐陽脩の書簡九十六篇の発見として報告した(11)。

ここで『近体楽府』三巻（『歐陽文忠公集』巻百三十一から巻百三十三に収録）に着目すると、国図本に収録されている『近体楽府』三巻には百八十一首の歐陽脩詞が収録されている。その後に増補された天理本に収録されている『近体楽府』を確認すると、そこには国図本収録の『近体楽府』より十三首多い百九十四首収録されているのがわかる。つまり、国図本から天理本への増補の過程で十三首が付加されたのであった。このように歐陽脩の詞を集めた『近体楽府』は、百八十一首収録された『近体楽府』と、百九十四首収録された『近体楽府』という、収録詞数の違う二種類が南宋時代に存在していたと言える。

前述した如く、明の仁宗が編纂させた決定版『歐陽文忠公集』が完成したことにより、以後それが歐陽脩の全集として用いられることになるが、『近体楽府』三巻についてもまさにその通りで、この決定版『歐陽文忠公集』に収録されたものが流伝する。明末から清初にかけての蔵書家である毛晋（一五九九～一六五九）は、歐陽脩の詞集『六一詞』を編纂して出版するが、そこに収録された詞作を見ると、明らかに明代の決定版『歐陽文忠公集』（その源流は国図本）に収録されていた『近体楽府』三巻に基づいているのがわかる。すなわち、天理本に増補された十三首は収録されていないのである。これは、毛晋が明代の決定版『歐陽文忠公集』収録の『近体楽府』に依拠したことを物語っており、換言すれば『近体楽府』としては、その当時、国図本収録本（明代の決定版『歐陽文忠公集』所収）が流伝していたことになる。当時、天理本に収録されていた『近体楽府』三巻はその存在を全く認識されておらず、このようにして、以後天理本に増補された十三首の詞は、完全に忘れ去られてしまったのであった。

四　天理本『近体楽府』三巻に増補された十三首について

天理本『近体楽府』に増補された十三首の詞は「漁家傲」十二首と「水調歌頭」一首である。国図本と天理本の収録数を表にまとめると、次のようになる。

近体楽府（『歐陽文忠公集』巻131～133収録）

	国図本	天理本
巻1	39	39
巻2	71	71
又續添	12	12
又漁家傲	なし	12
巻3	59	59
續添	なし	1
合計	181	194

国図本に比べて天理本に多い十三首のうち、「漁家傲」十二首は、天理本『近体楽府』巻二の巻末に「又漁家傲」と題して収録されており、「水調歌頭」一首は巻三の「續添」という記載の後に収録されている。(12)

この十三首のうち、巻二に収録された「又漁家傲」十二首について、以下のような注記がある。

京本時賢本事曲子後集云、歐陽文忠公、文章之宗師也。其於小詞、尤膾炙人口。有十二月詞、寄漁家傲調中、本集亦未嘗載、今列之於此。前已有十二月篇鼓子詞、此未知果公作否。

京本の時賢本事曲子後集に云ふ、歐陽文忠公は、文章の宗師なり。其の小詞に於て、尤も人口に膾炙す。十二月詞有りて、漁家傲の調中に寄すも、本集亦た未だ嘗て載せず、今、之れを此に列すと。前に已に十二月篇の鼓子詞有りて、此れ未だ果して公の作か否かを知らず。

この注記から、南宋の都・臨安で出版されていた『時賢本事曲子後集』に、これら「漁家傲」十二首が存在していたことがわかる。さらに、天理本に「漁家傲」十二首を増補した作者は、歐陽脩の作かどうか疑問があったけれども、『時賢本事曲子後集』から採録して『近体楽府』に収録したと言えよう。一方、巻三の「續添」部分に収録された「水調歌頭」には、「此詞蘭畹集第五巻」という注記があり、北宋末から南宋にかけて活躍した曾鑑の別集にもみえるということで、互見の作であることが指摘されている。この互見については今後検討する必要があるが、『近体楽府』の版本とは異なる問題なので、この「水調歌頭」の互見問題について本稿においてはとりあえず考察の対象外とする。(13)

ところで、この「續添」「又續添」について饒宗頤が『詞籍考』の中で次のように記述する。(14)

宋槧歐陽文忠公全集一五三巻。前京師圖書館藏不全者三部、其第二部慶元二年吉州刊本、第一三一至一三三近體樂府三巻具全、十行十六字、首爲樂語、次長短句一百九十三首。中有「續添」「又續添」標識。

宋槧の歐陽文忠公全集一五三巻。前の京師圖書館に不全なる者三部を藏し、其の第二部は慶元二年吉州刊本にして、第一三一より一三三に至る近體樂府三巻は具全にして、十行十六字、首に樂語を爲し、次に長短句一百九十三首。中に「續添」「又續添」の標識有り。

ここで饒宗頤は、歐陽脩の『近体楽府』として、京師図書館の所蔵本に着目し、そこには百九十三首が収録されており、その中に「續添」「又續添」の記載があると指摘する。さらに、饒宗頤は『近体楽府』の版本として、次に四部叢刊所蔵本を取り上げて次のように記述する。

四部叢刊初編影印元刊歐陽文忠公全集一五三卷、其一三一至一三三近體樂府、大體同宋刊、但第二卷末少收京本時賢本事曲子之漁家傲十二首、校記亦微異。所謂元刊前藏涵芬樓（四部備要有排印全集本）實明刊也。

四部叢刊初編影印元刊歐陽文忠公全集一五三卷、其の一三一より一三三に至る近體樂府は、大體宋刊に同じ、但だ第二卷末に京本時賢本事曲子より收むる漁家傲十二首少なく、校記も亦た微かに異なる。所謂元刊にて前の涵芬樓に藏する（四部備要に排印全集本有り）は實は明刊なり。

ここで、四部叢刊所蔵『近体楽府』は「漁家傲」が十二首少ないと指摘する。饒宗頤によれば、四部叢刊所蔵本は元版と言われてきたが実は明版であり、明版は宋版に比べると校記も少し異なると記述しており、この筆致から彼は「漁家傲」が十二首少ないという収録数の違いは、宋版と明版という二つの版本の違いに起因すると考えていたことが窺える。饒宗頤は「續添」「又續添」の記載を指摘するものの、南宋時代に『近体楽府』に百九十四首収録本と百八十一首収録本という収録数の違う二種類があったことには全く気づいていない。しかも、今日、天理本『近体楽府』には、「續添」部分の「水調歌頭」一首を含めて百九十四首収録されているが、饒宗頤は百九十三首の収録と指摘する。この一首の違いは、彼が「續添」部分収録の「水調歌頭」一首を含めていないためだと考えられる。なぜならば、『近体楽府』三巻のうち、「續添」という記載部分に収録されているのは「水調歌頭」一首だけであり、「續添」という記載の存在に注目する以上、「水調歌頭」は極めて重要な一首となり、何らかの形でそのことに言及する必要があると考えられるからである。彼は明版に「漁家傲」が十二首少ないことは指摘し、その一方「水調歌頭」一首については全く言及していないが、その理由は不明である。

五　『近体楽府』三巻の伝承

この「漁家傲」十二首と「水調歌頭」一首の合計十三首は、前述した如く明の仁宗が編纂させた『歐陽文忠公集』が完成し、以降それが決定版として流伝したことにより、歐陽脩の作として全く知られなくなってしまった。ところが、今日出版されている歐陽脩の詞集には、明代以降忘却されてしまった、この「漁家傲」十二首が収録されている。その理由は『全宋詞』に収録されているからだと考えられる。そのため、今日の歐陽脩詞集の編集者はこの「漁家傲」十二首の存在を容易に知ることができた。

それでは『全宋詞』を編纂した唐圭璋（一九〇一～九〇）は、何に基づいて「漁家傲」十二首を収録したのか。その手がかりは、『全宋詞』において「漁家傲」十二首を収録した後に「以上歐陽文忠公近體樂府巻二（歐陽文忠公集巻一百三十二）九十首（原九十五首、五首未録）」という注記の記載である。唐圭璋は、『歐陽文忠公集』巻百三十二に収録されている『近体楽府』巻二から九十首を収録したと記載する。この九十首の中に「漁家傲」十二首が含まれていたことになり、唐圭璋の用いた『近体楽府』には「漁家傲」十二首が存在していたのである。この「漁家傲」十二首が含まれていたということは、当時伝承が途絶え、忘却されていた天理本系統の『近体楽府』を彼は用いたことになる。とすれば、明代以降、天理本系統の『近体楽府』三巻はその存在を全く知られていないのに、なぜ唐圭璋は天理本系統の『近体楽府』を用いることができたのだろうか。

この問題を解く鍵は、清末から民国初期にかけて活躍した呉昌綬（一八六七～一九二四）が握っている。彼は一九一一年から一七年にかけて宋代と元代の詞を集めて『仁和呉氏雙照楼景刊宋元本詞』を編纂した。その中に『近体楽府』が収録されたが、そこにこの「漁家傲」十二首が存在していた。清末から民国にかけての蔵書家である繆荃孫（一八四四～一九一九）の『仁和呉氏雙照楼景刊宋元本詞』の跋文に次のように述べる。

歐陽近體樂府三卷、在一百三十一之一百三十三、共二百零四闋。二卷有續添、有又續添、三卷有續添、二卷有金陵□□□跋、有朱松跋、三卷有羅泌跋。……是此本慶元二年刊於吉州、元明均有翻刻、此則粗本也。

歐陽の近體樂府三卷は、一百三十一より一百三十三に之《いた》るに在り、共に二百零四闋なり。二卷に續添有り、又續添有り、三卷に續添有り、二卷に金陵□□□の跋有り、朱松の跋有り、三卷に羅泌の跋有り。……是れ此の本は慶元二年に吉州に刊し、元明均しく翻刻有り、此れ則ち粗本なり。

繆荃孫は、『仁和呉氏雙照楼景刊宋元本詞』に収録された『近体楽府』は周必大が慶元年間に編纂した『歐陽文忠公集』に収録されたものであると記述する。ここで注目すべきは「三巻有續添」と記述することである。前掲の表から明らかになるように、『近体楽府』の三巻部分に「續添」があるのは天理本のみであり、国図本には見られない。ここから呉昌綬が『仁和呉氏雙照楼景刊宋元本詞』を編纂する際に用いた『近体楽府』は天理本系統だと考えられるのである。ちなみに、既に見てきた如く天理本は慶元二年に刊行された周必大編纂『歐陽文忠公集』に増補を重ねたものであり、慶元二年に吉州で刊行された周必大の原刻本そのものであるというこの繆荃孫の認識は間違いである。ただ、筆者が『歐陽文忠公集』の版本を考察し、周必大原刻本→国図本→天理本という伝承過程を明らかにする以前は、内外の所蔵機関の目録等を含めて全て繆荃孫の認識通りに、『近体楽府』が収録されている周必大編纂『歐陽文忠公集』は慶元二年刊行とされていたので、[15] この時代に『仁和呉氏雙照楼景刊宋元本詞』に収録された『近体楽府』を慶元年間の編纂と見なしているのは仕方ないと考えられる。

さらに、清末から民国にかけての蔵書家・陶湘（一八七一～一九四〇）が、『仁和呉氏雙照楼景刊宋元本詞』に収録された『近体楽府』について、以下の如き案語を附している。

湘案京師圖書館所存内閣大庫書、歐陽公集宋刊殘本凡三部、存巻互有參差。其第二部存一百二十五之一百三十三、後三巻爲近體樂府。宣統間伯宛在圖書館時、景寫付刊後來諸本、皆發耑於此。

湘、案ずるに、京師圖書館に存する所の内閣大庫の書にして、歐陽公集の宋刊殘本凡そ三部、存巻に互いに參差有り。其の第二部は、一百二十五より一百三十三に之《いた》るを存し、後の三巻は近體樂府爲り。宣統の間に伯宛、圖書館に在りし時、後來の諸本を景寫付刊するは、皆な耑を此に發す。

この『近体楽府』は京師図書館に所蔵されており、もとは清代の宮廷に所蔵されていたもので、宋刊『歐陽文忠公集』の残本であり、清代の宣統年間に、伯宛（呉昌綬の字）が図書館で書写したものだと言う。確かに、当時、呉昌綬は内閣中書の官にあったので図書館の資料を渉猟できたと思われる。この京師図書館は、北京にある今の国家図書館に繋がっており、前掲した如く国家図書館の目録を確認するとそこには宋刊『歐陽文忠公集』が十本ある。その中に呉昌綬が見たと思われる版本もあると考えられる。つまり、端本ではあるが、北京にある国家図書館に天理本系統の版本が存在しているのである[16]。

そして、呉昌綬の『仁和呉氏雙照楼景刊宋元本詞』に天理本系統の『近体楽府』三巻が収録されて公刊されたことにより、『全宋詞』を編纂する際に唐圭璋はそれを用いたと思われる。そのため、彼は『全宋詞』に「漁家傲」十二首を収録できた。『全宋詞』の引用書目の中に、編纂の際に用いた諸本が掲載されているが、その中に確かに「景刊宋元本詞六十一巻、近人呉昌綬編、雙照楼刊本」という記述があることからも、そのことが確認できよう[17]。ちなみに、歐陽脩の『近体楽府』は『全宋詞』の引用書目に記載がない[18]。唐圭璋が歐陽脩の資料として当時通行しており、明代に編纂されて決定版となった『歐陽文忠公集』所収の『近体楽府』、すなわち国図本系統を用いて『全宋詞』を編纂したならば、この「漁家傲」十二首は収録されなかったはずである。唐圭璋が歐陽脩の詞を『全宋詞』に収録する際に、呉昌綬の『仁和呉氏雙照楼景刊宋元本詞』に依拠して採録したことにより、結果的にそれまで全く知られていなかった「漁家傲」十二首を『全宋詞』に収録できたことになる。

ちなみに、前述した如く唐圭璋は『全宋詞』において、「漁家傲」十二首は『近体楽府』から収録したと記述するだけなので、この筆致からは南宋時代に『近体楽府』が国図本系統と天理本系統の二種類存在していたことは、全く認識していないと思われる。ただ、この認識については、当時としては当然のことである。『近体楽府』に国図本系統と天理本系統の二種類が存在していることについては、歐陽脩の書簡九十六篇を発見したことを契機とする本稿における『近体楽府』版本の考察の過程で初めて明らかになったことだからである。

六　おわりに　もう一つの『近体楽府』

以上、天理本『近体楽府』のみに収録された「漁家傲」十二首は、明代の朝廷に伝わってきた版本（国図本）に基づいて『歐陽文忠公集』が編纂され、これが決定版となったことにより、完全に忘れ去られてしまった。しかし、民国初期に呉昌綬が『仁和呉氏雙照楼景刊宋元本詞』を編纂する際に、京師図書館に所蔵されていた宋刊の残巻本『歐陽文忠公集』（天理本系統）収録の『近体楽府』三巻を用いたことにより、偶然にもその存在が再び世の中に出てきて、その後『全宋詞』がそれを用いたことにより、「漁家傲」十二首は歐陽脩の作として容易に見ることができるようになったのである。

今日、歐陽脩の詞作には偽作が混じっているとして、これまでしばしば偽作問題が指摘されてきた。周必大が『歐陽文忠公集』を編纂する際に『近体楽府』三巻を担当した羅泌はその校勘において「其甚淺近者、前輩多謂劉煇僞作、故削之」と記述しており、甚だ浅近な内容を持つ詞は歐陽脩の作ではないと判断して詞を削除した。一方、その後の南宋後期に編纂された『酔翁琴趣外篇』にはそうした浅近な内容の詞作も収録されており、こうした偽作問題について、たとえば田中謙二氏は「歐陽修の詞について」の中で、[19]

わたくしは、歐陽修の詞集の定本ともいうべき「近体楽府」や他の選本に採られなかった七三篇の作品も、そのほとんどが公の手になったと見て、別にふしぎはないと思うのである。その方が、あの政治家として、或は哲学史学文学そして金石学など多方面にわたる学者・作家として、一五三巻の文集以外にも尨大な著作を遺した巨人歐陽文忠公の、人間的振幅をさらに大ならしめて痛快きわまりない。むろん「近体楽府」に収められた詞のみについても、他人の作の疑いあるものが少くないのだから（馮延巳一一、晏殊九、張先六、李煜・柳永・秦観各二、唐無名氏・蘇軾・黄庭堅・杜安世各一）「琴趣外編《ママ》」にとり残された七三篇のすべてが、彼の手になったとは保證しがたい。ただ、俗艶のゆえをもってそれらを公に帰属させない、後の道学先生の所為が不満なのである。

として、宋代以来、その内容から歐陽脩の作ではないとする偽作の問題が生じており、そのため『近体楽府』と『酔翁琴趣外篇』では収録詞数が七十三《ママ》篇も違うということ、すなわち『近体楽府』は俗艶という内容から見て偽作と考えられる歐陽脩の詞作を削除したために、二書の収録数が異なっていることを指摘している。もちろん、歐陽脩の詞作数の違いは偽作問題がその要因の一つであることは言うまでもないが、南宋当時、収録数の違う二種類の『近体楽府』があったこともその要因なのである。従来の研究において、南宋時代に二種類の『近体楽府』が存在していたことは全く想定されていなかったが、実は当時通行していた『近体楽府』とは収録詞数の異なるもう一つの『近体楽府』が存在していたのであり、このことは歐陽脩の詞作を考える上でもまた宋代における歐陽脩の詞集編纂を考える上でも、極めて重要な事実だと考えられるのである。

注

（1）拙稿「歐陽脩『酔翁琴趣外篇』の成立過程について」（『風絮』第二号、二〇〇六年）参照。

（2）注（1）拙稿参照。

（3）劉煇についてはその素性が全く不明であるが、『夢渓筆談』巻九に歐陽脩が嘉祐二年に科挙の試験委員長になった時に、当時国子監の首席であった劉幾の答案を落第とし、その数年後、今度は歐陽脩が殿試の試験官となった際に、劉煇と名前を変えた劉幾の答案を首席に抜擢したという逸話がある。歐陽脩はその事実を知り愕然としたという。『夢渓筆談』に出てくる劉煇と羅泌が言う劉煇が同一人物であるかどうかは確定できない。ただ、南宋の陳振孫『直齋書録解題』に、歐陽脩の偽作は「当是仇人無名子所爲也」と記述するように、歐陽脩に恨みがある人物が偽作を作っていることも指摘されているので、科挙で歐陽脩に落とされた劉煇が歐陽脩を恨んだことも十分に考えられ、同一人物の可能性もある。

（4）注（1）拙稿参照。

（5）通行本としては『歐陽文忠公集』（『四部叢刊』所収）巻百三十一～巻百三十三に収録されている『近体楽府』三巻があげられる。

（6）国家図書館本（国図本）については『北京図書館古籍善本書目』（書目文献出版社、一九八七年）、宮内庁書陵部本（宮内庁本）については宮内庁書陵部編『図書寮典籍解題漢籍篇』（大蔵省印刷局、一九六〇年）、天理大学附属天理図書館本（天理本）については文化庁監修『国宝』（毎日出版社、一九八四年）において、それぞれこれらの本を慶元二年に周必大が編纂した『歐陽文忠公集』百五十三巻であると記載している。

（7）拙稿「周必大原刻本『歐陽文忠公集』百五十三巻について」（『中国文学論集』第四十号、二〇一一年。のち拙著『歐陽脩新発見書簡九十六篇―歐陽脩全集の研究―』研文出版、二〇一三年に収録）参照。

（8）拙稿「歐陽脩の書簡九十六篇の発見について」（『日本中国学会報』第六十四集、二〇一二年。のち拙著『歐陽脩新発見書簡九十六篇―歐陽脩全集の研究―』研文出版、二〇一三年に収録）参照。

（9）増補される際にしばしば巻末に「續添」や「又續添」と記載され、その後に作品が付け加えられている。これら「續添」「又續添」は後から作品等を付け加える際に用いられた記載だと考えられる。この「續添」「又續添」については、「第五回宋代文学研究国際シンポジウム」（二〇一七年五月二十七日、於岡山大学）において「南宋本『歐陽文忠公集』に見られる「續添」について」と題して報告し、それに基づいた別稿を用意している。なお、歐陽明亮氏は「南宋周必大刻本《歐陽文忠公近体楽府》略考」（『〝周必大与南宋文化曁紀念周必大誕辰八八八周年〟国際学術研討会論文集』江西人民出版社、二〇一五年）において、この「續添」部分は『近体楽府』の校勘を担当した羅泌が増補したと見なすが、「續添」という記載は『歐陽文忠公集』の他の箇所、すなわち『近体楽府』以外の他の作品集にも見られるということ、さらに国図本と天理本では「續添」の分量（續添として付け加えられた作品数）が違うということ等を考えると、「續添」部分は伝承の過程で増補されたと考えるのが自然だと思われる。なお、歐陽明亮氏の論文では、中国国家図書館の端本に『近体楽府』が存在していることを確認してそれを吉州本『近体楽府』とし、慶元二年完成の周必大原刻本『歐陽文忠公集』に収録されている『近体楽府』を慶元本『近体楽府』とした上で、この慶元本『近体楽府』は国図本であるとして論を進める。本稿で指摘するように、国図本は慶元本（周必大原刻本）ではないので、歐陽明亮氏の論文は「續添」が羅泌の増補であるという指摘を含めて訂正を要すると考えられる。

(10) 注（8）拙稿参照。

(11) 筆者は日本中国学会第六十三回大会（二〇一一年、於九州大学）において「歐陽脩の書簡九十六篇の発見について」と題して研究発表をおこなった。その成果を注（8）拙稿として公表した。

(12) この「續添」が『近体楽府』伝承の過程で増補された際に記載されたことについては、注（9）参照。なお、謝桃坊「欧陽修詞集考」（『文献』一九八六年二期）では十三首多い『近体楽府』に言及しているが、そこでは慶元二年に吉州で周必大が刊行した原刻本『歐陽文忠公集』に収録されている『近体楽府』（謝氏の言う吉州本）には「漁家傲」十二首と「水調歌頭」一首の計十三首が多いと述べている。しかし、実際には慶元二年刊行の周必大原刻本『歐陽文忠公集』収録の『近体楽府』にはこの十三首は収録されていない。本稿での考察で明らかなように、この十三首は周必大の原刻本『歐陽文忠公集』が後に増補される過程で付加されたものなので、謝氏の論文は訂正する必要がある。また、謝氏は南宋時代に収録数の違う二種の『近体楽府』が存在したことは全く想定していない。

(13) なお、この「水調歌頭」は『全宋詞』では曾鑑の作として採録されていない。このことも含めて今後検討する必要があろう。

(14) 饒宗頤『詞籍考』（香港大学出版社、一九六三年）「歐陽文忠公近体楽府」三十八、三十九頁の記述。

(15) 注（6）の各目録参照。

(16) 筆者は中国の国家図書館における調査において、天理本と同一の版本（端本）があることを確認している。注（8）拙稿の注（16）参照。

(17) 唐圭璋『全宋詞』（中華書局、一九六五年第一版、一九八〇年第二次印刷）引用書目（十七頁）の記載。

(18) 注（17）唐圭璋『全宋詞』引用書目、十七頁〜五十七頁参照。

(19) 田中謙二「歐陽修の詞について」(『東方学』第七輯、一九五三年)。

*本稿はＪＳＰＳ科研費「宋人文集の編纂と伝承に関する総合的研究」の成果である。

鶴に乗る「費長房」

本邦における漢畫系畫題受容の一側面

中本　大

はじめに

文字テキストを追跡するだけでは確証を得られなかった事實が、繪畫表象を辿ることで顕在化する例がある。一例を挙げると、『全相二十四孝詩選』（以下、全相本と呼称する）所收の孝子の一人に「楊香」がいる。全相本の記載は以下の通りである。(1)

楊香
深山逢二白額一　努力搏二腥風一
父子倶無レ恙　脱二身饞口中一
楊香其父爲レ虎曳去香搏レ虎遂免二於害一。

全相本を俎上に載せ、考察することは本稿の趣旨ではない。ここで注目したいのは、文中には明記されていない主人公の孝子、楊香の性別である。龍谷大學學術情報センター藏寫本をはじめ、全相本とも關係の深い嵯峨本『二十四孝』や渋川版御伽草子の挿繪を一覧しても、父を救わんと果敢にも虎口に飛び出す楊香の姿は、みずらに結った男童子の姿で描かれている。

『二十四孝』には楊香と名を同じくする「黄香」という孝子も採録されている。黄香の逸話が『東観漢記』や『純正蒙求』などの他書にも記されているとの指摘は既にあり[2]、黄香が男子であったことは広く認知されている。全相本を見る限り、楊香の性別にも疑念を抱く必然性はないように感じられる。しかし全相本とともに、室町期に受容された孝子説話集成『孝行録』所収「楊香跨虎」における楊香は、

楊香跨虎

楊香魯國人也、笄年、父入二山中一、被二虎奮迅一、欲レ傷二其父一、空手不レ執二刀器一、無二以禦一レ之、大叫相救、香認二父聲一、匍匐奔走、踊跨二虎背一、執レ耳叫号、虎不レ能レ傷二其父一、負レ香奔走、用而斃焉。

魯邦有レ女、字曰二楊香一、父遭二虎逐一、頓仆二山岡一、聞レ聲赴レ救、直前自当、騎レ背挐レ耳、叫二吁彼蒼一、未レ遑二噬搏一、載以奔忙、白額俄斃、翠娥無レ傷

「笄年」、すなわち成人式を迎えたばかりの「女」として描かれているのである[3]。そもそも「香」は雷車を牽いた阿香の例を持ち出すまでもなく、女性の名として理解しても一向差し支えない。しかし、全相本所収の孝子で實親への孝養に努めた人物はすべて男性であること、採録される唯一の女性は姑に仕えた唐夫人のみであることから、漠然とかつ曖昧に、その性別を敢えて問題化することなく、楊香は男子として理解されてきた。そしてその繪畫的造型も狩野派の屛風や障壁畫などの大畫面作例のみならず、扇面畫などにいたるまで、現存作例はほぼ全相本を踏襲するかたちで繼承されてきたのである。楊香像の受容に際し、『孝行録』は積極的に參照・援用されることなく、楊香を女性とする理解は主流とはなり得なかったのである。

そうした中にあって注目すべき繪畫作例の一つに「意精」の印を持つ「二十四孝圖扇面畫帖」がある[4]。ここでの楊

香は、裙を身に着けた中國風の成人女性の姿で描かれている。詳しい検討は別稿に譲るものの、この「二十四孝圖扇面畫帖」自體は決して先例から著しく逸脱した解釈や特異な畫面構成を誇るものではなく、楊香についても、樹木の配置や虎の姿態などは全相本の挿繪に基づく狩野派の傳統的な手法を用いている。その上で、依頼者の嗜好か、あるいは畫家自身の判斷に拠るのかは明確ではないものの、楊香の性別について疑念、または確信を抱いた人物がおり、その問題意識を積極的に提起する、つまりこの場合、全相本で明記されていない楊香の性別に關しては『孝行録』の記述に従うべきである、という判斷のあったことが忖度されるのである。すなわち、全相本と『孝行録』を比較検討し、孝子像を追究する、という享受例のあったことが文字テキストからではなく、繪畫表現の一作例から實証されたのであった。

具體例はこれだけに留まらない。われわれが漠然と思い描いているものが繪畫によって具象的に裏付けられ、逆に文章表現を牽引していく例はいくつかある。私は以前、文學的背景をもたない「鉄枴仙」という漢畫系仙人の造型について、本邦五山禪林においては、元代の畫家、顔輝作の蝦蟇仙人との対幅作例の畫面構成要素を読み解くかたちで受容され、禪僧による畫賛が量産されていったことで、次代の近世初期に近松や西鶴などにいたる日本獨自な「鉄枴仙」像に結實していった様相を論じたことがある。(5) ある時代の共通概念、いわゆる常識が文字表現に先行して、繪畫表現主導で確立していくおもしろさがそこに見出せる。本稿では如上の例とは多少色合いの異なる事例を検討し、本邦室町時代から近世初期にかけての日本獨自の中國文化受容の様相を確認していくことを目的とする。

一

「費長房」という仙人がいる。後漢の道士で、壺公に師事して壺中の天地に遊びつつ仙道を學び、後、故郷に帰る時、壺公から渡された杖を葛陂に投げ入れたところ、その杖が龍となって昇天したと傳えられる。また、桓景を弟子とし、九月九日の重陽の日に彼の一族を災厄から守った故事もよく知られている。中國明代萬暦年間成立『列仙全傳』を出典とする傳林羅山編『後素説』掲載の記述は以下の通りである。(6)

壺公　　費長房

費長房汝南人曽爲市掾有老翁賣薬于市懸一壺於肆頭及市罷輒跳入壺中市人莫之見惟長於樓上覩之異焉因往再拜奉酒脯翁曰子明日更来長房旦日果往翁乃與倶《トモニ》入壺中但見玉堂嚴麗旨酒甘肴盈衍其中共飲畢而出云云翁乃斷一青竹度如長房使懸之舎後家人見之長房也以為縊死《クヒリシセリ》大小驚號遂殯殮之長房立其傍而衆莫之見於是遂隨翁入深山云云長房辭皈翁與一竹杖曰騎此任所之頃刻至矣至當以杖投陂中又為作一符曰以此主地上鬼神長房乗杖須臾来皈自謂《オモヘリ》去家適経旬日而已十餘年矣即以杖投陂顧視則龍也家人謂其死久驚訝不信長房曰往日所葬竹杖耳《ノミ》乃発塚剖棺杖猶存焉云云桓景嘗學于長房一日謂景曰九月九日汝家有大災可作絳嚢盛茱萸繫臂上登高山飲菊花酒禍可消景如其言挙家登山夕還見牛羊鶏犬皆暴死焉　有像列仙伝

日本では次掲、『今昔物語集』巻第十第十二話「費長房夢習仙法至蓬莱返語第十二」に見られるように、飛行の術を體得した仙人として理解されていた。(7)

今昔、震旦ノ□ノ代ニ、費長房ト云フ人有ケリ。道ヲ行ケル間ニ、途中ニ枯レテ連タル死人ノ骨有リ。行キ違フ人ニ踏ラル。費長房、此レヲ見テ、哀ビノ心ヲ成シテ、此ノ骨ヲ取テ、道辺ヲ去ケテ、土ヲ深ク堀テ埋マシメツ。其ノ後、費長房ノ夢ニ、誰トモ知ラヌ人ノ、氣色人ニモ似ヌ體ナル、來テ、費長房ニ語テ云ク、「我レ、死テ後、骸、道ノ中ニ有テ行キ違フ人ニ踏レツ。取リ隱スベキ人無キニ依テ、此ノ如ク踏レツルヲ歎キ悲ミ思ヒツル間、君、此ノ骸ヲ見テ哀ビノ心ヲ以テ埋ミ隱サシメ給ヘレバ、我レ、喜ビ思ヒ進ル事限リ無シ。我ガ實ノ魂ハ死テ後、天ニ生レテ楽ヲ受ル事限リ無シ。亦、骸ヲ護ラムガ爲ニ、一ノ魂骸ノ辺ヲ去ラズシテ副ヒ居タリツル也。而ルニ、君ノカク埋ミ隱サシメ給ヘレバ、其ノ喜ビ申サムガ爲ニ参ツル也。我レ、此ノ事ヲ報ジ申スベキ様無シ。但シ、我レ昔シ、生タリシ時、仙ノ法ヲ習テ行ヒキ。其ノ習ヒ、今ニ忘レズ。然レバ、其レヲ傳ヘ申サム」ト。費長房答テ云ク、「我レ、其ノ骸ヲ誰ト知ラズト云ヘドモ、道ニ有テ人ニ踏レシヲ哀ブガ故ニ埋ミ隱シテキ。而ルニ、今來テ仙ノ法ヲ傳ヘ教ヘム事、喜ビトス。速ニ我レ習フベシ」ト。然レバ、夢ノ内ニ此レヲ習フ。習ヒ取リツト見テ、夢覺ヌ。其ノ後、習ヒノ如ク行ズルニ、忽ニ身軽ク成テ、即チ虚空ニ飛ブニ障リ無シ。此レヨ□後、費長房、仙ト有ケリ。然レバ、自然ラ、道ノ辺ニ骸有テ恥カシク人ニ踏レ□バ埋ミ隱スベシ。其ノ魂必ズ喜ブ事也トナム語リ傳ヘタルトヤ。

中國の文献には簡単に見出せない「飛仙」としての費長房は、『曾我物語』流布本系諸本に至り、乗鶴の仙人としてのイメージが確立する。

大國に費長房といふものあり、仙術をならひえてくらき所もなかりしが、いまだ天にあがるじゆつをばならはずして、むなしく凡夫にまじはりありきけり。ある時商用の事ありて、長安のいちにいでて商人にともなひしに、ある老人こしにつぼをつけてこの市にまじはりけり。知音は知ることはりにて、此ものたゞ人ならずと目をはなさでみるに、此老人かたはらにゆき、こしなるつぼをおろし、其つぼに出入しけり。さればこそ仙人なれと思ひて、其人のゆくにしたがつて、すなはちかの仙人の家にいたりて三年までぞつかへける。あるとき老人のいはく、『なんぢいかなる心ざしあつて、三とせの間一こと葉もたがへず我につかへけるぞや』。ひちやうばうきゝて、『われ仙術をならふといへども、いまだ天にあがる事をしらず。老人のつぼに出入し給ふことをおしへ給へ』といひければ、『やすき事なり、我袖にとりつけ』といふ。すなはちとりつきければ、二人ともにかのつぼのうちへとびいりぬ。此つぼのうちにめでたき世界あり。月日のひかりはそらにかゞやき、四方に四季のいろをあらはし、百二十丈の宮殿楼閣あり、天には聖衆まひあそび、鳧雁鴛鴦こゑやはらかなり。いけには弘誓の舟をうかべり。よくよく見めぐりていまは出んといへば、老人たけのつえをあたへて『これをつきて出よ』といふ。すなはちつくと思へばときのまにおしみつといふ所にいたりぬ。此つえをすてければすなはち龍になりて天にあがりぬ。ひちやうばうは鶴にのりて天にあがりけり。是も功をつみけるゆへなり。三年までこそなくともまちてみよ」とぞ申ける。

（『曾我物語（王堂本）』「すまひの事付ひちやうばうが事」[8]）

こうした理解は『曾我物語』の影響を強くうけた説経節にも継承され、

御台この由きこしめし、「なう、いかに太夫殿、これはたとへでなけれども、費長房や丁令威は、鶴の羽交に宿を召す、達磨尊者は芦の葉に召す、旅は心、世は情け。

（『さんせう太夫』[9]）

のように、近世初頭までには、費長房と丁令威とを鶴に配される代表的仙人と見る常套表現が確立していった。

如上、飛仙だけでなく「乗鶴」の設定も漢籍には見出せず、本邦獨自の理解であったと考えられる。しかし、その背後には三國時代、蜀の費禕（文偉）が登仙し、鶴に乗って黄鶴楼に遊んだ故事を同姓の費長房と混同した可能性も想定され、考慮する必要がある。中國宋代の地誌『太平寰宇記』所収の逸話である。

黄鶴樓在二縣西二百八十歩一。昔費文禕（偉カ※稿者注）登仙、毎乘二黄鶴一於此樓憇レ駕、故號二爲黄鶴樓一。

（『太平寰宇記』鄂州・江夏縣[10]）

他方、如上の理解が本邦で深められた要因の一つとして、繪畫が果たした役割を考慮する必要がある。近世初期成立、本邦畫題集成の嚆矢、狩野一溪編『後素集』でも「神仙」部所收「葛陂圖」項で[11]、

葛陂圖
賓長房壺公ヲ師トス、葛陂ト云所ノ江水にツヘヲナクレハツヘ龍ニ成體ナリ、後ニ鶴ニノル、唐人。

費長房の逸話に言及した後、傍線部、典拠を示すことなく補足的に「後ニ鶴ニノル」と記すことからも、テキストには拠らない「乘鶴の仙人」としての畫像的イメージが確立していたことが忖度されるのである。

二

鶴に乘る費長房の圖像的表象は室町時代後期、永祿年間には既に定着していたと考えられる。その傍証となるのが興福寺別當、光明院實曉の著録『習見聴諺集』（『實暁記』）巻一所收、「聞見雜記二十條」の次の記述である。

一　仙人
鶴ニ乘スルハ　ヒチヤウ　　鴨ニ乘スルハ　鳬鳥《フセキ》
鯉ニ乘スルハ　キンカウ　　浮木ニノルハ　チヤウハク
剣ニ乘スルハ　リヨトウヒン

後に続く記事や、「琴高」や「呂洞賓」など室町水墨畫の現存作例にも、その畫題が見出せる人物が挙げられていることを勘案しても、圖像に關する記述の集成と見て間違いあるまい[12]。その中の傍線部、乗鶴の仙人は「ヒチャウ（費長）」であることが記されているのである。

仙人圖や道士圖には亀・魚・鹿・牛・鳳凰など、仙禽（動物）の配されるものが少なくなく、中でも鶴に乗る仙人の畫題にはその背景となる多くの故事が想定される。畫題確定が困難を極める所以である。そうした中にあって比較的比定しやすいのは王子喬であろう。

王子喬は周の霊王の太子晋。笙を得意とし、よく鳳凰の鳴聲を模したという。後に道士浮丘公に學び、嵩高山に上り、三十余年後に白鶴に乗り昇天したといわれる。『三才圖会』・『仙佛奇踪』・『列仙全傳』などの諸書にその逸話が採録されている。後漢の王喬は王子喬の再誕ともされた（『後漢書』巻七十二・方術列傳）、王子とも称される。『後素説』所収の記載は以下の通りである。

王子喬

王子喬ハ周ノ霊王ノ太子晋ナリ也好テ吹レ笙ヲ作ニ鳳鳴一遊ニ伊洛ノ之間ニ道人浮丘公接メ晋ヲ上ニ嵩高イ山ニ三十余年メ後ニ見テ栢良ニ謂曰可レ告ニ我家ニ七月七日ニ待テト我ヲ於緱山ノ頭ニ至レ期果メ乗ニ白鶴ニ駐レ山頭ニ可レ望不レ可レ到俯レ首謝ニ時ノ人ヲ数日メ方ニ去後立ツ祠ヲ緱氏山ノ下ニ有像列仙伝

乗鶴仙人の代表例であり、その畫題としての摂取は、狩野派合作南禪寺大方丈群仙圖障壁畫をはじめ、本邦でも盛んに行われた。鶴の背に乗り、笙を手にした王子喬のイメージは明瞭、他の仙人と混同される可能性は低いと思われる。しかしそれは圖像表現のみを対象とした場合であり、「王子喬」と「王喬」が文章表現において判然と区別されていたか否かは不明である。先に挙げた『習見聴諺集』に見える「鴨ニ乗スルハ　梟舄」とは實は王喬の故事であり、

『捜神記』に見える次の逸話に基づいている。

漢明帝時、尙書郎河東王喬爲二鄴令一。喬有二神術一、毎月朔望、嘗自レ縣詣レ臺。帝怪二其來數一而不レ見二車騎一、密令二太史候一レ望之。言其臨二至時一、輒有二雙鳧一、從二東南一飛來。因伏伺、見レ鳧、挙レ羅張レ之、但得二一雙舃一。使二尙書識視一、四年中所レ賜二尙書官屬一履也。
（『捜神記』巻一[13]）

傍線部、「鳧」は鳥のマガモ、「舃」は履《くつ》である。その二つの語彙を繋ぎ合わせてあたかも人名のように示したのは、實暁の認識に誤りがあったのか、往時、王喬の別称として通用していたのか定かではないものの、依拠資料の「鳥に化して飛來した」という文脈を「鴨に乗って飛行した」と誤解したことは間違いないのである。そこには「王喬」を「王子喬」と混同した可能性も考えられるのである。

三

本邦において、鳥に「化した」仙人が、鳥に「乘る」仙人と誤認された例に、先掲、『さんせう太夫』で費長房とともにその名を挙げられた丁令威がいる。

丁令威は遼東の道士。仙道を學んだ後、鶴に化して故郷の城郭の柱（華表）に止まったところ、里人に射られそうになり、「鳥あり、鳥あり、丁令威。家を去る千年、今始めて帰る。城廓故の如くにして、人民非なり。なんぞ仙を學ばざるか、塚累々たり」と歌い飛び去ったという（『捜神後記』等）。『仙佛奇踪』・『列仙全傳』所收。日本では、「鶴に化した」ではなく、「鶴に乘った」仙人として広く受容されている。これも中國では確認できない本邦獨自の理解かと思われるものの、考慮すべき視點がある。圖像の問題である。

華表の柱の上に留まる鶴を描く『列仙全傳』の挿繪とは異なり、『仙佛奇踪』では鶴を左側に配した丁令威本人の姿を描いている。一見して鍾愛の鶴を慈しむような姿――西湖孤山に隠棲した林和靖のような――である。中國明代において既に文章表現から逸脱し、乘鶴の仙人として、その圖像的イメージが變容していた可能性も考えられるのである。『後素集』でも「丁令威」の項目を挙げ、「丁令威鶴ニノリ、遼東鳥井上來體ナリ。」(「神仙」部)と記し、乘鶴の仙人との理解を示している。單獨の畫題としては現存作例も多くないものの、群仙圖のなかに配される乘鶴の仙人で、笙を吹いていない場合、費長房とならんで丁令威に比定すべき蓋然性も考慮しなければならないのである。

さて、「乘鶴」を鍵に費長房の周辺を追跡する際、興味深い説を示すものに『繪本宝鑑』がある。元祿元年(一六八八)、上方の繪師、長谷川等雲が繪を担当した『繪本宝鑑』は、近世前半を代表する畫本で、後世の繪手本類にも大きな影響を及ぼした一書である。その「費長房」の項目は以下の通りである。[14]

四十七　費長房

費長房は後漢の代の人なり仙人にあふて道を求めんといふ。仙人おもへらく、費長房道をまなばゞ、今のごとく家にあり俗に交りては成べからず。山林にいらずんばなにとして修行を得ん、費長房そのまゝに家を出ば、家人うれへ悲しむべしとおもひ、ひとつの謀をぞなしける。ひとつの青竹を費長房が身の尺にくらべてきり、費長房に渡し、これをなんじが舎のうしろにかけよといふ。長房すなはち持て帰り舎の後に懸をき我は仙人の所にいたり、道を聞ゐたり。諸内の奴婢とも彼かけ置し青竹を費長房縊死したりと見てなけき悲しみ、野辺の葬をぞしたりける。斯りし后は費長房おもひのまゝに深山にかくれ居て、仙術をならひけるに、仙人をしへて群れる虎のうちへつれゆき、獨処しむれども、長房すこしもをそれず、又長房昼寝せしとき、大石を長房がむねのうへとおぼしき柱にゆひつけをきしかば、長房をどろきあぶなき心地せしに多の蛇來りて大石をつりける縄を齧しかば石すでに落んとすれ共、長房すこしも脇へよらず、そのとき仙人誠に汝は仙術をならひ得べしさりながら、これを食してみよと糞をぞあたへける。長房これを見るに、糞の中に虫わきて、其臭きこと堪がたし、なかなか食する事あたはずとて、忽ちこれをすてければ、仙人わらつて曰、なんじ今すこし足ず恨らくは道をえんこと成まじと有しかば、長房これに氣を屈して辞して帰らんとす。仙人さらばせんかたなし、これに乗りて帰れとて竹杖をあたへ、宿にかへらば、かならず陂にすてよといふ。又ひとつの符をつくり、これを與へて曰、是を用ひず地上の鬼神を心まゝすべしとありしかば、長房かたしけなしと立わかれ我宿はいづくのそこともしらねども、をしへにまかせかの竹にうちのり、向ひたる方へいそげば、夢のごとくに我古郷にぞ着にける。家人奴婢驚きあやしみけるも理なり、旬ばかりのうちとおもひしが、すでに十數年ぞ過たりける、扨彼杖を陂にすてければ、龍となり天へぞ上りける、又ひとつの符をもつて人の疾にかくれば忽ち治り百鬼祟をなすに、此符にて打たゝけば、忽ち鬼神にげさりけり、そのゝちいかゞしたりけん、彼符を失ひしかば、今まで鞭苦しめられける、衆の鬼神等終に長房を把殺しけると也。又考るに右の仙人は壺公といへり、市に在て薬を売しに、空壺を肆の軒に懸て、日暮るれば壺の中に飛いる、費長房楼上より是を見て、其常の人にあらざる事をしれり、すなはち行て見ゆ、仙人の曰、費長房此壺中に入べしと、長房飛んで入、内大に広くして、五色にて彩たる重門あり、その門をいるに閣道あり、楼観皆金銀珠玉を鏤めけり、瑤の階をのぼれば、仙人儼然として在、左右の侍者數十人つゝしんで侍り、費長房其故をとふ、仙人のいはく、我上界の仙人なり、謫せられて暫人間に寓る耳と云々、亦長房鶴にのりけることは、続捜神記に、遼東の花表に鶴あり、人のごとく言て曰、鳥あり鳥あり丁令威、仙をまなんで千年、今始て帰る、城廓は是にして、人民は非なり、何ぞ仙を學ばざるか、家塚累々と云々、これよりして鶴にのれる形を寫す、亦斉諧志にいはく、黄鶴山は仙人子安黄鶴に乗て此上を過、黄鶴楼ありと、然ば子安といふ仙人も鶴にのりたるなり、又丁令威とは費長房がことなり

興味深い記述である。前半、意訳を交えながら費長房の逸話を詳細に語り、諸仙傳に見られる重陽の由來譚には言

及することなく、傍線部、乗鶴の故事に転じるのである。注目すべきはその内容で、前掲、丁令威の逸話を引用し、『南齊書』「州郡志」に典拠をもつ「子安」なる仙人の黄鶴樓傳承に言及しつつも、[15]費長房は丁令威と同一人物である、という結論を展開するのである。

『繪本宝鑑』については中島貴奈氏が池水で耳を洗ったはずの許由が瀧で耳を洗った、と改變されていることに注目し、「繪」という視覺的なものに置き換える際の作爲が感じられておもしろい」とされているが、[16]更に踏み込めば、許由の場合、先行する代表的繪畫作例――もちろん瀧に耳をあてようとする構圖で著名な狩野永徳筆「許由巣父圖」（東京國立博物館所藏）――があり、その先例を權威付けるための必然性から起筆、解説されていると考えるべきであろう。その意味では『繪本宝鑑』は先行する繪畫作品を文章表現が追いかけた、まさに好例と言えるのである。ならば、費長房の場合も先行する繪畫表象の必然性を意義付けるため、その証左となる内容をもつ文章が用意されたとは考えられないであろうか。費長房と丁令威とを同一視する『繪本宝鑑』の記載がどの程度の影響力を誇ったかは不明ではあるものの、正徳二（一七一二）年刊行の畫論書『畫筌』には費長房の項目が無く、丁令威を鶴に乗る姿で描いていることを考えると、両者を同一人物と見做す理解が繼承された可能性も全くなかったとは言い切れないのである。

おわりに

乗鶴の仙人としての費長房のイメージは、費長房を飛仙とする本邦での理解と、室町期に至り乗鶴仙人の圖像が、必ずしもその物語的背景を伴うことなく數多く齎來され、それに倣って多くの仙人畫像が描かれていったことが交錯し、確立したものと考えられる。そこには數多くの類似する圖像を前にした畫人や作家の困惑が読み取れる一方、類似するものの共通項を見出し、それを相互に關連付けながら新たな世界觀に導こうとする進取の姿勢が看取できることも事實である。壓倒的に少ない繪畫の現存作例を前に、こうしたイメージの變容を追跡することは決して簡単ではないものの、往時、現在の我々が考え、想像する以上に文章表現と繪畫表象が交感していることは忘れてはならないであろう。近世に夥しく出版される繪手本はまさにそれを解き明かす糸口なのであり、そうした受容の源泉に、漢畫系畫題の背景を知悉することを求められ続けた五山學僧の努力があったとするならば、少なくとも畫題を鍵に考察する場合、五山禪林で培われた文化は確實に次代、近世の畫壇や文壇へと繼承されていたと考えられるのである。

注

(1) 龍谷大學學術情報センター所藏寫本に拠る。
(2) 德田進『孝子説話集の研究』(井上書房、一九六三〜一九六四)など參照。
(3) 京都大學附属圖書館平松文庫所藏『二十四孝傳幷贊』(近世初期寫本)所收本文に拠る。
(4) 和泉市久保惣記念美術館平成二年度特別展圖録「扇繪―日本・中國・朝鮮半島―」所收圖版に拠る。同書の解説に拠ると、意精は狩野元信周辺の畫人と見られるものの、「中央畫壇から離れたところで活動していた」こと、当該作品については「版本などの粉本を忠實に描寫したこと」などが指摘されている。
(5) 拙稿「「鉄枴仙」像の受容と定着」(伊井春樹編『古代中世文學研究論集』第一集、和泉書院、一九九六)參照。
(6) 名古屋市立圖書館蓬左文庫所藏寫本に拠る。訓點等は省略した。『後素説』については、拙稿「『後素説』について」で詳しく論じている(伊井春樹編『古代中世文學研究論集』第三集、和泉書院、二〇〇一)。參照されたい。
(7) 京都大學附属圖書館所藏鈴鹿家舊藏本に拠る。
(8) 岩波文庫本に拠る。なお、稿中記すように、この記事は真字本や大石寺本・大山寺本などには見出せないものであり、仮名本の特異性を示すものとして、渡瀬淳子氏の言及がある。詳細は渡瀬氏の論考「仮名本『曾我物語』をとりまくもの―連歌・注釈・お伽草子―」(『軍記と語り物』四三号、二〇〇七年三月、後に単著『室町の知的基盤と言説形成 仮名本『曾我物語』とその周辺』(勉誠出版、二〇一六年六月)第一部第二章として採録)を參照のこと。特に「注十九」でふれられる『弘安十年古今注』に見える「長房トハ長伯房が鶴ニ乗シ事也」という記述の指摘は重要である。
(9) 新潮日本古典集成『説經集』所收本文に拠る。なお、類似の表現は「をぐり」などの他の作品にも見える。
(10) 國立公文書館内閣文庫所藏本に拠る。『太平寰宇記』は

『詩學大成抄』などにもその名が見え、普及のほどは詳らかではないものの、室町時代、禪林を中心に享受されていたことが知られる。なお、黄鶴樓の故事については、注(15)に見える黄子安をはじめ人物比定に多くの説が示されている。ここでその詳細を言及することはしないものの、先學の學恩に感謝したい。

(11) 東北大學附属圖書館狩野文庫所藏寫本に拠る。

(12) 前田育徳会尊經閣文庫藏寫本に拠る。この記事に続けて「一唐人　菊ヲ愛スルハ陶エンメイ　梅ヲ愛スルハ林和靖　瀧ヲ愛スルハ梨白　月ヲ愛スルハ王子猷　柳ヲ愛スルハ柳夏桂」とあり、畫題に關係する記述の集成であることは間違いあるまい。これらの記述は京都のみならず、南都繪所の繪師も漢畫系畫題に興味を示していたことの傍証ともなるだろう。

(13) 『學津討原』所收本文に拠る。

(14) 信多純一氏所藏本に拠る。

(15) 「子安」については、室町時代物語「鶴草子」に黄鶴樓とは關係しない別の説話に言及する諸本のあることが報告されている(狩野博幸「土佐光信筆　鶴草子について」『學叢』第五号、京都國立博物館、一九八三・三)。「子安」の名が近世初期の畫壇において、鶴に關わる仙人として興味を抱かれていたことが確認されるのである。

(16) 「『幼學指南抄』と類書—中國文化受容の一つのかたち—」(「京都大學附属圖書館報　靜修」第三十九巻一号、二〇〇二・五)参照。

「十雪詩」のゆくえ

中本　大

はじめに

月舟壽桂（一四七〇～一五三三）の別集『幻雲藁』巻第二に「東坡邇英閣講論語圖（東坡邇英閣にて論語を講ずるの圖）」という詩題の七言絶句が収められている。(1)

香孩曾定宋乾坤　　香孩曾つて定む宋の乾坤
功在韓王半部論　　功は韓王半部論に在り
好召坡翁紹先業　　好んで坡翁を召して先業を紹ぐ
學而時習聖雲孫　　學びて時に習ふ聖雲孫

『幻雲藁』は編年配列であることから、この題畫詩が作られたのは月舟が師事した天隱龍澤遷化後の明應九年（一五〇〇）晩秋から初冬であることが知られる。その詩題は、蘇軾が禁苑宮殿の邇英閣で太子に論語を講じ終えた後の宴（竟宴）で詠じたという七言古詩「九月十五日、邇英講論語、終篇、賜執政講讀史官燕於東宮、又遣中使、就賜御書詩各一首。臣軾得紫薇花絶句。其詞云、絲綸閣下文書靜、鐘鼓楼中刻漏長、独坐黄昏誰是伴、紫薇花對紫微郎。翌日、各以表謝、又進詩一篇、臣軾詩云」を踏まえたものである。同畫題の本邦での現存作例は報告されておらず、詩題として設定された架空の畫題であった可能性も考えられる。五山の詩會ではそうした詩題を用いる事例も少なくなかったのである。[2]

月舟詩の制作契機も勿論興味深いものの、ここではその第二句の典拠に注目したい。ここで踏まえられているのは所謂「半部論語」の故事である。すなわち、太祖を輔佐して趙宋建國に盡力した韓王趙普が終生『論語』のみを尊び、『論語』の半分をもって太祖を輔佐して天下を取り、別の半分でもって太宗を輔佐して天下を治めることができた旨を太宗に語った、という逸話で、本邦禪林でも受容された『鶴林玉露』乙編巻一などに採録されるものである。[3] 中國宋代の『論語』侍講という主題で、月舟の詩囊から抽出されたのが趙普の故事なのであった。

北宋建國をめぐる背景の詳細は『宋史』や『資治通鑑』・『宋朝事實類苑』などに記されており、博識な學僧であればそれらにも通曉していたであろう。しかし、本邦禪林においては太祖を輔佐して趙宋建國に盡力した名宰相、趙普の知名度を壓倒的に高める契機が存在していた。中國元代の總集『皇元風雅』に收められた「十雪題詠」の冒頭「韓王堂雪」詩がそれである。

「十雪題詠」とは中國漢代から宋代に至る「雪」に關する十人の故事を撰び、それを『蒙求』に類似する四字熟語で詩題に掲げた七言律詩十一首連作で、その詩題の一覽は、「韓王堂雪・伊川門雪・袁安臥雪・李愬淮雪・王猷溪雪・李及郊雪・蘇武羝雪・鄭綮驢雪・孫康書雪・歐陽詩雪」である。冒頭の「韓王堂雪」詩のみ二首が掲載されているのは、帝國創業者への尊崇とも考えられる。

既に拙稿で述べたように、本邦禪林でも室町時代初期に文壇を牽引した惟肖得巖の追和詩をはじめ、西胤俊承・南江宗沅・瑞溪周鳳等に「十雪」詩の作例があり、更に『花上集』などの總集や『國花集』などの類書に採録されたことで後代の禪僧も親炙し、著名な詩題になったと考えられる。[4]

「十雪題詠」は本邦で畫題としても転用され、北野良枝氏の考察に拠ると、數は少ないものの狩野元信筆妙心寺霊雲院舊方丈障壁畫をはじめボストン美術館所藏狩野山雪筆「十雪圖」屏風など、幾つかの作例を見出すことが出來るとされる。[5] 北野氏が指摘される以外にも、アルカンシェール美術財團所藏初期狩野派「韓王堂雪」圖襖絵も「十雪題詠」に由來する畫題として認定してよいであろう。また洛北曼殊院で慈恵大師像が安置される「十雪の間」が、狩野探幽筆の障壁畫題に由來することも知られている。

さて、畫題としての展開を考える際、『續史愚抄』寶暦十二年（一七六二）七月二十五日条に記された次の記事は大變興味深い。[6]

> 廿五日庚辰。自今日三箇日被行不動小法於常御殿。十雪絵間也。元爲琴棊書畫絵。依爲桃園院崩御間。被造改此一間者。

桃園天皇登遐の後、不動小法が行われる常御殿の一間が天皇崩御の間であったため、障壁畫を「琴棊書畫」圖から「十雪」圖に變更されたことが書き記されているのである。本稿では近世中期、「十雪」が夥しい作例の殘る琴棊書畫圖に替わる畫題として、禁裏の荘嚴に用いられていたという事例を端緒に、本邦禪林で受容された一詩題が禪林詩壇衰退後、近世に至ってどのような展開を遂げたのか、概観したいと考えている。

一

室町時代禪林における「十雪題詠」の受容について、前稿を補足しつつ概観しておこう。拙稿で詳しく考察した惟肖や西胤等の追和詩以外にも、以下のような受容例を見出すことができる。

桃源瑞仙（一四三〇～一四八九）が門下の詩僧に與えた課題に「十雪」が含まれていたことは、朝倉尚氏が紹介された妙心寺雜華院藏『古宿會詩』の存在によって明らかにされた。[7] 室町時代中期、禪林學僧が學ぶべき作詩の規範として「十雪題詠」が利用されていたことは興味深いものの、初學者のみならず、更にその受容例が瑞溪に列なる相國寺の學僧で、詩・聯句の領袖として桃源とともに詩壇を牽引した横川景三（一四二九～一四九三）と、南江と関係の深い建仁寺の月舟（既掲）の詩作に見出せることは、両者の室町時代後期禪林文壇への影響力の大きさを考える上で注目されるであろう。横川の作例は「雪夜與客論詩（雪夜客と詩を論ず）」という次の七絶である。[8]

十雪古聞今見之　　十雪古へに聞き今之れを見る
掃門迎客倒伽梨　　門を掃き客を迎へんと伽梨を倒す
夜深月落品題定　　夜深く月落ち品題定む
中有梅花寒似詩　　中に梅花有り　寒きこと詩の似し

雪の夜、故人とともに景色を眺めつつ詩を吟じれば、「十雪題詠」にも劣らない風雅の世界に誘われるであろうと思いながら、客を迎えるため門を掃き清め慌てて衣を着替える。夜も更けて月も西に傾くなか詩を品評するうちに、何処ともなく梅の香が漂い、詩興も研ぎ澄まされていく、という情景を詠じたものである。詩題注に「希世來訪、會者十人、聯句五十韻、句罷、評詩」とあり、敬愛する詩壇の長老、希世霊彦（一四〇四～一四八九）を迎え、氣の置けない十人の仲間同士で聯句を楽しんだ後、互いに漢詩作品を品評し合う自由な團居での詠作であったことが知られるのである。雪夜の吟詠という契機で、「會者十人」であったことが、横川をして「十雪」への連想に導いた所以であろう。

横川詩に續いて掲載された希世の作品は、

又　　　希世作

灞上吟驢久駐鞍　　灞上の吟驢久しく鞍を駐め
玉堂白戦亦應難　　玉堂の白戦亦た難に應ず
論詩未了天猶雪　　詩を論ずること未だ了らざるに天猶ほ雪ふり
人與梅花一夜寒　　人と梅花と一夜寒し

という措辭である。横川詩の「十雪」を踏まえ、希世は第一・二句で各々「十雪題詠」の「鄭綮驢雪」詩と「歐陽詩雪」詩の故事に言及している。やはり「會者十人」による「論詩」の対象が「十雪」に及んでいたことが確認できるであろう。横川と希世の應酬は、五山詩壇で「十雪」が広く人口に膾炙していたことの証左と見做し得るのである。

次に掲げる月舟の作例は更に重要である。

焚香聞雪　　香を焚きて雪を聞く
密々疏々灑竹時　　密々疏々竹に灑ぐ時
鷓斑焚盡撚吟髭　　鷓斑焚盡きて吟髭を撚ねる
元人十雪無香字　　元人の十雪に香の字無し
一瓣今宵補逸詩　　一瓣　今宵　逸詩を補はん

一詩の措辭は中國南宋を代表する禪僧、虚堂智愚の偈「聽雪」に発想を得たものである。虚堂詩の全文は「寒夜無風竹有聲、疎疎密透疎檽、耳聞不似心聞好、歇却燈前半巻經（寒夜風無く竹に聲有り、疎疎密松檽を透る、耳聞は似かず心聞の好きに、歇却す灯前半巻の經）」で、(9) 月舟は第一句でその情景を完全に再現するものの、第二句では虚堂が描かない名香「鷓斑（鷓鴣斑）」の名を挙げるのである。「嗣香」という禪語もあるように、禪林の頌偈において「香」

は法嗣を象徴する最も重要な主題の一つである。一方、鷓鴣斑は黄庭堅の詩句によって禪林に広く知られた帳中香の材料とされるものでもあった。帳中香は中國江南の李後主が愛好したという名香でもある。月舟の発想も禪的境界に留まることなく、敢えて宋の太祖に滅ぼされた風流な國王、李煜が敬愛した文人的世界に及ぶのである。李後主は「十雪題詠」冒頭の「韓王堂雪」詩に登場する人物でもある。そこで月舟は「十雪」では薫香が詠じられていないことを指摘し、今宵自らが補おう、と高らかに謳うのである。惟肖以來の傳統を受け繼ぎ、李後主を詠じた代表的な詩題として、五山僧が「韓王堂雪」詩を理解していたことが確認されるのである。

月舟には別の受容例もある。「夢雪（雪を夢にみる）」詩がそれである。

一枕清風暑氣收　一枕の清風暑氣收まり
忽驚六出滿皇州　忽ち驚く六出　皇州に滿つるかと
元人若識黒甜楽　元人若し黒甜の楽しみを識らば
十雪詩中添我不　十雪詩中に我を添ふるや不や

夢に雪景色を見た月舟。枕元を吹く一陣の風に暑氣も收まり、夏の皇都に雪が降り積もったのかと驚いて目覺める。我に返った作者は、中國元代の詩人たちが昼寝の楽しみを知っていたならば、「十雪題詠」に袁安ではなく我が昼寝の様を詠じたかもしれない、と洒落てみせるのである。

月舟の次世代の建仁寺の學僧、驢雪鷹灞（生没年不明）にも「芭蕉題詩圖」を詠じた次の七絶が殘されている。[10]

芭蕉未破雨過晨　芭蕉未だ破れずして雨　晨を過ぎ
幾首題詩字々新　幾首か詩を題すれば字々新たなり

一葉若能書十雪　　一葉　若し能く十雪を書せば
唐人畫可属元人　　唐人の畫も元人に属すべし

詩題の「芭蕉題詩圖」については既に拙稿で述べたことがあり、[11]詳細はそれに譲るものの、雪景色のなかに南國の芭蕉を描いたという唐代詩人、王維の逸話を取り上げ、「十雪題詠」の詩題に王維が選ばれてもよいものを、と思いめぐらしているのが興味深い。この発想は後述する近世の「十雪」題新撰の試みに繋がるものでもある。

このように、雪を詠じた詩作といえば、すぐに「十雪題詠」と結びつけられるほどに禪僧――特に建仁寺の學僧――は「十雪」詩を知悉していたのであった。

二

五山僧の詩嚢に蓄えられた「十雪題詠」は、五山禪林の學統に列なる近世初期の儒者たちにも受け繼がれ、愛唱されていた。幼少期に建仁寺で學んだ林羅山（一五八三～一六五七）の別集『羅山先生詩集』巻第三十「雪　下」には二首の「韓王堂雪」詩を見出すことができる。[12]第一首目は詩題注に「丙辰十二月十一日正意席」とあり、元和二年（一六一六）十二月十一日、堀正意（杏庵・一五八五～一六四三）が主催する詩會での詠作であることが知られる。同じ席上では「孟子白雪」という一首も作られており、後に觸れるように、既存の「十雪」詩題に飽き足らず、新たな詩題を創作する意欲も看取できて興味深いのである。なお、元和二年の作例としては、「李愬淮雪」詩が一首収められているものの、制作契機は不明である。

「韓王堂雪」詩の第二首目は詩題注に「甲午十二月二十二日」とあり、羅山晩年の承應三年（一六五四）の作であることが知られる。「十雪題詠」は羅山が生涯に亙って愛好した詩題だったのである。

桃源が門弟の教育に用いたように、羅山も子弟の庭訓のために「十雪題詠」を役立てていた。愛息・讀耕斎守勝（一六二四〜一六六一）に關する次の詩題は興味深い。

守勝頃除元人所題品十雪之外賦卌雪絶句、不日而成。既而今朝凍雨霏霏及晩積雪墻壁爲堊塗屋瓦化白鴛。樹樹生花、石變監（「鹽」カ）虎。想夫遺蝗入地、宿麦連雲、呈瑞于豊年、不亦哿哉。吾爲守勝賀卌雪之有應與一夜之得明。不可不愈勉益進也。於是又賀之云爾。〈守勝頃ころ元人の題品する所の十雪を除くの外の卌雪絶句を賦さんとし、日あらずして成る。既にして今朝凍雨霏霏として、晩に及んで積雪、墻壁堊塗と爲り、屋瓦白鴛と化す。樹樹花を生じ、石塩虎に變ず。想ふに夫れ遺蝗地に入り、宿麦雲に連なるがごとく、瑞を豊年に呈すること、亦た哿からざらんや。吾れ守勝が爲に卌雪の應有ると一夜の明を得るとを賀す。愈よ勉め益す進まずんばあるべからず。是に於いて又た之を賀すと、爾か云ふ。〉

六花筆落季冬天　　六花筆とともに落つ季冬の天
呵硯裁成四十篇　　硯を呵して裁し成す四十篇
憶得坡仙知此趣　　憶ひ得たり坡仙此の趣きを知るを
新詩曾禱霧猪泉　　詩を新たにするは曾て霧猪泉に禱るがごとし

すなわち、讀耕斎が「十雪題詠」とは重複しない題材で雪を賦した絶句四十首を完成させたところ、降り續いていた雨が雪に變わり、周囲が銀世界に變じた。それを守勝の詠作に感應した奇瑞と考えた父・羅山が愛息の益々の精進と學業の進展を祈念して、「鹽虎」や「霧猪泉」など李商隱や蘇軾などの措辭を引用しつつ製した作なのであった。詩注には「寛永十七年十二月」とあり、守勝十四歳の作であることが確認できる。實際、林家舊藏の『讀耕斎先生詩集』

（國立公文書館内閣文庫所藏、以下『讀耕詩集』と略称）巻一の寛永十七年詠草には、「十雪詩幷序」詩と「三十雪詩幷序」連作が連續して収められているのである。それぞれの詩題は、「十雪詩」が「姫満丘雪・孝王園雪・東郭履雪・王恭氅雪・道蘊絮雪・介甫竹雪・浩然道雪・退之關雪・子厚越雪・子瞻岐雪」の十首で、「三十雪詩」が「顔淵炉雪・杜甫窓雪・宣王宮雪・元寶逕雪・馮唐顛雪・馬良眉雪・班女扇雪・鄭谷蓑雪・潘岳鬢雪・貴妃膚雪・士行屑雪・陶穀茶雪・崇儼夏雪・禹錫秋雪・李白梨雪・王維蕉雪・楽天鵞雪・文潜獅雪・至忠霍雪・景濂富雪・管仲馬雪・自虚駝雪・高祖城雪・嚴武山雪・張衡雁雪・明遠龍雪・恵連賦雪・邦衡和雪・齊巳昨雪・常父卯雪」であった。(13)

この四十首連作に續いて、『讀耕詩集』巻第七、正保三年（一六四六）十一月詠草に「伊川門雪・王猷溪雪・蘓武羝雪」詩が収められるのは、兄である林鵞峯と羅山門下の坂井伯元の三人で『皇元風雅』所載の「十雪題詠」詩題を籖鬮で選び、割り當てられたものであった。その二年後の慶安元年（一六四八）十二月、讀耕斎が行った新たな試みの經緯が次掲、羅山の「和函三子十雪韻（函三子の十雪の韻に和す）」という次韻詩の詩序に記されている。

和函三子十雪韻

戊子季冬二十九日、函三子自袖出一幅。見之新撰十雪題爲之絶句。皆元朝風雅集所不載者也。其奸（「好」カ）奇好新、可以観焉勉哉。蘇黄奇、有待之歟、然易奇而法與温故而知新、是我所有待也。因次其韻以示之（戊子季冬二十九日、函三子袖より一幅を出だす。之れを見れば新たに十雪の題を撰し之れが絶句を爲すなり。皆な元朝風雅集に載せざる所の者なり。其の奇を好み新を好む、以て観ずべく勉めよや。蘇・黄の奇、之れを待つこと有らんか、然れども易の奇にして法あると故きを温ためて新しきを知るとは、是れ我が待つこと有る所なり。因りて其の韻を次して以て之れに示す）。

慶安元年（一六四八）十二月二十九日、函三子（守勝）が袖中から『皇元風雅』所収詩題とは重複しないだけでなく、寛永十七年の詠作とも異なる新たに自撰した「十雪」題の絶句を羅山に示したことがあった。その意欲に感動した父・羅山は新奇かつ格調を失わない息子の作風を称揚し、次韻詩を呈したのであった。『讀耕詩集』巻第九にも収められる守勝が新たに詠じた詩題は「武王洛雪・曾子泰雪・楚荘戸雪・季龍苑雪・謝荘衣雪・韋斌靴雪・蘇軾堂雪・希真洲雪・桓胤扇雪・耿生銀雪」の十首である。

一方の羅山を中心とする林家一門でも寛永十九年から慶安年間にかけて所謂「和漢十題雑詠」という様々な十題詩作成に勤しんでいたことは、宮崎修太氏が考察されるところである。[14] 慶安四年（一六五一）七月十六日には「十雪」を本朝の名所に取りなした一首として「大原山雪」を、同年九月二十日には「十詩集」の一詩題として「元朝風雅集」を詠じている。「十雪題詠」が長年に亙って林家の人々の詩興を刺激し續けたことが裏付けられるのである。

三

林家の「十雪題詠」愛好を検討したとき、那波活所（一五九五～一六四八）との相違点が浮かび上がるのは興味深い。北野良枝氏が指摘されるように別集『活所遺藁』巻第三には「十雪詩幷序」という作品が採録されており、その制作時期は寛永四年（一六二七）正月以降寛永七年（一六三〇）十二月以前に絞られることが確認されている。[15] その序文冒頭で活所は、「十雪題詠權輿乎皇元風雅集、國朝浮屠惟肖亦摹貌而和。昡博之志可尙哉（十雪題詠の權輿は皇元風雅集なりて、國朝浮屠惟肖亦た摹貌して和す。昡博の志尙すべきか）」と述べ、本邦禪林において最初に「十雪題詠」に追和したと考えられる惟肖得巌の功績を称揚し、次いで十詩題の概略を書き記した上で、道家正休氏の主導で追和する喜びを述べるのである。「十雪題詠」の受容拠点としての五山禪林への言及は、羅山詩には見られない特徴である。

『活所遺藁』が掲載する『活所先生年譜』に拠れば、活所の藤原惺窩への附弟は慶長十七年（一六一二）十月のこととされる。その後の詳細な活動は不明ではあるものの、活所が序文で「韓王堂雪」詩が詠じられた元和二年十二月二十一日の堀杏庵主催の詩會について記していないのは、羅山や杏庵より一回り以上年少の活所が、その詩會には出席していなかったためであると考えられる。それは活所が惺窩に入門して僅か四年後の詩席だったのである。活所の序文は「今道家正休氏會諸友令賦之予亦得漱一雪然技療不可歇也故不揣暗昧倣著題体併詠十雪（今道家正休氏、會の諸友をして之れを賦さしむ。予亦た一雪を漱ぐことを得たり。然れど技療歇むべからざるなり。故に暗昧を揣かず、倣ひて題体を著し、併せて十雪を詠ず）」と締め括られており、一見して初學のころから長年親しんできた詩題を論じているとは解せないことから、活所の「十雪」詩との邂逅は、師匠の藤原惺窩や先輩である羅山や杏庵を介したものではなかったと考えるのが妥當なのではなかろうか。

一方、寛永年間以降に羅山の子弟が「十雪題詠」に親昵する背景の一つに、彼らと盛んに徴逐していた活所の存在を想定する必要は大いにある。その上で、北野氏が指摘するように、狩野山雪筆「十雪圖」屏風の制作契機に活所との交流を想定するのは興味深いものの、活所以前に羅山や堀杏庵が詩會で「十雪題詠」を取り上げていたことや、羅山が子弟の教育にも積極的に用いていたと考えられることは更に重要なのである。

先に挙げた羅山の十首連作への敬慕を示した「和漢十題雜詠」は、その息子、鵞峰による序文が殘されている。その内容は、さながら「十首連作詩題集成」といった趣きであるが、そのなかで中國における「十詠」の具体例として挙げられているのが、李白の姑熟十詠・杜甫の夔州十絶・韓愈の琴操十首・元稹の楚歌十首・皮日休と陸亀蒙の十漁具十茶具・王安石の華亭十詠・蘇軾の荊州十首・黄庭堅の黔南十首・陳師道の秋懐十首・元人の十雪十臺であり、李杜蘇黄をはじめとする錚々たる顔ぶれに交じって元代の「十雪」と「十臺」が言及されているのである。[16] 桃源瑞仙の例を挙げるまでもなく、作詩の訓練で多彩な故事を網羅する「十題」を課すことは、その詩嚢を肥やす上でも有益であった。そのなかでも「十雪題詠」は有用な古典として、本邦五山禪林を經て、羅山以降の林家の教育にも活用されていたのである。[17]

四

讀耕斎の事例に見られるように、原典の規矩に依拠しながら、「十雪」を新撰する試みは、新たな詩興の獲得に繋がる行爲と考えられる。その試みは既に元和二年堀杏庵主催の詩席で詠じられた「孟子白雪」題に看取し得るものの、この詩題が予め用意されていたのか、或いは當座の詩題であったのかは不明である。羅山の別集では「韓王堂雪」詩より前に置かれているところから、兼題であった可能性が高いとは考えられるものの、確實な判斷材料は見出せない。他方、讀耕斎に類似した詩題新撰の試みが、木下順庵（一六二一～一六九九）と祇園南海（一六七六～一七五一）という師弟の別集に殘されているのも、単なる偶然ではあるまい。

順庵の別集『錦里文集』巻五（「西京稿」）には、「十雪」という詩題を明記することなく、「韓王堂雪・伊川門雪・袁安臥雪・李愬淮雪・李及郊雪・蘇武羝雪・鄭綮驢雪」の七詩題が掲げられた後に「昌黎關雪」が置かれているのである[18]。この詩題は韓愈（昌黎）の「左遷至藍關示姪孫湘（左遷せられて藍關に至り姪孫の湘に示す）」詩の一聯「雲横秦嶺家何在、雪擁藍關馬不前（雲は秦嶺に横たわりて家何くにかある、雪は藍關を擁して馬前まず）」を踏まえたもので、雪深い關所を越え、左遷先の任地へ赴く情景を詠じたものである。順庵にも羅山と同様、通常の「十雪題詠」とともに、自ら新撰した詩題を披露する機會があったものと考えられる。

更にその試みを更に進めたと思われる例が、江戸の順庵門下で學んだ祇園南海の別集『南海先生文集』巻之三に見られるのである[19]。「十雪詩」と總称された十首連作の各詩題は、「穆王獵雪・景公賑雪・蘇武氊雪・袁安臥雪・東郭履雪・王恭裘雪・孫康書雪・謝女咏雪・子猷棹雪・鄭綮驢雪」である。『南海先生文集』は詩体別の配列で、巻之三は七言律詩である。「十雪詩」に續いて「哭筑州使君白石井先生五首」が収められているため、「十雪詩」は新井白石没年の享保十年（一七二五）以前の作品であるとも考えられるものの、既に先學の指摘があるように『南海先生文集』の配列は乱れており、制作契機は一切不明である。[20]

南海の「十雪」のうち、原典と重なるのが、「蘇武氊（原典では「羝」）雪・袁安臥雪・孫康書雪・子猷棹（原典では「溪」）雪・鄭綮驢雪」の五詩題で、それ以外は『皇元風雅』に見出せないものである。詩題に異同のある二つのなか、「蘇武氊雪」の「氊」はフェルトの意で、匈奴に捕えられた蘇武が食糧を絶たれたとき、かじった雪とともに飲み込んで飢えを凌いだものが「氊」であった。原典の「羝」は蘇武が放牧していた牡羊の意で、「雪」と組み合わせるには「氊」の方がより相應しいと考えた上での改訂なのであろう。「子猷棹雪」も同様に、戴安道の住む「剡溪」という地名より「子猷尋戴」故事における「舟」の重要性を強調したかったための變更と考えられる。

こうした点にも撰者の工夫が感じられるものの、更に新撰の詩題はどのようにして選ばれたのであろうか。その五詩題について概観してみよう。

「穆王獵雪」は「穆王八駿圖」で知られる周の穆王が、雨雪降る鈃山の西隈で狩猟し、鈃山を手中に収め、虖沱河の北を制壓したという『穆天子傳』所載の故事である。

「景公賑雪」は斉の景公が雨雪の三日續いて人々が寒さに凍えているなか、狐白の裘を着て一人暖かくしていたのを、晏子に諫められて、飢えと寒さに凍える民に施しを與えたという『晏子春秋』所載の故事である。

「東郭履雪」は漢の武帝の時代、不遇であった東郭先生甯乗が履《くつ》の上だけを覆って底のないものを履いていたのを人に笑われたのを、誰が歩いているときに、底のない履だと氣付く人がいるだろうか、と應じたという『史記』「滑稽列傳」の「東郭先生傳」所載の故事である。

「王恭裘雪」は王恭が雪の微かに降るなか鶴の飾り毛で出來た裘を着て高輿に乗っているのを見た孟昶が、「まことの神仙のようだ」と歎息したという『世説新語』所載の故事である。

「謝女咏雪」は謝安の姪である謝道蘊が、宴席で雪の比喩を尋ねられ、風に吹かれる柳絮に譬え、絶賛されたという『世説新語』所載の故事である。

先掲、林守勝が詠出した新撰詩題と比較すると、措辭は微妙に異なっているものの、東郭・王恭・謝道蘊が寛永十七年詩作と一致する。後代、守勝の試みが林家に関わる儒者を中心に称揚されていた証左であろう。すべて本邦室町時代の五山學僧にもよく知られた故事ではあるものの、管見では類似の詩題を禪僧の詩文集に見出すことはできない。畫題との關連なども想定されるものの、これらが順庵の作例と關連するのか、師匠に感化された弟子南海の後年の作であるのかは定かではない。宰相韓王に替えて君主二名が取り上げられている点に南海詩の独自性が垣間見えるとともに、制作契機を窺う糸口もあるのだろう。『南海先生文集』の同巻には江戸滞在中に南海が賦し、新井白石（一六五七～一七二五）が賞して唱和したものに、後年更に追和したという「七家雪」という詩題の連作も収められている。新撰「十雪詩」の制作契機と關連するとも考えられるものの、詳細は不明である。

如上、室町時代以降、五山禪林で愛唱された「十雪題詠」は、江戸時代以降、藤原惺窩門下の儒者に尊ばれ、その詩嚢を肥やし續けていた。特に愛好したのが讀耕斎守勝を中心とする林家の人々で、あたかも室町時代の學僧、桃源瑞仙が門弟の詩作指導の課題に用いていたように、子弟の教育にも活用したり、自己研鑽の手段としたりしていたのであった。惟肖の事例に言及して「十雪」を追和した那波活所と同様、まさに五山文學史を熟知した京都出身の儒者と呼ぶに相應しい志向である。そしてその姿勢は次世代の木下順庵にも繼承され、その門弟の祇園南海にも受け繼がれたのであった。

おわりに

祇園南海より六歳年長の伊藤東涯（一六七〇～一七三六）は、江戸生まれの南海とは異なり、生涯京都に暮らした古義堂第二代である。その東涯が享保七年（一七二二）、五十代の折「十雪圖」への跋文を認めている。(21) それは冒頭に掲げた寶暦十三年の常御殿障壁畫制作の九年後のことであった。

十雪圖跋

宕峰通師命畫史圖十雪故事屬予題詠、此圖本有元人詩亦可喜也、爲各書其左聊供間中之一適耳。莫以筆拙而見擯弃也。壬寅之冬（宕峰通師畫史に命じて十雪の故事を圖せしめ予に題詠せんことを屬む、此の圖に本と元人の詩有るは亦た喜ぶべきことなれば、各の其の左に書して聊か間中の一適に供せんと爲すのみなり。筆の拙きを以て擯棄せらるること莫れとなり。壬寅の冬）

京都北西の愛宕神社白雲寺長老が畫師に描かせた「十雪圖」への着賛を依頼された東涯は、先に書き記されていた「元人詩」に併記できることを喜びつつ、自作を詠出したのであった。そこには活所の詠作に見られたような五山學僧への言及は見られないのである。

中國明清代詩の影響が文壇を覆い盡くす前夜、元代の總集『皇元風雅』を淵源とする「十雪題詠」は、いつしか本邦五山文學史に列なることを殊更想起させることなく、唐土の文物に憧れる近世の文人・詩人に賞譽されるようになっていたとも考えられる。しかしその前段には、五山僧の詩文には見られなかった、先人への追和詩に留まらない新たな文學的展開を目指そうと腐心する、五山文壇と決別した儒者たちの試行があったことは銘記すべきであろう。そうした經緯を辿って五山學僧が蒔いた種子は、近世詩壇に強固に根をおろしたのであった。

注

（1）國立公文書館内閣文庫藏林羅山舊藏本に拠る。

（2）こうした事例については拙稿「豊臣秀次と文禄年間の五山の文事」（『古代中世文學論考』一、新典社、一九九八）で簡単に紹介している。

（3）『鶴林玉露』乙編巻第一「論語」に「趙普再相、人言普山東人、所讀者止論語、蓋亦少陵之説也。宋太宗嘗以此語

問普、普略不隱、対曰、臣平生所知、誠不出此。昔以其半輔太祖定天下、今欲以其半輔陛下致太子、普之相業、因（ママ、「固」の誤りか）未能無愧於論語、而其言則天下之至言也」（京都大學人文科學研究所所藏刊本に拠る）と記されている。

（4）拙稿『本邦禪林の「韓玉堂雪」詩における李煜詞の受容をめぐって―「五山文學と塡詞」續貂―』（「國語國文」六三―十、一九九四）参照。

（5）「狩野山雪筆「十雪圖屏風」の作畫契機について」（「國華」一二七二、二〇〇一）。

（6）續國史大系所收本文に拠る。

（7）『禪林の文學　詩會とその周辺』（清文堂出版、二〇〇四）第一部第二節所收「『古宿會詩』（妙心寺雜華院渋谷厚保氏所藏）について」参照。

（8）前田育徳會尊經閣文庫所藏『補庵京華前集』所收本文に拠る。この詩は雪嶺永瑾（一四四七～一五三七）の別集『分韻梅溪集』（國立公文書館内閣文庫藏・江戸時代初期写本・林羅山舊藏）にも収められているものの、本作が希世との應酬である点や、内閣文庫所藏林家舊藏『京花集』等、他の横川の別集諸本にも採録されていることを勘案して、横川の作と斷定して問題あるまい。國立國會圖書館所藏『翰林五鳳集』巻第二十二・冬部でも横川を作者として採録している。

（9）國立公文書館内閣文庫藏『虛堂和尙語録』（寛永九年刊本、七冊本、林羅山舊藏本）に拠る。

（10）國立國會圖書館所藏『翰林五鳳集』所收本文に拠る。

（11）拙稿「アトリビュートとしての「芭蕉題詩」―懐素圖・寒山圖から郭子儀圖へ―」（「アジア遊學」一二二、二〇〇九）。

（12）『羅山先生詩集』（平安考古學會、大正九年）所收本文に拠る。なお、明らかな印刷上の誤りと思われるものについては文中にて注記の上、訂正した。

（13）『鵞峰先生林學士詩集』巻第三、寛永十七年十二月詠草に、「和守勝弟十雪詩韻　幷引」なる追和詩が収められている。この詠作については、宮崎修太氏の言及がある。論考「古文辭流行前における林家の故事題詠について」（「近世文芸」第六十一号、一九九五・一）を参照のこと。

（14）（13）所載の論考と同じ。

（15）（5）と同じ。

（16）『鵞峰先生林學士文集』巻第八十一所收「倭漢十題雜詠序」。「十臺」とは、元の呉師道（一二八四～一三四四）の別集『禮部集』所收の「十臺懐古」を指す。その詩題は「姑蘇臺・章華臺・朝陽臺・黄金臺・戲馬臺・歌風臺・望思臺・銅雀臺・鳳皇臺・凌歊臺」である。類似の詩題が、呉師道と同世代の詩人、岑安卿（一二八六～一三五五）の別集などにも見られる。

（17）たとえば鵞峯の長男・林梅洞春信の別集『梅洞林先生詩續集』巻之二所載明暦三年詠草には、「雪題七首」という作品も見出せる。題注に「雪題百首與群輩諸生採鬮、賦之。余得十題（雪の題百首を群輩諸生と鬮を採りて、之れを賦す。余十題を得たり）」とある。その詩題は同集に採録される「漢武丈雪・謝荘衣雪・賓王鶴雪・岑参胡雪・禹錫梁雪・李順嵩雪・冠準村雪」及び『勉亭詩集』が採録する『錦嚢嚢余集』巻之二「七言絶句」所載「孔明廬雪・子建廻雪・子瞻臺雪」である。なお、『錦嚢嚢余集』では、この作品の直前に「十一月五日、赴友元新宅標出本朝十雪。余得二題（十一月五日、友元の新宅に赴きて本朝の十雪を標出す。余二題を得たり）」という人見友元の新宅を壽いで詠じたと忖度される作品も収められている。細字注に拠ると、その詩題は「文武珠雪・弘仁銀雪・道雄梅雪・清貞柳雪・清公汴雪・令繼信雪・冬嗣殿雪・貞主楼雪・利仁夜雪・頼義府雪」の十題であった。林家における「十雪詩」愛好は継承されていたのである。

(18) 國立公文書館内閣文庫藏寛政元年版本に拠る。
(19) 國立國會圖書館所藏寛政七年版本に拠る。
(20) 江戸詩人選集第三巻『服部南郭　祇園南海』（岩波書店、一九九一）解題（日野龍夫氏執筆）参照。
(21) 國立公文書館内閣文庫藏寶曆十一年刊『紹述先生文集』所収の本文に拠る。

「詞譜」の誕生と發展

萩原正樹

一

「詞譜」とは、詞の曲調（詞牌）の名稱、字數、句讀、押韻、各句の平仄の排列などを明らかにしようとする書物である。

詞は唐代に起こり、宋代に隆盛を極めた歌辭文藝で、基本的に音樂に合わせて唱われるものであった。多くの場合、詞は女性の歌妓によって歌われ、宋代の士大夫たちはその歌聲や曲のメロディー、また歌詞の美しい世界に魅了され、多くの作品を殘している。詞の音樂は元代から明代にかけてもなお殘存し、中原健二氏の研究（「元代江南における詞樂の傳承」、『宋詞と言葉』所收、汲古書院、二〇〇九）に據れば、一部は十五世紀以降にも傳承されていた可能性がある。

詞の音樂が殘っていて、その旋律やリズムを熟知した人であれば、詞は比較的容易に作ることができるであろう。宋代の詞人たちの多くは、必ずしも樂才豊かではなかったことについては、同じく中原健二氏が指摘されているが[1]、樂才に乏しかった者であってもその詞のメロディーや歌詞を知っていれば、あまり困難を感じることなく「替え歌」は作れたのである。

だが詞樂が傳承を斷ち、どのような音調であったかがまったく分からなくなってしまった後は、過去の作例を手本にして、その字數や句讀、押韻、平仄等を參考にしながら詞を作成するほかない。詞を作ろうとする者は、多量の過去の作例の中から目的の詞牌や內容の作品を探し出して比較檢討しなければならず、その作業は大變面倒なものであったであろう。やがてこのような面倒を輕減したいという需要が生まれ、その需要に應えるようなかたちで現れたのが、過去の作品を詞牌別に排列した詞選であり、また各詞牌の詞體に關するさまざまな事項を記載した「詞譜」であった。詞牌別排列の詞選は、いわば詞牌ごとの名作選であって、その詞牌の形態だけではなく內容についても簡便に參照でき、また「詞譜」は詞體の形式上の特徵を簡單に知ることができ、代表的な作例も附されているため作詞の際には大いに役立ったであろう。このような詞選や「詞譜」は、十五世紀の末から十六世紀の半ば頃にかけて登場しており、初期の代表的な詞選としては、無名氏編『天機餘錦』（四卷、明・嘉靖二十九（一五五〇）年以前成書）、顧從敬編『類編草堂詩餘』（四卷、明・嘉靖二十九年刊）が擧げられ、また「詞譜」には、周瑛撰、蔣華編『詞學筌蹄』（八卷、明・弘治七（一四九四）年序）、張綖編『詩餘圖譜』（三卷、明・嘉靖十五（一五三六）年刊）等がある。これらの書物の出現時期は、上述の中原氏の研究結果とよく符合しており、すなわち一部の文人の間で細々と傳えられていた詞樂も、十五世紀の終わり頃にはほとんど一般に知られないものとなっていて、そのような狀況がこれらの書物の出現を促したと考えることができるのである。

「詞譜」は、その後も『詩餘圖譜』の增補本や程明善編『嘯餘譜』所收『詩餘譜』（二十四卷、萬曆四十七（一六一九）年序）が編まれ、また淸代には賴以邠編『塡詞圖譜』（六卷、續集三卷、康熙十八（一六七九）年序）、吳綺・程洪編『記紅集』（三卷、康熙二十五（一六八六）年刊）等が編纂されるなど大いに行われたが、いずれも誤謬や不備が目立ち、多くの詞人や詞學者の渴を癒すものではなかった。これら舊來の「詞譜」を嚴しく批判し、革新的とも言える詞體研究の成果を示したのが萬樹（字紅友）の『詞律』であった。

二

『詞律』の詞學史上における價値については、鮑恆「萬樹《詞律》詞學之貢獻及意義」（「古籍研究」巻上・四十五輯所收、二〇〇四）等の專論があるほか、中國詞學史や清代詞學史に關する書物の多くに特記されている。また日本では、村上哲見博士の「文人之最―萬紅友事略―」（村上哲見先生古稀記念論文集刊行委員會編『中國文人の思考と表現』所收、汲古書院、二〇〇〇）が、萬樹と『詞律』の價値とを論じて最も詳しく、同論文において博士は『詞律』の詞學史上の位置について、次のような簡にして要を得た指摘をされている。

萬樹は無數といってよい宋詞の一首一首を綿密に分析し、その中に潛む一千を超える韻文形式のわく組みを歸納的に整理して『詞律』二十巻を完成した（康熙二十六年、一六八七刊）。それは清朝初期における宋詞復興の氣運に乘じたものでもあるが、同時にその氣運を大きく推進することにもなった。この書の出現によって清朝詞學は新たな局面を迎えたといってよい。もとより草創期の成果の常としてこの書はなお少なからぬ不備な點を殘してはいるが、その後の詞牌の整備は彼の築いた基盤の上に積み上げられたものである。

博士の指摘のとおり、『詞律』は清朝詞學の展開の基礎となった「詞譜」なのである。

では『詞律』は、どのような點が舊來の「詞譜」よりも優れているのであろうか。詳細については上記に擧げた鮑恆氏や村上哲見博士の論文を參照して頂きたいが、ここでは『詞律』「發凡」に見えるいくつかの議論を紹介して萬樹の説の一端を示しておきたい。(2)

まず「發凡」第一條「嘯餘譜[3]」と第二條「自草堂[4]」では、舊來の「詞譜」における詞牌の排列の不備を指摘する。たとえば程明善編『詩餘譜』は、詞牌の字面の意味によって「歌行題」「令字題」「慢字題」「子字題」「天文題」「時令題」「人物題」などすべて二十五種類に分類して詞牌を排列しているが、これについて萬樹は「然題字參差、有難取義者、強爲分列、多至乖違（然れども題字は參差として、義を取り難き者有り、強いて分列を爲せば、多く乖違に至る）」と批判し、具體例として「踏莎行」「御街行」「望遠行」の三調の「行」字は「行步」の義であるのに「歌行題」に入れられ、また「長相思」がいかなる理由からか同じく「歌行題」に分類されていることの不備を批判するのである。萬樹の指摘のとおり『詩餘譜』の分類は非常に恣意的であり、「時令題」に入れられても良さそうな「春光好」が「三字題」に入れられ、また「人物題」に入ると思われる「漁父」が「二字題」に分類されるなど、「分列俱不確當（分列俱に確當せず）」と言わざるを得ない。

一方、張綖編『詩餘圖譜』や賴以邠編『塡詞圖譜』では、「小令」「中調」「長調」の項目を立てて詞牌を排列している。この「小令」「中調」「長調」とは、現在知られるところでは嘉靖十五年の『詩餘圖譜』に最も早く見られる分類法で、詞の本文の文字數の少ない順から、詞牌を「小令」「中調」「長調」のいずれかに分屬させて竝べるという方法である。『詩餘圖譜』では、收錄している作品の實態に沿って巻一「小令」は「三十六字至五十七字」、巻二「中調」は「六十字至八十九字」、巻三「長調」には「九十二字至一百二十字」の詞牌が配されているが、「發凡」第二條に言うように、清・毛先舒（字稚黄）は五十八字以内を「小令」、五十九字から九十字を「中調」、九十一字以上を「長調」とするなど、何字のものをどの分類に入れるかは確たる根據が無く曖昧であり、これもまた適切な詞牌の分類法とは言えないであろう。萬樹はこれら二種の排列法を批判し、ただ字數の多寡によって排列して「小令中長」を分類しない方法を取るが、これは舊弊を脱するものとして、たとえば『四庫全書總目提要』（集部詞曲類二『詞律』）に「皆精確不刊（皆な精確にして不刊なり）」と記されるように、高く評價されるのである。

また「發凡」第八條「分段之誤[5]」は、前後段の分段の誤りについて述べる。詞には、一章のみで分段しないもの（これを「單調」という）と、前後二段に分かれる作品（「雙調」という）とが多く、また少數ではあるが三段の「三疊」、四段の「四疊」などもあり、二段以上に分かれる詞牌の場合は、どこで分段するかが問題となる。分段は唐宋詞を収める諸刊本では空格で示すことが多く、從來の「詞譜」の編者もそれに從って分段しているのであるが、これについて萬樹は、テキストが誤っている場合もあって一概には編者の責には歸せられないとしながらも、しかし「但既欲作譜、宜加裁定耳（但だ既に譜を作らんと欲すれば、宜しく裁定を加うべきのみ）」と記して、「詞譜」編者の不明を譏っている。具體例として萬樹は「笛家」「長亭怨慢」「三臺」の三例を擧げているが、ここでは「長亭怨慢」を取り上げて、萬樹の詞體校訂の實際を見ておこう（なお「三臺」については村上博士の前掲論文に詳しく論じられている）。

「長亭怨慢」は、南宋の姜夔が作詞作曲をした所謂「自度曲」の一つである。『詞律』は卷十五に姜夔作の「長亭怨慢」一首を錄し、前段最後を「不會得（豆）青青如此（借叶）」として分段し、後段冒頭を「日暮（叶）」に作る。

漸吹盡（豆）枝頭香絮（韻）是處人家（句）綠深門戶（叶）遠浦縈迴（句）暮帆零亂（豆）向何許（叶）閱人多矣（句）誰得似（豆）長亭樹（叶）樹若有情時（句）不會得（豆）青青如此（借叶）　日暮（叶）望高城不見（句）只見亂山無數（叶）韋郎去也（句）怎忘得（豆）玉環分附（叶）第一是（豆）早早歸來（句）怕紅萼（豆）無人爲主（叶）算空有并刀（句）難翦離愁千縷（叶）

この分段について『詞律』は、「但前結此字不是韻、乃白石借叶者。後人不知、遂將後起句日暮二字、割連前尾（但だ前結の「此」の字は是れ韻ならず、乃ち白石の借叶する者なり。後人知らず、遂に後起の句の「日暮」二字を將て、割して前尾に連ぬ）」と說明し、すなわち前段末の「此」字は「借叶」であって、そのことを知らない者が「日暮」の二字を前段末尾に附し、分段を誤っていると言うのである。この「借叶」とは、異なる韻部に屬する字を借りて韻字とすることを言い、詞ではさほど珍しい押韻法ではなく、『詞律』中では十數箇所に「借叶」の例が注記されている。萬樹が指摘するように、たとえば明・毛晉編『宋六十名家詞』本の「白石詞」は「長亭怨慢」詞前段を「日暮」で分段し（南宋・黄昇編『中興以來絕妙詞選』巻六も同）、これに據ったと思われる頼以邠『塡詞圖譜』も前段末句をそのまま「不會得青青如此日暮」の九字句に作っている。毛晉らが「日暮」までを前段としたのは、「長亭怨慢」詞の韻（上聲八「語」、同九「麌」、同十「姥」、去聲九「御」、同十「遇」、同十一「暮」の通用。戈載『詞林正韻』では第四部）と合う字が「不會得青青如此日暮」の九字には「暮」しかないためであり（「此」は上聲四「紙」、戈載『詞林正韻』では第三部）、「此」字が「借叶」であるとは考えもしなかったのであろう。だが萬樹は同じ「長亭怨慢」詞の作例を殘している南宋・周密（字公謹）や張炎（字叔夏）の作品と比較して次のように述べ、「此」字で分段すべきことを考證する。

周公謹、張叔夏、皆南宋人、去白石最近。其所作長亭怨、周詞用處字韻、前結云歎轉眼、歲華如許、後起云凝佇。張一首是絕字韻、前結云誰爲主、都成消歇、後起云凄咽。一首是處字韻、前結云應笑我、飄零如羽、後起云同去。是端端正正兩箇韻脚。豈可硬判日暮二字連上、而使此調前結少却一韻乎。

周公謹、張叔夏は、皆な南宋の人にして、白石を去ること最も近し。其の作る所の長亭怨、周詞は「處」字の韻を用い、前結に「歎轉眼、歲華如許」と云い、後起に「凝佇」と云う。張の一首は是れ「絕」字の韻にして、前結に「誰爲主、都成消歇」と云い、後起に「凄咽」と云う。一首は是れ「處」字の韻にして、前結に「應笑我、飄零如羽」と云い、後起に「同去」と云う。是れ端端正正として兩箇の韻脚なり。豈に硬く「日暮」の二字は上に連なると判して、此の調の前結をして一韻を少却せしむべけんや。

周密の作一首及び張炎の作二首、いずれも前段結句は「三、四（叶）」、後段起句は「二（叶）」に作り、四字句と二字句で押韻しているのであり、この三例から見れば、姜夔の作品も「此」字で押韻して前段を終え、「日暮」二字句の「暮」字でも押韻しているとみるのが最も自然であろう。萬樹は擧げていないが、張炎には他に二首、また同時代の王沂孫にも一首の作例があり、これらいずれも同じ句式となっており、萬樹の說が正しいことは疑いを容れない（ただし、元末明初の邵亨貞の作品（『全金元詞』下册一一〇七頁）は後起二字が前段結句に附いて「五、四（叶）」の句式となっているが、これはあるいは『中興以來絶妙詞選』の句式に從ったのかもしれない）。『詞律』は、淸・丁紹儀の『聽秋聲館詞話』（巻十四「詞律訛錯」）に「采列各調、亦多錄自汲古閣本（采列の各調、亦た多く汲古閣本より錄す）」と記されているように、詞の本文を毛晉汲古閣本から取ることが多いが、「發凡」本條に「但未及精訂（但だ未だ精訂するに及ばず）」と自ら述べるごとくその限界をよく知って盲信することなく、注意深く詞體を校訂し、「裁定を加」えているのである。こうした萬樹の態度は、「照舊抄謄、實多草率（舊に照らして抄謄し、實に草率なること多し）」（「發凡」第八條）という舊來の「詞譜」とははるかに異なるものであり、格段に「詞譜」の質を高めたと言えるであろう。

「發凡」第十九條「能深明詞理[6]」は、第十八條「詞上承于詩[7]」とともに、『詞律』に收錄する詞牌の範圍について論じている。「詞譜」は、當然ながら詞の曲調を對象とするものであり、詩や曲は對象とはしない。だが從來の「詞譜」や詞選では、あまり嚴密な區別をせぬまま詩や曲を收錄することがあり、萬樹は「發凡」第十八條においてこのことを強く批判しているのである。たとえば萬樹も名を擧げている「天淨沙」は散曲であるが、賴以邠『塡詞圖譜』（巻一）は明・楊愼の作例を擧げて收錄し、『詞律』より後の『欽定詞譜』（巻一、康熙五十四（一七一五）年刊）も元・喬吉の作と馬致遠の作の二首を採錄している。淸・杜文瀾（字小舫、嘉慶二十（一八一五）年～光緒七（一八八一）年）の『詞律補遺』（一巻、光緒二（一八七六）年刊）は、書名のとおり『詞律』の遺を補おうとするものであるが、「天淨沙」及びその他の曲や、唐の「一七令」などを補っているのは、明らかに「發凡」の意圖を無視しており、萬樹の嚴格さを無にするものと言わざるを得ない。

　また「發凡」第十九條では、明人の自度曲も收錄しないことを述べる。明代には、好事の詞人が唐宋詞の體格を眞似て從來には無い詞牌を作ることが行われたが、これについて萬樹は「若明人則于律呂無所授受、其所自度、竊恐未能協律（明人のごときは則ち律呂に于いて授受する所無く、其の自ら度る所は、竊かに未だ能く律に協せずと恐る）」と記して、唐宋詞の音律を熟知しない明人の自作曲は、音律に諧っていないと指摘する。萬樹がそれら自度曲の例として「發凡」に擧げているのは、王太倉（王世貞、字元美、號弇州山人。江蘇太倉の人）の「怨朱絃」「小諾皋」、揚新都（楊愼、字用修、號升庵。四川新都の人）の「落燈風」「欸殘紅」「恄佳期」、顧梁汾（顧貞觀、字遠平、華峰、號梁汾。江蘇無錫の人）の「踏莎美人」、湯臨川（湯顯祖、字義仍、號若士。江西臨川の人）の「添字昭君怨」、徐山陰（徐渭、字文長、號靑藤老人。浙江山陰の人）の「鵲踏花翻」の八調であるが、このうち「小諾皋」「恄佳期」「踏莎美人」「添字昭君怨」の四調については『詞律』本文内の注にも言及されており、たとえば「添字昭君怨」については、巻三「昭君怨」の注に「詞統等書、收添字昭君怨、于第三句上、添兩字。乃出湯義仍牡丹亭傳奇者。查唐宋金元、未有此體、不宜載入（詞統等の書、添字昭君怨を收め、第三句の上に、兩字を添う。乃ち湯義仍の牡丹亭傳奇より出づる者なり。唐宋金元を查するに、未だ此の體有らず、宜しく載入すべからず）」と言う。明・卓人月編『古今詞統』（巻五）に湯顯祖の「添字昭君怨」（首句「昔日千金小姐」、「六六七三　六六七三（平韻は「○」、仄韻は「●」で示す。以下同」）が錄されているが、これは「昭君怨」の詞體「六六五三　六六五三」と比べて前後段第三句に二字多い體である。「添字」（また「攤破」とも稱す）とは、このように文字を增やす（音樂面から言えば音を增やす）ことを言い、もとの詞牌名に「添字」または「攤破」の二字を加えて「添字醜奴兒」「攤破浣溪沙」等と稱するのであり（施蟄存著、宋詞研究會譯『詞學の用語―『詞學名詞釋義』譯注』參照、汲古書院、二〇一〇）、だとすれば「添字昭君怨」も、「昭君怨」に「添字」した詞牌として少なくとも命名上は正しい詞牌名と言えるであろう。だが萬樹が記しているように、「添字昭君怨」は湯顯祖の『牡丹亭』に見える曲であって、唐宋金元代には無かった詞體である。唐宋詞の音樂の變化等から生じた「添字」であれば何ら問題は無いが、明人が恣意的に、あるいは詞の音樂とは異なる音樂に合わせる等の理由で「添字」したのであれば、これは既に詞の範疇から逸脱しているのであって、萬樹はこれに對して「不宜載入」と嚴しい判斷を下すのである。また「悞佳期」に關しては、巻六「竹香子」の注に「按詞統、載升菴、程孱誤佳期各一首四十六字。査舊詞無此體、或升菴自度、或調僻考訂不及耳。因其前段與此竹香子同、附録于此、以識余淺學疏漏之媿（按ずるに詞統に、升菴、程孱の誤佳期各一首四十六字を載す。舊詞を査するに此の體無く、或いは升菴の自度か、或いは調僻にして考訂及ばざるのみ。其の前段此の竹香子と同じきに因りて、附して此に録し、以て余が淺學疏漏の媿を識さん）」と述べ、『古今詞統』（巻五）から楊愼の詞一首を引いている。唐宋金元の詞にこの「悞佳期」のような體は無く、楊愼の自度曲であるか、あるいは作例が少ない詞牌であるために考訂できないのか、いずれか確定しがたいために、本文には「悞佳期」を詞牌名として立てず、注の中で參考として作例を擧げるのである。ここでの萬樹の處置は非常に愼重であり、さしたる根據もないままに斷定するのではなく、不明のものは不明のまま提示して「以識余淺學疏漏之媿」というのは、學者としてまことに立派な態度と言うべきであろう。萬樹がしばしば非難する頼以邠『塡詞圖譜』が、「發凡」第十九條に擧げられている八調のうち、「怨朱絃」「小諾皋」を除く六調を一字の考證も無く收録しているのと比較すれば、『塡詞圖譜』と『詞律』との「詞譜」としての質の差には歴然たるものがある。

以上、『詞律』「發凡」から三つの點についてやや詳しく述べたが、要するに『詞律』は、從來の「詞譜」をはるかに凌駕する「詞譜」であった。從來の「詞譜」が「試行錯誤的なもの」（村上博士前掲論文）に過ぎなかったのに對し、『詞律』はまさに本格的な「詞譜」であったと言えるであろう。『詞律』は當然ながら詞人や詞學者に高く評價され、たとえば清・吳衡照の『蓮子居詞話』（巻一「萬樹詞宗護法」）では、「萬紅友當轇轕榛楛之時、爲詞宗護法、可謂功臣。舊譜編類排體、以及調同名異、調異名同、乖舛蒙混、無庸議矣。其於段落句讀、韻脚平仄間、尤多模糊。紅友詞律、一一訂正、辯駁極當（萬紅友は轇轕榛楛の時に當たりて、詞宗の護法と爲り、功臣と謂うべし。舊譜の類を編し體を排するや、以て調同じく名異なり、調異なりて名同じきに及び、乖舛蒙混にして、庸議無し。其の段落句讀、韻脚平仄の間に於けるは、尤も模糊多し。紅友の詞律は、一一訂正し、辯駁極めて當たれり）」と記され、萬樹は、舊來の「詞譜」の弊を訂正辯駁して詞法を守った功臣として高い評價を與えられている。

『詞律』刊行から二十八年後の康熙五十四年、康熙帝の命により王奕清等が『欽定詞譜』（四十巻）を編纂する。『欽定詞譜』は、その「總目」に據ればすべて八二六調の詞牌、二三〇六體の詞體を収めており、『詞律』が詞牌六六〇調に一一八〇體の詞體を掲げている（「詞律自敍」に據る）のと比べると二倍近い分量の詞體を収録する、清代における最も大規模な「詞譜」であった。だが『欽定詞譜』は、量的には『詞律』を大きく上回るものの、內容にはさまざまな問題があり、たとえば清・丁紹儀『聽秋聲館詞話』（巻十八「欽定詞譜未采詞」）は「至五十四年、欽定詞譜成、共八百二十六調、計二千三百六體。較之萬律、增體一倍奇。然校定爲譜者、僅居其半、餘皆列以備體而已。乃採取猶有未及。……以是知鄧林滄海、雖奉敕搜討、尚多遺佚。且考核偶疏、卽不免舛午（五十四年に至りて、欽定詞譜成り、共に八百二十六調、計二千三百六體なり。之を萬律と較ぶれば、體を增すこと一倍にして奇なり。然れども校定して譜と爲す者は、僅かに其の半ばに居り、餘は皆な列して以て體を備うるのみ。乃ち採取も猶お未だ及ばざる有り。……是れを以て知る鄧林滄海、敕を奉じて搜討すと雖も、尚お遺佚多きを。且つ考核偶ま疏なれば、卽ち舛午を免かれず）」と述べ、量は『詞律』よりも多いがただ體を備えただけであること、逆になお遺漏も少なからずあり、考察も不十分で誤りも見られることを批判している。また近人・陳匪石『聲執』（巻上「詞律與詞譜」）も、「清聖祖命王奕清等定詞譜四十巻、後於萬氏三十年、沿襲萬氏體例。中祕書多、取材弘富。……惟以備體之故、多覺汎濫、所收之調、涉入元曲范圍、又不如萬氏之嚴（清の聖祖王奕清等に命じて詞譜四十巻を定めしむるに、萬氏に後るること三十年、萬氏の體例を沿襲す。中祕に書多く、材を取ること弘富なり。……惟だ體を備うるを以ての故に、多く汎濫を覺え、收むる所の調、涉りて元曲の范圍に入るは、又た萬氏の嚴なるに如かず）」と論じて、先述の「發凡」第十八條「詞上承于詩」において萬樹が採録しないと明言していた元曲を『欽定詞譜』が收錄している點について批判し、「又不如萬氏之嚴」と萬樹の嚴密な姿勢を評價する。(8)

『詞律』と『欽定詞譜』との關係については、村上博士の前掲論文に次のように述べておられるのが最も的確であろう。

『欽定詞譜』はそのたいそうな作業態勢にもかかわらず、『詞律』の二番煎じから踏み出す所はさほどでもなく、『詞律』の獨創性とその畫期的な意義は、兩書の對比によっていっそう鮮明に見えてくるのである。

『欽定詞譜』の登場によって、『詞律』の價値は、減じるどころか逆にその評價は益々高まったと言えるのである。

三

「詞譜」として高く評價される『詞律』であるが、後にさまざまな不備を指摘されることになる。それはもとより、『詞律』が準據するに足るすぐれた「詞譜」であるからであり、その遺漏を補ったり、誤りを修正したり、あるいは萬樹の意見に反駁をしたりすることが、詞學のさらなる發展につながっていくのである。

『詞律』刊行後、比較的早い時期に『詞律』に對するまとまった意見を表明したものに、厲鶚（字太鴻、號樊榭、康熙三十一〔一六九二〕年～乾隆十七〔一七五二〕年）の『厲評詞律』がある。『厲評詞律』とは、厲鶚が『詞律』に手批を加えたもので、かつて龍楡生が發見し、沈茂彰がその内容を丹念に分類して「萬氏詞律訂誤例」（「詞學季刊」第三巻第四號所收、一九三六、ただし第三巻第四號は未刊であり、ゲラ刷りの殘缺のみ存する）として紹介している。厲鶚は、その「論詞絕句」第十二首において「去上雙聲仔細論、荊溪萬樹得專門。欲呼南渡諸公起、韻本重雕莑斐軒（去上雙聲仔細に論ずるは、荊溪の萬樹門を專らにするを得たり。南渡の諸公を呼び起こさんと欲すれば、韻本重ねて雕せん莑斐軒）」と詠じているように萬樹の說を高く評價しており、萬樹への尊崇の念が厲鶚に『詞律』の手批を書かせたと言えるであろう。沈茂彰の分類に據れば、厲鶚の意見は、①體例之不當、②攻摘新名之過甚、③立調分體之失妥、④分句之誤、⑤論四聲之誤、⑥論韻之誤、⑦論襯字羨字之誤、⑧蔽於古而不知今之誤、⑨論斷之失、の九種に分かれ、それぞれについて詳細な議論を展開している。

厲鶚の論には傾聽すべき點も多く、たとえば、『詞律』（巻七）は「望遠行」の一體として柳永の一百六字體を擧げて、その前後段末句をそれぞれ「滿長安高却（句）旗亭酒價（叶）」「放一輪明月（句）交光清夜（叶）」に作り、「而圖譜踵嘯餘之謬、前結則注九字、後結則注一五一四。皆未經讐勘、幷不知較對前後相同處也（而して圖譜は嘯餘の謬りを踵ぎ、前結は則ち九字と注し、後結は則ち一五一四と注す。皆な未だ讐勘を經ず、幷びに前後相い同じき處を較對するを知らざるなり）」と注するが、これについて厲鶚は「較對前後相同、讀句似應作一五一四分句、然細論文義、則前結直當作上三下六。……必如紅友分句法讀之、能無害辭意否（前後相い同じきを較對すれば、句を讀みて應に一五一四に作りて句を分かつべきに似たるも、然れども細かに文義を論ずれば、則ち前結は直だ當に上三下六に作るべし。……必ず紅友の分句法のごとく之を讀めば、能く辭意を害する無きや否や）」（④分句之誤）と述べて、萬樹の分句法を批判している。萬樹は『詞律』において、しばしば前段と後段とをよく比較對照して詞體を校訂すべきことを説いており、「望遠行」の前後段末句でも前後を同じ「五、四」の句式とするが、厲鶚はこの分句法について、文意からすれば前段末は「三、六」とすべきだと主張するのである。柳永「望遠行」詞は雪を詠じた作品で、前段末は「長安の街中に降り積もった雪は、酒場の酒の値段を高騰させることだろう」といった意であり、「滿長安高却、旗亭酒價」ではなく、「滿長安、高却旗亭酒價」と讀むのが正しい。厲鶚の意見は、非常に妥當であると言えるであろう。

ただ厲鶚の議論には、今日から見ればやや無理な點もある。たとえば、前掲の『詞律』（巻三）「昭君怨」の萬樹注「詞統等書、收添字昭君怨、于第三句上、添兩字。乃出湯義仍牡丹亭傳奇者。查唐宋金元、未有此體、不宜載入」について、厲鶚は「拘執殊甚。夫作譜但求合拍、明代國朝、何殊於唐宋金元也（拘執すること殊に甚し。夫れ譜を作るは但だ拍に合わんことを求む、明代國朝、何ぞ唐宋金元に殊ならんや）」（⑧蔽於古而不知今之誤）と評するが、これは現代の詞學からすれば首肯しがたい意見であろう。唐宋金元の作例に限った萬樹の嚴格さこそ評價されるべきであり、厲鶚の「明代國朝、何殊於唐宋金元也」という主張は、きわめて亂暴な議論であると言わざるを得ない。

厲鶚のように、『詞律』に評や校語を加えることで意見を示した例は他にもいくつかあり、中國古籍總目編纂委員會編『中國古籍總目　集部』（中華書局、二〇一二）に據れば、任大椿、華秋蘋、潘鍾瑞、張預、沈道寛らの手批本『詞律』が現存している。

また、『詞律』に觸發され、『詞律』の長所を受け繼ぎながら、その缺點を修正しようという「詞譜」も現れる。葉申薌『天籟軒詞譜』（五巻詞韻一巻、道光九（一八二九）年、道光十一（一八三一）年）や秦巘『詞繫』（二十四巻、道光末年）などがそれであるが、唐圭璋氏が「茲編卽以詞律爲藍本、于其缺者增補、訛者糾正。確可彌補萬氏之遺憾、據此可知是書之學術價値（茲の編は卽ち詞律を以て藍本と爲し、其の缺くる者に于ては增補し、訛る者は糾正す。確として萬氏の遺憾を彌補すべく、此に據りて是の書の學術價値を知るべし）」（「詞繫序」、鄧魁英・劉永泰整理『詞繫』所收、北京師範大學出版社、一九九六）と述べておられるように、『詞律』の增補と訂正に貢獻するところがより大きいのは『詞繫』であろう。『詞繫』の編者である秦巘（字玉笙、號綺園、生卒年未詳）は、藏書家として、また『詞學叢書』の刊行等でも知られる秦恩復（字近光、號敦夫、乾隆二十五（一七六〇）年～道光二十三（一八四三）年）の子であり、その詞學は、家學を繼承したものであった。

秦巘は萬樹の『詞律』について、次のように評している。

康乾間萬紅友樹訂爲詞律、糾訛駁謬、苦心孤詣、允爲詞學功臣、至今翕然宗之。惜乎援據不博、校讎不審、其中不無缺失。如宮調不明、竟無一語論及、其缺一。調下不載原題、幾不知詞意所在、其缺二。專以汲古閣六十家詞、詞綜爲主、他書未經寓目、憑虛擬議、其缺三。調名遺漏甚多、其缺四。不論宮調、專以字數比較、是爲舍本逐末、其失一。所錄之詞、任意取擇、未爲定式、其失二。調名原多岐出、務欲歸併、而考據不詳、顚倒時代、反賓爲主、其失三。所據之本不精、字句訛謬、全憑臆度、其失四。前後段字數、必欲比同、甚至改換字句以牽合、殊涉穿鑿、其失五。圖譜等書、原多可議、曉曉辨論、未免太煩、其失六。茲編以詞律爲藍本、於其缺者增之、訛者正之。非敢大肆譏評、聊爲補闕拾遺之一助。紅友最爲虛心、或當首肯。

康乾の間萬紅友樹訂して詞律を爲り、訛を糾して謬を駁し、苦心孤詣するは、允に詞學の功臣たりて、今に至るも翕然として之を宗とす。惜しいかな援據博からず、校讎審らかならず、其の中に缺失無きにあらず。宮調明らかならず、竟に一語の論及無きがごときは、其の缺の一なり。調下に原題を載せず、幾んど詞意の在る所を知らざるは、其の缺の二なり。專ら汲古閣六十家詞、詞綜を以て主と爲し、他書は未だ寓目を經ず、虛に憑りて擬議するは、其の缺の三なり。調名の遺漏甚だ多きは、其の缺の四なり。宮調を論ぜずして、專ら字數を以て比較するは、是れ本を舍てて末を逐うと爲す、其の失の一なり。錄する所の詞、任意に取擇し、未だ定式を爲さず、其の失の二なり。調名は原と多岐に出で、務めて歸併せんと欲するも、而れども考據詳らかならず、時代を顚倒し、反って賓を主と爲す、其の失の三なり。據る所の本精ならず、字句訛謬し、全て臆度に憑る、其の失の四なり。前後段の字數、必ず比同せんと欲し、甚しきは字句を改換して以て牽合するに至り、殊に穿鑿に涉る、其の失の五なり。圖譜等の書、原と議すべきこと多きも、曉曉として辨論し、未だ太だ煩なるを免かれず、其の失の六なり。茲の編は詞律を以て藍本と爲し、其の缺くる者に於ては之を增し、訛る者は之を正す。敢て大いに譏評を肆にするに非ず、聊か補闕拾遺の一助と爲さん。紅友最も虛心たれば、或いは當に首肯すべし。（『詞繫』凡例）

まず、『詞律』を「詞學功臣」であると高く評價するが、同時に「缺失」もあると論じ、續いて「四缺」と「六失」を指摘する。「四缺」は、「宮調についての言及が無いこと」「詞牌名の下に小序が無く詞意が不明であること」「作例は汲古閣六十家詞と詞綜に頼り他書は見ていないこと」「詞牌に遺漏が多いこと」の四點、また「六失」は「宮調を論ぜずただ文字數で比較していること」「採録した詞に定式としてふさわしくないものがあること」「詞牌名の異名についての考證が不十分であること」「依據したテキストが良くないこと」「前後段の字數を無理に同じにしようとすること」「塡詞圖譜等の從來の詞譜に對する議論が多く煩瑣であること」の六點であり、すなわちすべて十點の缺點を列擧しているのである。

『詞繫』は、この『詞律』の缺點を克服しようとして、「四缺」を例に擧げれば、その一の宮調に關しては作例の後にたとえば「九宮大成入北詞仙呂調隻曲、許譜(9)入仙呂宮（九宮大成は北詞仙呂調隻曲に入れ、許譜は仙呂宮に入る）」（『詞繫』巻十一「桂枝香」）等と注記して宮調を示し、その二の小序についても「金陵懷古」（王安石「桂枝香」）「雲洞賦桂」（周密「桂枝香」、いずれも『詞繫』巻十一）などと、小序が残されている作品については可能な限り小序を添えている。またその三については「汲古、詞律不分段誤（汲古、詞律の分段せざるは誤りなり）」（『詞繫』巻八「傾盃樂」）、「汲古於彩字上多新字、詞律因之衍誤（汲古は「彩」字の上に「新」字多く、詞律之に因りて衍して誤る）」（『詞繫』巻十六「徧地花」）等と隨所に注記が見え、さらに「隔簾下、汲古、詞律缺聽字、今據宋本改正（「隔簾」の下、汲古、詞律は「聽」字を缺く、今宋本に據りて改正す）」（『詞繫』巻十「隔簾聽」）と記すなど、宋本や他の善本を用いて校訂を行っていることを明記する。その四の遺漏が多いという點に關しては、『詞繫』はすべて一〇二九調、二二〇〇餘體（鄧魁英「關于秦巘的詞繫未刊稿」、鄧魁英・劉永泰整理『詞繫』所收に據る）を收錄しており、『詞律』の六六〇調、一一八〇體を大きく超えているのである。

このように『詞繫』は、「玆編以詞律爲藍本、於其缺者增之、訛者正之」の言葉通り、『詞律』を基礎としつつ、その補訂に力を注いだ「詞譜」であり、その價値は非常に高いと言わなければならない。『詞繫』については、鄧魁英氏の「關于秦巘的詞繫未刊稿」の他、田桂芬「《詞繫》初探」（『南陽師範學院學報（社會科學版）』第五巻第五期、二〇〇六）、劉少坤・羅海燕「秦巘《詞繫》的詞譜價値及其詞學史意義」（『文藝評論』二〇一四年八月期）等の論文があるが、さらに詳細な研究が待たれる。

さらにはまた、直接『詞律』の內容を補足訂正しようという書物も作られている。『詞林正韻』（三卷、道光元〔一八二一〕年刊）、『宋七家詞選』（七卷、道光十七〔一八三七〕年刊）等の編著で知られる戈載（字順卿）に『詞律』補訂の志があったことは、『詞林正韻』「發凡」に「予有訂定詞律之擧、而尚未蕆事（予に詞律を訂定するの擧有るも、尚お未だ蕆事せず）」と見えることによって知ることができる。「發凡」執筆時點（「發凡」には「道光元年……孟夏之月朔日順卿戈載識」とある）ではまだ未完成であったが、後に稿本のかたちで一應は完成したようで、『詞繫』凡例に「戈順卿載詞律訂」とその書名が記され、また『詞繫』ではたとえば「詞律於會字句非、據詞律訂改正（詞律の「會」字に於いて句とするは非なり、詞律訂に據りて改正す）」（卷六「御帶花」）のように、『詞律訂』を引いて文字や句讀を改める例がいくつか見られる。また杜文瀾の『詞律校勘記』（二卷、咸豐十一〔一八六一〕年刊）序にも「昔吳縣戈君順卿載、擬輯增訂詞律、又與高郵王君寬甫敬之、議作詞律訂、詞律補、均未克成。余獲見王君詞律校本、亟加采錄。又得戈君校刻七家詞選、及江都秦君玉生巘所輯詞繫、其中可以校正詞律者、亦坿載焉（昔吳縣の戈君順卿載、輯めて詞律を增訂せんと擬し、又た高郵の王君寬甫敬之と、詞律訂、詞律補を作るを議するも、均しく未だ克く成らず。余王君の詞律校本を見るを獲、亟しば加えて采錄す。又た戈君の校刻七家詞選、及び江都の秦君玉生巘の輯むる所の詞繫を得、其の中以て詞律を校正すべき者は、亦た坿載す）」とあり、戈載と王敬之（字寬甫）とにかつて『詞律訂』『詞律補』という書を作ろうという相談があったが、いずれも未完であったという。この記載に據れば、秦巘は利用していた戈載『詞律訂』を、杜文瀾は見ることができなかったようだ。『詞律校勘記』序では、戈載の仕事としては校刻七家詞選を利用したと述べているが、本文中では『宋七家詞選』に收錄されていない詞人や作品に對する校勘に「戈氏校本」を引用する例がいくつか見られ、杜文瀾は七家詞選のほか、「戈氏校本」も使用して戈載の意見を取り入れたと考えられる。[10] この「戈氏校本」と『詞律訂』との關係については不明である。なお村越貴代美氏の「研究ノート上海圖書館藏『詞律』潘鍾瑞校本について」(「お茶の水女子大學中國文學會報」第十號所收、一九九一)に據れば、戈載の『詞律』に對する意見は潘鍾瑞校本にも散見している。

『詞律』補訂の専著として最も人口に膾炙しているのは、杜文瀾『詞律校勘記』と、徐本立『詞律拾遺』(八巻、同治十二〔一八七三〕年刊)及び杜文瀾『詞律補遺』(一巻、光緒二年刊)であろう。これらは、主に『詞律校勘記』に基づく校記と『詞律拾遺』『詞律補遺』とを附載した、恩錫・杜文瀾校『校刊詞律』(二十巻)として光緒二年に出版され、現在ではこの『校刊詞律』が『詞律』の最も流布したテキストとなっている。この『詞律校勘記』『詞律拾遺』『詞律補遺』及び『校刊詞律』については、森川竹磎が『詞律大成』「發凡」「餘論」において論評しているので、ここでは竹磎の意見を元に、この四書を簡單に概觀しておきたい。

まず『詞律校勘記』について、竹磎は次のように記している。

杜文瀾詞律校勘記、就萬氏詞律所收各詞、校訂其訛錯誤脱、可以爲萬氏功臣。但其謂應從某書增改或更正者、恐未悉見其書、故不相合者亦在焉。大抵以康熙欽定詞譜爲據、間取輓近數家臆説。如謂柳永笛家調落四字(詳笛家注)、頗堪怪訝。總之、其書可以資參照耳。

杜文瀾の詞律校勘記は、萬氏の詞律に收むる所の各詞に就きて、其の訛錯誤脱を校訂し、以て萬氏の功臣と爲すべし。但だ其の應に某書に從いて增改或いは更正すべしと謂うは、恐らく未だ悉くは其の書を見ず、故に相い合せざる者も亦た在り。大抵康熙欽定詞譜を以て據と爲し、間ま輓近數家の臆説を取る。柳永笛家調の四字を落とすと謂うがごときは(笛家の注に詳らかなり)、頗る怪訝に堪えたり。之を總ずるに、其の書は以て參照に資すべきのみ。

まず「就萬氏詞律所收各詞、校訂其訛錯誤脱、可以爲萬氏功臣」と述べてはいるが、校訂に用いた書物をすべては見ていないこと、また多くは「康熙欽定詞譜」を典據としていることの二點を問題點として擧げる。そして柳永「笛家」の例を擧げて、「如謂柳永笛家調落四字（詳笛家注）、頗堪怪訝」と論じ、その校訂の不備を指摘している。これは、『詞律』（巻二十）に收められている柳永の「笛家」（首句「花發西園」）を問題にしたもので、杜文瀾『詞律校勘記』（巻下）は「柳永詞、觸目傷懷、盡成感舊二句、落傷懷二字。又一晌消凝、淚霑襟袌二句、落消凝二字。均應從宋本補（柳永詞、「觸目の傷懷、盡く感舊を成す」の二句、「傷懷」の二字を落とす。又た「一晌の消凝、淚襟袌を霑す」の二句、「消凝」の二字を落とす。均しく應に宋本に從いて補うべし）」と述べ、『詞律』が「觸目盡成感舊」「一晌淚霑襟袌」とそれぞれ六字句に作っていることについて、宋本に從えばいずれも二字を缺いており、すなわち全體で四字を落としているると校訂しているのであるが、これに對して竹磎は「頗堪怪訝」と記して、その說を訝しんでいるのである。ただ杜文瀾の言うように、宋本では「傷懷」「消凝」の四字が入っており、現在では「觸目傷懷、盡成感舊」「一晌消凝、淚霑襟袌」に作ることが多い。『詞律』のように「傷懷」「消凝」を缺く柳詞のテキストも有るが、竹磎がなぜそちらを取るのか、竹磎の說は割注に「詳笛家注」とあるように『詞律大成』（巻二十）の「笛家」條に見えているはずであるが、殘念ながらその部分は既に失われており、いま參照することができない[11]。

『校刊詞律』については、特に黄庭堅の作例を「語句惡俗」「語皆鄙俚」という理由で删去したことを強く非難する。

杜文瀾又有校刊詞律之刻、竝列恩錫之名。其書、於萬氏詞律各調註後、附記自家校註、其所記與校勘記大同小異。要之、補訂校勘記、而嵌入于各調後者也。但删去黄庭堅望遠行一首、曰、語句惡俗、兼恐字數未確、既不足爲律、不如删之。又删去黄庭堅鼓笛令二首、少年心一首、曰、均屬又一體、語皆鄙俚、并有字書不載之字、一併删除、仍各附註字數於本調之後。其說亦奇亦怪。尾附徐本立詞律拾遺、又有杜氏所編詞律補遺一卷。其所采録者、皆從康熙詞譜中拾收來、而其一半則元曲小令也。要之、足爲萬氏功臣、而用力未至者矣。

杜文瀾に又た校刊詞律の刻有りて、竝びに恩錫の名を列す。其の書は、萬氏詞律の各調の註の後に、自家の校註を附記し、其の記する所は校勘記と大同小異なり。之を要するに、校勘記を補訂して、各調の後に嵌入する者なり。但だ黄庭堅の望遠行一首を刪去して、曰わく、語句悪俗にして、兼ねて恐らくは字數未だ確ならず、既に律と爲すに足らざらん、之を刪るに如かず、と。又た黄庭堅の鼓笛令二首、少年心一首を刪去して、曰わく、均しく又一體に屬するも、語は皆な鄙俚にして、并びに字書に載せざるの字有り、一に併せて刪除し、仍りて各の附して字數を本調の後に註す。其の説亦た奇にして亦た怪なり。尾に徐本立の詞律拾遺を附し、又た杜氏編する所の詞律補遺一巻有り。其の采録する所の者は、皆な康熙詞譜中より拾收し來たり、而して其の一半は則ち元曲小令なり。之を要するに、萬氏の功臣たるに足るも、力を用いること未だ至らざる者なり。

また『詞律補遺』に關しても、詞牌はほぼ康熙詞譜から補い、さらに元曲小令も含んでいることを難じ、最後に竹磎は「要之、足爲萬氏功臣、而用力未至者矣」と一蹴するのである。竹磎が述べているように、杜文瀾の補訂は『欽定詞譜』の諸説に盲從するきらいがあり、竹磎は特にその點が不滿であったのであろう。

徐本立の『詞律拾遺』についてはやや詳細に論じられており、竹磎は『詞律拾遺』の謬説として「菩薩蠻」「露華」「八音諧」の三調に關する説を擧げている。ここでは「菩薩蠻」の例のみ紹介しておこう。竹磎は「其可驚者、菩薩蠻補體、錄李晏詞、註謂二十二字、詞云斷腸人去春將半（句）歸客倦花飛（韻）小窗寒夢曉（句）誰與畫雙眉（叶）、註謂回文體、見中興樂府、調本四十四字、此單調、尚有王庭筠等數首、非脫誤也（其の驚くべき者は、菩薩蠻の補體にして、李晏の詞を錄して、註に「二十二字」と謂い、詞に「斷腸す人去りて春將に半ばならんとし、歸客は花の飛ぶに倦む。小窗寒夢の曉、誰か與に雙眉を畫かん」と云い、註に「回文體なり、中興樂府に見ゆ、調は本と四十四字なるも、此れ單調にして、尚お王庭筠等の數首有り、脫誤に非ざるなり」と謂う）」と、まず『詞律拾遺』の所説を引き、その上で、

按菩薩蠻回文體、蘇軾以後、作者甚多、本屬一種巧筆、非別有此體、李詞本當作斷腸人去春將半。半將春去人腸斷。歸客倦花飛。飛花倦客歸。小窗寒夢曉。曉夢寒窗小。誰與畫雙眉。眉雙畫與誰。今刪其回文句、不啻失其半、亦失二仄韻、問千古有二十二字單用平韻之菩薩蠻乎。

按ずるに菩薩蠻の回文體は、蘇軾以後、作者甚だ多く、本と一種の巧筆に屬し、別に此の體有るに非ず、李詞は本と當に「斷腸す人去りて春將に半ばならんとす。半ば春の去るを將て人は腸斷す。歸客は花の飛ぶに倦む。飛花は客の歸るに倦む。小窗寒夢の曉。曉夢窗の小さきに寒し。誰か與に雙眉を畫かん。眉雙畫くは誰が與ならん」に作るべし。今其の回文の句を刪るは、啻に其の半ばを失うのみならず、亦た二仄韻を失う、問う千古に二十二字の平韻を單用するの菩薩蠻有らんか。

とその不備を指摘するのである。

『詞律拾遺』（巻二）に「補體」として「菩薩蠻」二十二字體を擧げ、竹磎が引くような李晏詞の本文と注とが掲げられている。『詞律拾遺』は「見中興樂府」と言うが、李晏の詞は金・元好問編の『中州樂府』に見える。『中州樂府』には「菩薩蠻」詞がすべて五首錄され（李晏一首、王庭筠三首、孟宗獻一首）、いずれも單調の二十二字であるが、詞牌名を「回文菩薩蠻」（李晏詞）「菩薩蠻回文」（王庭筠、孟宗獻詞）（吳昌綬編『景刊宋金元明本詞』所收「景元至大本中州樂府」に據る）と作っており、回文體であることが明記されている。「菩薩蠻」の回文體は、竹磎も言うように蘇軾に作例がある一種の遊戲的なもので、その後も一定數の作品が殘されている。「菩薩蠻」は「七七　五五　五五　五五」という句式を持ち、たとえば蘇軾「菩薩蠻」が「落花閑院春衫薄。薄衫春院閑花落。遲日恨依依。依依恨日遲。夢回鶯舌弄。弄舌鶯回夢。郵便問人羞。羞人問便郵。」と作るように、一句ごとに文字の列びを逆にして、詞意の點でも韻律の上からも整った作品に仕上げるところにその妙があった。「菩薩蠻」に回文體があることについては、早くも明・張綖『詩餘圖譜』（巻一）に「此調朱文公有逐句廻文、本朝丘文荘公又有通篇廻文（此の調朱文公に逐句の廻文有り、本朝の丘文荘公も又た通篇の廻文有り）」との指摘があり、もちろん萬樹も回文體があることを知っていたであろう。『中州樂府』の「菩薩蠻」を單調二十二字體としたのは、おそらくは『御選歴代詩餘』（一二〇巻、康熙四十六〔一七〇七〕年刊）が最初と思われ、その巻一「菩薩蠻」に「本調乃雙調四十四字、此一體見中州樂府、單調二十二字（本調は乃ち雙調四十四字なり、此の一體は中州樂府に見え、單調二十二字なり）」と注記して王庭筠の一首を除く四首を録している。だがその後、『欽定詞譜』はこの單調二十二字體を採らず、巻五「菩薩蠻」注に「按元好問中州集樂府、王庭筠詞、……李晏孟宗獻倶有之、蓋迴文體也。毎句一迴、卽同李白詞體。或以單調另分一體者誤（按ずるに元好問の中州集樂府に、王庭筠詞、……李晏孟宗獻倶に之有り、蓋し迴文體なり。毎句一たび迴せば、卽ち李白の詞體と同じなり。或いは單調を以て另に一體を分かつ者は誤りなり）」と論じて、單調の存在を明確に否定しているのである。

『詞律拾遺』「凡例」には『欽定詞譜』の書名も見えるので、徐本立は『欽定詞譜』も見ていたはずであるが、ここでは『御選歴代詩餘』に従ったのであろうか。なお前掲の村越貴代美氏「研究ノート　上海圖書館藏『詞律』潘鍾瑞校本について」に據れば、戈載も「菩薩蠻」單調二十二字體を補入すべしとの意見であったようで、戈載の原注に「中州樂府有菩薩蠻單調二十二字、……李晏、王庭筠皆有之、宜補入（中州樂府に菩薩蠻の單調二十二字なるもの有り、……李晏、王庭筠皆な之有り、宜しく補入すべし）」とあり、これに對して潘鍾瑞は李晏の詞を擧げて「余細審其用韻處、毎句首尾、斷與半、歸與飛、小與曉、誰與眉、各自相叶。又視他作、首首如是。始悟爲廻文體。……則是端端正正四十四字之菩薩蠻也。當時未嘗注明耳。然則菩薩蠻竝無單調。戈弢翁於此亦稍疏矣（余細かく其の韻を用うる處を審らかにするに、毎句の首尾、「斷」と「半」と、「歸」と「飛」と、「小」と「曉」と、「誰」と「眉」と、各おの自ら相い叶す。又た他作を視るに、首首是くのごとし。始めて廻文體たるを悟る。……則ち是れ端端正正たる四十四字の菩薩蠻なり。當時未だ嘗て注して明らかにせざるのみ。然らば則ち菩薩蠻に竝びに單調無し。戈弢翁此に於いて亦た稍や疏なり）」と述べ、戈載の說を退けている。

竹磎は、『詞律拾遺』のこうした誤謬を擧げて「其如此而欲訂譜、眞爲怪絶（其の此くのごとくして譜を訂せんと欲するは、眞に怪絶たり）」と記し、補注二巻についても「亦多不足取（亦た多く取るに足りず）」と切り捨てるのである。

杜文瀾と徐本立の仕事に對する森川竹磎の意見は大變嚴しいが、『詞律大成』という、『詞律』を補訂した新た「詞譜」を編纂しようと志していた竹磎にとってみれば、舊說の不備を突くのはいわば當然のことであり、こうした舊說を否定して『詞律大成』をより完備した「詞譜」に近づけようとしたのであった。

四

前節で觸れたように、明治から大正にかけて活躍した漢詩人である森川竹磎は、『詞律大成』という「詞譜」を編纂した。

日本における「詞譜」としては、田能村竹田（一七七七～一八三五）の『塡詞圖譜』（二巻、文化三〔一八〇六〕年刊）が最も著名であろう。だが『塡詞圖譜』は、萬樹『詞律』に依據しているとは言え、收錄詞牌數も一一六調と少なく、また「卑陋な選本[12]」とされる清・夏秉衡編『清綺軒詞選』から清人の作例を多く採用するなど、「詞譜」として十全なものとは言い難く、竹田の遊戲的、趣味的な編纂物と言わざるを得ない。これに對して『詞律大成』は、日本では唯一の本格的な「詞譜」であり、現在においても詞體の校訂に際して參照すべき書物であろう。以下この『詞律大成』について、簡單に紹介しておきたい。

『詞律大成』は單行本としては刊行されず、雜誌「詩苑」の創刊號（大正二〔一九一三〕年十月）から終刊の第四十八集（大正六年九月刊）までのほぼ四年間にわたって連載された[13]。

『詞律大成』（「發凡」）において、竹磎は次のように述べている。

萬氏詞律所收者六百五十九調、一千一百七十三體。今所刪者十二調、一百十二體、所補者一百九十六調、六百三十五體。凡所錄者八百四十三調、一千六百九十六體。其註則全改之、間錄舊註者、皆以萬氏曰冠之。名曰詞律大成、依舊分爲二十卷。萬氏未錄大曲、今編爲一卷、名曰詞律補遺、附其後焉。幾閱二十年而成、然獨力所致、見聞不廣、遺漏訛錯、知亦居多。按萬氏詞律、成於嶺外、所見之書無幾、而其高見卓說、超越千古。今余淺學菲才、而漫然補改、得罪於萬氏者多矣。但所采列諸詞、比萬氏所錄、稍近于備、亦未必無補於斯道也。

萬氏詞律の收むる所の者は六百五十九調、一千一百七十三體。今刪る所の者は十二調、一百十二體にして、補う所の者は一百九十六調、六百三十五體なり。凡そ錄する所の者八百四十三調、一千六百九十六體。其の註は則ち全く之を改め、間ま舊註を錄する者は、皆な萬氏曰わくを以て之に冠す。名づけて詞律大成と曰い、舊に依りて分ちて二十卷と爲す。萬氏は未だ大曲を錄せず、今編して一卷と爲し、名づけて詞律補遺と曰い、其の後に附す。幾んど二十年を閲して成るも、然れども獨力の致す所にして、見聞廣からず、遺漏訛錯、亦た多きに居るを知る。按ずるに萬氏の詞律は、嶺外に成り、見る所の書は幾ばくも無きも、而れども其の高見卓說は、千古に超越す。今余は淺學菲才にして、漫然として補改し、罪を萬氏に得る者多し。但だ采列する所の諸詞は、萬氏の錄する所に比ぶれば、稍や備われるに近く、亦た未だ必ずしも斯道に補なうこと無からざらん。

竹磎の言に據れば、『詞律大成』は『欽定詞譜』の八二六調を上回る八四三調を錄しているという。「但所采列諸詞、比萬氏所錄、稍近于備、亦未必無補於斯道也」という語からは、竹磎の本書に對する竝々ならぬ自信を窺うことができるであろう。ただ殘念なことに、竹磎の病死によって「詩苑」は第四十八集で終刊となり、卷九の第十三頁以降は公刊されぬままとなってしまった。神田喜一郎博士が『日本における中國文學Ⅱ』（『神田喜一郎全集』第七卷所收、同朋舍、一九八六）において「原稿は、すべて二十卷、それに大曲を錄した『補遺』一卷とが全部完成してゐたらしいが、

『詩苑』が中絶したので、惜しいことに巻八までが刊出せられたに止った。爾餘の原稿がどうなったか、今日では全く蹤迹し得ない」と述べておられるように、原稿はすべて完成していたと思われるが、その後の行方を知ることはできない。

「發凡」「餘論」の末尾には「明治己酉清明節、鬢絲禪侶識於花影詞寮（明治己酉の清明節、鬢絲禪侶花影詞寮に識す）」とあり、明治四十二（一九〇九）年四月に「發凡」を書き終えたことが分かるが、「發凡」に「幾閲二十年而成」とあることからすれば、竹磎は、明治二十二（一八八九）年頃から『詞律大成』の執筆を志していたと思われる。

明治二十一（一八八八）年、竹磎二十歳の年に、竹磎は雜誌「鷗夢新誌」において「詞法小論」（「鷗夢新誌」第三十三集〔明治二十一年十月刊〕〜第六十五集〔明治二十四年十二月刊〕まですべて二十六回）の連載を開始する。この「詞法小論」は、田能村竹田の『塡詞圖譜』に倣って、詞牌名、文字數、詞體數、別名、平仄を示す黑白圈、詞作例等を記した簡便な詞譜であり、神田博士前掲書は「十六字令に始まり賀新郎に至る二百五十四調・一百一十四體を收め、大體は萬紅友の『詞律』を抄錄したものである。先づは少年の作として、その努力を買つておく程度でよいかと思ふ」と述べておられるが、詳しくみると『詞律』とは異なる部分もあって、竹磎の苦心の迹を知ることができる。「詞法小論」の連載が、『詞律大成』完成の基礎となっていることは間違いなく、「詞法小論」を執筆することで竹磎は、『詞律』を補訂することの意義や重要性を確信したのであろう。

明治三十一（一八九八）年作の「送落合東郭歸熊本、次其留別韻（落合東郭の熊本に歸るを送り、其の留別の韻に次す）」詩五首の第五首第三句に竹磎は「宋律幽深有誰顧（宋律は幽深にして誰か顧ること有らん）」と詠じ、その自注に「時余補訂詞律（時に余詞律を補訂す）」と述べていて、當時『詞律』を補訂していたことを明確に述べている。また翌年七月刊の「新詩綜」第四集には竹磎作の「戲集唐宋詞句（戲れに唐宋の詞句を集む）」詩四首が掲載されているが、その作者名の注記に「近欲手編一書、以刊欽定詞譜之誤、補紅友詞律之遺。刻羽引商用功頗苦、寔足使竹田輩避舍（近ごろ手ずから一書を編し、以て欽定詞譜の誤りを刊し、紅友詞律の遺を補わんと欲す。羽を刻し商を引き功を用いること頗る苦しみ、寔に竹田輩をして舍を避けしむるに足る)」と見え、竹磎が「詞譜」を編纂していることが紹介されている。

ただその「詞譜」編纂は、必ずしも順調であったわけではなく、竹磎の病氣等で中斷されることもしばしばであった。また、詩が中心の當時の漢詩壇において、詞を作り、「詞譜」を編集することの意義について疑問を抱くこともあった。明治三十五(一九〇二)年の大晦日に詠じた「滿江紅」詞の後闋末四句には「詞譜刊來成底用、宮商悔我拋心力。費嘔余・心血十三年、誰相惜(詞譜刊し來たるも底の用を成さん、宮商も我の心力を拋つを悔いん。費して余の心血十三年を嘔くも、誰か相い惜しまん)」とあり、十三年を費して作成してきた詞譜もいったい何の役に立つだろうかと悲觀的な氣持ちを述べている。

だが竹磎の努力はついに實り、先述のように明治四十二年四月に「發凡」が書かれるのであるが、ただその二年後の明治四十四(一九一一)年六月十一日に上野三宜亭にて開催された鷗社第六十八回例會での講演「詞の沿革及作法の概要」(森川竹磎述・荒浪煙崖速記、「隨鷗集」第八十一編所收)[14]に「私も實は此詞律を補訂することを企てまして今は漸く脱稿致しましたが大部册のものでございますから世に公にすることは甚だ無覺束次第でございます」と述べられていることからすると、「發凡」執筆後にも部分的な修正は續けていたであろうと思われる。

『詞律大成』の「詞譜」としての價値については既に他の文章にて論じているので[15]、詳しくはぜひそちらを參照して頂きたいが、ここではそのすぐれた見解を示す例として一例のみ擧げておきたい。

「歩蟾宮」の作例として、『詞律』(巻八)は汪存五十五字體、蔣捷五十六字體、楊无咎五十七字體、黃庭堅五十九字體の四體を引くが、一方『詞律大成』は蔣捷五十六字體、楊无咎五十八字體、黃庭堅五十九字體の三體のみを掲げている。このうち『詞律』の楊无咎五十七字體については、既に『欽定詞譜』(巻十三)が「汲古閣本、此詞前段第三句、脱一時字、今從花草粹編增定(汲古閣本は、此の詞の前段第三句に、一「時」字を脱す、今花草粹編に從いて增定す)」と注記して五十八字體に改めており、竹磎もこの校訂に從ったのであろう。ただ汪存五十五字體については、『欽定詞譜』も蔣捷の五十六字體と比較して「此與蔣詞同、惟後段第二句減一字異（此れ蔣詞と同じ、惟だ後段第二句の一字を減ずるが異なれり）」と注記するのみで、そのまま五十五字體として掲載している。

そもそも汪存五十五字體に關しては、萬樹自身が『詞律』に「雙槳句六字比前段少一字、按此調前後自應相對、此必係脱落、雖照舊刻列此、不可從也（「雙槳」の句六字は前段に比べて一字少なし、按ずるに此の調前後自ら應に相い對すべし、此れ必らず脱落に係らん、舊刻に照らして此に列すと雖も、從うべからず）」と注記しているように、一字脱落が疑われる詞體であった。『詞律』に從ってその本文を擧げれば、

玉京此去春猶淺　正雪絮・馬頭零亂　姮娥剪就綠雲裳、待來歩・蟾宮與換
明年二月桃花岸　雙槳浪平煙煖　揚州十里小紅樓、盡卷上・珠簾一半

であり、萬樹の言うように後段第二句が一字少なく、この第二句「雙槳」の上に一字を補って「三・四」の句式とすれば、前段と全く同じ句讀となるのである。『欽定詞譜』はこの點について何も言及しないが、杜文瀾『詞律校勘記』（巻上）は「按佗作前後段均字句相同、確係句首落一字、應去聲擬補試字（按ずるに佗作も前後段均しく字句相い同じ、確として句首に一字を落とすに係らん、應に去聲にして擬して「試」字を補うべし）」と記して、「試」字を補うべきだとする。また竹磎も愛讀していた丁紹儀『聽秋聲館詞話』（巻十三「詞律沿詞綜之誤」）には、「詞綜所采各詞、中有未經訂正、詞律複沿其誤者。……汪存歩蟾宮云、蕩雙槳、浪平煙暖。脱蕩字（詞綜の采る所の各詞、中に未だ訂正を經ざるもの有り、詞律も複た其の誤りに沿う者あり。……汪存の歩蟾宮に云う、「雙槳を蕩かせば、浪平らかにして煙暖し」と。「蕩」字を脱す）」とあり、「蕩」字の脱落としている。『聽秋聲館詞話』の言うとおり、清・朱彝尊編『詞綜』（巻二十二）では「雙槳浪平煙煖」の六字に作っていて、『詞律』はこの字句に從ったのである。

すなわち汪存五十五字體の後段第二句については、句首に一字を缺いており、それは「試」字、または「蕩」字で

あるというのがこれまでの説であったわけであるが、竹磎は蔣捷五十六字體の注に「後第二句、棹雙槳浪平煙暖。落棹字、作五十五字誤（後第二句は、「雙槳を棹させば浪平らかにして煙暖し」。「棹」字を落とし、五十五字に作るは誤りなり）」と記して、「試」「蕩」いずれも採らず、「棹」字を落としているとして、「歩蟾宮」から五十五字體を削除したのである。この「棹」字を缺くという説は、管見の及ぶ範圍では竹磎以前に見出すことができず、竹磎獨自の判斷に據るものであるかもしれない。實は、宋・祝穆『方輿勝覽』（巻四十四「揚州」）に無名氏作としてこの「歩蟾宮」詞を引き、後段第二句を「棹雙槳浪平煙暖」に作っていて、竹磎はおそらくこの『方輿勝覽』の文字に從ったのであろう。杜文瀾の「試」、丁紹儀の「蕩」は、どちらもそのように作るテキストが實在している譯ではなく、それぞれの考えによって補われたものであった。だが『方輿勝覽』に「棹」に作る例が殘されている以上、「棹」字である可能性が最も高いであろう。竹磎のこの判斷が正しいことは、唐圭璋編『全宋詞』（第二冊六四二頁）が竹磎と同じく『方輿勝覽』から「棹」字を補って五十六字體としていることからも首肯できるであろう。現代の通俗的な「詞譜」の中には、なお汪存五十五字體をそのまま引くものがあるが[16]、甚だ當を失していると言わざるを得ない。

以上のように、「詞譜」編纂や『詞律』補訂の試みは、中國や日本の學者によって綿々と續けられてきた。宋代の士大夫たちがメロディーに合わせて口ずさんだであろう詞は、明代におけるその音樂の衰亡とほぼ時を同じくして研究の對象となり、「詞譜」の學が誕生・發展してきた。多くの學者が唐宋詞の體格や韻律を精緻に研究してその遺音を傳えようと努力を傾けてきたのは、やはり詞が韻文として大きな魅力を持っていたからであろう。詞に見える優美な世界や士大夫の氣象、また高度に洗煉された文化は、後世の人々を魅了して止まないのである。「詞譜」の學は現代にも及んでおり、近年はいくつかの新たな「詞譜」も出版されている[17]。今後も「詞譜」は、より完全なものを目指して刊行され續けることであろう。

注

（1）中原健二「宋代士大夫と詞」（『風絮』第九號所收、二〇一三）參照。

（2）明治大正期の詞人・森川竹磎（一八六九～一九一七、名は鍵、字は雲卿。號は竹磎、鬢絲禪侶、聽秋仙館主人等）がその『詞律大成』に引く萬樹「發凡」第一條「嘯餘譜」の注に、「詞之有譜、詞律之前、明有張綖詩餘圖譜、及程明善嘯餘譜、倶乖謬殊甚、至清朝、有賴以邵《ママ》塡詞圖譜、亦極杜撰、萬氏居其後、極力駁正其舛訛、而詞律一書、於今爲塡詞家金科玉條、故於其發凡中、斷斷所辨、既無其要者居多、然萬氏當時發憤之迹、歷歷可見、未可遽厭其煩而削除之、以沒其功績也（詞の譜有るは、詞律の前に、明に張綖の詩餘圖譜、及び程明善の嘯餘譜有るも、倶に乖謬殊に甚だしく、清朝に至りて、賴以邵の塡詞圖譜有るも、亦た極めて杜撰なり、萬氏其の後に居り、力を極めて其の舛訛を駁正し、而して詞律の一書、今に於いて塡詞家の金科玉條と爲る、故に其の發凡中に於いて、斷斷として辨ずる所、既に其の要無き者多きに居るも、然れども萬氏の當時の發憤の迹、歷歷として見るべく、未だ遽かには其の煩を厭いて之を削除し、以て其の功績を沒するべからざるなり）」と述べているように、萬樹はすべて二十一條に及ぶ「發凡」において從來の「詞譜」を徹底的に批判して自說を強く主張している。『詞律大成』については、『森川竹磎『詞律大成』本文と解題』（筆者編、風間書房、二〇一六）を參照。

（3）『詞律』「發凡」第一條は以下のとおり。「嘯餘譜、分類爲題、意欲別於草堂諸刻。然題字參差、有難取義者、強爲分列、多至乖違。如踏莎行、御街行、望遠行、此行步之行、豈可入歌行之內。而長相思尤爲不倫、醉公子、七娘子等是人物、豈可與他子字爲類。通用題與三字題、有何分別。惜分飛、紗窗恨、又不入人事思憶之數。天香入聲色、不入二字題。白苧入二字、不入聲色題。柳梢青入三字、而小桃紅又入聲色。玉連環不入珍寶。若此甚多、分列倶不確當。故列調自應從舊、以字少居前、字多居後、既有曩規、亦便檢閱（嘯餘譜は、類を分ちて題と爲し、意は草堂諸刻に別せんと欲す。然れども題字は參差として、義を取り難き者有り、強いて分列を爲せば、多く乖違に至る。踏莎行、御街行、望遠行のごときは、此れ行步の行にして、豈に歌行の內に入るべけんや。長相思は尤も倫ならずと爲す。醉公子、七娘子等は是れ人物にして、豈に他の子字と類を爲すべけんや。通用題と三字題と、何の分別有らんや。惜分飛、紗窗恨は、又た人事思憶の數に入れず。天香は聲色に入れ、二字題に入れず。白苧は二字に入れ、聲色題に入れず。柳梢青は三字に入れ、小桃紅は又た聲色に入る。玉連環は珍寶に入れず。此くのごときこと甚だ多く、分列倶に確當せず。故に調を列するは自ら應に舊に從い、字の少きを以て前に居り、字の多きを後に居らしむべく、既に曩規有れば、亦た檢閱に便ならん）」。

（4）『詞律』「發凡」第二條は以下のとおり。「自草堂有小令中調長調之目、後人因之、但亦約畧云爾。詞綜所云、以臆見分之、後遂相沿、殊屬牽率者也。錢唐毛氏云、五十八字以内爲小令、五十九字至九十字爲中調、九十一字以外爲長調、古人定例也。愚謂、此亦就草堂所分、而拘執之。所謂定例、有何所據。若以少一字爲短、多一字爲長、必無是理。如七娘子、有五十八字者、有六十字者、將名之曰小令乎、抑中調乎。如雪獅兒、有八十九字者、有九十二字者、將名之曰中調乎、抑長調乎。故本譜但敘字數、不分小令中長之名（草堂の小令中調長調の目有りてより、後人之に因りて、但だ亦た約畧して爾云う。詞綜に云う所の、臆見を以て之を分かち、後に遂い相い沿いて、殊に牽率に屬す者なり。錢唐の毛氏云う、五十八字以内を小令と爲し、五十九字より九十字に至るを中調と爲し、九十一字以外を長調と爲すは、古人の定例なりと。愚謂えらく、此れ亦た草堂の分かつ所に就きて、而して之に拘執す。所謂定例とは、何の據る所有らん。若し一字少きを以て短と爲し、一字多きを長と爲せば、必ず是の理無し。七娘子のごときは、五十八字の者有り、六十字の者有り、將た之を名づけて小令と曰わんか、抑も中調なるか。雪獅兒のごときは、八十九字の者有り、九十二字の者有り、將た之を名づけて中調と曰わんか、抑も長調なるか。故に本譜は但だ字數を敘し、小令中長の名を分かたず）」。

（5）『詞律』「發凡」第八條は以下のとおり。「分段之誤、不全因作譜之人。蓋自鈔刻傳訛、久而相襲。但既欲作譜、宜加裁定耳。如虞山毛氏刻諸家詞、詞綜稱其有功于詞家、固已。但未及精訂、如片玉詞、有方千里可證。而不取一校對、間有附識、亦皆弗確。然毛氏非以作譜、不可深加非議。若譜圖、照舊抄謄、實多草率、則責備有所難辭矣。各家惟柳詞最爲舛錯、而分段處、往往以換頭句贅屬前尾。茲俱考證辨晰、總以斷歸於理爲主。如笛家、以後起二字句、連合前段、致前尾失去一叶韻字。且連上作八字讀、而作者遂分爲兩四字句矣。豈不悞哉。長亭怨慢亦然、今倶裁正。若詞隱三臺一調、從來分作兩段、愚獨斷爲三疊。如此類、則大改舊觀、于體製不無微益、識者自有明鑑（分段の誤りは、全ては譜を作るの人に因らず。蓋し鈔刻傳訛してより、久しくして相い襲う。但だ既に譜を作らんと欲すれば、宜しく裁定を加うべきのみ。虞山の毛氏の諸家の詞を刻するがごときは、詞綜其の詞家に功有るを稱す、固よりしかなるのみ。但だ未だ精訂するに及ばず、片玉詞のごときは、方千里の證すべき有り。而れども一も校對を取らず、間ま附識有るも、亦た皆な確たらず。然れども毛氏は以て譜を作るに非ず、深くは非議を加うべからず。譜圖のごときは、舊に照らして抄謄し、實に草率なること多ければ、則ち責備わりて辭し難き所有らん。各家惟だ柳詞を最も舛錯と爲し、分段の處は、往往にして換頭の句を以て贅して前尾に屬せしむ。茲に倶に考證辨晰し、總て斷じて理に歸するを以て主と爲す。笛家のごときは、後起の二字句を以て、前段に連合し、前尾をして一の叶韻字を失去するに致らしむ。且つ上に連ねて八字と作して讀み、而して作る者遂に分かちて兩四字句と爲す。豈に悞らざらんや。長亭怨慢も亦た然り、今倶に裁正す。詞隱の三臺一調のごときは、從來分かちて兩段と作すも、愚獨り斷じて三疊と爲す。此くのごときの類は、則ち大いに舊觀を改むるは、體製に于いて微益無からず、識者自ら明鑑有らん)」。

(6)『詞律』「發凡」第十九條は以下のとおり。「能深明詞理、方可製腔。若明人、則于律呂無所授受、其所自度、竊恐未能協律。故如王太倉之怨朱絃、小諾皋、揚新都之落燈風、欸殘紅、悞佳期等、今倶不收。至近日顧梁汾所犯踏莎美人、非不諧婉、亦不敢收。蓋意在尊古輟新焉耳。又如湯臨川之添字昭君怨、古無其體、時譜亟收之。愚謂、昔日千金小姐之語、止可在傳奇用、豈可列諸詞中。又如徐山陰之鵲踏花翻、亦無可考。皆在所削、勿訝其不備也(能く深く詞理に明らかにして、方めて腔を製すべし。明人のごときは、則ち律呂に于いて授受する所無く、其の自ら度する所は、竊かに恐らくは未だ能く律に協せざらん。故に王太倉の怨朱絃、小諾皋、揚新都の落燈風、欸殘紅、悞佳期等のごときは、今倶に收めず。近日顧梁汾の犯する所の踏莎美人に至りては、諧婉ならざるに非ざるも、亦た敢えて收めず。蓋し意は古を尊びて新を輟つるに在るのみ。又た湯臨川の添字昭君怨のごときは、古に其の體無きも、時譜亟しば之を收む。愚謂えらく、昔日千金小姐の語は、止だ傳奇に在りて用うべきのみにして、豈に諸詞の中に列すべけんや。又た徐山陰の鵲踏花翻のごときも、亦た考うべき無し。皆な削る所に在りて、其の備わらざるを訝しむこと勿れ)」。

(7)『詞律』「發凡」第十八條は以下のとおり。「詞上承于詩、下沿爲曲、雖源流相紹、而界域判然。如菩薩蠻、憶秦娥、憶江南、長相思等、本是唐人之詩、而風氣一開、遂有長短句之別。……又唐人送白樂天席上指物爲賦、一字起至七字止、後人名爲一七令。用以入詞、殊屬牽強、故不錄。若夫曲調、更不可援以入詞。本譜因詞而設、不敢旁及也。或曰、子以元人而置之、則八犯玉交枝、穆護砂等、亦間收金元矣。以曲調而置之、則搗練子等、亦已通于詞曲矣。以爲三聲竝叶而置之、則西江月等、亦多矣。何又于此致嚴耶。余曰、西江月等、宋詞也。玉交枝等、元詞也。搗練子等、曲因乎詞者也、均非曲也。若元人之後庭花、乾荷葉、小桃紅(即平湖樂)、天淨沙、醉高歌等、倶爲曲調、與詞聲響不侔。倘欲采取、則元人小令最多、收之無盡矣。況北曲自有譜在。豈可闌入詞譜、以相混乎。若詞綜所云、倣升菴萬選例、故采之、蓋選句不妨廣擷、訂譜則未便旁羅耳(詞は上は詩を承け、下は沿いて曲と爲り、源流相い紹ぐと雖も、界域判然たり。菩薩蠻、憶秦娥、憶江南、長相思等のごときは、本と是れ唐人の詩なるも、風氣一たび開き、遂に長短句の別有り。……又た唐人白樂天を送る席上にて物を指して賦を爲す、一字より起して七字に至りて止め、後人名づけて一七令と爲す。用て以て詞に入るるは、殊に牽強に屬し、故に録せず。夫の曲調のごときは、更に援きて以て詞に入るべからず。本譜は詞に因りて設け、敢て旁に及ばざるなり。或るひと曰わく、子は元人なるを以て之を置くも、則ち八犯玉交枝、穆護砂等は、亦た間ま金元を収む。曲調なるを以て之を置くも、則ち搗練子等は、亦た已に詞曲に通ず。三聲竝び叶するを爲すを以て之を置くも、則ち西江月等は、亦た多し。何ぞ又た此に于いて嚴を致すやと。余曰わく、西江月等は、宋詞なり。玉交枝等は、元詞なり。搗練子等は、曲詞に因る者なり、均しく曲に非ず。元人の後庭花、乾荷葉、小桃紅（即ち平湖樂）、天淨沙、醉高歌等のごときは、倶に曲調爲りて、詞聲と響き侔しからず。倘し采取せんと欲すれば、則ち元人の小令は最も多く、之を収むれば盡くること無し。況んや北曲自ら譜の在る有るをや。豈に詞譜に闌入して、以て相い混ずべけんや。詞綜に云う所の、升菴の萬選の例に倣いて、故に之を采るがごときは、蓋し句を選ぶは廣く攟するを妨げざるも、譜を訂するは則ち未だ便ち旁羅せざるのみ）」。

（8）森川竹磎も、『詞律大成』「發凡」「餘論」において、すべて十項目に及ぶ徹底的な『欽定詞譜』批判を展開している。竹磎は、『欽定詞譜』の①選調の誤り、②詞牌名命名由來の杜撰、③宮調注記の不備、④詞牌別名記載の誤り、⑤詞牌名や字句が近いことにより妄りに一調とする誤り、⑥各詞牌の又體が無批判に多數收錄されている點、⑦『欽定詞譜』が各詞牌について「正體」「變格」を比定している不合理、⑧俗語が多用されている詞を又體と認めない編集方針、⑨詞の句讀の誤り、⑩『欽定詞譜』所載詞の傍らに附されている白圈黑圈半白半黑圈の校定の杜撰さ、とその問題點を列擧して具體例を擧げ、最後に「總之、本譜亦竟不免爲不具讀詞一隻眼人之著也（之れを總ぶるに、本譜も亦た竟に讀詞の一隻眼を具えざる人の著たるを免かれざるなり）」という痛烈な言葉を浴びせるのである。この竹磎の十項目の批判がいずれも當を得たものであることについては、拙著『「詞譜」及び森川竹磎に關する研究』（中國藝文研究會、二〇一七）の第二部第五章「竹磎の『欽定詞譜』批判」を參照されたい。

（9）清・許寶善の『自怡軒詞譜』を指す。

（10）『「詞譜」及び森川竹磎に關する研究』第一部第三章「杜文瀾の『詞律校勘記』について」を參照。

（11）『詞律大成』は、森川竹磎が主宰していた鷗夢吟社の機關誌「詩苑」に連載されていたが、竹磎の病逝により「詩苑」の刊行が中止され、巻九の第十二頁までで中斷した。

（12）神田喜一郎『日本における中國文學Ⅰ』（『神田喜一郎全集』第六巻所收、同朋舍、一九八五）、一八八頁。

（13）當初は「隨鷗集」第八十三編（明治四十四〔一九一一〕年十月刊）～第一〇五編（大正二〔一九一三〕年八月刊）に連載されていた（ただし第一〇〇編では紙面の都合により休載）が、巻二までの掲載で連載が中斷している。

（14）また「風絮」第十二號（二〇一五）に、筆者校注版を掲載している。

(15)『「詞譜」及び森川竹磎に關する研究』第二部第四章「竹磎の『詞律大成』について」を參照。

(16) たとえば潘愼・秋楓編『中華詞律辭典』吉林人民出版社、二〇〇五など。

(17) 管見の範圍では、耿振生『詩詞曲的格律和用韻』(大象出版社、二〇〇九)、田玉琪『詞調史研究』(人民出版社、二〇一二)、謝桃坊『唐宋詞譜校正』(上海古籍出版社、二〇一二)、謝國康『詞牌全書』(中山大學出版社、二〇一三)、林克勝『詞譜律析(詩詞格律詳解)』(商務印書館、二〇一三)、姚康鈴『兩宋詞律集萃』(巴蜀書社、二〇一四)などがある。また二〇一七年には、『欽定詞譜』の修訂を試みた蔡國強『欽定詞譜考正』(華東師範大學出版社)が刊行されている。

＊本稿は、筆者の既發表の論文に若干の補訂を加えたものである。

編集後記

本書はさまざまな偶然の出会いの産物と言えるかも知れません。私は宋代の歌辞文芸である宋詞をテーマとする卒業論文を提出して九州大学大学院に進学しましたが、恩師の「恋愛経験が豊富でないと、男女の機微を描く宋詞はわからない」という何気ない一言を聞いて、「なるほど」と頷いて宋詞研究をあきらめ、次に研究テーマを決める際に、偶然にも歐陽脩の資料を読んで興味を懐き、現在まで彼を中心とする宋代文学研究を続けることになりました。博士課程在籍中に、日本中国学会で蘇軾をテーマにした内山氏の研究発表を聴き、終了後に会場で偶然に出会って私から声をかけたことを覚えています。その後、宋代文学に関連する各種学会において、蘇軾、黄庭堅、楊万里等を研究する浅見氏といつのまにか知り合いとなり、さらに宋詞の研究は難しいと思い込んでいた私にとって、その宋詞研究をテーマとする萩原氏の発表は興味深く懇親会でも話が弾み、すぐに交流を始めました。そして五山文学を研究する中本氏を加えて、JSPS科学研究費補助金・基盤研究（B）「宋人文集の編纂と伝承に関する総合的研究」（代表・東英寿）を申請して研究を進めました。このように、さまざまな出会いが本書の刊行に繋がったと思います。

本書は中国宋代における「文集」の「編纂」と「伝承」をキーワードにした共同研究の成果と言うことができますが、共同研究が散漫に流れずに一定の成果を出すためには、成果の目標について具体的イメージを共有することが必要だと思います。そのイメージを現実に移していく段階で、本書を刊行する運びとなりました。本書は、共同研究における多くの成果をバラバラにしない仕掛けでもあり、また次のステップに進んでいく基礎にもなると考えています。

私自身、序文を作成するに当たって、宋代文学について本書の内容と関連させて学説等をまとめる形で簡単に書けばよいと考えていました。ただ、執筆者の論考を読むと、その内容は多彩で面白く、それではもったいないという思いが募ってしまい、ついには私が各論考から受け取ったことを書き記すというように序文を再構成せざるを得なくなりました。読者のみなさんも、こうした知的興奮を経験していただければ幸いです。

本書に収録された論考の初出は次の通りです。

Ⅰ　総説

内山精也「詩集の自編と出版から見る、唐宋時代における詩人意識の変遷」

「メディア変革と詩集自編の普遍化――初唐から北宋末ま

で」（中国詩文研究会『中国詩文論叢』第三十四集、二〇一五年十二月）

「南宋中期の出版業隆盛がもたらした新たな展開――宋代士大夫の詩人認識とその変質」（日本宋代文学学会『日本宋代文学学報』第二集、二〇一六年五月）

「南宋後期における詩人と編者、書肆――江湖小集刊行の意味すること」（宋代詩文研究会『橄欖』第20号、二〇一六年三月）

Ⅱ　編纂

浅見洋二「言論統制下の文学テクスト――蘇軾の創作活動に即して」（『大阪大学大学院文学研究科紀要』第五十七巻、二〇一七年三月を増補改訂）

萩原正樹「『和晏叔原小山楽府』をめぐって」書き下ろし

東　英寿「周必大の『歐陽文忠公集』編纂について」書き下ろし

東　英寿「范仲淹の神道碑銘をめぐる周必大と朱熹の論争――歐陽脩新発見書簡に着目して」（日本中国学会『日本中国学会報』第六十九集、二〇一七年十月）

中本　大「『聯珠詩格』は『新選集』の典拠か――『連集良材』所収、載復古「子陵釣臺」詩を端緒に」（立命館大学人文学会『立命館文学』六三〇号、二〇一三年三月）

Ⅲ　伝承

東　英寿「歐陽脩『近体楽府』の成立とその伝承――もう一つの『近体楽府』」（日本詞曲学会『風絮』第十四号、二〇一七年十二月）

中本　大「鶴に乗る「費長房」――本邦における漢画系画題受容の一側面」（立命館大学日本文学会『論究日本文学』一〇〇号、二〇一四年五月を全面的に改稿）

中本　大「「十雪詩」のゆくえ」（立命館大学人文学会『立命館文学』五九八号、二〇〇七年三月を全面的に改稿）

萩原正樹「「詞譜」の誕生と発展」（中國芸文研究会刊『「詞譜」及び森川竹磎に関する研究』所収「はじめに「詞譜」と森川竹磎」を改稿、二〇一七年三月）

なお、本書を出版するに当たり、中国書店の川端幸夫さんには様々な面からお世話になりました。また、編集作業に当たっては、花乱社の宇野道子さんのお力添えがありました。ここに、記して感謝いたします。

東　英寿　記

■執筆者紹介

（掲載順）

東　英寿（ひがし・ひでとし）
1960年，福岡県生まれ。九州大学大学院文学研究科博士後期課程単位取得退学。博士（文学）。九州大学大学院比較社会文化研究院教授。
【主著】『歐陽脩研究新見——新発現書簡九十六篇』（台湾，花木蘭出版社，2015年），『歐陽脩新発見書簡九十六篇——歐陽脩全集の研究』（研文出版，2013年），『復古与創新——歐陽脩散文与古文研究』（上海古籍出版社，2005年）

内山精也（うちやま・せいや）
1961年，新潟県生まれ。早稲田大学大学院文学研究科博士後期課程単位取得退学。博士（文学）。早稲田大学教育・総合科学学術院教授。
【主著】『廟堂与江湖　宋代詩学的空間』（復旦大学出版社，2017年），『蘇軾研究　宋代士大夫詩人の構造』（研文出版，2010年），『伝媒与真相——蘇軾及其周囲士大夫的文学』（上海古籍出版社，2005年）

浅見洋二（あさみ・ようじ）
1960年，埼玉県生まれ。東北大学大学院文学研究科博士課程後期中途退学。博士（文学）。大阪大学大学院文学研究科教授。
【主著】『文本的密碼——社会語境中的宋代文学』（復旦大学出版社，2017年），『中国の詩学認識』（創文社，2008年），『距離与想象——中国詩学的唐宋転型』（上海古籍出版社，2005年）

萩原正樹（はぎわら・まさき）
1961年，滋賀県生まれ。立命館大学大学院文学研究科博士後期課程単位取得退学。博士（文学）。立命館大学文学部教授。
【主著】『「詞譜」及び森川竹磎に関する研究』（中国芸文研究会，2017年），『杜甫全詩訳注（四）』（共著，講談社学術文庫，2016年），『森川竹磎『詞律大成』本文と解題』（風間書房，2016年）

中本　大（なかもと・だい）
1965年，福岡県生まれ。大阪大学大学院文学研究科博士後期課程単位取得退学。博士（文学）。立命館大学文学部教授。
【著書】『名庸集　影印と解題』（思文閣出版，2013年）
【論文】「室町時代五山禅林は歌壇・連歌壇に何をもたらしたか—漢語「濫觴」の受容における五山禅林文壇の影響—」（『禅からみた日本中世の文化と社会』天野文雄監修，ぺりかん社，2016年），「アトリビュートとしての「芭蕉題詩」——懐素図・寒山図から郭子儀図へ」（アジア遊学122，2009年）

宋人文集《そうひとぶんしゅう》の編纂《へんさん》と伝承《でんしょう》

2018年 2 月28日　第 1 刷発行

編　者　東　英寿

発行者　川端幸夫

発行所　中国書店

〒812－0035 福岡市博多区中呉服町 5 番23号

電話 092(271)3767　FAX 092(272)2946

制　作　図書出版 花乱社

印刷・製本　モリモト印刷株式会社

ISBN978-4-903316-60-4

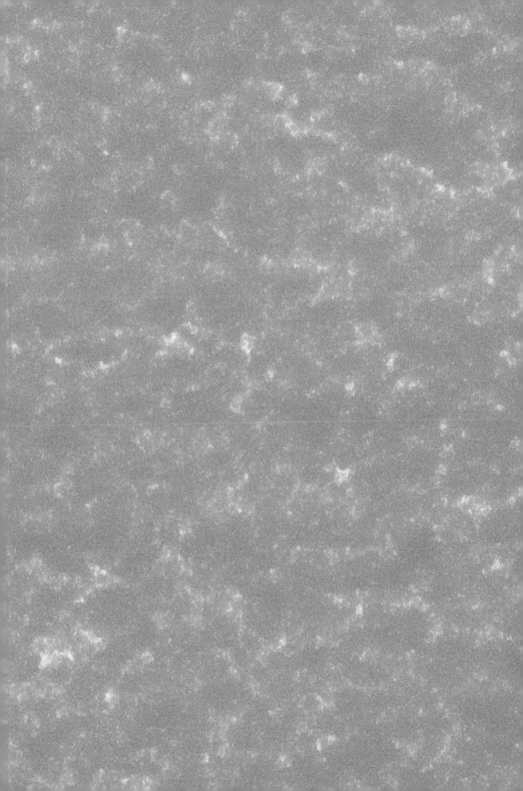